Überwegs

Vonwegens Begegnungen

Achim K.

Capri, Florenz, Paris — Ludwig Vonwegen (66) kann mangels Knete vom Reisen nur träumen. Durch eine Verwechslung ergattert er einen Job als Housesitter auf Capri. Was als Glücksfall beginnt, entwickelt sich zu einer schrägen Odyssee durch halb Europa: Von der Polizei verfolgt, in illegale Aktionen verwickelt, als Terrorist verdächtigt — Schlamassel zieht Ludwig magisch an. Renee, eine junge Amerikanerin, auf Europatour »überwegs«, hält zu ihm. Paul, ein studierter Taschendieb, bietet den beiden seine klapprige Ente zur Flucht aus Florenz an. In Paris erleben die drei Ungeahntes.

Achim Kaul ist ein erfolgreicher Autor aus Friedberg. Seit 2019 veröffentlichte er vier Kriminalromane mit dem beliebten Ermittlerduo Zweifel und Zick.
Daneben erschienen unter dem Pseudonym Micha Luka drei Abenteuerromane mit Käpt'n Sansibo und seiner schrägen Mannschaft.
2022 erhielt Kaul in München den SpaceNet Award für eine seiner Kurzgeschichten. Darüber hinaus ist er in zahlreichen Anthologien vertreten.
»Du sollst nicht langweilen«, die aktuelle Sammlung seiner fesselnden Storys, erschien 2024.

Überwegs
Vonwegens Begegnungen

Roman

Achim Kaul

Bibliografische Information der Deutschen
Nationalbibliothek:
Die Deutsche Nationalbibliothek verzeichnet diese
Publikation
in der Deutschen Nationalbibliografie;
detaillierte bibliografische Daten
sind im Internet
über dnb.dnb.de abrufbar.

Verlag: BoD · Books on Demand GmbH,
In de Tarpen 42, 22848 Norderstedt
Druck: Libri Plureos GmbH,
Friedensallee 273, 22763 Hamburg
ISBN: 978-3-7597-7893-2

MIX
Papier aus verantwortungsvollen Quellen
Paper from responsible sources
FSC® C105338

Für Bettina, Julia und Adrian
Und für Carla

Prolog

Drei Freunde hatte ich in meinem Leben. Zwei von ihnen unternahmen eine Tour auf den Kilimandscharo. Sie wollten nach dem Leopardengerippe suchen, das dort nach einer von Hemingways Legenden im ewigen Eis ruht. Bei dieser Gelegenheit erforschten sie erfolgreich den Weg in die ewigen Jagdgründe. Der dritte und älteste Freund sagte bei unserem letzten Gespräch, das wir in der Nacht zum ersten August führten, folgendes zu mir:

»Du kannst von mir aus alles schreiben, was du willst — meinen Namen lässt du raus aus der Geschichte! Du erwähnst ihn nicht! Schwöre es! Schwöre beim Heiligsten, was dir heilig ist!« Ich war schon ziemlich benebelt von dem schweren Bordeaux, den er zu unserer Wiedersehensfeier mitgebracht hatte, und nickte schwerfällig.

»Schwören ist was für Helden. Ich bin kein Held. Aber von mir aus. Ich schwöre es bei meinem Füllfederhalter. Was Heiligeres hab ich nicht.« Er schaute mir lange in die Augen, um zu ergründen, ob ich es ernst meinte. Als er damit fertig war, trank er seinen Wein aus und sagte:

»Schön. Hör gut zu. Was ich dir jetzt erzähle, hat sich eins zu eins so zugetragen.« Er stellte sein leeres Glas auf meinen guten Parkettboden und fing an zu reden. Vierzehn Stunden lang hat er mich wachgehalten mit seiner Geschichte.

Und jetzt bin ich dabei, sie mit meinem Füllfederhalter aufzuschreiben. Ich halte mich an meinen Schwur und nenne seinen Namen nicht. Ich tu einfach so, als sei ich er.

Nehmen wir mal an, sein Name sei — Ludwig Vonwegen.

1. Kapitel

Die hübschen haselnussbraunen Augen hinter den flaschenbodendicken Brillengläsern blickten mich groß an. Allerdings nur wegen der optischen Naturgesetze. Das war mir sofort klar, als ich die gelangweilte Stimme vernahm.

»Sie heißen?«

»Vonwegen. Ludwig Vonwegen.«

»Vonwegen …, Vonwegen …«, murmelte sie. »Warten Sie mal.« Und schon ging es wieder los. »Dann kennen Sie doch sicher den …«

»Nein.«

»Aber Sie sind doch verwandt mit …«

»Nein!«

»Waren Sie nicht der …?«

»Nein!«

»Na, dann muss ich Sie mit jemandem verwechseln.«

»Allerdings, das tun Sie wirklich. Aber Sie müssen es nicht.«

»Wie bitte?«

»Vergessen Sie's. Krieg ich jetzt meine Papiere?« Prompt war sie beleidigt und streckte mir wortlos meine Unterlagen entgegen.

Ich kannte diese Art Gespräch, wenn man das überhaupt Gespräch nennen konnte. Es war eher ein Ballwerfen. Hin und her. Immer das gleiche Spiel. Seit einiger Zeit weigerte ich mich, den Ball aufzufangen, weigerte ich mich, freundlich zu sein.

»Aber das macht doch nichts. Ist doch verständlich. So eine Verwechslung hätte mir auch passieren können.« Nichts da! Schluss damit! Ich war 66 Jahre alt, seit gestern Rentner, seit einem Jahr Witwer und musste auf niemanden mehr

Rücksicht nehmen. Und ich saß in der Klemme, obwohl ich ein freier Mann war.

Während ich auf den Bus wartete, widmete ich mich meiner Lieblingsbeschäftigung: Ich ließ mir Namen durch den Kopf gehen. Capri, Cornwall, Paris, Rom, Amsterdam, Wien, Florenz. Sieben Ziele. Sieben Destinationen. Sieben Sehnsuchtsbilder. Die Reihenfolge wechselte. Immer war es ein anderer Name, der mich besonders tief seufzen ließ. Der meinen Blick starr werden ließ, um die Bilder in meinem Kopf nicht zu verwischen, in meinem alten, grauhaarigen Kindskopf.

Sobald sich ein Bild in prächtigen Farben und mit immer anderen Details vor meinem inneren Auge entfaltet hatte, krachte regelmäßig ein eiserner Rollladen herunter, mit einem Geräusch, das so grässlich war, dass mir übel wurde. Dann flatterten die wunderbaren Namen in der Dämmerung davon, wie eine kleine Schar aufgescheuchter Flamingos. In die Flucht geschlagen von einer harmlos wirkenden Zahl: 1.321,56 Diese Zahl starrte mir entgegen, schwarz eingerahmt, wie eine Todesanzeige. Aufgegeben von der Rentenrechnungsstelle ohne jeglichen Ausdruck des Bedauerns.

Ludwig Vonwegen, ehemals Gärtner, Buchhändler und Paketsortierer, zuletzt etliche Jahre Museumswärter, saß nach vierzigjährigem Berufsleben finanziell in der Falle.

Der Bus kam. Ich hielt dem Fahrer meinen Senioren-Ausweis hin. Der schaute ihn für mein Gefühl eine Sekunde zu lange an. Um einer Bemerkung zu entgehen, ging ich rasch nach hinten durch, ließ mich auf einen Sitz fallen und machte die Augen zu.

Es war schlimmer geworden. Seit ein paar Wochen verging kaum ein Tag, an dem ich nicht mit irgendjemandem verwechselt wurde.

Bereits als Säugling entwickelte ich diese Eigenschaft, erfuhr davon aber erst viel später.

Als mein Vater nach einem Schlaganfall in ein Pflegeheim kam, wo er rund um die Uhr betreut werden musste, hielt meine Mutter den Tag der Wahrheit für gekommen.

»Du bist übrigens adoptiert«, sagte sie beiläufig zu mir, während wir auf das Taxi warteten, das uns zum Bahnhof bringen sollte. Ich war damals zwanzig Jahre alt und vorübergehend sprachlos. »Aber du bist nicht das Kind, das ich wollte. Wir hatten einen anderen Jungen ausgesucht. Irgendwie wurdest du verwechselt, und als wir das nach ein paar Tagen gemerkt haben, hat dein Vater, also dein Adoptivvater sich stur gestellt. Wenn es nach mir gegangen wäre …«

Sie ließ den Satz unbeendet. Seit diesem Tag habe ich nie wieder mit ihr gesprochen.

Dieser unselige Hang, verwechselt zu werden, wurde zu meinem Markenzeichen und begleitete mich mein ganzes Leben. Ich bemühte mich dem Ganzen keine Bedeutung mehr zukommen zu lassen. Aber das war nicht einfach. Nein, es war sogar schwerer geworden und seit kurzem praktisch unmöglich. Ich konnte mir dieses Phänomen nicht erklären, dass ich ständig für jemand anderen gehalten wurde. Merkwürdigerweise für höchst unterschiedliche Personen.

»Du warst doch bei uns im Tanzkurs der schusselige Kleine.«

»Sind Sie nicht der Typ mit diesem protzigen SUV?«

»Das nächste Mal beseitigen Sie gefälligst ihre Hundescheiße.«

»Der wars, der ist hier rein, ohne Eintritt zu bezahlen.«
Ich bin sicher, es gibt außer mir niemanden, der so oft in seinem Leben sagen musste: »Ich bin es nicht! Ich war es nicht! Ich bin es nie gewesen!« Das Wort »Dementi« ist eigens für mich erfunden worden.

»Vielleicht sollte ich mich verkleiden.« Dieser Gedanke kam mir eines Morgens im Bad. Ich hatte angefangen mitzuzählen. Augenblicklich war ich bei einundzwanzig Personen angelangt, die man seit dem ersten Juli in mir entdeckt zu haben glaubte. Ich scheine ein besonderer Fall multipler Persönlichkeit zu sein. Wenn man mich schon andauernd verwechselte, konnte ich mir ja genauso gut aussuchen, für wen ich gehalten werden wollte. Eine halbe Stunde lang hockte ich auf dem heruntergeklappten Klodeckel, verschränkte die Arme und hielt meinen Kopf schräg, um besser nachdenken zu können.

Außer Errol Flynn und Heinz Rühmann (wer kennt die heutzutage noch?) fiel mir aber niemand ein, und so spülte ich diese Idee das Klo runter.

Der Bus fuhr los und machte sofort eine Vollbremsung. Geistesgegenwärtig hielt ich mich an der mit Schaumstoff gepolsterten Stange fest, die quer über meinen Knien Sicherheit für die Fahrgäste suggerierte. Der Fahrer stieß laut ein paar Sätze auf Türkisch aus.

Direkt vor seinem Bus hatte eine beleibte Dame die Straße überquert und ihm gleichzeitig mit hoch erhobenen Armen wild fuchtelnd zu verstehen gegeben, dass er anhalten sollte. Mit rotem Kopf stand sie nun vor der geschlossenen Tür und hämmerte energisch mit beiden Fäusten dagegen. Der Busfahrer drückte widerwillig auf einen Kopf, worauf die Tür mit einem Zischen aufging. Möglicherweise kam das Zischen auch von der Dame. Bevor der Busfahrer zu Wort kam, holte die erboste Matrone tief Luft.

»Zwei Minuten!«, fauchte sie und hielt dem Fahrer ihr feistes Handgelenk samt zierlicher Armbanduhr vor die von einem bleistiftdünnen, schwarzen Schnurrbart unterstrichene Nase. »Sie sind zwei Minuten zu früh losgefahren!« Der Busfahrer ignorierte das winzige Zifferblatt ihrer Uhr und griff zu einem Mittel, das er regelmäßig gegenüber meckernden Fahrgästen einsetzte: Er redete laut, langsam und auf Türkisch. Üblicherweise kürzte das jede Diskussion ab. Da er davon ausging, dass keiner dieser deutschen Wichtigtuer und Wichtigtuerinnen ihn verstand, machte er sich einen Spaß daraus, beispielsweise aufzuzählen, was er die letzten Tage alles verspeist hatte. Er war gerade beim gestrigen Mittagessen angelangt, als er eine neue Erfahrung machen durfte.

»Iki dakikim çok erken!«, schleuderte ihm die Walküre ungerührt in unverminderter Lautstärke entgegen, bevor sie sich zu den hinteren Sitzen durchkämpfte. »Çok fazla yiyorlar!«, bekam der Busfahrer außerdem zu hören. Der Triumph in ihrer Stimme war unverkennbar.

Ich konnte gerade noch erkennen, dass der Fahrer rot anlief, bevor er den Türknopf drückte und ruckartig anfuhr. Sie hatte schon den freien Platz neben mir erspäht und ließ sich, von orientalischen Fahrkünsten beschleunigt, mit einer unerwartet geschickten Drehung in letzter Sekunde darauf fallen. Sie rückte ihren Hut zurecht, schnaufte mühsam und strich die Ärmel ihres dunkelblauen Kostüms glatt. Dabei verströmte sie einen Duft, der mich an ein Rasierwasser erinnerte, das ich nicht ausstehen konnte. Fahrig untersuchte sie den Inhalt ihrer Handtasche, nahm einen beschriebenen Notizzettel heraus, warf einen nervösen Blick auf ihre Armbanduhr, musterte mich und verkündete mit brummiger Stimme:

»Ich muss um drei Uhr am Hauptbahnhof sein. Wichtige Verabredung am Gleis neunundzwanzig.« Zur Bekräftigung fuchtelte sie mit dem Zettel vor meiner Nase herum. »Da muss ich durch die ganze Halle!« Fast hätte ich mich dafür entschuldigt. Stattdessen fragte ich sie:

»War das eben Türkisch? Was haben Sie denn zu ihm gesagt?« Sie schaute mich prüfend von der Seite an.

»Sind Sie nicht...?«, begann sie.

»Nein, ganz bestimmt nicht«, fiel ich ihr ins Wort. »Aber es interessiert mich wirklich, haben Sie den Fahrer beschimpft?« Sie holte tief Luft und grunzte unverständlich. Dann gab sie ein Röcheln von sich. Ihre linke Hand, in der sie den Zettel hielt, verkrampfte sich. Sie schnappte nach Luft, krallte die Finger ihrer rechten Hand krampfhaft in meinen linken Unterarm und glotzte mich aus hervorquellenden Augen panisch an. »Hören Sie, ich wollte nicht indiskret ...«.

Weiter kam ich nicht. Ihre Hand löste sich von meinem Arm. Sie ließ noch ein tiefes, abschließendes Gurgeln hören, kippte zur Seite und rutschte auf den Boden, direkt vor die Füße einer sprachlosen Schülerin der achten Klasse. Genaugenommen hatte diese zwar die Sprache verloren, war aber durchaus noch fähig, zu schreien. Und das tat sie dann auch ausgiebig.

Der Busfahrer schaute in den großen Innenspiegel, unterdrückte einen weiteren Fluch und stieg auf die Bremse. Ich war auf den freigewordenen Platz gerutscht und konnte mich gerade noch festhalten.

Als der Bus stand, beugte ich mich zu der leblosen Frau hinab, deren umfangreicher Körper mich am Aufstehen hinderte. Mein Blick fiel auf ihre linke Hand, die merkwürdigerweise auf mich zeigte, als wollte sie mir den Zettel geben. Einem plötzlichen, unwiderstehlichen Impuls gehorchend zog ich das kleine rosa Papier vorsichtig zwischen den fetten, schweißfeuchten Fingern der Leblosen hervor und ließ es sogleich in der Brusttasche meines Hemdes verschwinden. Niemand hatte das bemerkt. Der Busfahrer stürmte nach hinten, um sich die Bescherung anzusehen.

»Was ist mit ihr?«, schnauzte er mich an. »Ruhe!!«, brüllte er außerdem die Schülerin an, die daraufhin das Schreien abrupt einstellte. Stattdessen begann sie, rasend schnell auf ihr Handy einzutippen. Von den anderen Fahrgästen meldete sich niemand zu Wort.

»Sie hatte einen Anfall, wahrscheinlich einen Herzinfarkt«, sagte ich. »Die Anstrengung war wohl zu groß, und die Aufregung. Und vielleicht auch ihr Gewicht.«

»Aber mir noch an den Kopf werfen, ich würde zu viel essen«, stieß der Busfahrer hervor und kniete sich nieder, um ihr den Puls zu fühlen. Dann rief er die Polizei an.

Eine halbe Stunde später stand ich am Odeons-Platz. Der Notarzt hatte den Tod der Matrone festgestellt. Zwei Polizisten unterhielten sich eingehend mit dem Busfahrer. Ich hatte keine große Lust, meinen Senf dazu zu geben und war unbemerkt getürmt.

Jetzt wartete ich am Straßenrand und schaute mich ratlos um. Die Bilder gingen mir nicht aus dem Kopf. Das ganze Geschehen kam mir so unwirklich vor, als hätte ich in einem Sketch von Didi Hallervorden mitgespielt und die Pointe vergessen.

Zum vierten Mal holte ich den zerknitterten rosa Zettel hervor, den ich der Frau abgenommen hatte. »Orientexpress« war darauf notiert, und darunter »15:00 Uhr«. Ich hatte keine Ahnung, was ich davon halten sollte.

Sie hatte etwas von Gleis neunundzwanzig erwähnt. Ich bezweifelte, dass dort der Orientexpress haltmachte, steckte den Zettel wieder weg und schüttelte den Kopf.

Liegt München überhaupt auf der Bahnstrecke zwischen Paris und Istanbul?

Ich schaute auf die Uhr. Es war kurz nach drei und ohnehin zu spät.

Ein Bus fuhr heran. »Hauptbahnhof« blinkte mir in rotgepunkteten Buchstaben entgegen. Da wollte ich nicht hin. Was sollte ich auch dort?

Ich steckte meine Hände in die Hosentaschen und wandte mich ab. Die Bustür ging mit einem Zischen auf. Ich blieb stehen, legte die Hand auf meine Brusttasche und warf einen Blick in den Himmel, der dicht mit dicken, weißen Wolken übersät war.

Auf irgendetwas wartete ich, oder wartete irgendetwas auf mich? Erneut drang das Zischen an meine Ohren.

Tief Luft holend fasste ich einen spontanen Entschluss, drehte mich um und stand nach drei, vier hastigen Schritten vor der sich gerade schließenden Bustür. Der Fahrer verdrehte die Augen und ließ mich einsteigen.

Eine Viertelstunde später stieg ich am Hauptbahnhof aus und betrat die Halle.

Die große Uhr neben der Anzeige mit den Abfahrts- und Ankunftszeiten zeigte 15:23 Uhr. Ich durchquerte die Halle ohne große Eile. An Gleis neunundzwanzig war fast kein Mensch zu sehen.

»Du bist zu spät, die sind ohne dich abgefahren«, rief mir ein Obdachloser entgegen und machte es sich auf einer der unbequemen Bänke bequem. Ich nickte ergeben.

»Was für eine Schnapsidee, hierherzukommen«, dachte ich. Mir ging das Gewimmel all der Leute, die anscheinend genau wussten, wo sie hinwollten, gewaltig auf den Wecker.

Ich flüchtete in ein Bahnhofsrestaurant. Dort holte ich mir an der Selbstbedienungstheke einen viel zu heißen Kaffee und ein Sandwich mit Tomaten und Gurken, das sich flach auf den Teller duckte.

In einer Ecke, dicht bei den Toiletten, fand ich ein freies Plätzchen und ließ mich seufzend nieder. Nach zwei Bissen beschloss ich, das Sandwich in Ruhe zu lassen. Ich nahm einen Schluck Kaffee, verbrannte mir Zunge und Gaumen und unterdrückte mühsam einen Fluch.

Auf dem Nachbartisch lag, ordentlich zusammengefaltet, eine Wochenzeitung, die von der Person, die dort saß, achtlos an den Rand geschoben worden war.

»Entschuldigung, dürfte ich wohl einen Blick in ihre Zeitung werfen?«, fragte ich den etwa fünfzigjährigen Mann, der dort saß. Er drehte sich zu mir um und eine blitzartige Erkenntnis überfiel mich. »Sie sind der Orientexpress! Ähm, ich meine …, nein, Sie sind Hercule Poirot. Unsinn! Den gibt's ja gar nicht, was rede ich da?« Ich räusperte mich verlegen. »Sie hatten nicht zufällig um 15:00 Uhr hier im Hauptbahnhof eine Verabredung?«, brachte ich schließlich hervor.

Der Mann mit den öligen, schwarzen Haaren verzog die Lippen zu einem winzigen Lächeln.

»Ich sagte doch schon am Telefon, dass Sie mich an meinem Schnurrbart ganz leicht erkennen würden, nicht wahr. Ihre Stimme kam mir bei unserem Gespräch allerdings etwas anders vor.« Ich holte tief Luft und wusste nicht recht, was ich sagen sollte.

»Ja, das geht vielen so«, probierte ich dann als Antwort.

Ich legte die rechte Hand wie zur Beschwörung auf meine Brusttasche mit dem rosa Zettel. Die pure Neugierde fuhr mir bis in die Haarspitzen. Zum ersten Mal in meinem Leben hatte ich nichts dagegen, für jemand anderen gehalten zu werden, auch wenn dieser Jemand eine dicke tote Frau war.

»Wie dem auch sei«, sagte der Mann, stand auf und setzte sich an meinen Tisch. »Ich bin heilfroh, dass Sie noch gekommen sind. Ich war drauf und dran, die Agentur anzurufen und denen den Marsch zu blasen.« Ich nickte, ohne einen blassen Schimmer zu haben, wovon der Mann redete. »Sie sind also A.L. Sowasch.« Er sprach die Punkte mit. »Hört sich nach einem Künstlernamen an.« Ich rieb mit Daumen und Zeigefinger über meine Nase.

»Ja, das glauben viele«, sagte ich wenig originell und fragte mich gleichzeitig, wer mir da wohl gegenübersaß.

Der Mann drückte mit Daumen und Zeigefinger die sorgfältig aufgezwirbelten, schwarzen Schnurrbartspitzen fest. Dann strich er mit der Hand über seine glatt anliegenden, schwarzen Haare.

»Ich liebe diese Verkleidung.« Ich schaute ihn fragend an. »Habe ich nicht erwähnt, dass ich Schauspieler bin?«. Ziemlich ratlos zuckte ich mit den Schultern. Daraufhin reichte der Mann mir die Hand. »Hans Müller. Trotzdem bin ich Schauspieler. Der Name ist so alltäglich, dass er für jemanden mit meinem Beruf schon wieder originell ist, finde ich. Deshalb verzichte ich auf einen Künstlernamen.«

»Das verstehe ich gut«, sagte ich.

Mir war immer noch nicht klar, wozu dieses Treffen überhaupt gedacht war.

»Wir sind noch ein paar Wochen auf Tournee mit ›Mord im Orientexpress‹. Wie Sie richtig bemerkt haben, spiele ich die Hauptrolle, den weltberühmten Hercule Poirot. Heute Abend gastieren wir in Salzburg. Der Einfachheit halber und weil es mir sehr angenehm ist, behalte ich auch tagsüber diese Gesichtsverkleidung bei. Die ganze Theatertruppe ist mir schon vorausgefahren. Oh, vielen Dank.« Die Kellnerin hatte ihm eine heiße Schokolade gebracht, das Lieblingsgetränk Hercule Poirots.

»Für mich bitte dasselbe«, sagte ich, in der Hoffnung den Geschmack des Sandwiches damit verscheuchen zu können. Langsam fragte ich mich jedoch, ob ich dem Mann nicht lieber reinen Wein einschenken sollte. Hans »Poirot« Müller nahm einen Schluck Kakao und strich anschließend mit dem Zeigefinger über seine Oberlippe.

»Ich habe also wenig Zeit, mein Zug geht in einer halben Stunde. Ist Ihnen soweit alles klar? Sind Sie mit drei Wochen einverstanden?«

»Ach, wissen Sie …«, sagte ich, ratloser denn je.

»Es können leicht auch vier oder fünf werden, aber da unten lässt es sich ja gut aushalten, nicht wahr?« Ich nickte zustimmend und überlegte fieberhaft, wie ich an nähere Informationen herankommen könnte.

»Wie sind Sie eigentlich auf diese Agentur gestoßen?« Eine clevere Frage, wie ich fand.

»Sie meinen die *Someone at home*? Ach, na ja, als mein Großvater mir gestern am Telefon eröffnete, dass er unbedingt zum 99. Geburtstag seines jüngeren Bruders nach Vimmerby fahren müsse, fiel mir erstmal die Kinnlade runter.«

»Das wäre mir vermutlich genauso gegangen«, pflichtete ich ihm bei.

Ich hatte keine Ahnung, wo Vimmerby lag, wenn ich auch glaubte, den Namen schon mal gelesen zu haben.

»Mein Großvater ist sehr tatkräftig. Sobald er sagt, was er als Nächstes vorhat, ist er schon mittendrin. ›Du kannst ja so lange auf mein Haus aufpassen. Ich verlass mich auf dich‹, waren seine letzten Worte und schon hatte er aufgelegt und mir damit wieder mal ein Ei ins Nest gelegt.«

Hans »Poirot« Müller nahm einen weiteren Schluck von der heißen Schokolade und strich mit dem Zeigefinger über seinen Schnurrbart.

»Ich vermute, dass er in diesem Augenblick auf der Fähre nach Schweden unterwegs ist und seine Mitreisenden mit seiner mitreißenden Lebensgeschichte unterhält.« Die Kellnerin brachte eine dampfende Tasse für mich. Allmählich dämmerte mir etwas.

2. Kapitel

Hans »Poirot« Müller legte seine sorgfältig manikürten Finger zusammen. »Natürlich kann ich im Augenblick nicht so einfach mal nach Capri gondeln.« Ich schluckte.

»Heißt das etwa …?«

»Mein Großvater hat, wie ich am Telefon schon erwähnte, ein Häuschen auf Capri. Also klemmte ich mich heute früh ans Telefon und suchte nach einer Housesitting-Agentur, die mir quasi Last-minute jemanden vermitteln kann.« Er nahm einen weiteren Schluck. Ich drehte meine Tasse hin und her und versuchte, einen klaren Gedanken zu fassen, was nicht so einfach war, weil in meinem Kopf eine Lautsprecherstimme ständig »Capri!« rief.

Hans »Poirot« Müller griff in sein Jackett und holte eine Brieftasche hervor. »Die Agentur hat mir nur ihre Festnetznummer gegeben. Sie haben wohl kein Handy?« Ich schüttelte den Kopf. »Na, dann muss es eben so gehen.«

Er schob mir ein Blatt Papier zu und tippte mit seinem Zeigefinger darauf. »Hier ist meine Nummer. Und hier hab ich Ihnen die Verbindung ausdrucken lassen. Sie können mit dem Zug um 17:23 Uhr nach Neapel fahren, nehmen dort morgen früh vom Bahnhof ein Taxi zum Hafen und fahren dann mit der Aliscafi-Fähre rüber nach Capri. Dort finden Sie am Hafen Marina Grande sicher jemanden, der Sie zur Villa meines Großvaters bringt. Der Name steht hier ganz unten.« Ich suchte nach Worten.

»Was ist es denn nun, ein Häuschen oder eine Villa?«, fiel mir als erstes ein.

»Lassen Sie sich überraschen«, sagte Hans »Poirot« Müller, holte eine Taschenuhr hervor und warf einen kurzen Blick darauf.

»Jedenfalls gibt es dort ein Telefon. Sie können mich jederzeit erreichen, außer während der Vorstellungen natürlich.« Ich nickte. Ganz weit vorn in meinem Kopf kam es mir so vor, als sei alles klar, obwohl weiter hinten gar nichts klar war.

Capri! Ich hatte doch gar kein Geld für die Fahrkarten. Außerdem würde diese Agentur doch sicher irgendwann spitzkriegen, wer sich da auf Capri in Opa Müllers Villa eingenistet hatte. Vonwegen. Ich saß da und rührte in meiner heißen Schokolade, während ganz langsam ein Gedanke um meine heiße Tasse schlich: »Ich könnte doch vielleicht einfach mal so tun als ob.« Ich probierte vorsichtig einen kleinen Schluck. Die Schokolade war ausgezeichnet. Das überraschte mich und es beflügelte mich.

»Ich soll also«, begann ich noch etwas zaghaft, »auf das Haus Ihres Großvaters während der nächsten drei Wochen aufpassen. Und was …«, ich senkte meine Stimme, »ich meine, wie haben Sie sich das finanziell vorgestellt?«

In diesem Moment klingelte das Telefon des Schauspielers. Hans »Poirot« Müller holte sein Handy aus der Innentasche seines Jacketts und warf einen Blick auf das Display, dann verdrehte er die Augen.

»Entschuldigen Sie, da muss ich kurz rangehen«, sagte er und drehte sich zur Seite.

Ich nahm meine Schokoladentasse in beide Hände und stützte die Ellbogen auf den Tisch. »Capri, Capri, Capri!«, dachte ich und hörte bereits die Grillen in der mediterranen Sommerluft zirpen, »die Villa Iovis, der Monte Solaro, die Sesselbahn dort hinauf, Marina Grande, die drei Faraglioni, San Michele …«

»So geht das nicht!«, drang die Stimme des Schauspielers unwirsch an meine Ohren.

»Ich hab dir klipp und klar gesagt, dass ich darüber nicht mit mir reden lasse. Nein. Nein, auf gar keinen Fall! Ich hab dir sechshundert Euro überwiesen und damit sind wir quitt. Ich hab jetzt eine andere. So ist das eben. Mir egal, wie du das aufgefasst hast. Ich hab dich niemals im Glauben gelassen, dass … Nein! Nein, hör mir doch bitte einmal zu, ohne gleich hysterisch zu werden.«

Hans »Poirot« Müller deckte sein Handy ab und warf mir ein Lächeln zu. »Dauert nicht lange«, raunte er mir zu. Ich nickte hinter meiner Tasse. »Schluss jetzt! Find' dich mit den Tatsachen ab. Wir sind geschiedene Leute. Ja. Von mir aus. Das kannst du gerne mal versuchen. Viel Spaß dabei!« Er legte auf und platzierte das Telefon neben seiner Tasse. Ich war neugierig geworden.

»Ihre Frau?« Hans »Poirot« Müller hob abwehrend beide Hände.

»Meine Anwältin, genauer gesagt meine Ex-Anwältin. Sie sollte eigentlich dabei helfen, mir meine Ex-Frau vom Leib zu halten. Irgendwie muss sie mein Verhalten falsch interpretiert haben.«

»Ja, das soll es geben«, sagte ich mit Kennermiene. Hans »Poirot« Müller warf mir einen raschen Blick zu.

»Sie sind verheiratet?«

»Verwitwet.«

»Dann können Sie also allein nach Capri fahren, Sie Glücklicher.«

»Äh ja …«

»Ach so, ja — das Finanzielle. Sie wissen ja, als alter Hase in diesem Geschäft, wie das üblicherweise läuft.«

Der »alte Hase« gefiel mir. Ich legte den Kopf schief und versuchte den dazu passenden Gesichtsausdruck hervorzuzaubern. »Sie können umsonst drei Wochen oder sogar noch länger auf der schönsten Insel im Mittelmeer wohnen. Alles, was Sie dafür tun müssen ist, das Domizil meines Großvaters gegen alle Angreifer zu verteidigen, seien es nun die Mafia, die Carabinieri oder die Ameisen und zwar unter Einsatz Ihres Lebens. Zudringliche Touristen sind gefangen zu nehmen. Außerdem sollten Sie ein Auge auf die Tomaten haben. Dafür können Sie sich an allem bedienen, was Sie vorfinden. Ach ja, die Nachbarn sollen etwas merkwürdige Leute sein, hat mir mein Großvater berichtet. Er will auf keinen Fall, dass sein Refugium ihnen wochenlang schutzlos ausgeliefert ist. Ich will nicht ins Detail gehen. Sie sind ja lebenserfahren genug und finden sicher einen Weg im Umgang mit …, na ja, Sie werden es ja erleben.«

Ich hatte mit zunehmendem Unbehagen den Worten des Schauspielers gelauscht.

»Wissen Sie, ich …«

»Ich weiß, ich weiß, Herr Sowasch. Mir ist wieder einmal der Gaul durchgegangen. Vergessen Sie das mit der Mafia und so weiter. Um diese Jahreszeit sind diese Leute ganz friedlich. Das mit den Ameisen, Touristen, Nachbarn und Tomaten war allerdings ernst gemeint. Und da Sie mir so kurzfristig aus einer großen Bredouille heraushelfen …«

Sein Handy vibrierte auf der Tischplatte. Wieder der prüfende Blick auf das Display. »Ich bitte nochmals um Entschuldigung, aber da muss ich auch …, oh, hallo, ich hab nicht viel Zeit, mein Zug geht in — ich bin praktisch schon weg. Ja, gerade eben. Hab Schluss gemacht. Bin ja nicht blöd und lass mich von so einer einwickeln. Nein. Absolut nicht. Da besteht keine Gefahr. Du bekommst dann von meiner neuen Anwältin ein …, ja doch! Nein. Wie meinst du das? Was soll das heißen? Haben wir das nicht ausdrücklich vereinbart? Du kannst doch jetzt nicht …, aber …, hör doch mal! Nein! Nein sag ich! Mir reicht es jetzt langsam. Davon will ich nichts hören. « Er holte tief Luft.

»Schluss jetzt! Versuchs doch. Kannst du gerne probieren. Viel Spaß dabei!«

Er legte auf, steckte sein Telefon weg, holte ein Seidentüchlein aus der Brusttasche seines Jacketts und tupfte seine Stirn ab. Dann räusperte er sich und leerte die restliche Schokolade in einem Zug.

»Das war jetzt Ihre …«

»Meine Ex-Frau. Was soll ich sagen? Die Frauen verstehen mich stets falsch.«

Er holte wieder seine schwere Taschenuhr hervor. »Vor allem wenn es um meine Euros geht.« Er winkte der Kellnerin. »Hören Sie, Herr Sowasch, …« Ich konnte mich an diesen Namen einfach nicht gewöhnen.

»Sagen Sie doch einfach Ludwig zu mir«, unterbrach ich ihn.

»Schön, aber dann sag ich am besten gleich Luigi, schließlich fahren Sie nach Italien. Hier sind fünfhundert Euro. Die dürften für Ihre Reisespesen genügen. Das ist zwar nicht üblich, aber Sie sind mein Retter in letzter Not, mon Ami, wie Poirot sagen würde.« Nebenbei beglich er die Rechnung für uns beide.

Für mich ging das alles ein bisschen zu schnell. Im allerletzten Moment holten mich Skrupel ein. »Du musst dieses Missverständnis klären«, sagte eine Stimme hinter meinem linken Ohr. »Du musst Hans »Poirot« Müller enttäuschen und ihn in seinem Dilemma alleinlassen. Du kannst nicht nach Capri unter diesen Umständen. Das geht nicht. Du kannst nicht …, du musst …«

Doch mein Gegenüber war bereits auf den Beinen. Ich gab meinem linken Ohr eine leichte Feige. Hans »Poirot« Müller reiche mir die Hand und schenkte mir sein schönstes Schnurrbartlächeln. »Ich gebe Ihnen rechtzeitig Bescheid, falls Sie Ihren Urlaub auf Capri verlängern dürfen. Bon voyage et au revoir.«

Ich stand hastig ebenfalls auf.

»Aber …«, brachte ich noch heraus, doch Hans »Poirot« Müller war schon dabei, im Laufschritt seinen Zug zu erwischen.

»Sie brauchen sich nicht zu bedanken«, rief er mir noch über die Schulter zu, dann war er zwischen all den anderen Reisenden verschwunden.

Ich ließ mich wieder auf meinen Stuhl fallen. Mein Blick fiel auf die Zeitung. Ich nahm sie an mich. »Schließlich brauche ich eine Reiselektüre«, war mein erster Gedanke. Ich starrte auf die Schlagzeilen, die es jedoch nur bis zu meinem Augapfel schafften. Der Zugang zu meinem Hirn war ihnen vorübergehend versperrt, da dort ein mittleres Chaos herrschte.

Nach einigen wertvollen Minuten gewannen ein paar Schlagworte die Oberhand: 17:23 Uhr, Koffer packen, Neapel, Sparbuch, Fahrkarte, 17:23 Uhr, Siebzehnuhrdreiundzwanzig! Siebzehn …!!

Ich legte eine flache Hand auf meine Stirn. Das Reisefieber hatte mich gepackt. Ich klemmte die Zeitung unter den Arm und stand mit weichen Knien auf.

Knapp eine Stunde später war ich mit meinem kleinen Koffer wieder zurück am Bahnhof.

In diesen sechzig Minuten hatte ich es vermieden, weiter zu denken, als bis zur nächsten Socke.

Meine Wohnung war penibel aufgeräumt, ich konnte sie jederzeit verlassen. In den Monaten nach dem Tod meiner

Frau hatte ich damit begonnen, mich von den Dingen, die wir in dreißig gemeinsamen Jahren angesammelt hatten, Stück für Stück zu verabschieden.

Nach und nach leerten sich Schränke, Kommoden und Regale. Nach und nach verschwanden die leeren Regale, Kommoden und Schränke. Zwei Räume waren schließlich von allem Inhalt befreit, so dass meine Schritte darin unangenehm fremd hallten.

Ich hatte schon daran gedacht, in eine kleinere Wohnung zu ziehen. Mein Schlafzimmer war karg wie die Lehrersuite in einer Jugendherberge aus den siebziger Jahren.

Nur im Wohnzimmer leisteten die Dinge erbitterten Widerstand, was hauptsächlich daran lag, dass es sich dabei um meine Lieblingsbücher handelte.

In der Eile hätte ich beinahe vergessen, Hemingways Erzählungen und den Reiseführer über Ischia, Capri und Sorrent einzupacken, sowie die Leonardo-Biografie, die schon seit Wochen ungelesen auf meinem Nachttisch lag.

Das könnte für drei Wochen reichen, wenn ich meinen Lesehunger in den Griff bekäme.

Ich zog alle Stecker aus den Steckdosen und drehte das Wasser ab. Dann verließ ich die Wohnung im Eilschritt.

Draußen schlug mir eine schwüle Hitze entgegen. Ich ignorierte sie. Atemlos und schweißgebadet stand ich wenig später in der Schlange am Fahrkartenschalter und vermied es, einen Blick auf die Uhr zu werfen.

Morgen würde ich in Capri sein, das war es, was zählte. Während ich noch in meinem Gedächtnis nach Italienischvokabeln fahndete, traf mich der scharfe Blick der Bahnbeamtin, die das Glück hatte, mich meinem Traumziel näherzubringen.

»Schlafwagen oder Liegewagen?«, fragte sie leidenschaftslos, nachdem ich ihr Napoli als Zielort zugeraunt hatte.

»Äh ja, was ist bitte der Unterschied?«

»Im Schlafwagen schläft man, im Liegewagen liegt man«, sagte sie in gelangweiltem Ton und zog die Nase kraus, so als ob sie gleich niesen müsste.

Vorbeugend sagte ich:

»Gesundheit«, so dass ihr prompt das Niesen verging. »Ich werde wahrscheinlich sowieso kein Auge zutun, also geben Sie mir einfach die billigste Fahrkarte.«

»Also einmal Stehplatz im Gang«, sagte sie ohne mit der Wimper zu zucken und begann, im Stakkato auf ihre Tastatur einzuhämmern. Verwirrt starrte ich auf ihre emsigen Finger.

»Äh, Moment, halt, halt, wie war das? Ich kann doch nicht die ganze Nacht stehen!« Sie würdigte mich keines Blickes.

»War nur ein Witz, beruhigen Sie sich. Hin und her?«

»Wie? Äh, ja, also, ich glaube erstmal nur hin, irgendwie weiß ich noch nicht sicher, wann ich zurück …«

»Sie wissen aber schon sicher, dass Sie nach Neapel in Italien wollen, oder?«

»Nach Capri, um genau zu sein. Da will ich schon seit dreißig Jahren hin«, sagte ich leise und musste an meine Frau denken, die einfach nicht nach Italien gewollt hatte.

»Nie im Leben kriegst du mich dahin«, war ihre Standardantwort gewesen. Irgendwann hatte ich nicht mehr gefragt.

»Also einmal hin und vielleicht zurück«, murmelte die Bahnbeamtin und tippte wieder in atemberaubender Geschwindigkeit.

»Darf ich wenigstens am Fenster stehen?«, versuchte ich meinerseits einen Scherz. Ich fühlte mich von ihrer trockenen

Art angespornt. Wieder traf mich ein scharfer Blick aus schwarzen Augen.

»Der Scherzkeks hier bin ich. Sie haben Glück, die Toilette ist bereits ausgebucht. Sie dürfen im Trockenen sitzen.« Ein finaler Schlag auf die arg ramponierte Entertaste und schon begann der Drucker zu surren. »Cash oder Karte?«, fragte sie mich mit hochgezogenen Augenbrauen.

»Äh ja, ich habs dabei. Moment.« Ich kramte mein Sparbuch hervor. Darin lagen die Scheine Hans »Poirot« Müllers und meine eigenen Tausendsechshundert Euro — mein ganzes Vermögen.

»Cash also«, sagte sie und runzelte die Stirn. »Das macht 1.844 Euro.« Das Blut schoss mir in den Kopf und mein Atem stockte.

»Das ist doch wohl ein Witz!«, stammelte ich. Zum ersten Mal lächelte sie.

»Na, dann werden Sie ja erleichtert sein, dass ich Sie nur um 160 Euro erleichtern muss. Her mit den Scheinchen, aber ein bisschen plötzlich, sonst fährt Ihr Zug ohne Sie ab. Die Italiener sind da ziemlich deutsch.«

Wenig später stand ich im schmalen Gang des Zuges. Mein Atem und mein Herzschlag beruhigten sich allmählich und meine Nase gewöhnte sich an den staubig-metallischen Reisegeruch alter Nachtzüge.

Erst jetzt wagte ich es, einen Blick auf die Fahrkarte zu werfen, die mir die schwarzäugige Bahnbeamtin mit einem »Buon Viaggio« ausgehändigt hatte. München – Napoli Centrale stand darauf. In knapp dreizehn Stunden würde ich dort sein.

Ich fand keinerlei Hinweise auf eine Abteilnummer oder Platznummer. Also musste ich mich selbst um mein

Nachtlager kümmern. Angesichts des Gedränges, das überall im Zug herrschte, hätte ich mir normalerweise Sorgen gemacht. Im Augenblick jedoch war ich noch ganz von dem Gefühl beseelt, unterwegs nach Italien zu sein. Die Fee, die mich bis hierhergeführt hatte, würde mich auch die Nacht gut überstehen lassen.

Ich ließ mir Zeit mit der Suche, zockelte mit meinem Koffer durch den ganzen Zug, während er selbst seinen Weg aus dem Gleisgewirr des Münchener Hauptbahnhofs suchte. Etwa zehn Meter vor mir wackelte ein riesiger Rucksack hin und her.

Darunter waren ein paar dünne Beine in ausgefransten Jeans auszumachen, mit Füßen, die in ausgelatschten Sandalen bei jedem vierten Schritt ins Stolpern kamen.

Ich hatte die Hoffnung, ganz vorne, direkt hinter der Lok einen Platz zu finden. Bis dahin würde sicher keiner der Mitreisenden laufen. Mein Plan schien aufzugehen. Immer wieder scherte eine Gestalt aus der Schlange vor mir in ein Abteil aus und der Abstand zu dem zweibeinigen Rucksack verringerte sich immer mehr.

Der Zug hatte nun deutlich an Fahrt zugelegt. Ab und zu kam ich an einem geöffneten Fenster vorbei. Dann blieb ich jedes Mal stehen und streckte den Kopf hinaus. Der Rucksack vor mir tat das Gleiche.

Wir schienen beide vom selben Stamm zu sein.

Schließlich waren wir im vordersten Waggon angelangt. Ich warf einen Blick zurück über die Schulter. Wir waren tatsächlich die einzigen, die noch kein Plätzchen gefunden hatten.

Als ich wieder nach vorn sah, war der Rucksack auf zwei Beinen verschwunden.

Das Abteil, vor dem ich stand, war voll belegt und obwohl es noch nicht einmal sechs Uhr abends war, schliefen alle fünf Insassen auf den auseinandergezogenen Sitzen, wie auf einer Liegewiese.

Im nächsten Abteil wurde heftig diskutiert, gestikuliert und schnabuliert in italienischer Lautstärke und mit deutscher Gründlichkeit.

»Na prima«, dachte ich, »vielleicht krieg ich was zu essen, wenn ich mich einfach dazu setze.« Den Reiseproviant hatte ich total vergessen und außer zwei Bissen von dem verunglückten Bahnhofssandwich hatte ich nichts im Magen. Ich fasste mir ein Herz und wollte gerade die Abteiltür aufschieben, als drei Abteile weiter vorn ein kahler Kopf in den Gang lugte, mir zulächelte und mit der Hand einladende Zeichen machte.

Ich nahm meinen Koffer in die andere Hand und ging zögernd weiter.

»Nobody's here, just me. Thank God! Come in!«, rief der Kahlkopf mit einer fröhlichen Mädchenstimme. Ich hatte fast nichts verstanden.

Mein Englisch beschränkte sich auf »okay«, »yes« und »no«. Aber es hatte freundlich geklungen und dieser Klang lockte mich an. »Hi, I'm Renee, you can have any seat you want«, sagte die Fee und streckte mir ihre Hand entgegen, nachdem sie sie vorher rasch an ihrer Jeans abgewischt hatte.

Ich zögerte einen Moment, dann nahm ich sie dankbar und schüttelte sie mit einem kräftigen Händedruck. Es war so als hätten wir damit eine Abmachung besiegelt.

Mein Blick begegnete zwei klaren grünen Augen, die mich aus einem Gesicht anstrahlten, das mich an jemanden erinnerte. Es war ungewöhnlich schön, aber diese Ähnlichkeit? Mit wem nur? Natürlich, sie sah aus wie Romy

Schneider in dieser Talkshow damals, als sie eine Art schwarzen Turban trug, der ihr Haar vollständig verbarg und ihr Gesicht umso schöner zur Geltung brachte.

Dieses Gesicht hatte ich nun vor meinen Augen. Ich hatte ein wenig das Gefühl, angekommen zu sein, auch wenn meine Reise gerade erst begonnen hatte.

»Hallo. Ich heiße Ludwig und kann kein Englisch«, brachte ich mit einem Schulterzucken hervor. Sie hob beide Hände.

»Das macht wenig. Main duitsch is börfekt«, war ihre Antwort. Ihr gewaltiger Rucksack lag schräg in der Ecke am Fenster. »Ist es ok wenn ich sage Lou zu you? Ludwig sounds wie ein Oldtimer, you know?«

Ich lächelte etwas gequält und nickte. Dann schaute ich mich im Abteil um.

Draußen an der Tür steckte zwar ein »Reserviert-ab-München-Schild«, doch wie es aussah, hatten die Leute es sich anders überlegt, oder waren krank geworden, oder hatten einen Unfall gehabt, oder waren durch einen Stau aufgehalten worden, oder hatten ganz einfach keine Lust mehr gehabt, nach Neapel zu fahren, weil sie sich gerade in einem mordsmäßigen Streit über eine Lappalie verheddert hatten. Ich hätte mir noch fünfzig weitere Gründe denken können. Meine Fantasie ging in solchen Dingen oft mit mir durch.

Meine letzten zwanzig Arbeitsjahre hatte ich als Museumswärter in den Münchner Pinakotheken verbracht. Den lieben langen Tag war ich durch die Säle geschlurft und hatte die Besucher beobachtet, ohne dass ich selbst wahrgenommen wurde.

Irgendwann hatte ich begonnen, der alten Dame, die jeden Montag mit einem Schirm lange vor dem *Caspar David Friedrich* verweilte, einen Lebenslauf zu weben, in dem vier

Ehemänner vorkamen; dem bärtigen jungen Mann mit der dicken Brille, der seit fünf Monaten versuchte, den *Caravaggio* zu kopieren, eine Karriere als Staubsaugervertreter zu auszumalen; dem Paar, das eines Abends in *Rodins* Ecke knutschte, einen heftigen Streit wegen ihrer Schwangerschaft anzudichten und für den grauhaarigen Herrn im Gehrock, der den *van Dyck* jedes Mal betrachtete, als sehe er ihn zum ersten Mal, ein Testament zu formulieren, in dem kein einziger seiner Angehörigen vorkam.

Diese gedanklichen Exkursionen halfen mir durch die langen Nachmittage in trüben und trockenen Räumen, in denen man leise raunte, ehrfürchtig murmelte oder einfach nur sprachlos staunte, während das alte, ehrwürdige Parkett sich bisweilen betreten räusperte.

Renees Stimme riss mich aus meinen Gedanken.

»Want something to eat? Oh, sorry Lou, willst du futtern?« Sie hielt mir eine überdimensionierte Brezel und einen Früchteriegel hin, die sie aus den Tiefen ihres Rucksacks hervorgezaubert hatte.

»Ok, danke, das ist sehr …, ich hab wirklich Hunger, aber ich will nicht, dass …«

»Don't worry, ich kaufe immer zwei von alles. Das ist very good gegen Verhungern.«

Ich stellte meinen Koffer auf den Sitzplatz am Gang, nahm Brezel und Riegel entgegen und ließ mich auf dem mittleren Sitz nieder. Während der nächsten Minuten kauten wir einvernehmlich und verfolgten die vorbeiziehende Landschaft.

Ab und zu riskierte ich einen verstohlenen Blick auf meine Fee, wie ich sie insgeheim nannte. Ich hatte noch nie ein kahlköpfiges Mädchen gesehen, und ich bewunderte sie für die Selbstverständlichkeit, mit der sie ihre Glatze zeigte. Meine Blicke waren ihr nicht entgangen.

»I don't like caps, weil die sind so, wie sagt man, hasslich«, sagte sie.

»Hässlich«, half ich.

»Exactly. Außerdem the sun is good for main Kopf, you know. It makes me think positive. Ah, wait a minute: Es denkt besser ohne Helm, ohne Hut.« Ich nickte. Ich konnte sie gut verstehen.

Als wir mit dem Essen fertig waren, kramte sie aus ihrem Rucksack zwei kleine Bierflaschen hervor und stellte sie auf den Klapptisch am Fenster. Dann verschwand sie erneut in ihrem geräumigen Reisegepäck. Ich hörte ihre Stimme gedämpft eine Reihe englischer Worte murmeln.

Dem Klang nach waren es keine Vokabeln, die ich an der Volkshochschule hätte lernen können. Ich warf einen Blick auf die Flaschen und verspürte plötzlich einen brennenden Durst. Ich griff in meine Hosentasche.

»Shit, my opener is weg. Lou, hast du vielleicht …«, sagte sie und tauchte enttäuscht aus ihrem Rucksack auf. Ein langanhaltendes Zischen unterbrach sie.

»Ist ein bisschen warm, das Bier, scheint mir«, sagte ich und hielt ihr eine geöffnete Flasche hin.

»Oh, thanks. Thank God. German guys, ah, deutsche Männer haben always ein Taschenmesser«, sagte sie mit einem Seufzer und nahm ihre Flasche.

Ich öffnete vorsichtig meine Flasche, steckte mein Schweizermesser wieder ein und prostete ihr zu, bevor ich einen langen Zug tat. Das Bier war zwar nicht kalt, das hätte mir mein Magen ohnehin übelgenommen, aber es hatte genau den richtigen Geschmack. Renee ließ einen scheuen Rülpser hören und lehnte sich entspannt gegen ihren Rucksack.

»Sie kennen schwierige Wörter. Taschenmesser und so«, versuchte ich sachte etwas Konversation.

»Yeah, und Schließfachgebuhr und Sussigkeitenautomat und gelegtes Brotchen. Ich kriege jeden Tag ein neues Wort in my head«, sagte sie und tippte an ihre Stirn. »Das macht ihn wieder ok.«

Ich nickte und schaute aus dem Fenster. Wir fuhren gerade besonders langsam durch einen kleinen Provinzbahnhof, kurz vor der Grenze. Als der Zug wieder beschleunigte, hatte ich beschlossen, dasselbe zu tun wie Renee. In meinem Kopf, da war ich sicher, war genug Platz für täglich ein neues englisches Wort.

»By the way, Lou, you can say du zu me, zu mir, zu mich.«

»Mir ist schon richtig«, sagte ich.

»In Schweden ganze Welt sagt du. Nur zu the king plus sein family sagt man Sie.«

»Du warst in Schweden?«

»Vor sechs Wochen, nein sieben. Aber nicht für lange Zeit.«

»Wie lang bist du denn schon unterwegs?« Sie nahm einen letzten Schluck aus ihrer Flasche und stellte sie dann auf den Boden.

»Mein ganzes Leben«, sagte sie und schaute mich an. Ich nickte und wollte vorerst nicht mehr erfahren.

»Meinst du …, also ich würde gern jeden Tag …, ich kann nämlich nicht englisch reden, und so ein Wort am Tag …, kannst du mir vielleicht ein paar Worte aufschreiben, für meine Reise?« Sie zog die Augenbrauen nach oben.

»Ich kann dich jeden Tag ein neues Wort sagen, solange wir sind together überwegs.«

»Unterwegs.«

»That's what I mean. Ausgemacht?« Sie streckte mir ihre kleine Hand hin und ich nahm sie.

»Abgemacht. Du hast ein schönes Armband. Sind das Holzperlen?« Sie lächelte und nickte.

Später, als es bereits dunkel war, brannte nur die kleine Notlampe über der Eingangstür. Draußen rauschte die Nacht vorbei. Drinnen lagen wir auf den zusammengeschobenen Sitzbänken und ließen die Zeit in unsere Köpfe, die vergangene und die zukünftige. Kurz bevor ich einschlief hörte ich Renees vom nahen Schlaf schon gefärbte Stimme.

»Lou, du erinnerst mir an my grandpa, Großvater, you know.«

»Nicht schon wieder«, dachte ich. Sie gähnte herzhaft, dann war für eine Minute nur das regelmäßige Rattern des Zuges zu hören. »But du bist trotzdem somehow ganz schön anders«, kam es leise von ihrer Seite.

Ich drehte mich auf die andere Seite, dankbar für alles, was mir an diesem Tag begegnet war, besonders aber für diesen einen Satz.

3. Kapitel

Am nächsten Morgen um kurz nach sieben weckte mich ein schrilles Kreischen. Ich bekam die Augen nicht gleich auf und tastete nach meinem Wecker. Der stand jedoch über tausend Kilometer entfernt auf meinem Nachttisch in München und klingelte sich die Seele aus dem Leib. Die Tür zum Abteil wurde mit einem Ruck aufgerissen.

»Dieci minuti a Napoli Centrale«, sagte eine raue, tiefe Stimme. Es klang wie ein Befehl.

Renee war mit einem Schlag wach.

»Scusi, signor, do you have, ah, avete un coffee? I want to buy two espresso per favore, please.«

Der Schaffner, der bereits dabei war, das verschlafene Nachbarabteil in die Wirklichkeit zu zerren, streckte noch einmal seinen Kopf in unser Abteil.

Ich lag auf dem Rücken lag und rieb mir den Schlaf aus den Augen. Dabei bemerkte ich erschrocken, dass der Schaffner eine Schaffnerin war.

»Cosa vuoi?«, kam es drohend, während sie ihren Kopf mit einer langen schwarzen Mähne zurückwarf und mit den Augen funkelte. Renee blieb unbeeindruckt.

»Per favore un coffee, due coffee, please, we need espresso«, sprudelte sie hervor und faltete theatralisch die Hände wie zum Gebet.

Die Schaffnerin ließ ein verächtliches Schnauben hören und nickte dann mit dem Kopf herrisch in Richtung des Nachbarwaggons.

Renee schlüpfte blitzschnell aus ihrem Schlafsack, machte einen großen Schritt über mich hinweg, sprang an der Schaffnerin vorbei in den Gang und machte sich in Jeans und T-Shirt auf ihre knallgelben Socken.

Ich hatte mich gerade erst ein wenig aufgerappelt, die Liegesitze zurück in ihre aufrechte Position geschoben und stand mit schmerzendem Rücken etwas wacklig auf den Beinen am Abteilfenster, als Renee mit zwei kleinen weißen Bechern schon wieder in der Tür erschien.

»I love this coffee. Here Lou, taste it, probieren, du wirst vergeistert sein.«

»Begeistert.«

»Yeah, that's what I mean.«

»Coffee?«, fragte ich. »Das ist mein Wort für heute.«

»Allright. Coffee means Kaffee. That's easy, isn't it?« Ich lächelte etwas verknittert, zuckte mit den Schultern und nahm meinen Becher entgegen.

»Du bekommst noch Geld«, sagte ich und trank meinen ersten heißen, schwarzen Schluck.

»Don't worry. Du zahlst das Nächste, was wir brauchen. Here, if you want.« Sie zog ein Zuckertütchen aus ihrer Hosentasche und hielt es vor meine Nase.

»No, thank you.«

»Yeah, du machst große Schritte, great.« Ich hielt mich mit einer Hand am Fenstergriff fest. Die Rückenschmerzen waren wie fortgeblasen.

Der Zug rollte gemächlich an einem großen Stationsschild vorbei — *Napoli Centrale*.

»Gestern um die Zeit lag ich noch in meinem Bett in der Maxvorstadt und der Weg zum Bäcker kam mir viel zu weit vor«, dachte ich, »und wo bin ich jetzt?«

Ich schüttelte ungläubig den Kopf. Renee stand neben mir und sah schweigend aus dem Fenster. Ohne es auszusprechen, bewunderten wir uns gegenseitig für unseren Wagemut, am frühen Morgen in Neapel auszusteigen.

Mir jedenfalls kam es wagemutig vor.

Ich blickte Renee verstohlen von der Seite an. Bisher wusste ich so gut wie nichts von dem Mädchen. Aber etwas flüsterte mir ins Ohr, dass an ihrer Seite alles in Italien leichter sein würde. Sie hatte entschieden mehr Übung im Unterwegssein und im Lösen der vielen kleinen Probleme, die, davon war ich überzeugt, an jeder Ecke auf mich lauerten.

Renee knüllte ihren Kaffeebecher zusammen, beförderte ihn zielsicher in den winzigen Mülleimer und klatschte voller Energie in die Hände.

»Let's go, Lou. Andiamo. Wir gehen Napoli besuchen. Die haben fantastic Pizza hier, sagen die Leute.«

»Die wurde hier erfunden.« Ich war überrascht, dass mir dies so plötzlich eingefallen war. Ich hatte es in einem Reiseführer gelesen, zu einer Zeit, als Neapel für mich so unerreichbar war, wie der Mond oder Moskau.

Der Zug bremste ruckartig und brachte mich ins Stolpern, als ich mich nach meinem Koffer streckte, den ich abends zuvor im Gepäcknetz verstaut hatte. Renee konnte sich gerade noch am Fenstergriff festhalten.

»Die mögen uns hier, I'm sure«, sagte sie und schlüpfte im Sitzen in die Träger ihres Rucksacks, an dem sie zuvor mit ein paar Handgriffen ihren Schlafsack befestigt hatte. Dann verschränkte sie die Arme und stand mit einem Ruck auf.

Auf dem Gang draußen drängelten sich bereits die übrigen Fahrgäste.

Ich erkannte die fünf Schlafmützen vom Abend zuvor. Sie redeten in buntem Italienisch durcheinander, hielten sich an den Händen und versperrten mir damit den Weg. Eine schnell wachsende Unruhe strich über meinen Scheitel und packte mich am Genick. Sie trieb mich hinaus auf den überfüllten Gang. Ich zwängte mich mit meinem Koffer zwischen die Italiener, so dass sie ihre Hände loslassen mussten.

Für einen Moment verschlug es ihnen die Sprache, dann bemerkten sie meine grauweißen, kurzgeschorenen Haare, nahmen mir meine Drängelei nicht übel und setzten ihre lebenswichtige Unterhaltung umso lauter fort. Ich drehte mich nach Renee um, konnte sie aber nicht entdecken.

Draußen hallte eine kalte, unverständliche Lautsprecherstimme. Das schrille, metallische Kreischen der Bremsen übertönte sie. Der Zug kam endgültig zum Stehen.

Alle Fahrgäste auf dem Gang holen gleichzeitig tief Luft. Ich starre durch die schmutzigen Scheiben nach draußen.

Die Strahlen der Morgensonne finden ihren Weg durch die staubige Bahnhofshallenatmosphäre, vorbei an altgedienten Tauben, über alle Bahnsteige hinweg bis hin zu unserem Zug, bis zu unseren vom Schlaf befreiten Gesichtern und beruhigen meinen Puls mit ihrem warmen Glanz.

»Lou, I follow you, don't worry«, höre ich Renee von hinten rufen.

In Trippelschritten meinem Vordermann auf den Fersen, den Koffer an meinen Bauch gepresst, nähere ich mich quälend langsam der Tür. Gleichzeitig werde ich von den Fahrgästen, die dicht hinter mir unaufhörlich diskutieren sanft aber ebenso unaufhörlich geschoben, bis ich endlich, aufatmend und einen unbeholfenen Hopser wagend, mit beiden Füßen gleichzeitig auf italienischem Boden lande.

Kurz darauf steht Renee mit ihrem Ungeheuer von Rucksack neben mir.

»Und jetzt?«, frage ich und blicke mich ratlos um.

»Well, was schlägst du zu, Lou?«

»Vor. Was schlägst du vor, heißt es.«

»Yeah, that's what I mean.« Ich schaue sie unsicher an mit einem flauen Gefühl im Magen. Sie deutet mit beiden Zeigefingern auf mich. »Du willst nach Capri, right?« Ich nicke. Der bittere Geschmack des Kaffees liegt noch auf meiner Zunge. Ich brauche dringend was zu essen.

»Für eine Pizza ist es wohl zu früh?« Sie lacht.

»Not in my opinion. Come on. Wir schauen nach, was hat Napoli Gutes für uns.«

»Gut und anschließend suchen wir nach dem Hafen, wo die Fähren ablegen.«

»Allright. Die haben ein funny name hier, Alishuffle, something like that.«

»Aliscafi.«

»Okay, I follow you, ich folge du, Lou.«

»Dir. Es heißt dir. Ich folge dir.«

»That's what I mean.«

Später an diesem Vormittag lege ich beide Hände auf die Reling der Fähre.

Sie wird gleich ablegen und mich nach Capri bringen. Nach Capri! Seit mehr als dreißig Jahren hatte ich mir diesen Moment vorgestellt.

Ich schließe die Augen, während eine scheue Euphorie an meinen Beinen hochkrabbelt. Gedämpfte Stimmen umschwirren mich. Es hört sich nach Holländisch an, auch nach Französisch, dazwischen ein paar harte japanische Silben.

Ich verstehe zum Glück kein Wort. Das macht es mir leicht, mich zu konzentrieren und die letzten zwei Stunden Revue passieren zu lassen:

Das Frühstück im Stehen gleich vor dem Bahnhof, bestehend aus Pizza Margherita und zwei doppelten Espressi.

Ich war auf den Geschmack gekommen und von den Reisespesen Hans »Poirot« Müllers war noch jede Menge übrig. Mir kam dessen prächtiger Schnurrbart in den Sinn. Wie wohl die Vorstellung in Salzburg gelaufen war? Ich sah ihn vor mir, wie er mitreißend scharfsinnig in seinem Schlussmonolog die Lösung des Rätsels im Orient Express herbeiführt. Wie er genüsslich seinen schwarzen Bart zwirbelt. Wie er nonchalant in die Innentasche seines tadellos gebügelten Jacketts greift, sein Handy herausholt, das er, verflixt nochmal, vergessen hat, auszuschalten, und das sich in perfektem Timing stilecht mit den Tönen von Big Ben meldet.

»Bon, hier spricht Poirot. Nein. Nein, du verstehst mich ganz genau, ich bin Hercule Poirot. Hans Müller, wer soll das sein? Da liegt wohl eine Verwechslung vor.« Und auf diese Weise, elegant improvisierend, den Anruf seiner Ex-Frau oder Ex-Anwältin oder Ex-Freundin mitten auf der Bühne überspielt, von spontanem Applaus begleitet.

In einer engen Seitenstraße trafen wir auf der Suche nach einem Taxi auf ein Taxi, das auf den ersten Blick nicht nach einem Taxi aussah.

Genauer gesagt trafen wir es unvermutet mitten auf der Straße, als wir uns reflexartig mit beiden Händen auf der Kühlerhaube eines alten Fiat Cinquecento abstützen mussten. Unsere Kniescheiben blieben verschont, da der Fahrer des Fiats wegen akuter geistiger Abwesenheit vergessen hatte, das Gaspedal artentypisch durchzutreten. Die beiderseitige Schrecksekunde dauerte angemessene fünf Sekunden.

Sodann knallte der Fahrer ein magnetisches Taxischild auf das Dach seines motorisierten Kokons.

Anschließend entpuppte er sich und überschüttete uns mit einer Wortkaskade, aus der ich »scusi«, »Madonna mia« und »mannaggia« heraushörte.

Nach einigem Hin und Her fand ich zusammen mit meinem Koffer auf dem Rücksitz Platz, indem ich mich schräg hineinfallen ließ und anschließend die Knie anzog. Renee konnte sich auf den mit Asche gesprenkelten Beifahrersitz quetschen. Ihr Rucksack fand auf dem Dach des Fiats ein luftiges Plätzchen, wo ihn Gianpaolo, so hieß der Taxifahrer, energisch mit ein paar Möbeltragegurten festzurrte.

Zum Schluss implantierte Gianpaolo sich selbst in sein unter dem ungewohnten Gesamtgewicht ächzendes Gefährt, startete und fragte schnaufend:

»Dove?« Renee, die die Suche nach einem Taxameter aufgegeben hatte fragte kurz und bündig zurück:

»Quanto?«, worauf Gianpaolo zu einem längeren Monolog ansetzte, der mit einem kurzen Überblick der Geschichte Italiens begann, seine eigene Familiengeschichte einschloss, die schulischen Leistungen seines Sohnes beiläufig streifte, die Frechheiten seiner beiden Töchter ausführlich behandelte, die Untreue seiner Frau mit einem Achselzucken abtat, die Untreue seiner Freundin mit einer geballten Faust beleuchtete, sowie die Lage der italienischen Wirtschaft, speziell seines eigenen Taxiunternehmens in von Abgaswolken verdüstertem Licht darstellte.

Sein Plädoyer unterstrich er gestenreich, während er einhändig lenkte, blinkte, schaltete und den einen oder anderen gesalzenen Fluch einstreute.

Wir waren bereits zehn Minuten unterwegs, als es mir gelang, das Wort »Aliscafi« in das stete Wortgeplätscher zu werfen.

»Ah! Capri! Ich wusste. Allora Signore, dahin wir fahren schon ganze Zeit.«

»But how did you know, ah scusi, wie sagst du in Italy?«, mischte Renee sich ein.

»All want Capri, Madonna, alle von euch Deutschen …«

»Sono americana …«

»Si si, certamente auch tutto l'inglese e gli americani, sie alle wollen Capri …«

Mir schwirrte der Kopf und ich beschloss, den Rest der Fahrt zu schweigen, und zwar auf Deutsch. Renee dagegen versuchte hartnäckig im Interesse einer soliden Finanzplanung die Kosten unserer Stadtrundfahrt von Gianpaolo zu erfahren, der bei diesem Thema wahlweise nickte oder den Kopf schüttelte, bevor er es ebenso hartnäckig wechselte.

Nach einer halbstündigen Fahrt, während der ich mehr Englisch und Italienisch hören durfte, als zuvor in meinem ganzen Leben, bremste Gianpaolo mit einem zufriedenen »ecco la« und rutschte elegant in einen gerade freigewordenen Parkplatz.

Dreißig Euro waren nach meinem Ermessen ganz in Ordnung, aber Renee wollte Gianpaolo nicht mehr als Zwanzig Euro geben. Wie auf Kommando erbleichte er und griff sich schweratmend ans Herz.

Darauf griff Renee stöhnend an ihr Knie und zeigte ihm ihre aufgerissene Jeans. Als sie dann noch einen »Dottore« und die »Policia« erwähnte, war der Kampf gewonnen.

Ich stehe weit vorn an der Reling der Fähre mit noch immer geschlossenen Augen und atme tief durch. Die Stimmen neben mir sind verstummt. Wir waren so zeitig angekommen, dass die Ersteigerung der Karten nach Capri und das Entern der Fähre im Vergleich zu der Taxifahrt enttäuschend nüchtern, ja langweilig vonstattengingen. Was ich aber insgeheim genoss. Denn ich bin immer noch damit beschäftigt, mein inneres Navigationssystem neu zu zentrieren und das geht nur in aller Stille und ohne störende Einflüsse von außen.

Renee, der das viel schneller gelingt, versteht sehr gut, warum ich dort allein und sprachlos an der Reling stehen will und lässt mich in Ruhe.

Sie versucht in der Zwischenzeit auf der anderen Deckseite der Fähre nach Hause zu telefonieren. Ich bekomme davon nichts mit.

Das leichte Schwanken der Fähre, die sich rasch vom Festland entfernt, wirkt beruhigend. Auch der tiefblaue Himmel, von vereinzelten weißen Wolken getüpfelt, die gemächlich dahintreiben, flößt mir Gelassenheit ein. Die frische Brise des Golfs von Neapel tut meiner Nase wohl. Sie vergisst den penetranten metallischen Geruch, der so typisch ist für alte Zugwaggons. Sie vergisst das durchdringende Zigarrenaroma aus Gianpaolos winzigem Taxi.

Mein Blick geht über die Dächer von Neapel, wandert weiter, die Silhouette des Vesuvs entlang und hinauf, fällt dann zurück aufs Meer. Ich denke an meine Frau und beinahe taucht ein schlechtes Gewissen aus den friedlich schäumenden Bugwellen auf. Sie wusste nichts von Italien, aber sie wollte auch nichts davon wissen und jetzt war sie tot. Seit einem Jahr. Ein schlechtes Gewissen ist daher so angebracht wie Zucker auf einer Pizza Margarita. Der Gedanke gefällt mir. Isola Capri. »Jetzt bin ich da«, denke ich und klopfe wie zur Bestätigung paar Mal auf die Reling. »Jetzt bin ich da«.

Renee kam von der anderen Seite herüber.

»Hast du jemanden erreicht?«, fragte ich und deutete auf das Smartphone in ihrer Hand. Sie nickte.

»My uncle. Er hat mich nach Europa verschickt.«

»Geschickt.«

»Yeah. Oh my God, Duitsch ist ein geflickte, äh nein, wait a moment — ein geflixte Sprache.«

»Verflixt. Es heißt verflixte Sprache und das ist wirklich ein schweres Wort.«

»Egal for mich. Anyway. Ich hab ihn geweckt, mein Onkel. Er lebt in Seattle. Ich ruf ihn immer an, wenn ich an ihn denken darf.«

»Muss. Denken muss. Obwohl — «, ich kratzte an meiner Nase. »Lass nur. Denken darf hört sich viel besser an.« Renee legte eine Hand über die Augen und spähte über die flachen Wellen.

»There is Capri. Wir sind bald da.«

»War dein Onkel nicht sauer? Da muss es doch jetzt noch mitten in der Nacht sein.« Sie schüttelte den Kopf.

»Er hat bezahlt alles. Also das hier«, sie deutete auf ihren kahlen Kopf, »und das hier.« Sie streckte ihre beiden dünnen Arme aus und begrüßte damit Italien, Neapel, das Mittelmeer und Capri. »He told me also, er hat mir gesagt, nimm das Geld und fahr nach good old Europe. Bleib solange du willst. Wenn das Geld ist gone, futsch, weg, ruf an for more. And when you think of me, call me any time. Ruf mich an immer. Er ist mein rest of family.« Sie schwieg und ich hatte das Gefühl, jedes Wort verstanden zu haben.

Allmählich bevölkerte sich das Außendeck. Ich wusste nicht, wie ich vorgehen sollte. Bis hierher hatte Renee mich wie selbstverständlich begleitet und es war beruhigend für mich, ihre Unbeschwertheit und ihren Optimismus für meine eigene Reise nutzen zu können. Mit der Ankunft in Marina Grande, dem Hafen von Capri, würden sich unsere Wege trennen und das versetzte mich in zunehmende Unruhe.

Als wir schließlich nebeneinander inmitten der anderen Fahrgäste zum Ausgang gedrängt wurden, Renee mit ihrem Elefanten von Rucksack sich einige unfreundliche Vokabeln in mehreren Sprachen einfing und ich selbst mühsam meinen Koffer in dem allgemeinen Durcheinander behauptete, verließ mich der Mut, den ich in aller Eile zusammengekratzt hatte.

Die Fähre legte an. Der schwankende Rucksack entfernte sich immer weiter. Es war mir ein Rätsel, wie Renee in dem Getümmel so rasch vorwärtskam. »Was solls«, dachte ich, »jeder hat seinen eigenen Weg.«

Ich befühlte die Innentasche meiner Jacke und holte das Blatt Papier heraus, das Hans »Poirot« Müller mir gegeben hatte. Villa Fanulla stand darauf. Die war sicher bekannt und so groß war die Insel nun auch wieder nicht. Wäre doch gelacht, wenn ich da nicht allein hinkäme.

Renee war schon halb über den schmalen Landungssteg hinüber, als sie sich suchend umdrehte. Sie machte mir mit hoch erhobenen Händen irgendwelche Zeichen, die ich nicht verstand. Ich winkte unbeholfen zurück. Dann verlor ich sie aus den Augen. Man rempelte mich von hinten an, beinahe wäre ich gestürzt. Als ich den Landungssteg überquerte, stach mir Fischgeruch in die Nase.

Und dann setzte ich zum ersten Mal meinen Fuß auf Capri. Ein Moment, den ich mir in den vergangenen dreißig Jahren immer wieder ausgemalt hatte. Ich blieb stehen und achtete nicht auf die nachdrängenden Passagiere. So anders und doch genauso waren die Bilder in meinem Kopf gewesen: das Boot, das Wasser, der Himmel, der Hafen — ja; die Menschen — nein.

»Andiamo, avanti avanti, Signore, attenzione per favore!« Ich stolperte, riss mich zusammen und folgte entschlossenen Schrittes den anderen.

Nach wenigen Metern bereits stand ich vor einem Bus, dessen Tür sich gerade schloss. Ich hob die Hand, klopfte an die Scheibe. Der Busfahrer beachtete mich nicht. Er hupte stattdessen einige Fußgänger von der Straße, bevor er mit seiner Touristenfracht abfuhr. Seine schwarze Sonnenbrille funkelte gleichgültig in meine Richtung.

Aus einer der hinteren Scheiben blickte Renees Gesicht, die beide Hände hob und mir zuwinkte. Sie rief irgendetwas, das ich nicht hören konnte, dann war sie weg.

4. Kapitel

Ich setzte mich auf meinen Koffer und begann die Vormittagshitze zu spüren. Und ich hatte Durst. Das Gewimmel rings um mich her machte mir zu schaffen. Ich schaute zum Hafen, wo die wenigen Gäste, die zurück zum Festland wollten, über den schmalen Steg an Bord balancierten. Weiter draußen auf dem Meer sah ich die nächste Fähre herankommen. In Gedanken war ich schon oft auf Capri gewesen, aber immer allein, bis auf zwei oder drei Fischer vielleicht und eine oder zwei Katzen. Die Wirklichkeit brachte mich etwas aus dem Gleis.

»Sie sehen nicht aus, als ob Sie es eilig hätten, junger Mann. Helfen Sie mir mal!« Ich fühlte mich nicht angesprochen. Ein harter Finger tippte ungeduldig auf meine Schulter. Ich schüttelte unwillig den Kopf, ohne mich umzudrehen.

Ich wollte in Ruhe nachdenken und holte das zusammengefaltete Blatt Papier hervor. Villa Fanulla. Ein Straßenname fehlte, geschweige denn, dass Hans »Poirot« Müller« daran gedacht hätte, eine Hausnummer zu notieren. Nachdenklich starrte ich auf den Boden. Eine resolute kleine Hand riss mir den Zettel aus den Fingern. »Villa Dingsbums, das kann man ja überhaupt nicht lesen! Wo hab ich bloß meine Brille? Hier, halten Sie mal!« Ich war so verdattert, dass ich der alten Dame sprachlos den Schirm abnahm, den sie mir barsch entgegenstreckte.

Sie ging mir gerade mal bis zur Schulter, trug ein zitronengelbes Kostüm, dem man ansah, dass es teuer gewesen sein musste und hätte vom Alter her meine Mutter sein können.

Ihr Verhalten erinnerte mich sehr stark an meine Großmutter, ein General, der nur zufällig als Frau auf die

Welt gekommen war. Ich kam nicht einmal dazu, mich darüber zu wundern, wozu ein Regenschirm auf Capri im Sommer gut sein sollte. Ab sofort wurde für mich gedacht und gehandelt und ich ließ es teils aus Überraschung, teils aus Bequemlichkeit und teils aus Erleichterung bis auf Weiteres geschehen.

Sie hatte ihre Brille aus der eleganten Tasche, die sie über dem Unterarm trug, erfolgreich herausoperiert, auf die Nase gesetzt und hielt das Blatt Papier am ausgestreckten Arm weit von sich. Mit zusammengekniffenen Augen buchstabierte sie, in dem sie ihre Lippen bewegte und hörbar Luft einsaugte. Ich saß währenddessen auf meinem Koffer mit ihrem Schirm in der Hand.

»Dachte ich es mir doch«, verkündete sie grimmig. »Fanulla! Wie kann man seinem Haus nur so einen lächerlichen Namen geben, verraten Sie mir das mal!« Ich setzte zu einer Antwort an, wurde aber flugs unterbrochen. »Dieser alte Schwede! Ein Nichtstuer vor dem Herrn! Ist wahrscheinlich auch noch stolz darauf.« Offensichtlich kannte sie Opa Müller.

»In seinem Alter darf man doch wohl auch mal nichts tun«, gab ich zu bedenken. Doch dieses Argument ließ die Generalin nicht gelten.

»Wozu soll das gut sein? Wer nichts tut, lädt den Teufel in sein Haus ein!« Sie musterte mich. »Und Sie wollen ihn offenbar besuchen und wissen nicht, wie Sie dahin kommen sollen.« Ich wähnte mich bereits in Teufels Küche und wagte nicht, zu widersprechen. »Sie gehen diese Straße hier hoch, bis Sie an einen kleinen Platz kommen«, kommandierte sie. »Dort steht ein schwarzes Auto.« »Nicht schon wieder ein italienischer Taxifahrer«, dachte ich. »Da sitzt William drin.« Ich schaute sie fragend an und wartete auf weitere Befehle.

»Der bringt sie in zwanzig Minuten zu dieser Villa Fanulla, wenn es denn unbedingt sein muss.«

»Und warum tut er das?«, wagte ich zu fragen.

Sie schaute mich an, als ob ich sie gerade nach ihrer Kleidergröße gefragt hätte.

»William ist es gewohnt, meinen Anordnungen zu folgen«, gab sie ungeduldig zu Protokoll. »Wenn er Sie da oben abgesetzt hat, sagen Sie ihm, er soll mich um 14:00 Uhr am Municipio abholen.« Ich starrte sie an. »Haben Sie mich verstanden?« Ich fasste mir ein Herz.

»Ich habe alles verstanden außer Ihrem Namen.« Sie warf mir einen verständnislosen Blick zu. »Ich sollte diesem William doch sicher sagen, wer mir gesagt hat, dass er mich zur Villa Fanulla bringen darf. Außerdem haben Sie mir noch nicht gesagt, was das kostet.« Diesen Einwand verscheuchte sie mit ihrer linken Hand, an der drei große Ringe funkelten, wie eine lästige Fliege. Mit der Rechten gab sie mir das Blatt zurück.

»Signora Bonaparti. Wir laufen uns bestimmt nochmal über den Weg.« Damit nahm sie mir den Regenschirm aus der Hand und wandte sich, ohne ein weiteres Wort zu verlieren zum Gehen. Wahrscheinlich wartete der Bürgermeister im Municipio auf ihre Anweisungen.

Ich machte mich mangels einer besseren Idee auf den Weg und fand den kleinen Platz problemlos. Und ich sah dort vier schwarze Autos. Drei davon waren leer, die Fahrer standen beieinander im Schatten eines Orangenbaums, rauchten und unterhielten sich träge.

Das vierte, am Ende der Reihe war ein auf Hochglanz polierter, sehr betagter Jeep. Ich blieb auf der Fahrerseite stehen und wartete, bis der Mann hinter dem Steuer mir sein

Gesicht zuwandte, das von einer riesigen schwarzen Hornbrille mit hochgeklappten Sonnengläsern dominiert wurde. Die schwarzen Haare waren streng gescheitelt, der Schnurrbart, ebenso schwarz, millimetergenau getrimmt. Er hob die Augen von seiner italienischen Zeitung und blickte mich ausdruckslos an. Ich stellte meinen Koffer auf den Asphalt. Signora Bonapartis Stimme klang mir noch in den Ohren. Ich versuchte ein Lächeln.

»Sie sind William?« Der Mann faltete in aller Ruhe seine Zeitung zusammen und legte sie auf den Beifahrersitz. Dann schaute er in den Rückspiegel, als ob jemand im Fond ihn angesprochen hätte. »Ich habe Signora Bonaparti getroffen. Unten am Hafen. Sie war sehr«, ich suchte nach dem passenden Wort, »hilfsbereit.« Der Mann nahm die Brille ab und holte ein Tuch aus seiner Hemdtasche um sie zu putzen.

»Wohin darf ich Sie bringen?« fragte er gelassen mit unverkennbar britischem Akzent.

»Das ist wirklich sehr freundlich von Ihnen. Ich möchte zur Villa Fanulla. Signora Bonaparti sagte, Sie wüssten den Weg.«

»Ich kenne alle Wege hier auf Capri«, sagte William, setzte die Brille auf und klappte die Sonnengläser herunter. »Steigen Sie bitte hinten ein.«

Wenig später fuhren wir bereits außerhalb der Stadt auf einer schmalen Straße Richtung Anacapri. Ich saß auf dem Rücksitz neben meinem Koffer und versuchte, so viel wie möglich von der Capreser Insellandschaft zu entdecken und mit den Bildern in meinem Kopf zu vergleichen. William fuhr gemächlich, unaufgeregt und souverän — und schwieg. Durch die geöffneten Fenster drang milder Fahrtwind.

»Signora Bonaparti ist keine Italienerin, oder?«, fragte ich. William schüttelte den Kopf und schwieg. »Und Sie kommen aus England?«, fragte ich. William schüttelte den Kopf und schwieg. »Ach was«, sagte ich und war nun entschlossen, dieses Bollwerk an Diskretion zu umgehen. »Ich komme direkt aus München. Es ist eine sehr spontane Reise. Gestern Morgen wusste ich noch nichts davon.« William schenkte mir einen kurzen Sonnenbrillenblick im Rückspiegel. »Ich war noch nie auf Capri. Sie leben wohl schon länger hier?« William nickte. »Natürlich.« Ich sprach jetzt mehr zu mir selbst. »Sie hören sich nicht wie ein Einheimischer an, lesen aber eine italienische Zeitung und kennen sich sehr gut aus. Ich tippe mal auf fünf Jahre mindestens. Liege ich richtig?«

William ersparte sich eine Antwort, setzte stattdessen den Blinker und bog auf einen sehr schmalen Feldweg ab. Wir hatten Anacapri hinter uns gelassen. Die Villa Fanulla musste wohl irgendwo außerhalb liegen, wie ich schon befürchtet hatte. »Übrigens dürfen Sie Signora Bonaparti um 14:00 Uhr am Municipio abholen. Das ist das Rathaus, nicht wahr?«, sagte ich, ohne auf eine Antwort zu rechnen. William nickte.

Er fuhr jetzt sehr langsam, da der Weg mit Schlaglöchern übersät war. Ich hielt nach etwas Ausschau, das eine Villa sein könnte. Hans »Poirot« Müllers Angaben zur Größe des Anwesens waren leider sehr vage geblieben. Schließlich hielt William am Beginn einer Reihe stattlicher Zypressen an. Auf der anderen Seite des Weges war eine kniehohe Mauer aus Feldsteinen aufgeschichtet. Der Weg selbst war überwuchert mit allerlei dornigem Gestrüpp und unpassierbar, wenn man nicht gerade mit einem Panzer unterwegs war.

»Sie können aussteigen, Sir.« Ich war verwirrt.

»Wo sind wir?«

»Sie wollten zur Villa Fanulla, richtig?«, fragte William, ohne sich umzudrehen.

»Ja, das stimmt schon. Wo ist sie denn? Ich sehe hier weit und breit kein Haus.«

»Das können Sie auch nicht von hier aus.« William deutete mit seiner Hand am Lenkrad vorbei nach vorne. »Der Weg führt etwa hundert Meter weit einen leichten Abhang hinunter. Sie müssen nur um diese Dornenhecke herumgehen. An diesem Hang werden Sie zwei Häuser nebeneinander finden. Die Villa Fanulla ist das kleinere.«

Nach dieser, für Williams Verhältnisse erschöpfenden Erklärung, verfiel er wieder in sein Schweigen und wartete geduldig, bis ich ausgestiegen war und meinen Koffer herausbugsiert hatte. Dann legte er den Rückwärtsgang ein. Ich bedankte mich und schaute zu, wie der Jeep sich langsam entfernte, bis er schließlich Platz zum Wenden gefunden hatte und in einer hellen Staubwolke verschwand.

Wo war ich nun gelandet? Ich blinzelte in die Sonne, zog das Jackett aus und legte es auf meinen Koffer. Der Staub legte sich. Ich schirmte meine Augen mit beiden Händen ab und ließ meinen Blick schweifen.

Dieser Ort im abgelegenen Südwesten der Insel war sicher einer der Schönsten für ein Refugium. Der Anblick ließ mich einfach nicht los. Der Monte Solaro, ein eher unscheinbarer Fels, saß entspannt in der Hitze des Sommertages, wie ein müder Wanderer, der angekommen ist. Das satte Meeresblau ergänzte das zarte Blau des Himmels ideal. Ich folgte dem messerscharfen Horizont mit den Augen. Die vertrockneten Grasbüschel knisterten unter meinen staubbedeckten Schuhen. Ein würziger Sommerduft lag in der Luft. Hier wollte ich sein. Hier sollte ich sein.

Doch jemand schien anderer Meinung zu sein. Wütendes Hundegebell begleitet von einer rauen Männerstimme riss mich aus meinem Panoramatraum. Der Hund kam zuerst. Genau genommen kam nur der Hund. Von dem Mann war nichts zu sehen. Ich verschanzte mich hinter meinem Koffer und wartete den Angriff des plötzlich aufgetauchten Neufundländers ab. Dieser galoppierte, atemlos bellend, quer über das trockene Gelände auf mich zu. Zehn Meter vor mir blieb er stehen, hechelte mit langer Zunge und schien über die weiteren Maßnahmen nachzudenken. Das tat ich auch. Aus Erfahrung wusste ich, dass die meisten Hunde sich rasch beruhigen, wenn man in vernünftigem Ton mit ihnen redet.

»Ziemlich heiß heute, was?«, begann ich die Konversation mit dem leicht erschöpften Vierbeiner. »Etwas Kaltes zu schlabbern wäre wohl gerade das Richtige für uns zwei, wie?« Der Hund schluckte einmal schwer, hechelte weiter und schaute mich dabei erwartungsvoll an.

Offensichtlich hatte ich meinen Status von »unerwünschter-Eindringling« auf »freundlicher-Besucher,-der-was-Gutes-für-mich-hat« verbessert. Nichts war gefährlicher in so einer Situation, als falsche Erwartungen zu wecken. Daher versuchte ich, das Thema zu wechseln. »Hier kommt nicht oft jemand vorbei, was mein Alter?«

Der Neufundländer legte den Kopf schief. Er schien über diese Frage nachzudenken. Mir fiel der halbe Schokoriegel ein, den ich von Renee noch übrigbehalten hatte. Ich öffnete den Reißverschluss einer Seitentasche und holte ein klebriges Stück Papier samt deformiertem Inhalt heraus. »Korruption ist hierzulande ja nichts Unbekanntes«, dachte ich, während der große schwarze Hund herzhaft gähnte und dabei sein prächtiges Gebiss zur Geltung brachte. Ein gewisser Grad der Entspannung schien erreicht zu sein.

Ich warf ihm die Schokolade hin. Er schnappte lässig danach. Ich faltete das Papier sorgfältig zusammen und stopfte es in meine Hosentasche. Dann ergriff ich meinen Koffer, in der Hoffnung, ausreichend Maut bezahlt zu haben.

Der Hund teilte diese Auffassung. Von seinem Herrchen war nach wie vor nichts zu sehen. Ich ließ Neufundland links liegen und stolperte los.

Die angeblich leicht abfallenden hundert Meter, von denen William gesprochen hatte, entpuppten sich gefühlt als vierhundert steile und schweißtreibende Meter. Immerhin ging es tatsächlich bergab.

Links von mir erschien eine sehr große Villa, strahlend weiß, mit einem flachen roten Ziegeldach, riesigen Fensterbögen und Balustraden vor den Balkonen. Mächtige weiße Säulen umrahmten den Eingang. Auf dem sattgrünen Rasen murmelten zwei Liegestühle das Wort »Siesta«. Doch niemand lag dort im Schatten der prächtigen Zypressen. Nie war mir ein Anwesen friedlicher vorgekommen.

Wohnten hier die Nachbarn, vor denen Hans »Poirot« Müller mich gewarnt hatte? Ich lief daran vorbei, ebenso zögernd wie neugierig, bis ich ihn sah: ein hässlicher Bretterzaun, so hoch wie der Bus, mit dem Renee davongefahren war. Er schien laut zu rufen: »Bis hierher und nicht weiter!«

Dahinter vermutete ich Opa Müllers Häuschen. »Worauf hab ich mich da nur eingelassen«, dachte ich und wischte mit dem Unterarm über meine schweißfeuchte Stirn. In dem Zaun gab es eine kleine Tür, die mit einem rostigen Vorhängeschloss geschmückt war. Zwölf mit roter Farbe und einem dicken Pinsel sorgfältig gemalte Buchstaben ließen keinen Zweifel: Villa Fanulla.

Ich starrte auf das Schloss. »Na prima«, dachte ich. Und dann hörte ich sie. Mehrere laute Stimmen, übermütig, rufend, lachend. Ich blickte den Zaun entlang, ging ein paar Schritte zurück, drehte mich einmal um mich selbst, ohne jemanden zu entdecken. »Na prima«, dachte ich zum zweiten Mal und stapfte zurück zur Tür. Und während ich verwirrt darüber nachdachte, was ich tun sollte, riss jemand die Tür von innen auf, ohne dass das Schloss Widerstand geleistet hätte. Es war eine Attrappe.

Dagegen war der Riese, der mir gegenüberstand, zweifellos echt. Ein paar Sekunden wetteiferten wir stumm darum, wer verblüffter war. Ich gewann, denn mein Gegenüber fasste sich zuerst.

Er fuhr mit beiden Händen über seine rotblonden Stoppelhaare und verzog sein breites, rotes Gesicht zu einem Grinsen, so dass seine unzähligen Sommersprossen nach allen Seiten strebten. Über die Schulter rief er:

»Jungs, wir haben Besuch!« Sein Deutsch war von einem skandinavischen Akzent überzuckert. Bevor ich etwas sagen konnte, trat er einen Schritt zurück, verbeugte sich und machte eine einladende Geste, so als wäre ich der lang erwartete Ehrengast.

Erstaunt blickte er auf den Koffer in meiner Hand und rülpste dezent. »Du bleibst länger?«, fragte er stirnrunzelnd. Dann kratzte er sich an der Nase und deutete mit dem Zeigefinger auf mich. »Jesus, dir gehört die Bude!«

Ich öffnete den Mund und hob die Hand, zögerte aus irgendeinem Grund, legte stattdessen die Hand auf den Mund und erwiderte gelassen seinen Blick.

Das genügte ihm. »Jungs«, rief er und grinste mich an, »zieht die Hosen hoch, der Chef kommt!«

Ich starrte ihn an. »War nur ein Witz«, lachte er, »war wirklich nur ein Witz. Wir sind vielleicht ungezogen, aber wir sind trotzdem alle angezogen.«

Sein Deutsch war bemerkenswert. Und ich kam immer noch nicht zu Wort. »Du hast doch sicher nichts dagegen.

Wir sind nur zu fünft«, sagte er, nahm mir den Koffer aus der Hand und lief voraus. Ich stolperte ihm nach.

Wir durchquerten den Garten in Richtung einer geräumigen Terrasse, auf der ich vier Gestalten ausmachte. Sie hatten ihre Köpfe erwartungsvoll in unsere Richtung gedreht.

»Wie sind Sie hier reingekommen?«, fragte ich. Er drehte sich um und zog die Augenbrauen hoch. »Schon gut, die Frage ist überflüssig — ich hab das Schloss gesehen. Ich meinte eher: Wie sind Sie auf die Idee gekommen. Die Villa ist doch sehr abgelegen. Woher wussten Sie …« Ich brach ab. Er hatte mich sicher verstanden und bemerkt, dass ich ihn siezte. Doch er zuckte nur mit den Schultern.

»Intuition, Zufall, Absicht eines höheren Wesens — wer kann das wissen? Wenn du es genau wissen willst, frag Namira.«

Ich nahm diese Antwort hin und schluckte meine nächsten Fragen runter. Wer ist Namira? Hatte er nicht von Jungs gesprochen? »Du kannst mich übrigens Lasse nennen«, sagte er und streckte mir seine Hand hin.

»Vonwegen«, sagte ich und schüttelte sie. Wieder wanderten seine Augenbrauen nach oben und seine blauen Augen musterten mich. »Ludwig«, schob ich nach.

Er klopfte unverschämt grinsend auf meinen Oberarm und brachte mich damit aus dem Gleichgewicht. Doch das schien ihn nicht zu stören.

»Hey Jungs«, rief er, »hier kommt Ludwig!«

5. Kapitel

Gleich darauf stand ich den »Jungs« gegenüber. Zwei davon waren Mädchen. Große Mädchen, um genau zu sein. Ich schüttelte allen der Reihe nach die Hand.

Zuletzt dem Mädchen mit den längsten Haaren, die ich je gesehen hatte.

»Ich bin Namira«, sagte sie mit einer tiefen Stimme. Ich fiel mit der Tür ins Haus.

»Wieso spricht Lasse von Jungs, wenn Sie …«

»Ach, das wechselt«, fiel sie mir ins Wort. »Manchmal sind wir eben alle Jungs und am nächsten Tag Mädchen.«

»Aha«, war alles, was mir dazu einfiel. Die zweite junge Dame, eine zierliche Person mit einem Silberblick und roten Haaren, zu zwei Zöpfen gebändigt, drängelte sich vor.

»Wusstet ihr«, fragte sie etwas atemlos, als verrate sie ein Geheimnis, »wusstet ihr, dass Ernest Hemingway jeden Tag mehr als zweitausend Wörter …« Den Rest des Satzes ließ sie im Raum schweben.

»Lisa liest alles Mögliche«, brummte der schwergewichtige Mann, der in einem der beiden großen Korbstühle saß, sich Orson nannte und älter als die anderen wirkte. Er zupfte an seinem zerrissenen Ärmel und schlug ein Bein über das andere. Damit brachte er sowohl seine Schuhe als auch seine Hose zur Geltung. Diese so fadenscheinig wie jene ausgelatscht. »Leider merkt sie sich auch alles Mögliche«, fügte er hinzu und schenkte mir ein müdes Lächeln.

»Was man von dir nicht behaupten kann«, sagte der fünfte im Bunde. Mit seinen schwarzen Augen und der dunklen, olivgetönten Haut hätte man ihn für einen Capresen halten können, wenn seine Aussprache nicht so französisch geklungen hätte.

»Von mir kann man gar nichts behaupten«, erwiderte Orson und blinzelte mir zu.

Lasse hielt meinen Koffer immer noch in der Hand. Namira biss in einen Apfel, den sie von dem kleinen Holztisch genommen hatte. Lisa hielt sich mit beiden Händen an ihren Zöpfen fest. Der Franzose, zündete sich eine Zigarette an. Alle schienen auf etwas zu warten.

Ich hatte keine Ahnung, worauf und räusperte mich. Da hatte ich nun die Villa erreicht, auf die ich aufpassen sollte und sah mich einer Horde von Eindringlingen gegenüber, die ich nicht einschätzen konnte. Und dabei hatte ich die Nachbarn, vor denen mich Hans »Poirot« Müller ausdrücklich gewarnt hatte, noch nicht mal kennengelernt.

»Wusstet ihr, dass das Mittagsmenü der ersten Klasse auf der Titanic aus zehn Gängen …«, verkündete Lisa unvollständig in die Stille hinein.

Orson schloss ergeben die Augen und nickte. Namira biss krachend in ihren Apfel. Da fiel mir Lasses Bemerkung ein und ich wandte mich an sie.

»Wie sind Sie auf die Idee gekommen, ausgerechnet hier zu …, ich meine, warum haben Sie sich diese Villa ausgesucht um zu …, ja, was machen Sie eigentlich hier?« Die anderen schauten Namira an, während diese meinen Blick erwiderte und in Ruhe zu Ende kaute.

»Ich kenne die Villa Fanulla von früher«, sagte sie in ihrer tiefen Stimme und spuckte einen Apfelkern aus. »Dachte, es wäre eine gute Idee, einen kleinen Ausflug zu machen.«

»Wir sind ganz gern ungestört unter uns«, sagte Lasse ohne zu lächeln.

Er wechselte meinen Koffer in die andere Hand, was mich irritierte.

»Ist ein ziemlich großes Anwesen für einen allein, finden Sie nicht?«, fragte Orson und legte den Kopf schief.

»Du kannst ihn duzen«, sagte Lasse ernst, »er hat nichts dagegen.«

Der Franzose, dessen Namen ich mir nicht gemerkt hatte, nahm einen tiefen Zug und ließ den Rauch grinsend aus einem Mundwinkel entweichen. Lisa mit den roten Zöpfen kicherte leise. Ich blickte unbehaglich zwischen Lasse und Orson hin und her.

»Was kostet so ein Refugium, Ludwig«, wollte Orson wissen. Sein Tonfall hatte etwas von einem Verhör.

»Sei nicht so indiskret«, sagte Namira.

»Wieso? Wer soviel Kohle hat, hat auch ein dickes Fell«, erwiderte Orson. Das Gespräch lief in eine Richtung, die mir nicht geheuer war. Ich beschloss, für Klarheit zu sorgen.

»Also, um es kurz zu machen: Die Villa Fanulla gehört mir nicht. Ich bin hier, um auf alles aufzupassen, solange der Besitzer verreist ist.«

»Ha!«, rief Lasse aus. Orson klatschte beifällig in die Hände.

»Na, das ist doch mal 'ne originelle Ausrede.« Namira verzog spöttisch ihr Gesicht.

»Du brauchst uns nicht anzulügen, Ludwig.«

»Wusstet ihr, dass ein Quadratmeter Land auf Capri heutzutage mehr als …«, gab Lisa ihren mittelscharfen Senf dazu. Ich verlor langsam die Geduld.

»Glauben Sie, was Sie wollen. Ich bin sicher, dass der Besitzer nicht damit einverstanden ist, dass Sie hier unerlaubt … also …« Ich suchte nach den richtigen Worten.

»Wir machen nur einen kleinen Ausflug«, kam mir der Franzose zuvor. Bruno hieß er, fiel es mir wieder ein. »Wir klauen keine Oliven und die Äpfel haben wir selbst mitgebracht. Wir haben keine Scheiben eingeschlagen. Kein

Schloss aufgebrochen. Keinen Grashalm ausgerissen. Und keinem Frosch den Hals umgedreht. Bisher jedenfalls!« Während seiner Rede war er nähergekommen und hatte sich dicht vor mir aufgebaut. Er fixierte mich mit seinen schwarzen Augen.

»Wir würden aber gerne mal die Villa von innen besichtigen«, warf Orson in die Runde. »Was meint ihr?«

»Du hast doch sicher einen Schlüssel«, sagte Namira. Und damit erwischte sie mich auf dem falschen Fuß. Der Schlüssel! Verdammt! Hans »Poirot« Müller hatte mir keinen gegeben. Wahrscheinlich hatte er auch gar keinen, so plötzlich, wie ihn sein Großvater mit dieser Schnapsidee überfallen hatte. Sicher war der Schlüssel irgendwo auf dem Grundstück versteckt.

Ich verschränkte die Arme und probierte es mit einer echten Lüge.

»Der Schlüssel ist noch bei der Nachbarin. Und, so leid es mir tut, aber eine Hausbesichtigung halte ich für keine gute Idee.«

»Ach was«, erwiderte Orson und stand schwerfällig aus dem ächzenden Korbsessel auf. Mit Ausnahme von Lisa postierten sich jetzt alle dicht um mich herum. Ich war von Unbekannten eingekesselt. Ich roch Nikotin, Schweiß, Ungeduld.

»Du lügst schon wieder«, stellte Namira kopfschüttelnd fest.

»Du bist nicht sehr entgegenkommend«, meinte Lasse.

»Um nicht zu sagen unfreundlich«, knurrte Bruno. Orson schnaubte verächtlich. Ich versuchte, die Ruhe zu bewahren und nickte Lasse zu.

»Sie können meinen Koffer ruhig abstellen«, sagte ich. Er verzog die Lippen.

»So — kann ich das?« Der Schweiß brach mir aus allen Poren. Ich blickte Lasse in die kalten Augen. Irgendwie musste ich aus der Chose rauskommen. Ich hatte keine Ahnung, was die Bande im Schilde führte. Waffen hatte ich noch keine entdeckt. Trotzdem stand ich gegen die fünf auf verlorenem Posten, daran zweifelte ich keinen Augenblick. Was für eine absurde Situation.

Ich musste an Renee denken. Die hätte ein paar Schokoriegel hervorgezaubert und »relaxed euch, Leute!« gerufen. Ich atmete tief durch und zauberte statt der Schokolade mühsam ein Lächeln auf meine Lippen.

»Ich bin sicher, dass Sie meinen Koffer lange genug getragen haben.« Aus dem Hintergrund kam Lisas Stimme.

»Wusstet ihr, dass in Europa jedes Jahr …«

»Jetzt nicht, Lisa, halt den Mund!«, befahl Bruno barsch. Er warf seine Zigarette auf den Boden und zertrat sie mit dem Absatz. »Ich denke, wir haben jetzt genug Zeit verplempert«, fauchte er. Orson starrte mich an.

»Ich verabscheue Gewalt«, knurrte er. Namira klatschte einmal in die Hände und stemmte sie dann kampfbereit in die Hüften. Lasse ließ demonstrativ meinen Koffer fallen. Mein Lächeln versteinerte.

»Aber ihr wusstet doch sicher, dass es in Italien im letzten Jahr mehr als sechshundertzwanzig Morde …«, warf Lisa mit zarter Stimme in die knisternde Luft.

Die Sonne brannte wie ein apokalyptischer Scheinwerfer auf unsere Szene. Vom Wind war nichts zu spüren. Er lauerte außerhalb des Gartens hinter irgendeiner dichten Hecke. Jedenfalls stellte ich es mir so vor.

Merkwürdig, welche nebensächlichen Gedanken einem in Momenten drohender Gefahr durch den Kopf taumeln. Ich rührte mich nicht von der Stelle. Auf Capri aus unbekanntem Grund von Unbekannten gemeuchelt — diese Schlagzeile lief wie ein Leuchtband vor meinem inneren Auge vorbei. Gefiel mir. Würde sich gut auf meinem Grabstein machen. Leider hatte ich da noch keinerlei Vorsorge getroffen. Was würde der lustlose Steinmetz nun stattdessen meißeln? »Ludwig Vonwegen«, plus Datum, plus: »Sie müssen mich verwechselt haben!« Mit Ausrufezeichen? War das überhaupt erlaubt? Da stand sicher etwas in der Münchner Friedhofsverordnung. In unserem Freistaat ist doch alles geregelt. Bis zum letzten Furz.

Anders als in Italien. Hier konnte ich am helllichten Tag erwürgt, erstochen, erschlagen werden. Von Leuten, die vor einer halben Stunde nicht einmal wussten, dass ich existiere.

Was für eine blödsinnige Vorstellung. Was für eine aberwitzige Idee des Universums. Pah — Universum! Und wenn schon. In mir keimte Trotz, wie bei einem kleinen Jungen, dem man völlig zu Unrecht mit Hausarrest, Fernsehverbot, Schokoladenverbot droht.

Ich bin ein geradezu langweilig friedfertiger Mensch, aber dieser aufquellende Trotz war mit Zorn infiziert. Vielleicht war es die ungewohnte Umgebung, Hunger, Durst, die aggressive Stimmung, die ich geradezu auf der Zunge schmecken konnte. Jedenfalls spürte ich, wie zum ersten Mal seit Jahrzehnten eine Wut in mir hochkochte.

Ich reckte mein Kinn und funkelte Lasse, den größten von ihnen an. Der hatte seine mächtigen Arme vor seiner mächtigen Brust verschränkt.

»Mir reicht es jetzt«, brach es vulkanartig aus mir heraus. Namira zuckte zusammen. Orson blies die Backen auf. Bruno nickte beinahe beifällig. Und Lasse verzog seine Lippen zu einem breiten Grinsen.

»Na, wenn das so ist, Ludwig, dann ist die Sache für uns erledigt. Was meint ihr?« Ich glaubte mich verhört zu haben. Orson räusperte sich.

»Wie ich vorhin schon erwähnte: Ich verabscheue Gewalt« meinte er gelassen.

»Sehr überzeugend, deine Vorstellung«, sagte Bruno und bot mir eine Zigarette an. Ich lehnte ab und starrte ihn an.

»Was soll das heißen?«, krächzte ich.

»Du könntest bei uns mitmachen«, sagte Lasse. »Wie gefällt dir Luigi Wega als Künstlername?« Namira legte ihre Hand auf meine Schulter und jetzt zuckte ich zusammen.

»Wie — mitmachen?«, stammelte ich. Meine Wut verschwand wie Licht in einem schwarzen Loch.

»Theater, Mann!«, rief Lasse, »alles nur Theater. So tun als ob — das ist das wahre Leben.« Meine Verwirrung war so groß wie der Vesuv, der in der Ferne im Dunst dieses heißen Sommernachmittages verschwamm. Orson zwinkerte mir zu.

»Wo hast du nur die wilde Glut so schnell hergeholt? Du machtest auf mich bis zu diesem Moment eher einen faden, zurückhaltenden Eindruck. Aber urplötzlich …« Er reckte eine Faust und schüttelte den Kopf.

Ich schluckte ein paar Mal. Wischte mit dem Unterarm über meine schweißnasse Stirn. Mir wurde plötzlich flau im Magen und meine Knie zitterten. Ein schwarzer Tunnel raste auf mich zu. Dann war ich in dem Tunnel.

Irgendwann sah ich Namiras Gesicht über mir. Ihre Lippen bewegten sich lautlos. Ein großes Gesicht mit wimmelnden Sommersprossen schob sich verkehrt herum in mein Blickfeld und begutachtete mich mit großen blauen Augen. Ein Schwall Worte prasselte undeutlich und erst kaum hörbar, dann immer lauter, auf mich ein.

Jemand zog an meinem rechten Arm und ein anderer zerrte an meiner linken Schulter.

»Nicht mit Gewalt«, waren die Worte einer tiefen Stimme, die ich zuerst begriff.

»Ludwig! Hey, Mann! Was machst du für Sachen?«, sagten die Sommersprossen.

»Gebt ihm was zu trinken, los, macht schon!«, sagte eine Stimme mit französischem Akzent. Irgendwie kam ich sitzend in die Senkrechte. Ich sah ein Glas Wasser, griff daneben, bekam den Inhalt über den Kopf.

»Doch nicht so!«, rief Namira.

»Doch, genauso«, schoss es mir durch den Sinn, während kühles Nass über meinen aufgeheizten, alten Schädel floss.

»Noch«, hörte ich eine raue Stimme krächzen. Es war meine eigene. Ich presste die Augen zusammen, klopfte mit der Faust ein paar Mal an meine Stirn.

»Hier, Lou«, drang eine weibliche Stimme zu mir durch. War das etwa Renee. Ich riss die Augen auf. »Trink das«, sagte Namira. Diesmal griff ich nicht daneben. Ich leerte das Glas mit harten Schlucken und streckte es ihr entgegen.

»Theater?«, keuchte ich. »Ihr habt mich zu Tode erschreckt!«

»So gut waren wir?«, grinste Lasse, wurde gleich darauf aber ernst. »Du hast einen zu schwachen Kreislauf und eine zu starke Phantasie, Luigi«, sagte er und nickte mir zu.

Hinter ihm stand Lisa stumm, spielte mit ihren Zöpfen und lächelte mir scheu zu. Namira gab mir noch ein volles Glas. Ich nahm es mit beiden Händen und trank es langsam und gründlich aus.

»Bist du wieder ok?«, fragte Bruno und nahm einen tiefen Zug aus seiner Zigarette.

»Wie lange war ich denn …, ich meine …«

»War nur 'ne knappe Minute«, sagte Namira. »Kein Grund zur Sorge. Bist wohl die Hitze nicht gewohnt.«

»Ich glaube eher, er ist es nicht gewohnt, auf seinem Grund und Boden mit solchen Frechlingen wie uns konfrontiert zu werden«, sagte Orson.

»Von wegen: ›Wer soviel Kohle hat, hat auch ein dickes Fell‹«, zitierte Namira Orson.

»Heißt du wirklich von Wegen?«, wollte Lasse wissen. »Graf oder Baron oder sowas?«

»In dem Fall wäre es nicht angebracht, ihn zu duzen«, bemerkte Orson. Ich beschloss, sie alle in ihrem Glauben zu lassen. Es war mir gerade egal. So tun als ob ist das wahre Leben — das waren doch Lasses Worte.

»Ich will aufstehen«, sagte ich und streckte meine Arme hoch. Namira und Bruno halfen mir. Die Knie hielten und in meinen Kopf kehrte Klarheit zurück.

»Wie kommt ihr von hier weg?«, fragte ich Lasse.

»Heißt das, du schmeißt uns raus?«

»Lass es gut sein, Lasse«, mischte Bruno sich ein. Lasse hob beide Hände.

»Schon gut, schon gut, ich habs kapiert. Unser Jeep steht nicht weit von hier in der Pampa, gut versteckt. Wir wollten diskret sein, wenn du verstehst.« Ich hob die Schultern.

»Ist euch nicht gelungen.« Orson sah mich an.

»Wir sind noch eine Weile auf Capri unterwegs. Haben ein paar spontane Vorstellungen geplant.« Ich runzelte die Stirn.

»Das mit dem Theater war ernst gemeint?« Er nickte und schnalzte mit der Zunge.

»Wir improvisieren, lassen uns auf eine Situation ein, eine unerwartete Begegnung und legen dann einfach los.«

»Und tut so, als seid ihr die Bösen«, sagte ich. Bruno fixierte mich mit seinen durchdringenden schwarzen Augen.

»Manchmal sind wir wirklich böse«, murmelte er.

»Sei still!«, sagte Namira.

»Wusstet ihr, dass ich nichts zu sagen habe?«, meldete sich Lisa leise zu Wort.

»Ist das so?«, fragte ich.

Sie blickte zu Boden und schwieg wie ein verschüchtertes Kind.

»Lisa hat genauso viel Text wie wir alle«, stellte Lasse fest.

»Aber ihr lasst sie nicht immer ausreden«, erwiderte ich.

»Das macht ihre Rolle so interessant«, sagte Orson. »Wer schweigt, obwohl ihm die Wörter um die Ohren fliegen, beherrscht die Szene.«

Ich sah ihm lange in die Augen und schwieg, bis er Lasse mit dem Ellbogen in die Seite stieß. »Dein Baron lernt schnell.« Ich schenkte ihm ein schmales Lächeln.

»Ich denke, wir wechseln die Bühne«, sagte Lasse.

»Es ist vielleicht besser, du bleibst eine Weile der Sonne fern«, sagte Namira.

»Hast ja ein großes Haus«, brummte Orson. Bruno legte mir eine Hand auf die Schulter. Mit der anderen hielt er mir ein rotes Mäppchen vor die Nase.

»Und damit kommst du rein, ganz ohne Gewalt. Aber du solltest dir ein besseres Versteck ausdenken.« Ich starrte ihn perplex an. »Die Dachrinne ist nicht besonders originell«, meinte er.

»Außerdem regnet es auch auf Capri manchmal heftig«, sagte Lasse. »Kannst froh sein, dass wir wissen, was sich gehört, auch ohne, dass wir wussten, wem es gehört.«

Ich nahm das Mäppchen in die Hand. Zwei alte, zerkratzte und unterschiedliche Schlüssel waren darin. Ich schüttelte den Kopf.

»Soll das heißen, ihr wart nicht drinnen?«

Orson deutete mit seinem dicken Zeigefinger auf meine sonnenverbrannte Nase.

»Dies herauszufinden wird deine heutige Hausaufgabe sein.«

»Und damit genug palavert, Jungs«, verkündete Lasse. Sie brachen auf.

»Die Äpfel lassen wir dir«, sagte Namira. »Sind sowieso sauer.«

»Irgendwo muss man ja reinbeißen«, sagte ich.

»Verschluck dich nicht«, rief Lasse über die Schulter. Lisa lief als Letzte. Sie zwinkerte mir gar nicht schüchtern zu.

Ich blieb auf der Terrasse zurück und sah zu, wie sie einer nach dem anderen durch die hölzerne Tür im Zaun verschwanden. Namira wartete, bis Lisa an ihr vorbei war, drehte sich um und winkte kurz. Dann war auch sie weg.

6. Kapitel

Ich stand allein auf der geräumigen Terrasse. Noch eine Weile lauschte ich ihren Stimmen nach, die in munterem Durcheinander in die heiße Sommerluft emporflatterten. Kurz darauf hörte ich einen Motor aufheulen. Das Geräusch entfernte sich rasch. Der Spuk war vorüber. Mein Magen knurrte. Ich schnappte mir einen Apfel und sah mich um.

Das also war die Villa Fanulla. Sie war deutlich kleiner, als die benachbarte Villa und sie war offensichtlich viel älter.

Ein baumhoher Obelisk aus warmem rostbraunem Eisen gleich unterhalb der Terrasse warf einen messerscharfen Schatten und wachte über den Lauf der Sonne.

Der Garten, von Olivenbäumen bevölkert und mit wilden Blumen gesprenkelt, mit dichtem, hohem Gras bewachsen, das nichts weniger sein wollte, als ein gepflegter Rasen, mit staubigen Büschen und struppigen Sträuchern, die im Hinterhalt lauerten und mit einem grünstichigen Tümpel, der sich im Verborgenen hielt, dieser Garten also schien es zu genießen, sich dem wolkenlosen Himmel zu präsentieren. Seit vielen heißen Sommern schon und seit vielen trockenen Wintern ließ man ihn in Ruhe, hielt mähen, jäten, beschneiden, einebnen und begradigen für überflüssig und machte dem Namen der Villa alle Ehre – fa nulla: man tat nichts.

Ich blickte den Hang hinab und weiter hinaus in die duftende Sommerlandschaft bis hinunter zum Meer.

Ein leises, schnelles Rascheln lenkte mich ab. Etwas Kleines huschte über die rotbraunen Fliesen und verschwand unter einem Stein. Zwei große ausgebleichte Korbstühle, ein niedriger Tisch aus rohen Holzbrettern, auf dem die Äpfel lagen, eine Handvoll Tomatenstauden in Tontöpfen mit rotglühenden Früchten – mehr stand nicht herum. Viele der quadratischen Terrakottafliesen hatten einen Sprung. Die dunklen Bruchlinien bildeten ein wirres Muster. Die Terrassentür war mit einem hölzernen Laden verschlossen, dessen einstmals dunkelgrüne Farbe verblasst war.

Ich verließ die Terrasse und ging ums Haus, bis ich vor der niedrigen Eingangstür aus dunklem Holz stand. Ein rostfarbenes, eisernes Gitter versperrte den Weg. Bis hierher schien alles in Ordnung. Ich konnte nicht erkennen, ob die Bande in die Villa eingedrungen war.

Ich versuchte, das Schloss mit einem der Schlüssel zu öffnen, doch es klemmte. Der Schlüssel verkantete sich und steckte fest. Ich rüttelte an dem Gitter. Vergebens. In diesem Moment hörte ich drinnen ein Telefon klingeln. Es läutete fünf, sechs, sieben Mal, während ich versuchte, den verdammten Schlüssel freizubekommen. Schließlich hatte ich ihn in der Hand und das Klingeln verstummte.

Mir lief der Schweiß den Rücken hinunter während ich erneut versuchte, das Schloss zu knacken. Diesmal ging ich behutsamer vor und nach einer Minute war es geschafft. Das Telefon fing wieder an.

Ich riss das Gitter auf, öffnete mit dem zweiten Schlüssel die Eingangstür und stürmte in das Haus, das mir für mindestens drei Wochen anvertraut war.

Das Telefon stand in der offenen Küche und der Anrufer war hartnäckig genug.

Ich hielt den schwarzen Hörer des altertümlichen Apparates mit Wählscheibe schon in der Hand, als mir einfiel, dass ich keine Ahnung hatte, wie ich mich melden sollte. Vonwegen? Sowasch? Ludwig? Luigi? Oder einfach nur hallo?

»Hallo«, quakte es aus dem Hörer, »hallo? Herr Sowasch? Sind Sie das? Melden Sie sich doch. Geht es Ihnen nicht …?«

»Ja, ich bin's«, unterbrach ich den Anrufer, dessen Stimme ich erkannt hatte.

»Jetzt bin ich aber platt, mein Lieber. Sie sind drin in der Villa? Wie haben Sie das geschafft? Haben Sie etwa die Schlüssel gefunden? Ich hab Ihnen doch gar nicht gesagt, wo Sie suchen müssen.«

Hans »Poirot« Müller klang aufgeregter, als er nach meinem Geschmack hätte sein müssen. Ich hangelte mich an der Wahrheit entlang.

»Ja, das war nicht ganz einfach, aber ich hab die Schlüssel.« Für ein paar Sekunden verschlug es meinem Auftraggeber die Sprache.

»Sie haben tatsächlich das Versteck entdeckt. Das ist ja eine detektivische Meisterleistung, sozusagen.«

»Nein, äh, Sie haben mich falsch verstanden. Man hat sie mir gegeben, sozusagen.«

Unheilvolle Stille, vier Sekunden lang. Es können auch fünf gewesen sein. Ich konnte förmlich hören, wie er die Stirn in Falten legte. Es knisterte leise in der Leitung, die Gesprächsatmosphäre gewann an Spannung.

»Gegeben? Wer hat Ihnen die Schlüssel gegeben?« Jedes Wort wog so schwer wie ein ganzer Satz. Ich räusperte mich.

»Ich glaube, sein Name ist Bruno.«

»Bruno? Welcher Bruno?«

»Er hatte einen leichten französischen Akzent.«

»Französischer Akzent?«

»Ja, aber er sprach perfektes Deutsch. Genau wie die anderen.« Stille. Aber dieses Mal nur für zwei Sekunden. Höchstens.

»Die anderen?« Er klang etwas gepresst. »Welche anderen?«

»Lisa zum Beispiel.«

»Zum Beispiel? Eine Frau?«

»Ja. Natürlich. Wenn auch ziemlich jung. Sie hat die Angewohnheit, unvollständige Fragen zu stellen.«

»Unvollständige …?«

»Genau. Sie haben es erfasst. Aber sie kommt eher wenig zu Wort.«

Allmählich fand ich Gefallen an diesem Gespräch. Irgendwie kam ich mir dem weltberühmten Detekiv gegenüber nicht mehr unterlegen vor. Seine Verwirrung war wie ein Topf voll Schokoladenpudding auf einer heißen Herdplatte, kurz bevor die Blasen der Empörung nach oben steigen und den Herd versauen. Ich ließ den Topf auf der Platte. »Lasse hat am meisten geredet. Er schien mir der Chef der Bande zu sein.«

»Bande? Zum Donnerwetter, Herr Sowasch, wovon faseln Sie da die ganze Zeit?« Aha, da kamen schon die ersten Schokopuddingspritzer.

»Na, von Bruno und Lisa und Lasse und Namira.«

»Wer zum Teufel ist das?«

»Ach, Orson hab ich vergessen, obwohl er sicher der gewichtigste war.«

»Der gewichtigste? Was soll das heißen? Was sind das für Leute, Mann? Antwort! Wen haben Sie reingelassen, obwohl ich Ihnen ausdrücklich …«

»Reingelassen hab ich keinen. Die waren vor mir da. Aber sie haben die Villa nicht betreten.«

»Herr Sowasch …!« Sein Lautstärkeregler verrutschte unüberhörbar nach rechts.

»Das heißt, eigentlich muss ich das erst noch herausfinden.«

»Mein lieber Mann! Sie hören mir jetzt genau zu! Ich sage das nur einmal. Mein Akku ist gleich leer. Hören Sie zu!

72

Hören Sie gut zu!« Ich hörte ihn schnauben. Vermutlich versuchte er krampfhaft, sich zu beruhigen. »Wenn mein Großvater erfährt, dass Fremde sein Grundstück betreten haben, reißt er mir erst den Kopf ab und dann enterbt er mich.«

»Ich denke, das zweite wäre dann wohl überflüssig«, gab ich zu bedenken.

»Sie sollen zuhören, nicht denken, verdammt!«

»Verstehe.«

»Sie verstehen gar nichts. Zwei Dinge müssen in Ihren Kopf. Zwei absolut entscheidende Dinge. Niemand, ich wiederhole, keine Menschenseele darf das Grundstück betreten. Von der Villa ganz zu schweigen. Meinem Großvater kann man nichts vormachen. Er merkt es hundertprozentig, wenn jemand seine ungewaschene Nase in seine Socken gesteckt hat.« Ich hielt es Hans »Poirot« Müllers emotionaler Aufruhr zugute, dass ihm die Metaphern verrutschten.

»Ich werde mich also nicht um seine Socken kümmern. Das hatte ich ohnehin nicht vor. Wie soll ich mich sonst verhalten? Darf ich atmen? Muss ich im Freien schlafen? Soll ich bei den Nachbarn essen? Mir dort die Hände waschen? In den drei Wochen werde ich wohl auch das eine oder andere Mal die Toilette … Ich meine, der Garten ist ja groß genug.« Mir war etwas der Gaul durchgegangen. Doch ich hatte die Zügel absichtlich in die staubige Luft geworfen. Ich wollte den nervenschwachen Enkel dieses furchterregenden Großvaters Müller wieder ins Geleis bringen.

»Sie müssen mich verstehen, Herr Sowasch.«

Dieser Name! Ich konnte mich einfach nicht daran gewöhnen. Auf die Dauer konnte das nicht gutgehen. Irgendwann würde die Agentur dahinterkommen. Daran wollte ich gar nicht denken. Aber wer weiß. Es konnte ja auch eine schlampige Agentur sein. Besetzt von digitalverwahrlosten Mängelwesen Mitte Zwanzig, deren Horizont nur bis zum nächsten Latte Macchiato reichte.

»Poirots« Stimme riss mich aus meinen Überlegungen. »Es hängt sehr viel davon ab, dass Sie Ihre Aufgabe perfekt und einwandfrei erfüllen. Wahnsinnig viel, Herr Sowasch, geht das in Ihren Kopf?« Ein Gedankenblitz durchzuckte mich — ein seltenes Phänomen.

»Sie meinen, es hängt sehr viel Geld davon ab. Ihr Großvater stellt Sie auf die Probe und ich soll Sie vor einem Fiasko bewahren. Lieg ich da richtig?«

Er schwieg und sein Schweigen gab mir Recht. Mein Schuss ins Blaue hatte ins Schwarze getroffen. Er ging jedoch auf meine Behauptung nicht ein.

»Sorgen Sie dafür, dass niemand außer Ihnen den Garten und die Villa betritt. Haben Sie mich verstanden? Das ist das Eine. Zweitens: Unter gar keinen Umständen dürfen Sie die Nachbarn kontaktieren. Never! Das sind äußerst unangenehme Leute.«

»Das sagten Sie bereits in München.«

»Ich kann es nicht oft genug wiederholen. Sie müssen wissen, dass die vor nichts, aber auch gar nichts …« Ende der Durchsage. Er hatte aufgelegt. Mitten im Satz? Nein, sein Akku hatte wohl von dem Gespräch genug und sich vollends entleert. Ich legte den Hörer auf die Gabel, wie man das vor hundert Jahren tat, schloss die Augen und rümpfte die Nase. Dann ließ ich mich etwas erschöpft auf einen Stuhl sinken, der unter meinem Gewicht ächzte.

Während ich auf die laut tickende Wanduhr mit den römischen Ziffern starrte, versuchte ich zu verarbeiten, was Hans »Poirot« Müller mir gesagt hatte. Mein Blick fiel auf das schwarze Telefon, und eine Frage schob sich in den Vordergrund: Wieso hatte er diesen Apparat angerufen, wenn er doch davon ausgegangen war, dass ich mangels Schlüssel gar nicht in der Villa sein konnte? Und was hatte er mir am Schluss noch sagen wollen?

Ich musste heftig niesen. Es war sehr staubig in dieser Küche. Der alte Müller schien nicht viel von Sauberkeit zu halten. Es roch nach Essig, Liebstöckl und Knoblauch — ein Altmännergeruch. Ich putzte mir die Nase und stand auf.

Als erstes würde ich meinen Koffer holen. Dann die Holztür im Zaun verbarrikadieren, den Eingang absperren und mich gründlich mit dem Haus vertraut machen. Ich hatte durchaus vor, meine Aufgabe »einwandfrei und perfekt zu erfüllen«.

Eine halbe Stunde später hatte ich ausgepackt, alle Räume inspiziert und die Fenster geöffnet.

Im Obergeschoss befand sich das Schlafzimmer Pontus Müllers. Daneben ein kleines Bad sowie ein Gästezimmer, das ich bezog. Im Erdgeschoss lagen die Küche, ein winziger Vorratsraum und das große Wohnzimmer mit Panoramafenstern. Eine zweiflügelige Tür führte zur Terrasse.

Außerdem entdeckte ich einen kleinen quadratischen Raum, in dem ein leerer Schreibtisch stand. Auf einem schiefen Bücherregal ohne Bücher fristete eine mechanische Schreibmaschine aus einem vorigen Jahrhundert ihr Dasein.

Die Bücher waren vollständig in das Wohnzimmer ausgelagert worden, wo sie, zu etwa einem Dutzend hoher Stapel aufgeschichtet, an die Türme von San Gimignano erinnerten.

Ein breites ausgeleiertes Sofa stand an der den Fenstern gegenüberliegenden Wand.

Darüber hing ein Ölgemälde. Ein Porträt. Es hing schief. Ich wollte es gerade geraderücken, als ein Schrei durch den heißen Nachmittag gellte. Es war eine Frauenstimme.

Ich öffnete die Terrassentür und stürzte nach draußen. Die Frau schrie um Hilfe, das begriff ich auch ohne Italienischkenntnisse.

Ich eilte durch den Garten, entfernte den Balken, mit dem ich die kleine Holztür im Bretterzaun provisorisch gesichert hatte — und da sah ich sie liegen.

»Madonna mia!«, rief sie bei meinem Anblick und versuchte, sich aufzusetzen.

Ich half ihr dabei so gut es ging.

»Was ist passiert? Soll ich einen Arzt rufen?«, fragte ich. Sie antwortete nicht sofort.

Ich stöberte in aller Eile nach den passenden italienischen Vokabeln, da sie mich sicher nicht verstanden hatte. Aber mir fiel nur »avanti, avanti« ein, was mir unpassend erschien.

Sie trug einen edlen, dunkelblauen Hosenanzug. Ich schätzte sie auf Anfang fünfzig. Ihre schwarzen Haare, von grauen Strähnen durchzogen, trug sie zu einem strengen Knoten geflochten, dem kein Haar entfliehen mochte. Ihre großen Augen musterten mich durch eine schwarzgeränderte Brille.

»Sie sind aus Deutschland?«, fragte sie akzentfrei. Ich nickte leicht verwundert.

»Wie kann ich Ihnen helfen?«

»Nun, zunächst würde ich ganz gerne aufstehen, dann sehen wir weiter«, erwiderte sie zaghaft.

»Sind Sie sicher? Wo haben Sie sich denn verletzt?« Sie schüttelte leicht ungeduldig ihren Kopf.

»Es ist nur der Knöchel. Eine Lappalie. Jedenfalls möchte ich ungern hier sitzen bleiben.«

Das sah ich ein. Sie war ein Leichtgewicht. Als ich ihr auf die Beine half, kamen mir ihre Arme und Schultern so zerbrechlich vor wie Grissini.

Sie stützte sich auf meinen Unterarm und belastete zögernd ihren rechten Fuß. Der plötzliche Schmerz ließ sie aufstöhnen.

»Vielleicht kann ich mich bei Ihnen ein wenig ausruhen, Herr…«, fragte sie etwas kurzatmig.

»Vonwegen, Ludwig Vonwegen«, sagte ich.

»Grazia Vittoria da Fo«, gab sie mit einem winzigen Lächeln zurück. »Ich glaube, der Weg zu Ihrer Terrasse ist kürzer, als der zu meiner«, hauchte sie.

Ich starrte sie an. Es war die Nachbarin! Natürlich, wer sonst? Mir tönten Hans »Poirot« Müllers Worte in den Ohren. »… unter gar keinen Umständen die Nachbarn kontaktieren …, äußerst unangenehme Leute …«

Für solche Situationen haben die Griechen das Wort Dilemma erfunden, ohne zu erklären, wie man dem entkommt. Ich wünschte »Poirot« zum Teufel.

»Stützen Sie sich auf meine Schulter«, sagte ich, was sie mit erstaunlich festem Griff tat. Wir probierten ein paar Schritte.

Als wir durch die Tür im Zaun waren und sie den Garten erblickte, entfuhr ihr ein gehauchtes »Oh«. Der Kontrast zu ihrem perfekten Park war sicher für drei bis vier »Ohs« gut, so viel stand fest.

Nach wenigen Minuten hatten wir meine Terrasse erreicht und ich half ihr, sich in einem der Korbstühle niederzulassen. Sie seufzte. Ich schob den kleinen Holztisch in ihre Nähe, so dass sie den lädierten Knöchel hochlegen konnte.

Er sah nicht geschwollen aus, soweit ich das beurteilen konnte. Die restlichen Äpfel raffte ich eilig mit beiden Händen zusammen.

»Vielen Dank, Herr von Wegen, das ist sehr freundlich von Ihnen.«

»Warten Sie einen Augenblick. Ich sehe nach, ob ich etwas zu trinken finde.«

»Ja, das wäre der Situation angemessen, denke ich.«

Das schon, aber ich hoffte außerdem, sie durch die Terrassenfenster unbemerkt beobachten zu können, um mir einen besseren Eindruck zu verschaffen.

In der Küche fand ich eine große braune Apothekerflasche, deren Aroma auf selbstgebrannten Schnaps hindeutete. Außerdem ein paar grüne Fläschchen San Pellegrino.

Da ich nicht lange über Risiken und Nebenwirkungen nachdenken wollte, zog ich das Mineralwasser vor, fand aber kein einziges sauberes Glas. Das war nun auch egal.

Ich schlich ins Wohnzimmer, stellte mich hinter einen Vorhang und spähte nach draußen.

Sie hatte ihre Brille abgenommen und sah sich die Terrakottafliesen sehr genau an. Ihrer Miene nach zu urteilen, war meine Terrasse ebenso indiskutabel wie der Garten. Sie warf einen flüchtigen Blick auf den eisernen Obelisken, schüttelte den Kopf und rückte ihren Fuß zurecht. Dabei saß sie so kerzengerade in dem altersschwachen Korbsessel, als rechnete sie jeden Moment damit, dass er unter ihr zusammenbrechen könnte.

Immerhin schien sie keine Schmerzen zu haben. Das würde es leichter machen, sie wieder loszuwerden. »Was für ein unhöflicher Gedanke«, dachte ich, »aber passend«. Ich brachte ihr das Mineralwasser.

»Sie müssen entschuldigen, Signora da Fo, ich bin heute Nachmittag erst angekommen und hatte noch keine Gelegenheit, einzukaufen«, sagte ich angemessen zerknirscht. Sie nahm die geöffnete Flasche regungslos entgegen. »Tja, äh, ich hatte auch noch keine Gelegenheit, für sauberes Geschirr zu sorgen«, ergänzte ich. Sie sah mich stirnrunzelnd an und setzte ihre Brille wieder auf.

»Ich verstehe nicht ganz. Machen Sie das alles selbst? Haben Sie denn kein Personal?« Sie sagte das in einer Art und Weise, als würde ich mir die Zähne nicht putzen. Den zaghaften Ton hatte sie abgelegt wie einen überflüssigen Schal.

»Wissen Sie, das ist nicht so einfach«, druckste ich herum. Sie nahm einen vorsichtigen Schluck und verzog das Gesicht. Ich konnte mir denken, warum. »Ja, äh, der Kühlschrank war ausgeschaltet. Ich fürchte, das Wasser ist etwas warm.« Sie stellte die Flasche auf den Boden und deutete ein Lächeln an.

»Es ist ungenießbar.«

Ich nickte äußerlich betroffen. Ein Grund mehr, mich und meine Terrasse zu verlassen, dachte ich und kreuzte die Finger hinter meinem Rücken. Sie faltete stattdessen ihre Hände und die Inquisition begann.

»Ich wusste zwar, dass dieses Anwesen, wie war noch mal der Name …?«

»Fanulla. Villa Fanulla.«

»Ein unmöglicher Name. Ich nehme an, Sie wissen, was er bedeutet. Ich finde, wer nichts tut, lädt den Teufel in sein Haus ein.« Das hatte ich heute doch schon mal gehört. »Nun ja, offen gesagt wundert mich gar nichts bei dem Charakter des Vorbesitzers, dieses alten Schweden …«

»Er ist Deutscher«, warf ich ein. Sie ließ sich nicht aus dem Konzept bringen.

»Einerlei. Ich vermutete zwar schon lange, dass er irgendwann verkaufen musste, aber so schnell hätte ich nicht damit gerechnet, dass er einen Käufer findet. Ein Wunder, dass sich überhaupt jemand für dieses Objekt interessierte.«

Sie rieb mit ihrem Zeigefinger sachte über ihren Nasenrücken. »Und Ihnen gehört das jetzt also?« Ich beschloss intuitiv, sie in dem Glauben zu lassen.

»Nun ja, ich habe mit seinem Enkel verhandelt.«

»Seinem Enkel? Das sieht ihm gar nicht ähnlich.« Ein Leuchten glomm in ihren Augen auf. »Er ist doch nicht etwa verstorben?«

»Davon weiß ich nichts.« Sie zog die Augenbrauen hoch.

»Üblicherweise werde ich über jede Immobilientransaktion auf dieser Insel informiert.« Das konnte man nun schon als Vorwurf auffassen. Sie schoss mit Schrot auf einen Hasen. Sicherheitshalber schlug ich einen Haken.

»Wie geht es Ihrem Fuß?«

»Sie lenken ab, Herr von Wegen, ungeschickt zwar, aber ich nehme das zur Kenntnis.« Sie kniff die Augen zusammen. »Der Knöchel schmerzt und das versuche ich nicht zur Kenntnis zu nehmen.«

»Oh, ich verstehe. Wenn ich Ihnen noch irgendwie behilflich sein kann …«

»Warum setzen Sie sich nicht? Trauen Sie dieser Sitzgelegenheit nicht?« Sie deutete mit dem Kinn auf den anderen Korbsessel. Ich ließ mich notgedrungen darauf nieder. Sie nahm ihre Brille ab und setzte das Verhör fort.

»Ihr Name ist von Wegen? Alter Adel?«, wollte sie wissen. Zum zweiten Mal an diesem Tag wurde ich das gefragt, wie unzählige Male zuvor schon in meinem Leben.

Dabei liegt die Antwort doch in meinem Namen begraben: von wegen.

»Ach, wissen Sie …«, begann ich und wurde sofort unterbrochen.

»Es ist so angenehm, wenn man sich auf derselben gesellschaftlichen Ebene begegnen kann, finde ich. Allerdings haben Sie merkwürdige Freunde von, sagen wir, fragwürdigem Niveau.«

»Sie meinen die …«

»Ganz recht, die meine ich. Sie sind wohl vorhin erst davongefahren.«

»Nun ja, genau genommen sind es nicht meine Freunde.«

»Dann sind es eben Bekannte. Immerhin waren Sie bei Ihnen zu Besuch, nicht wahr? Auf mich haben Sie einen sehr unangenehmen Eindruck gemacht.«

»Sie haben sie kennengelernt?«, fragte ich verdutzt.

»Ich konnte sie hören. Und das hat mir genügt. Und dann noch dieses schreckliche Auto! Bei der Gelegenheit fällt mir ein, wie sind Sie eigentlich hierhergekommen? Wo haben Sie Ihren Wagen gelassen?«

»Ich bin zu Fuß gekommen.«

»Wie bitte?«

»Na ja, die letzten Meter eben. Etwas weiter oberhalb hat mich jemand abgesetzt.«

»Oh, da müssten Sie eigentlich Olivetti begegnet sein. Er streunt da oben gerne herum.«

»Der große schwarze Hund? Ja, wir haben uns kurz unterhalten.« Sie schaute mich fragend an. »Wirklich ein sehr umgängliches Tier«, fügte ich hinzu.

»Ich meinte nicht den Hund. Olivetti ist mein Sekretär.«

»Ach, da bin ich aber …«

»Und wer hat Sie gefahren?«

»Das war William.« Sie schaute mich verblüfft an.

»William? Ich kenne nur einen William auf der ganzen Insel und das ist der Chauffeur einer Freundin.« Ich nickte.

»Signora Bonaparti«, bestätigte ich. Sie setzte ihre Brille wieder auf und beugte sich vor, um mich besser begutachten zu können.

»Sie kennen Signora Bonaparti?«, rief sie überrascht aus. »Warum haben Sie das nicht gleich erwähnt?«

Sie legte ihren Zeigefinger auf die Lippen und sah mich nachdenklich an. »Ich sehe schon, Sie wirken etwas hilflos, wenn ich das sagen darf.« Ich saß da wie das Kaninchen vor der Schlange. Und schon biss sie zu. »Sie kommen mit mir. Sie essen bei uns, da lernen Sie auch gleich meinen Bruder Duncan kennen.«

»Aber ich weiß nicht, ob …«

»Dafür weiß ich es. Sparen Sie sich bitte die Floskeln. Ich habe mich entschieden. Ob ich wohl mal telefonieren könnte? Das Telefon funktioniert doch hoffentlich, nehme ich an?«

»Äh ja, das ist kein Problem. Warten Sie, ich helfe Ihnen.« Sie war behände aufgestanden. Ihr Knöchel hatte offenbar eine Spontanheilung erfahren.

7. Kapitel

Ich hielt ihr meinen Arm hin und führte sie ins Allerstaubigste. Allerdings hatte ich keine Lust, mich für die fragwürdige Hygieneauffassung Opa Müllers zu entschuldigen.

Ich hörte, wie sie heftig die Luft zwischen den Lippen einzog, als wir eintraten.

Es war nicht ganz leicht, die Türme von San Gimignano zu umgehen.

Eine steile Falte erschien zwischen den Augenbrauen von Signora da Fo.

»Eine seltsame Art, Bücher aufzubewahren. Unorthodox und unordentlich. Ich hasse Unordnung!«

»Oh, sie sind geordnet, die Bücher, durchaus, nur vermutlich in einer anderen, äh, Dimension«, erwiderte ich. Sie schnaubte verächtlich.

»Das hört sich sehr nach einer Ausrede an, Herr von Wegen.«

»Äh ja — das Telefon steht in der Küche. Ich schlage vor, Sie versuchen, flach zu atmen. Sie werden die Luftverhältnisse als nicht angemessen empfinden.« Ich war stolz auf meine Ausdrucksweise.

»Ich werde nicht nur flach atmen, sondern mit Sicherheit meine Stauballergie wieder zum Leben erwecken.«

Die Fenster waren zwar geöffnet, doch der penetrante Geruch nach Essig, Liebstöckel und Knoblauch hatte nicht ins Freie gefunden, sondern sich im Gegenteil mit einer sonderbar säuerlichen Komponente verbunden. Signora da Fo griff zielstrebig nach dem Hörer und betrachtete ihn misstrauisch von allen Seiten.

»Darf ich?«, fragte ich und nahm ihn ihr kurzentschlossen aus der Hand. Immerhin hatte ich ein sauberes Taschentuch, das ich unter dem Wasserhahn anfeuchtete. Damit rieb ich den Hörer gründlich ab.

»Sehr aufmerksam«, murmelte sie, nahm ihn entgegen und wählte eine kurze Nummer. »Ich bin es, Olivetti, holen Sie meinen Bruder an den Apparat.«

Während sie wartete, inspizierte sie systematisch die Küche. Die Finger ihrer rechten Hand trommelten ungeduldig auf ihrem Unterarm. Ich stand daneben wie ein Dienstbote, der auf die nächste Anweisung wartet. »Duncan! Das hat lange gedauert. Wo steckst du denn? Nein, ich bin nicht im Quisisana. Ich hatte einen kleinen Unfall. Nicht der Rede wert. Nein, nur der Knöchel. Vielleicht ein bisschen verstaucht. Herr von Wegen, unser neuer Nachbar, war so freundlich, mir zu helfen. Ich bin gerade in seiner Küche. Wenn du die sehen könntest … Wie auch immer, ich habe Herrn von Wegen zum Abendessen eingeladen. Veranlasst du bitte alles Nötige? Nein, ich werde ihn gleich mitbringen. Ich denke, es kann eine interessante Unterhaltung werden.«

Mir schwante nichts Gutes. »Nein, wir schaffen das schon allein. Ich werde mich hier noch ein wenig ausruhen. Bis später.« Sie gab mir den Hörer zurück und ich legte auf. »Duncan ist Rechtsanwalt«, sagte sie und spazierte leicht humpelnd aus der Küche in Richtung Wohnzimmer. »Übrigens auch Vermögensverwalter. Falls Sie Bedarf haben, er ist ein ausgewiesener Fachmann.«

Na sicher doch. Es würde mich brennend interessieren, wie er mein imposantes Vermögen investieren würde. »Was ist das denn?« Sie war an der Tür zu dem kleinen quadratischen Zimmer stehengeblieben und starrte auf das schiefe Regal mit der Schreibmaschine.

»Ich weiß noch nicht, was ich daraus machen werde«, erwiderte ich wahrheitsgemäß.

»Ich kenne eine sehr gute Innenarchitektin. Bei Gelegenheit werde ich Sie mit ihr bekanntmachen.« Ich dachte an die leeren Räume meiner Münchner Mietwohnung.

»Ich bin eher minimalistisch veranlagt«, wagte ich zu behaupten.

»Ich kann hier nicht mal ein Minimum an Geschmack erkennen, Herr von Wegen«, sagte sie. Ich behielt meine Meinung für mich.

Sie humpelte dekorativ weiter ins Wohnzimmer. »Diese Bücher!« Sie schüttelte den Kopf. »Dieser Kretin hat Ihnen seinen Schund angedreht und sich dabei in sein verknöchertes Fäustchen gelacht.« Ich ließ das im Raum stehen.

Sie sah sich sehr genau um, als ob sie mich mit einem Gutachten beauftragt hätte. Vor dem Ölbild verzog sie verächtlich die Lippen. Es war, zugegeben, ein eher kubistisch angehauchtes Porträt und ich hoffte, es gäbe niemanden auf der Welt, der ihm ähnelte. »Ich wage gar nicht zu fragen, was Sie für all das bezahlt haben.« Ich räusperte mich.

»Wie gesagt, ich habe mit dem Enkel verhandelt.« Sie warf mir einen scharfen Blick zu. Milderte ihn aber gleich darauf mit einem Lächeln ab.

»Nun, das geht mich vermutlich nichts an. Nicht im jetzigen Stadium unserer Bekanntschaft.« Demnach standen mir noch weitere Stadien bevor. Allmählich begriff ich, woher Opa Müllers Ressentiments seinen Nachbarn gegenüber kamen.

»Immerhin ist doch die Lage das wichtigste Kriterium beim Kauf einer Immobilie«, warf ich in den Raum. Sie machte eine wegwerfende Handbewegung.

»Das ist eine Binsenweisheit.«

»Aber Sie werden zugeben, dass die Lage ausgezeichnet ist. Hätten Sie wohl sonst Ihre eigene Villa gleich nebenan gebaut?« Sie blickte mich lange über ihre Brille hinweg an.

»Ich denke, wir setzen das Gespräch bei mir zuhause fort, Herr von Wegen. Mein Bruder wird sich liebend gern daran beteiligen.«

Ich muss zugeben, die Aussicht auf ein höchstwahrscheinlich exquisites Abendessen machte mich wehrlos, zumal ich keine Ahnung hatte, wie ich in die Stadt kommen sollte. Einen kilometerlangen Fußmarsch wollte ich mir bei dieser Hitze auf leeren Magen nicht zumuten.

Die von Hans »Poirot« Müller erlassene Kontaktsperre kümmerte mich in diesem Augenblick nicht mehr, als die Münchner Friedhofsverordnung. Außerdem — wie sollte er auch davon erfahren?

Sicher, diese Signora war neugierig und übergriffig und arrogant. Und wenn schon. Vor meinem inneren Auge tauchte ein mit italienischen Köstlichkeiten üppig gefülltes Büffet auf. Und wenn es auch mit giftigen Bemerkungen garniert sein sollte — ich würde mich schon irgendwie durchbeißen.

»Dann machen wir uns doch auf den Weg«, sagte ich und bot ihr meinen Arm.

»Lassen Sie nur, ich werde es allein versuchen. Es ist ja nicht weit.« Sie ging voraus und bei der Art, wie sie ihre Füße setzte kamen mir ernsthafte Zweifel an ihrem Sturz. Wie sagte Lasse? So tun als ob. Ich hatte sie durchschaut.

»Was werden Sie mit diesem Monstrum von Zaun machen?«, fragte sie, als wir auf der anderen Seite waren.

»Darüber habe ich mir noch keine Gedanken gemacht«, sagte ich.

Diesen Schutzwall würde ich auf keinen Fall anrühren.

»Das sollten Sie aber. Er ist ein Schandfleck.«

»Haben Sie Ihren Nachbarn nicht schon früher darauf angesprochen?« Sie lachte kurz auf und ging weiter. Das genügte als Kommentar.

Von unserem schmalen, grasbewachsenen Pfad zweigte ein mit prächtigen Terrakottafliesen belegter Gartenweg ab.

»Ah, da ist ja Olivetti«, rief Grazia und befahl ihren Sekretär mit einer energischen Handbewegung zu sich. »Sie helfen Signor von Wegen ab morgen in seinem Garten. Ihm gehört die Villa Fanulla.« Fast hörte es sich an als wäre ich Besitzer eines Urwalds.

Olivetti drückte seine Begeisterung über diesen Auftrag sehr verhalten aus. Er war ein junger, rothaariger Italiener mit einem teigigen Gesicht, hängenden Schultern und langen Armen. Jede Art körperlicher Arbeit schien eine Zumutung für ihn. Seine Lethargie war mir auf Anhieb sympathisch. Er würde bei mir nicht viel zu arbeiten haben.

Signora da Fo drehte sich zu mir um und deutete ein Lächeln an.

»Geben Sie mir etwas Zeit und sehen Sie sich in Ruhe um, Herr von Wegen. Ich möchte sichergehen, dass alles vorbereitet ist. Olivetti Sie kommen mit mir.« Sie entschwand zwischen den Zypressen, die den gewundenen Terrakottaweg säumten. Olivetti trottete ihr in gebührendem Abstand nach.

Das weiträumige Hanggrundstück, auf dessen unterstem Part ich mich befand, war in vier große Ebenen unterteilt. Jeweils vier flache Stufen führten auf die nächsthöhere Gartenetage. Der Terrakottaweg mäanderte in regelmäßigen Windungen bis ganz nach oben, wo er auf die von Mandarinenbäumchen umrahmte riesige Terrasse führte. Der sattgrüne Rasen war tief und weich wie ein Teppich. Es gab keine Blumen. Dafür alte Olivenbäume und junge Obstbäume, die nur scheinbar willkürlich auf dem Gelände verteilt waren. Sie sorgten an den richtigen Stellen für angenehmen Schatten zu jeder Tageszeit. Diese kleinen Oasen luden zum Sitzen, Lesen und Plaudern ein. Dafür standen bequeme Stühle bereit, die aus einem Pariser Straßencafé zu stammen schienen.

Ich entdeckte außerdem ein tiefes Sofa aus Rattan, womöglich aus dem Wintergarten eines südenglischen Landhauses entführt, sowie eine an zwei Ketten befestigte Holzbank, die unter einem Apfelbaum schaukelte wie auf der weißen Veranda einer Südstaatenvilla.

Alles an diesem Park war bis ins kleinste Detail ausgetüftelt und nach allen Regeln der Kunst penibel ausgeführt. Einfach zu perfekt. Ich schlenderte gemächlich in Richtung Terrasse. Sie war mit dunklen Teakholzpaneelen ausgelegt und momentan menschenleer.

Vermutlich stimmte Signora da Fo gerade mit ihrem Bruder eine Strategie ab, wie sie mich am besten ausquetschen konnten. Meine Strategie stand bereits fest: futtern und verschwinden. Beides so rasch wie möglich. Ich trödelte noch ein paar Minuten herum, schnupperte beiläufig an den Oliven und drückte wahllos ein paar Mandarinen, bis mir eine ungewollt in die Hand plumpste.

»Sie sind also der neue Nachbar von Grazia?« ertönte es unnötig laut hinter meinem Rücken.

Ich fuhr wie ertappt herum, und da stand ein Mann mit einem Glas Whisky in der rechten Hand in der offenen Terrassentür. Er wartete, bis ich mich ihm genähert hatte, dann leerte er das halbvolle Glas in einem Zug.

»Wusstest du, dass der alte Schwede verkaufen wollte?«, fragte er Grazia über die Schulter.

»Er ist kein Schwede, sondern Deutscher, wie Herr von Wegen hier auch«, drang Grazias Stimme nach draußen.

Er musterte mich mit seinen blauen Augen ein paar Sekunden lang. Dann hob er einfach die Hand mit dem leeren Glas hoch über seinen Kopf.

Sofort kam ein Mädchen in bodenlanger, weißer Schürze von drinnen herbeigeeilt. Sie nahm das Glas entgegen und verschwand lautlos. Der Mann streckte mir seine nun leere Hand entgegen.

»Duncan Forrester. Ich bin der Bruder, Rechtsanwalt und Vermögensverwalter von Grazia Vittoria. Wie schön, dass Sie uns Gesellschaft leisten.«

»Ich hatte keine andere Wahl«, sagte ich und übergab ihm die Mandarine wie eine Eintrittskarte. Er nickte.

»Ich weiß, ich weiß, es erfordert Mut, Eloquenz und Geschicklichkeit, um meiner Schwester erfolgreich zu widersprechen.« Womit er klarstellte, dass er mir nichts davon unterstellte. Ich erwiderte sein öliges Lächeln. Er hielt sich nicht lange mit Smalltalk auf.

»Was haben Sie bezahlt?«

»Wofür?«

»Kommen Sie, Herr von Wegen, nicht so schüchtern. Sie wissen doch genau, was ich meine. Wir reden hier ganz offen über Geld.«

»Ach wissen Sie — Geld, das ist so ein abstraktes Thema für mich. Mal ist es da und ich weiß nicht woher und dann ist es weg und ich weiß nicht wohin.« Mit einem solchen Haken hatte er wohl nicht gerechnet. Seine Schwester gesellte sich zu uns, samt ihrer Meinung.

»Was kann dieser Mensch schon groß verlangt haben für diese Hütte? Sie werden einiges hineinstecken müssen, Herr von Wegen, das habe ich ja schon angedeutet.«

»Grazia hat Recht«, sagte Duncan. »Wenn auch nicht immer alles so perfekt sein muss, wie das hier.« Er deutete auf die vier vollendeten Gartenterrassen.

Das Mädchen in der langen Schürze reichte ihm ein gefülltes Glas Whisky auf einem kleinen silbernen Tablett. Er drückte ihr die Mandarine in die Hand und rümpfte seine Nase, die darin geübt schien.

Ich versuchte, ihn einzuschätzen. Er mochte wohl zehn Jahre jünger sein als seine Schwester und zwei Köpfe größer als ich. Sein Haar war hellgrau und kurz geschoren, seine hohe Stirn braun gebrannt und sein Kinn signalisierte ebenso wie ihr Kinn: Widerspruch ist zwecklos. Salopp in Leinenhose und Leinenblazer gekleidet, sah er weder nach Rechtsanwalt noch nach Vermögensverwalter aus. Doch er strahlte die arrogante Selbstsicherheit eines Mannes aus, der gewohnt war, alles um sich herum einzuschätzen und zu beurteilen. Und der nur sein Urteil gelten ließ. Er nahm einen Schluck Whisky.

»Ich rede nicht gern um den heißen Brei herum. Das ist in meinen Augen Zeitverschwendung und macht den Brei nicht schmackhafter.« Nun war wohl eine geistreiche Bemerkung meinerseits angebracht. Ich knurrte versuchsweise mit dem Magen. Grazia verschwand im Haus. »Hm hm«, machte Duncan und leerte sein Glas.

Der hochprozentige Alkohol schien keinerlei Wirkung auf ihn zu haben.

Ich dagegen fühlte meine Knie weich werden. Ich hätte mich gern irgendwohin gesetzt. Er beugte sich zu mir herab und schlug einen vertraulichen Ton an.

»Was haben Sie denn nun bezahlt?«, fragte er. »Sicher war ein Makler beteiligt. Sie waren doch hoffentlich nicht bei Salvatore?«

»Nein, war ich nicht«, sagte ich. Da ich ansonsten mit keiner Zahl herausrückte, wechselte er notgedrungen das Thema.

»Sie werden den Zaun abreißen lassen, nehme ich an.« Irgendwie hatte ich keine Lust auf diese Art Smalltalk. Mir war nach Improvisieren und Provozieren zumute. Vielleicht hatten Lasse und seine Truppe mich infiziert.

»Das nehme ich nicht an«, entgegnete ich und schielte nach der Terrassentür. »Auf mich macht er einen authentischen Eindruck. Er erfüllt seinen Zweck und seine Optik passt außerdem sehr gut zu meinem Garten.« Erneutes Naserümpfen, von Stirnrunzeln begleitet.

»Aha. Nun, Herr von Wegen, sie erlauben sich da den Luxus einer sehr speziellen Meinung. Und was Ihren sogenannten Garten angeht, also ein gewisses Mindestmaß an Ordnung …« Schon wieder dieses Wort. Ich fiel ihm mit Wonne in dasselbe.

»Ordnung wurde schon immer überbewertet. Ordnung bedeutet Zwang. Die Natur hat ihre eigene Ordnung und ich habe nicht vor, ihr ins Handwerk zu pfuschen.« Er zog die Augenbrauen himmelwärts.

»Sehr unerfreulich, das zu hören«, brummte er.

»Ich denke, Olivetti wird sich freuen«, erwiderte ich. Er stellte das leere Glas auf einen Ast des nächstgelegenen Mandarinenbäumchens, tastete nach Zigaretten in der Innentasche seines Leinenblazers, holte ein Feuerzeug aus der Hosentasche hervor und zündete sich eine an.

Ich beobachtete ihn aus dem Augenwinkel. Er inhalierte und blickte konzentriert auf die Obstbäumchen, als wollte er die Früchte zählen.

Vielleicht überlegte er auch, wo seine Duellpistolen waren. Jedenfalls zog er es vor, erstmal zu schweigen, was ich schon immer für einen Vorzug hielt. Ich tat es ihm gleich und schaute weit in die Landschaft Capris hinaus, die wie verzaubert im Sonnendunst schwebte.

Mein Geist war immer noch irgendwo zwischen München und Italien unterwegs, stand vermutlich an der Grenze und wunderte sich, dass er nicht kontrolliert wurde.

Ich ließ die Ereignisse Revue passieren und wunderte mich über mich selbst. In den letzten 24 Stunden hatte ich eine erstaunliche Wandlung an mir bemerkt. Aus einem mittellosen frustrierten Rentner ohne Aussichten war ein mittelloser renitenter Rentner mit mediterraner Aussicht geworden.

Wie war solches möglich? Auf Anordnung einer höheren Macht? Auf Anraten eines Therapeuten? Auf Wunsch des Universums? Dreimal sag ich nein und stelle ehrlich fest: Bequemlichkeit und Überdruss waren die Quelle meiner Einsicht.

Ich war es leid, krumme Dinge, mich betreffend, geradezubiegen, falsche Eindrücke, die ich hervorrief zu korrigieren, irrige Meinungen über mich richtigzustellen. Ich würde die öffentliche Meinung herrschen lassen so viel sie wollte. Sollten doch alle von mir denken, was sie wollten. Wem war damit gedient, sie mit der Wahrheit zu verwirren? War es meine Aufgabe, meinen Mitmenschen mit Tatsachen die Meinung zu verderben?

Im Großen und Ganzen und vom Mars aus gesehen ist hier unten doch alles nur Theater. Nur? Von wegen! Ab sofort sollte das mein Motto sein, nahm ich mir vor. Ich nickte zufrieden vor mich hin, als Duncan unser Schweigen brach.

»Ich habe Ihnen noch gar nichts zu trinken angeboten.«

»Ja«, antwortete ich, »das ist mir auch schon aufgefallen. Ein Wasser wäre mir recht.«

»Ein San Pellegrino für Herrn von Wegen«, rief er über die Schulter. Aus seinem Mund klang es wie »eine Limonade für den Kleinen«. Grazia kam wieder zu uns auf die Terrasse.

»Kommt ihr gut miteinander aus?« Ihre Frage war an Duncan gerichtet, doch ich war schneller.

»Ich habe den Eindruck, als wir schwiegen, unterhielten wir uns am besten.« Beide warfen mir einen Blick zu.

»Dann gehen wir doch hinein«, sagte Grazia, »ich glaube, die Vorspeisen sind jetzt alle soweit.« Duncan drückte seine Zigarette in einem zierlichen Sandkübel aus, der auf einer schmalen Sandsteinsäule am Rande der Terrasse stand.

Vorbei an bodenlangen, luftig leichten Vorhängen betraten wir einen riesigen Raum, in dem die Farben Creme, Ocker und Cognacbraun dominierten. Pastellfarbene Fresken an den Wänden, freundliches, helles Holz auf dem Boden, breite, offene Türen nach allen Seiten. Ein mit cremefarbenem Marmor eingefasster Kamin, vor dem sich vier äußerst bequem aussehende ockerfarbene Ohrensessel im Halbkreis versammelt hatten, flankiert von kleinen runden Tischen.

Alles perfekt in Farbe und Material aufeinander abgestimmt und bereit zum Auftritt in einschlägigen Hochglanzmagazinen.

Auf einer antiken Anrichte waren fünf oder sechs Platten und zweimal so viele Schüsseln arrangiert, gefüllt und beladen mit Pasta und Risotto in verschiedensten Variationen, eingelegten Artischocken, mariniertem gelben und roten Paprika, sattgrünen Avocados, schwarzglänzenden Oliven, gegrillten Steinpilzen, gebratenen Auberginen, panierten Zucchinifilets, überbackenen Kartoffelvierteln, Sugo, der nach Knoblauch duftete, Mozzarella, Tomaten, Honigmelonen, Orangen, Kiwis, Ananas, Papayas,

Granatäpfeln, frisch gebackenem Brot und gerösteten Toastscheiben. Für zwei Sekunden war ich sprachlos.

»Das sieht aus, als ob sie noch mindestens ein Dutzend Gäste erwarten«, sagte ich, während mein Magen einen Luftsprung machte.«

»Wir wissen nicht genau, wer später noch alles kommt, aber es dürften wohl einige mehr sein. Ich hoffe, es ist etwas für Ihren Geschmack dabei«, sagte Grazia.

»Das ist wirklich großzügig von Ihnen, Signora da Fo. Sie kennen mich überhaupt nicht und jetzt darf ich von diesem herrlichen Büffet schlemmen«, sagte ich und nahm mir etwas Brot.

»Wir sind Nachbarn, Herr von Wegen. Sie werden ganz sicher Gelegenheit haben, sich zu revanchieren« erwiderte Grazia. Das allerdings war ein Gedanke, der mir überhaupt nicht behagte.

Duncan nahm eines der gefüllten Rotweingläser und stellte sich an den Kamin. Grazia reichte mir einen Teller und ich griff ungeniert zu. Keiner der beiden schien Appetit zu haben. Duncan beobachtete mich schweigend über den Rand seines Rotweinglases, was mich irritierte. Ebenso wie die verstohlenen Blicke, die er mit Grazia tauschte.

Ich machte es mir in einem der Ohrensessel bequem. Grazia nahm mir gegenüber Platz. Den gut gefüllten Teller balancierte ich auf meinen Knien und während ich den in Knoblauch eingelegten Pilzvariationen, Avocados, Oliven, Peperoni und Ananasstückchen samt knusprigem Weißbrot zu Leibe rückte, schossen die beiden abwechselnd ihre Fragen auf mich ab.

Mit vollem Mund war ich zwar in der Defensive, blieb in meinen Augen jedoch, wenn auch in teilweise undeutlicher Aussprache, stets bei der Wahrheit, wie das

Gesprächsprotokoll beweist, das ein zufällig anwesender, unsichtbarer Zeuge hätte anfertigen können:

Grazia da Fo (G): »Ich kann mir ein Leben in München nicht so recht vorstellen. Was haben Sie denn den lieben langen Tag so getrieben?«

Ludwig Vonwegen (L): »Nun, die meiste Zeit hatte ich ein Auge auf die Gemälde.«

Duncan Forrester (D): »Sie sind Kunstkenner? Wie interessant. Handelt es sich um eine große Sammlung?«

(L): Nickt. (Dabei musste ich an die Pinakotheken denken).

(D): »Wertvolle Stücke dabei?«

(L): Nickt nachdrücklich.

(G): »Eine sehr hübsche Art, sein Vermögen anzulegen. Haben Sie ein Lieblingsbild?«

(L): Schluckt eilig runter. »Nun ja, das wechselt bei mir. Je nach Jahreszeit. Wissen Sie, wenn man die Bilder Tag für Tag sieht, dann …«

(D): »Nennen Sie doch mal ein paar Namen! Ein wenig kenne ich mich schon auch aus.«

(L): mit einer Gabel voller Pilze: »Nun, da gibt es ein *Selbstporträt von Rembrandt*, auf dem er noch ziemlich jung ist und irgendwie gar nicht nach Rembrandt aussieht. Besonders reizend finde ich von *van Gogh* den *Blick auf Arles,* ganz zu schweigen von ein paar *Seerosen von Monet*. Eines von den kleineren Formaten natürlich. Aber das ist nur eine winzige Auswahl.«

(D): Schweigt beeindruckt, nippt an seinem Rotwein.

(G): Schweigt beeindruckt, tauscht Blick mit (D)

(L): genießt die Pilze und wagt sich an die Peperoni.

(G): »Was ist mit Ihrer Familie? Sie haben doch sicher einen großen Stammbaum.«

(L): Verschluckt sich, hustet, bekommt tränende Augen.

»Entschuldigung. Die sind aber scharf, die Dinger!« Trinkt sein Glas Wasser in einem Zug aus.

(D): Runzelt die Stirn. »Grazia ich habe den Eindruck, wenn Herr von Wegen etwas nicht sagen will, dann tut er es einfach nicht.«

(L): Stößt dezent auf. »Was den Stammbaum betrifft: Ich bin der letzte meiner Art, könnte man sagen.«

(D): »Schön, aber den Preis für die Villa Fanulla haben Sie mir immer noch nicht verraten.«

(L): »Was haben Sie denn für Ihre Villa investiert, wenn ich so neugierig sein darf?«

(D): »Ach, wissen Sie, die Zahl wird Ihnen vielleicht doch sehr abstrakt vorkommen.«

(L): Schmunzelt, wischt mit einem Stück Weißbrot seinen Teller sauber und steht auf.

(G): »Bleiben Sie doch sitzen, Herr von Wegen, ich bringe Ihnen noch etwas. Die Pilze haben es Ihnen angetan?«

(L): Nickt etwas verlegen.

(G): Bringt ihm den vollen Teller zurück. »Nur für den Fall, dass Ihnen der Ärger zu viel werden sollte …«

(L): »Welcher Ärger?«

(D): »Grazia meint Ihre sogenannte Immobilie. Die Wüste hinter dem Bauzaun.«

(L): »Denken Sie, ich werde Ärger bekommen?«

(G): »Damit müssen Sie rechnen. Ich, das heißt wir, möchten Sie nur warnen.«

(L): Legt seine Gabel auf den Teller und stellt den Teller auf den Boden. »Ich verstehe nicht ganz …«

(D): »Vor Salvatore sollten Sie sich in Acht nehmen. Der haut Sie garantiert übers Ohr.«

(G): »Der gerissenste Makler südlich der Alpen.«

(L): Steht auf. »Das würde mich aber nur betreffen, falls ich an einen Verkauf dächte.«

(D): Wedelt ungeduldig mit seinem Rotweinglas. »Sie werden da drüben keine Freude haben. Ich gebe Ihnen höchstens vier Wochen. Denken Sie an meine Worte.«

(L): »Ich weiß Ihre Sorge gut einzuschätzen.«

Das wusste ich nun wirklich. In meinen Innereien spürte ich beginnenden Aufruhr und Gedränge. Es war Zeit, zu fliehen.

»Ich danke für das aufschlussreiche Gespräch und das reichhaltige Essen.«

»Sie wollen uns schon verlassen?«, fragte Grazia und stand ebenfalls auf. Ich nickte.

»Wie gesagt, Sie dürfen sich gern bei uns revanchieren«, bemerkte Duncan vom Kamin her. Schon klar, der wollte sich die Villa auch aus nächster Nähe ansehen. Was ich unbedingt zu vermeiden gedachte, wenn ich auch noch keinen Schimmer hatte, wie.

Grazia reichte mir die Hand und schärfte mir ein:

»Halten Sie sich von Salvatore fern. Denken Sie daran.«
Ich antwortete mit meinem charmantesten Lächeln und ließ die beiden allein.

Als ich auf die Terrasse hinaustrat hörte ich sie hinter mir tief ausatmen. Es klang sehr unzufrieden.

Mit meiner Leistung dagegen war ich sehr zufrieden.

8. Kapitel

An diesem Abend war ich zu nichts mehr fähig. Ich vergaß, die Tür im Zaun zu verbarrikadieren. Ich stand in der staubigen Küche und starrte auf die beiden billigen Klappstühle und den wackligen Tisch, der aussah, wie von Pontus Müller vor 50 Jahren selbst gezimmert. Ich stand vor dem quadratischen Nebenzimmer und starrte auf die prähistorische Schreibmaschine. Ich stand im Wohnzimmer und starrte auf die Büchertürme. Dann ging ich nach oben, stand irgendwo und starrte ins Leere.

Irgendwann lag ich im Bett. Die Bilder und Gesichter dieses langen Tages tauchten auf. Die robuste Schaffnerin, die uns weckte. Gianpaolo, der redselige Taxifahrer. Signora Bonaparti. Der schweigsame William. Lasse, Orson und die anderen. Grazia. Duncan. Olivetti. Dazwischen lief der große schwarze Hund, schmatzend mit meinem Schokoriegel beschäftigt, ins Bild. Renee vor allem, das warme Bier, das wir uns geteilt hatten. Die Pizza am frühen Morgen. Ihr »börfektes duitsch«.

Ich drehte mich auf die Seite und beschloss, dass ich den nächsten Tag ruhig angehen würde. Äußerst ruhig. Eine Weile hörte ich mit einem Ohr noch den Grillen zu. Dann war ich eingeschlafen.

Am nächsten Morgen wurde ich das erste Mal geweckt, als mir die Mittelmeersonne ins Gesicht schien, nickte aber wieder ein.

Kurz darauf polterte jemand mit der Faust gegen die Eingangstür. Ich stöhnte, drehte mich unwillig im Bett um und zog die Decke über den Kopf. Ich hasse es, aus dem Schlaf gerissen zu werden.

Etwa dreißig Sekunden lang war Stille und mein Bewusstsein war schon wieder eine Etage tiefer gesunken, als das Gepolter mich erneut aufschreckte. Acht, neun, zehn Mal schlug jemand mit wachsender Ungeduld gegen die hölzerne Eingangstür.

In meinem Hirn kämpften zwei Gedanken miteinander: »Wo bin ich eigentlich?« Und: »Warum zum Teufel macht niemand die Tür auf?«

Ich wälzte mich auf den Rücken und schlug die Decke zurück, unter der es mir plötzlich viel zu warm war. Eine Männerstimme forderte laut etwas Unverständliches. Deutsch klang es nicht. Und freundlich klang es auch nicht.

Ich öffnete mühsam meine schlafverklebten Augen. Stück für Stück kam mein traumverlorener Geist in Italien an. Im Golf von Neapel. Auf Capri. In der Villa Fanulla. Im ersten Stock. Im Schlafzimmer. Und als er da angekommen war, setzte ich mich ruckartig auf und blinzelte gegen das morgenhelle Fenster.

Wieder klopfte es unten und die ärgerliche Stimme wurde lauter. Ich holte tief Luft

»Herrschaftszeiten! Ruhe da unten!«, brüllte ich aus vollem Hals. Hellwach und geladen schwang ich die Beine aus dem Bett.

Mein Ausbruch hatte gewirkt. Eine angespannte Stille lag in der Luft. Mein Blick fiel auf meinen Koffer, der geöffnet auf dem Boden lag. Ich zog rasch meine Hose an und warf mir ein weißes Hemd über.

Dann ging ich barfuß die Treppe hinunter. Ich warf einen flüchtigen Blick in die Küche. Der Staub war noch da und auch die Wanduhr, die, unbeeindruckt von allen menschlichen Komplikationen, Irrtümern und Begegnungen, ihr Pensum herunterertickte.

Ich drehte den Schlüssel der Eingangstür um und schob die beiden Riegel zurück. »Ich hätte aus dem Küchenfenster schauen sollen«, dachte ich. Es lag rechts vom Eingang und bot eine gute Möglichkeit, sich zu vergewissern, wer vor der Tür stand. »Zu spät«, dachte ich, während ich die Tür aufriss.

Dort stand ein kleiner Mann mit dem Rücken zu mir. Als erstes fiel mir die kahle Stelle auf seinem Hinterkopf auf. Ich bemerkte die Schuppen, die auf den Schultern des dunkelblauen Jacketts einen kurzfristigen Aufenthaltsort gefunden hatten. Eine dunkelgebräunte, mit einem schweren goldenen Siegelring bewaffnete Hand wischte sie energisch fort.

Der Mann drehte sich schwungvoll um und ich glaubte, eine nicht ganz ausgewachsene Version Danny de Vitos vor mir zu haben. Die Ähnlichkeit war irritierend, bis der Mann den Mund öffnete.

»Buon giorno, Signore. Salvatore, sono Francesco Salvatore.« Die sonore Reibeisenstimme hätte sehr gut zu einem Zweimeterriesen gepasst. Ich antwortete bewusst auf Deutsch. Nicht einmal ein »buon giorno« wollte ich diesem Störenfried gönnen.

»Guten Morgen.« Salvatore streckte mir die Hand entgegen.

»Ah, Sie sind Deutscher. Bene. Das macht die Dinge einfacher.«

Ich schüttelte ihm zögernd die Hand. Salvatore, schoss es mir in den Sinn, war das nicht der Name, den Duncan und Grazia gestern erwähnt hatten? Der Mann, vor dem sie mich eindringlich gewarnt hatten?

»Welche Dinge meinen Sie?«, fragte ich misstrauisch. Salvatore schenkte mir ein strahlendes Lächeln. Das Weiß seiner Zähne passte hervorragend zu dem Einstecktuch seines edlen Zweireihers.

»Ah, Signore, die wichtigsten Dinge im Leben, naturlich.«

»Und welche sind das bitte?« Der kleine Mann riss die Augen auf.

»Sie wissen nicht?« Er gestikulierte mit beiden Händen. »Iste jemand der wartet auf mich. Iste ein warmes Essen, un poco vino, etwas ansusiehen. Iste ein Dach über Kopf.«

Was hatte das damit zu tun, dass ich Deutscher war? Ich ließ meine Augen über Salvatores teure Kleidung und seine besonders teuren Maßschuhe wandern. Dafür hatte ich einen Blick, geschult durch meine vielen tausend Tage in den Pinakotheken.

Ich war sicher, dass Salvatore nicht mit einem Fiat 500 über die Straßen von Capri kurvte.

»Ein heißer Kaffee am Morgen, frisches Brot, oder ein Cornetto, gehört das auch zu den wichtigen Dingen?«, fragte ich.

»Esattamente, magnifico, wir verstehen uns zusammen molto bene«, rief Salvatore enthusiastisch aus.

Ich blieb ungerührt in der Tür stehen und verschränkte die Arme.

»Sie haben mich demnach aus meinem wohlverdienten Schlaf gerissen, um festzustellen, dass Sie mit mir übereinstimmen, was die Voraussetzungen eines glücklichen Lebens angeht?«, sagte ich.

Für Salvatore war die grammatische Konstruktion dieses Satzes auf die Schnelle eine unlösbare Aufgabe. So sprachen die Deutschen, die er bisher kennengelernt hatte, nicht. Er ließ das strahlende Lächeln eingeschaltet, während er an der Übersetzung ins Italienische knabberte.

»Bene«, sagte er schließlich, »vielleicht wir wechseln Thema?« Mein Ärger verflüchtigte sich in der frischen Morgenluft.

Ich trat einen Schritt zurück und machte die Tür weit auf. Salvatore zog die dicken Augenbrauen hoch.

»Sie dürfen reinkommen«, sagte ich, aber nur, wenn Sie sich mit diesen silbernen Kaffeemaschinen auskennen.«

»Ma certamente, Signore. Sie haben noch nicht gehabt la colazione, wie sagt man, fruh gestuckt?«

»Natürlich nicht. Um diese Uhrzeit?«

»Ma sei tedesco, Sie sind doch Deutscher.« Seiner Meinung nach waren also alle Deutschen Frühaufsteher.

Ich ging voraus in die Küche. Salvatore kannte sich gut aus. Er wirkte nicht wie jemand, der dieses Haus zum ersten Mal betrat.

Selbst die Bücherstapel im Wohnzimmer schienen ihn nicht zu überraschen.

Ich lehnte mich an den Kühlschrank und verschränkte wieder die Arme.

»Das heißt, Sie wussten, dass ich Deutscher bin, bevor Sie an meine Tür gehämmert haben?« Salvatore umging diese Frage.

Er nahm eine Dose Kaffeepulver aus dem Schrank. »Sie fühlen sich hier wie zu Hause, scheint mir«, brummte ich.

»Un poco. Ich war ein paar Mal hier. Scusi, das ich wollte nicht sagen.«

»Wer hat Ihnen gesagt, dass ich Deutscher bin? Nein – warten Sie, ich kann es mir schon denken.« Ich deutete mit dem Zeigefinger auf das Einstecktuch. »Es waren meine Nachbarn.«

»Wen Sie meinen?«

»Grazia und Duncan natürlich.« Wobei das eigentlich keinen Sinn machte. Erst warnen sie mich vor ihm und dann hetzen sie ihn auf mich? Klare Gedanken so früh am Morgen waren nicht gerade meine Spezialität.

Salvatore sagte nichts. Er hatte Wasser und Kaffeepulver eingefüllt und die glänzende Bialetti-Kaffeemaschine auf den Gasherd gestellt. Er sah sich suchend um.

»Sie haben kein Cornetto? Naturlich.« Er schlug mit der flachen Hand an die Stirn. »Sie erst aufgestanden, Madonna mia!« Ich spürte ein nagendes Gefühl in meinem Magen und machte mich nun selbst auf die Suche nach Essbarem. In einem kleinen Schränkchen fand ich eine halb aufgebrauchte Packung Toast und im Kühlschrank etwas Konfitüre. Salvatore klatschte in die Hände.

»Bene – das rettet uns.« Die Kaffeemaschine röchelte lautstark. Ich steckte zwei Scheiben in den Toaster, stellte Tassen, Teller, Zucker und ein Glas Konfitüre auf den Tisch. Salvatore legte Messer und Löffel daneben.

»Wir sind gutes Team, Signore. Ah, ich weiß nicht Ihren Namen.« Ich schüttelte den Kopf.

»Ich denke nicht, dass wir ein Team sind. Wir haben nur ein paar kleine Dinge auf den Tisch gelegt.« Salvatore hob den Zeigefinger.

»Aber sie passen gut zusammen, diese Dinge.«

Ein starker Duft nach Espresso verbreitete sich in der Küche. Salvatore nahm die kleine silberfarbene Kanne von der Gasflamme, schaltete den Herd aus und goss die schwarze Flüssigkeit in die beiden Tassen.

Ich hatte noch nie einen so intensiven Kaffeegeschmack erlebt. Für ein, zwei Minuten vergaß ich meine Fragen. Salvatore schwieg ebenfalls und widmete sich der ersten heißen, schwarzen Begegnung an diesem Tag.

Er wusste sehr genau, wann es klug war, den Mund zu halten. Dieser Tedesco war ein wenig anders. Er durfte nicht zu früh zur Sache kommen. Dennoch hatte er das Gefühl, dass er in diesem Fall mit offenen Karten spielen sollte. Vor allem musste er die Ruhe bewahren. Zu lange hatte er auf diese Gelegenheit gewartet.

Es war ihm ein Rätsel, wie es der alte Schwede, (oder war er Deutscher?) geschafft hatte, diese Villa zu verkaufen, ohne dass irgendjemand etwas davon mitbekommen hatte. Salvatore war dafür bekannt, ein Feuer zu riechen, bevor das erste Streichholz einen heißen Kopf bekam. Das war sein wertvollstes Talent. Es hatte ihn zum erfolgreichsten Immobilienmakler im Dunstkreis des Vesuvs werden lassen. Doch dieses Mal war er leer ausgegangen.

Ein einmaliges Unglück. Eine Wiederholung war in seinen Augen ausgeschlossen.

»Sie kennen Grazia da Fo sicher schon lange, oder?« Meine Frage kam so harmlos daher, wie ein Tourist in weißen Socken. Salvatore stellte seine Tasse vorsichtig auf den wackligen Küchentisch.

»Wollen wir uns nicht setzen und essen einen Happen? So heißt es doch, nicht?«, sagte er statt einer Antwort.

»Ja, so heißt es«, sagte ich, nahm die beiden Brotscheiben heraus und fütterte den Toaster erneut.

Salvatore verteilte den Rest aus der silberfarbenen Kanne auf unsere Tassen. Dann setzten wir uns beide gegenüber an den Tisch.

»Was iste das?«, fragte Salvatore mit vollem Mund. Ich kaute ebenfalls.

»Sie stellen Fragen, Herr Salvatore und ich stelle Fragen. Ist Ihnen aufgefallen, dass wir beide keine Antworten geben? Ich denke wir haben jetzt genug um die Blaubeerkonfitüre herumgeredet. Wäre es nicht Zeit, die wichtigen Dinge auf den Tisch zu legen. Platz genug ist ja.«

»Si si, Signore. Blaubeeren, Sie sagen? Die gibt es wohl in Schweden?«

»Da auch.« Ich stand auf um die nächsten beiden Toastscheiben zu holen. »Wissen Sie, was ich mich frage?« Salvatore nippte an seinem Kaffee und beobachtete mich über den Rand seiner Tasse. »Sie sitzen in Ihrem teuren Anzug und den extravaganten Schuhen einem alten deutschen Mann in einer sehr staubigen Küche gegenüber und essen vergammeltes Toastbrot und ungenießbare Konfitüre. Warum tun Sie das, frage ich mich. Und wenn ich mich etwas frage, gebe ich mir auch immer eine Antwort.«

Ich machte eine Pause, um Salvatore Gelegenheit für eine Antwort zu geben. Doch der saß nur da, hatte seine Hände gefaltet und nickte leise vor sich hin, ohne mich aus den Augen zu lassen. »Gut«, sagte ich, »die Antwort lautet: Sie wollen diese staubige Küche. Und Sie wollen das Wohnzimmer mit den Büchertürmen und Sie wollen den Rest, die ganze Villa Fanulla samt Grundstück.« Ich holte tief Luft und schob den Teller mit meinem Brot zur Seite.

»Kaffee war gut, immerhin«, sagte Salvatore und wiegte den Kopf hin und her, als wollte er dafür gelobt werden.

»Was haben Sie mir zu sagen, Signor Salvatore?«

»Per favore, sagen Sie Francesco zu mir. Sie heißen Luigi, nicht wahr, Signor von Wegen?«

»Ich wusste doch, dass Sie meinen Namen kennen. Was glauben Sie sonst noch über mich zu wissen?«

»Ich will sagen Ihnen volle Wahrheit.« Salvatore setzte ein ernstes Gesicht auf und legte seine Hände flach auf den Küchentisch. »Allora, es iste mein Beruf, dass ich kenne die Namen von wichtigen Leuten. Jeder, der ein Haus wie dieses hier besitzt, iste wichtig für mich. Und jeder, der so eines kaufen möchte. Von beiden Sorten ich kenne sehr viele. Daher ich war sehr traurig, dass dieses Haus wurde verkauft ohne meine Hilfe.«

Er ließ die linke Hand einmal auf die Tischplatte fallen und griff mit der rechten in die Innentasche seines Sakkos. Dann überlegte er es sich und ließ den Umschlag stecken, der sich dort verbarg. »Das darf nicht passieren noch einmal, Sie verstehen?«

Ich zeigte keinerlei Reaktion und wartete ab. »Bene. Ihre Villa hier iste etwas Besonderes. Naturalmente. Sie wissen das, sonst Sie hätten nicht gekauft.«

Salvatore beugte sich zur Tischplatte hinab und pustete einmal kräftig. Eine kleine Staubwolke erhob sich im Morgenlicht und senkte sich dann auf den Boden, der aus verdreckten Terrakottafliesen bestand. »Sie hat nicht gestört der Staub. Sie hat nicht gestört der Schmutz. Sie sind ein kluger Mann.« Ich winkte ab.

»Es gibt Leute, die das nicht so sehen.«

»Certamente. Immer gibt es Leute, die etwas nicht sehen. Das kann auch sein von Vorteil.«

»Ich kann mir vorstellen, dass ein Immobilienmakler davon lebt«, sagte ich, um mein Gegenüber aus der Reserve zu locken. Salvatore machte ein betrübtes Gesicht.

»Si si, viele gibt es leider, die glauben so sie können gewinnen. Ma, ich das nicht glaube. Ich weiß, ich kann nur gewinnen richtig, wenn alle Menschen, die zu mir kommen, gewinnen.« Ich zog die Augenbrauen hoch.

»Dann sind Sie also ein ehrlicher Immobilienmakler?« Salvatore breitete entrüstet seine Arme aus.

»Esatto, Luigi, anders ich kann nicht arbeiten.« Ich beugte mich nach vorn.

»Dann will ich auch ehrlich sein, Francesco. Man hat mich vor Ihnen gewarnt. Erst gestern.« Salvatore lächelte diese Bemerkung weg. Sie legte sich zu dem Staub auf dem Küchenfußboden.

»Naturlich, es muss immer geben Leute, die nichts Gutes sagen. Man muss wissen, warum sie das tun.«

Dem musste ich stillschweigend zustimmen. Noch immer war ich im Zweifel, ob ich diesen kleinen, feinen Italiener über die wahren Besitzverhältnisse aufklären sollte. »Allora, Luigi, alles hat seinen Preis«, sagte Salvatore in seiner ruhigen Reibeisenstimme und blickte mir in die Augen.

Für ein paar Sekunden war nur das Ticken der Wanduhr zu hören. ›War jetzt der richtige Moment?‹ Ohne es zu wissen, hatten wir beide denselben Gedanken im selben Moment. Ich fasste leise seufzend einen Entschluss.

»Wie ich schon sagte, ich will ehrlich sein, Francesco. Diese Villa hier ist nicht …« Salvatore hob beide Hände und brachte mich damit zum Schweigen.

»Ich kann es denken. Sie gehört Ihnen noch nicht sehr lange. Vielleicht Sie wollen genießen diesen Ort. Aber vielleicht das iste auch woanders möglich. Ich kann Ihnen helfen zu machen ein gutes Geschäft. Und es wird sein ein gutes Geschäft auch für mich. Aber …«, wieder hob er beide Hände, als ich ihn unterbrechen wollte, »aber dafür muss gemacht werden eine Entscheidung. Entscheidungen machen iste anstrengend, iste schwierig. Ich weiß das. Ich habe gemacht schon viele Entscheidungen.«

»Hören Sie mir zu, Francesco, da gibt es nichts zu …«

Salvatore griff in die Innentasche seines Jacketts, holte einen Umschlag heraus und legte ihn auf den Tisch, wo er neben dem Teller mit dem Blaubeerkonfitürentoast sehr vornehm aussah.

Mir blieb der Satz im Halse stecken.

»Ascolta Luigi, hören Sie bitte auf Francesco. Ich sage Ihnen, Sie müssen gar nicht machen eine Entscheidung. Iste schon gemacht. Iste in diesem Umschlag. Ganz ohne

Anstrengung. Ich habe einen Käufer, der, wie sagt man, hat nicht viele Tassen in Schrank.«

»Er hat nicht alle Tassen im Schrank.«

»Esatto. Was Besseres gibt nicht für jemanden wie Sie. Bene.« Er stand auf und klopfte ein paar frische Schuppen von den Schultern seines dunkelblauen Maßanzugs. »Ich jetzt gehe. Sie schauen in Umschlag. Sie freuen sich. Certamente. Und heute Nachmittag ich komme wieder zu machen, wie sagt man, gekopfte Nagel.«

Damit verbeugte er sich und verließ leichtfüßig Küche, Villa und Grundstück. Ich blieb sitzen.

»Nägel mit Köpfen heißt das«, murmelte ich und ließ mir die letzten Sätze Salvatores ein paar Mal durch den Kopf gehen. Ich strich mit den Fingerspitzen über den Umschlag, der hellblau neben meinem Teller mit dem angebissenen Toast lag.

Ich stand auf und schaute aus dem Fenster. Dann ging ich ins Wohnzimmer, öffnete die Türen zur Terrasse.

Mein Blick blieb an dem rostbraunen Obelisken hängen, schweifte über den Garten, die knorrigen Olivenbäume, das hohe Gras.

Ein verrückter Käufer, ein gutes Geschäft. Salvatores raue Stimme lag mir noch in den Ohren. Die Morgensonne brannte mir ins Gesicht. Diese Villa ist etwas Besonderes, hatte er gesagt. Weiß Gott, da lag er richtig. Sie war mir jetzt schon ans Herz gewachsen.

Die Zikaden zirpten zaghaft ein Konzert. Ich atmete tief durch. Die Luft schmeckte nach Oliven und Thymian, nach trockener Spätsommervormittagshitze. Von weit her kam ein dürres Glockengeläut geflogen. Ich blinzelte ins Licht.

»Sie gehört dir nicht«, sagte irgendjemand in meinem Kopf, »die Villa gehört dir nicht.« Ein Frosch quakte schläfrig. »Was solls«, dachte ich einerseits. »Was soll ich tun?«, dachte ich andererseits.

Ich ging zurück in die Küche, setzte mich auf einen der Klappstühle, nahm den Umschlag vom Tisch und wedelte prüfend damit durch die Luft. Dann öffnete ich ihn. Erstaunlich ruhig, wie selbstverständlich, nahm ich das dünne Bündel heraus und begann zu zählen. Es waren Fünfzehntausend Euro. Meine Jahresrente. Beinahe.

In meiner Tasse war noch ein Rest kalter Espresso. Ich behielt ihn so lange im Mund, bis ich eine Kaffeezunge hatte, dann schluckte ich hinunter und stand auf.

»Jetzt hab ich ein Problem«, dachte ich und begann, in der Küche auf und ab zu gehen. Das Froschquaken drang durch die offene Terrassentür.

Ich konnte das Geld nicht behalten. Salvatore würde schon dafür sorgen, dass ich es nicht behielt, sobald er die Wahrheit erfahren hatte. Seine raue Stimme hatte sehr freundlich geklungen. Sicher hatte er auch andere Töne drauf. Die wollte ich mir ersparen.

Ich nahm die rosafarbenen Scheine in die Hand, fächerte sie auf, hielt den Fächer an die Nase und kam mir albern vor. Ich schob die Scheine zusammen und steckte sie wieder in den Umschlag. Dann schaute ich mich ratlos um.

Wohin damit? Ich wollte das Geld auf keinen Fall bei mir tragen. Ich würde es Salvatore am Nachmittag wieder in die Hand drücken. Bis dahin wollte ich nicht in Versuchung geführt werden.

Mein Blick fiel auf den Kühlschrank, doch der war leer und bot kein Versteck. Ich nahm die Wanduhr ab, untersuchte den Toaster, den Backofen, den Küchenschrank – alles ungeeignet für fünfzehntausend Euro.

Ich ging ins Wohnzimmer, betrachtete nachdenklich die Bücherstapel, die Pontus Müller dort errichtet hatte. Es waren mehr als ein Dutzend.

Der höchste reichte mir bis zur Hüfte. Zuunterst lagen dicke Bildbände über die Werke Michelangelos und Leonardos, Raffaels und Botticellis. Darüber stapelten sich einige Merian-Hefte, gefolgt von mehreren überdimensionierten Kochbüchern. Den größten Teil des Turms bildeten amerikanische Romane und gekrönt war er von ein paar schmalen Bänden englischer Lyrik.

Das alles interessierte mich nur am Rande. Kurzentschlossen baute ich den Turm bis zu seinem Fundament ab, legte den Umschlag zwischen die beiden untersten Merian-Hefte und deponierte die restlichen Hefte kreuzweise darauf.

Kurz darauf war die Silhouette San Gimignanos im Wohnzimmer des alten Schweden, der kein Schwede war, wiederhergestellt. Ich betrachtete kritisch mein Werk. So würde es gehen.

Ich ging zurück in die Küche und räumte den Tisch ab. Dabei fiel mir ein, dass ich Lebensmittel besorgen musste, wenn ich außer Blaubeerkonfitüre und gammeligem Toast noch etwas anderes essen wollte.

Während ich mich rasierte und fertig anzog, dachte ich über meine nächsten Schritte nach. Wie sollte ich in die Stadt kommen? Auf einen langen Fußmarsch hatte ich keine Lust.

Ich ging in meinem Zimmer im ersten Stock ans Fenster und ließ den Garten und das Licht auf mich wirken. Mein Blick wurde von einer Bretterwand gefesselt, die sich am weit entfernten unteren Ende des Grundstücks hinter ein paar Büschen halbwegs verbarg.

Von der Terrasse aus hatte ich sie schon gestern Abend entdeckt und dort einen weiteren Zaun vermutet. Doch von hier oben fiel mir ein schiefes Dach aus Wellblech auf. Das Ganze sah nach einem baufälligen Schuppen aus. Ich zog meine Schuhe an und ging auf Erkundungstour.

9. Kapitel

Als ich an dem Schuppen ankam, waren meine guten schwarzen Schuhe von Brombeerranken, Staub und Dreck arg ramponiert. Aber das war mir einerlei.

Der Schuppen war größer, als er aus der Entfernung wirkte, und er schien älter zu sein als die Villa. Das traf mit Sicherheit auch auf das Vorhängeschloss zu. Es war von dem gleichen satten Rostbraun wie der große Obelisk vor der Terrasse. Auch die eisernen Riegel auf dem Holztor machten da keine Ausnahme.

Wo sollte ich nach dem Schlüssel suchen? In der Villa? Oder gab es hier irgendwo einen Ort, an dem er versteckt sein könnte? Ich verwarf diesen Gedanken. Das Schloss ließ sich allenfalls mit Gewalt öffnen, verrostet wie es war. Ich rüttelte daran und merkte erst jetzt, dass es gar nicht eingerastet war. Der Bügel ließ sich ganz einfach wegdrehen.

Ich schnalzte mit der Zunge, doch als ich an dem Tor zog, spürte ich einen starken Widerstand. Die oberen beiden Angeln hatten sich gelockert. Das Tor saß schief, wie überhaupt alles an dem Schuppen schief war.

Es kostete mich einige Minuten hartnäckiger und schweißtreibender Arbeit, bis ich es ganz aufgezogen hatte. Meine Schuhe waren jetzt vollends ruiniert. Ich hatte mir einige blutige Schrammen an den Händen eingehandelt und mein weißes Hemd taugte nur noch zum Putzlappen.

Der Schuppen war leer bis auf ein paar alte Benzinkanister, ein paar halb verrottete Gummistiefel und ein vierrädriges Fossil, auf dessen blassroter Blechhaut ich den Schriftzug *Lamborghini* entzifferte.

Die Kanister waren voll, die Stiefel waren leer, abgesehen von trägem Ungeziefer.

Und der Lamborghini war ein Traktor.

Ich umrundete ihn mit großen Augen. Ich wusste zwar, dass der Sportwagenbauer ursprünglich nur Landmaschinen gebaut hatte.

Trotzdem war ich verblüfft. Noch verblüffter war ich, als ich den Zündschlüssel bemerkte, der da war, wo er hingehörte und meine Verblüffung erreichte ihren Höhepunkt, als ich ihn nach kurzem Zögern umdrehte. Denn der Traktor erwachte zum Leben, als ob er erst gestern in diesem Schuppen abgestellt worden wäre.

Der Lärm des alten Motors fuhr mir in die Knochen. Ich stellte ihn sofort wieder ab und kletterte von dem Metallsitz herunter.

Es roch nach Gummi und Öl und Benzin. Ich untersuchte die Reifen. Sie schienen genug Luft zu haben.

Ein Grinsen stahl sich auf mein Gesicht, als ich mir vorstellte, wie ich mit diesem Ackercabrio aus den Fünfzigerjahren die Straßen von Capri erobern würde.

Ich fand den Einfüllstutzen, hievte einen der schweren Kanister hoch und ließ Sprit in den Tank laufen. Ölflecken waren auf dem staubigen Boden aus roten Ziegeln keine zu entdecken. Der Lamborghini leckte nicht.

Ich hatte zwar keine Ahnung, wie man damit fuhr, aber es gab ein Kupplungspedal, ein Bremspedal, ein Gaspedal, so etwas wie einen Schalthebel und ein Lenkrad. Was lag also näher, als mit einem Lamborghini in die Stadt zu fahren.

Nach kurzem Überlegen machte ich mich daran, meinem neuen Gefährt einen Weg zu bahnen.

Das war einfacher als gedacht. Olivenbäume waren die einzigen Hindernisse. Ich fand zwischen ihnen eine Lücke, die für den Traktor groß genug war, räumte ein paar Bretter zur Seite und der Weg war frei.

Ich ging zurück zum Schuppen. An einem verbogenen Nagel in der Seitenwand hing ein ausgefranster Strohhut, den ich mir auf den Kopf setzte.

Ich tastete nach meiner Brieftasche, die mehr enthielt, als mein Äußeres vermuten ließ. Auf diesem Vehikel und in diesem Aufzug würde mich jedenfalls kein Mensch für einen Touristen halten.

Ich setzte mich hinter das Lenkrad, bewegte es probehalber hin und her und testete die Pedale und den Schalthebel. Ich trat die Kupplung durch und legte einen Gang ein, von dem ich hoffte, es sei ein Vorwärtsgang. Dann startete ich den Lamborghini.

Das pausenlose Klingeln des altertümlichen Telefons in meiner Küche entging mir. Zu groß war meine Euphorie, mit dem Oldtimer fahren zu können, zu laut waren die Zylinder des Lamborghini.

Hans »Poirot« Müller konnte daher eine wichtige Information nicht loswerden. Eine sehr wichtige Information angesichts meines großen Talentes, das Falsche zu tun. Er gab es nach dem vierten Versuch auf.

»Er wird ihn schon nicht finden«, dachte der besorgte Enkel des alten Pontus. »Und selbst wenn, warum sollte er damit fahren wollen?«

Er kratzte sich am Hinterkopf und schlug ein paar Mal leicht dagegen. »Weil er vielleicht weiß, wie man so ein Ding fährt und weil er so leichter in die Stadt kommt«, war die beunruhigende Antwort, die er sich selbst gab. »Dann braucht er eben einen fähigen Schutzengel«, dachte Hans »Poirot« Müller, »einen, der bremsen kann«. Denn dieser verdammte alte Lamborghini seines verdammten alten Großvaters konnte das nicht. Zumindest hatte Pontus Müller das immer behauptet.

Ich fand einen Weg quer über die angrenzenden Felder und landete glücklich auf einer schmalen Straße, die leicht abschüssig nach Nordosten führte.

Einen Wegweiser hatte ich nicht gesehen. Der war auf einer so kleinen Insel auch überflüssig. Ich verließ mich auf meinen Instinkt. Außerdem hatte ich mir Capri schon unzählige Male auf Landkarten angeschaut.

Während ich mit etwa zwanzig Stundenkilometern auf einer hügeligen Landstraße im äußersten Südwesten der Insel meinen Ausflug begann, brannte mir die Mittelmeersonne trotz des Strohhutes ins Gesicht.

Nach einer Weile kam der Torre di Materita in mein Blickfeld. Dort hatte Axel Munthe das bekannteste Werk über Capri geschrieben: »Das Buch von San Michele«. Ich fuhr durch das Städtchen Anacapri. Als Nächstes passierte ich die Station der Sesselbahn auf den Monte Solaro und kurz darauf das berühmteste Gebäude der Insel: die Villa San Michele.

Ich befühlte meine Brusttasche, wo ich die Schlüssel zur Villa Fanulla trug. Ich würde niemanden hereinlassen, außer Salvatore. Den würde ich schon vor dem Bretterzaun abfangen.

Sollte sich herumsprechen, dass ich nicht der neue Besitzer war, würde sich sowieso niemand mehr für mich interessieren.

Weiter wollte ich vorerst nicht denken.

Die Straße wurde schmaler und gleichzeitig abschüssiger und der Lamborghini legte an Tempo zu. Bis Marina Grande konnte es nicht mehr allzu weit sein.

Ich drehte mich kurz um. Eine beeindruckende Autoschlange verfolgte mich. Überholen war auf dieser Strecke nicht möglich.

Zu eng waren die Kurven, die kurz hintereinander folgten.

Ich packte das Lenkrad fester und trat versuchsweise auf die Bremse. Das Lenkrad begann zu zittern. Der Lamborghini wurde jedoch nicht langsamer, sondern immer schneller.

Vor mir tauchte ein LKW auf, der nicht viel jünger als mein Traktor sein konnte. Bei dem schienen die Bremsen allerdings zu funktionieren, ebenso die Warnblinker. »Der hat eine Panne, ausgerechnet hier«, schoss mir durch den Kopf. »Na prima!«

Es waren noch etwa hundert Meter bis zu dem Gemüselaster. Ich trat die Bremse mehrmals hintereinander. Hätte ich meinen löcherigen Strohhut in den Fahrtwind gehalten wäre die Wirkung größer gewesen.

»Keine Bremse«, knurrte ich, »kein Sicherheitsgurt, keine Hupe, kein Hirn!«

Ich verfluchte mich für meinen Leichtsinn. »Spring einfach ab!« Einen verrückten Moment lang hielt ich das für meine einzige Rettung. Dann fiel mein umherirrender Blick auf den langen Hebel, der seitlich angebracht war. Ohne zu überlegen packte ich ihn und zog mit aller Kraft daran. Der Lamborghini antwortete mit einem ohrenbetäubenden Kreischen.

Die plötzliche Verlangsamung hob mich aus dem Metallsitz. Ich ließ den Hebel los und stemmte mich mit beiden Händen gegen das Lenkrad. Der Lamborghini schlingerte und gab grässliche Geräusche von sich. Aber schließlich kam er zum Stehen, fünf Meter vor dem blinkenden Gemüselaster.

Dessen Fahrer hatte nichts von meinen Nöten mitbekommen, ebenso wenig die Fahrer hinter mir, die nach und nach ein Hupkonzert anstimmten.

Ich atmete tief durch und drehte den Zündschlüssel um. Der Fahrer des Lasters stand mit hoch erhobenen Armen auf der Straße und begann, die Autofahrer vorbeizuwinken. Zwischendurch rief er mir etwas auf Italienisch zu und nickte anerkennend.

Nach wenigen Minuten war die Autoschlange vorbei. Der Gemüsefahrer kam näher und plauderte auf mich ein. Es dauerte eine Weile, bis er begriff, dass ich nichts begriff.

»Die Bremse«, sagte ich und deutete auf den langen Hebel. »Ich konnte nicht bremsen.«

»Come?«

»Das Ding funktioniert nicht!«

»Bah! Iste Lamborghini!« Der Gemüsefahrer stellte diese Tatsache fest, als sei damit alles gesagt. Dann gab er mir mit Zeichensprache zu verstehen, dass er sich selbst mal hinter das Lenkrad setzten wollte.

Ich machte bereitwillig Platz. Er untersuchte alles genau und schien vergessen zu haben, dass sein eigenes Vehikel mit einer Panne die Straße blockierte.

»Iste nicht kaputt, questo Lamborghini. Iste müde.«

»Aber die Bremse reagiert nicht«, beharrte ich.

»Bah, Bremse! Warum Bremse? Iste nicht schnell genug für Bremse.«

Ich setzte meinen Strohhut ab und wischte mit der Hand über die Stirn.

Der Gemüsefahrer tippte mit der Hand auf den langen Hebel an der Seite. »Iste genug Bremse, eh! 'atte gemacht stop.« Damit sprang er von dem Traktor herunter. Er schüttelte mir begeistert die Hand. »Bene trattore, molto bene.«

»Schon klar, aber kann ich damit weiterfahren?«

»Ma certamente, si si. Buon viaggio!«

Er winkte mir zu und lief zurück, um unter der Motorhaube seines Lasters zu verschwinden.

Ich rang mit mir. Einen Unfall wollte ich auf keinen Fall riskieren. Andererseits hatte die Handbremse ja tatsächlich funktioniert. Hier stehen lassen konnte ich den Traktor nicht. Abschleppen lassen? Per Anhalter fahren? Zu Fuß gehen? Ich wog die Optionen ab, während ich den Lamborghini kritisch umrundete.

Ich schaute den Wagen nach, die an mir vorbeifuhren. Irgendwann wurde es mir zu dumm, herumzustehen und zu grübeln.

Renee, das kahlköpfige Mädchen, wäre schon längst weitergefahren. Dieser Gedanke gab den Ausschlag.

Ich setzte mich wieder hinter das Lenkrad, drehte den Zündschlüssel um, fuhr sachte los und winkte dem Gemüsefahrer kurz zu.

Bald darauf kam ich in Marina Grande an. Gleich zu Beginn gab es einen großen Parkplatz auf der Piazzale Europa, der jedoch hoffnungslos überfüllt war.

Ich fuhr ein Stück weiter, ließ den Traktor ausrollen und parkte ihn am Straßenrand. Erlaubt oder nicht erlaubt war mir erstmal egal. Für Oldtimer gelten sowieso andere Regeln. Außerdem wuchs ich langsam aus dem Alter heraus, in dem man sich um Regeln Gedanken macht. Für den Augenblick redete ich mir das erfolgreich ein.

Sobald ich mich zu Fuß unter die Touristen mischte, die mir entweder argwöhnische Blicke zuwarfen oder ihre Smartphones auf mich richteten, wurde mir meine schlampige Kleidung bewusst.

Ich betrat kurzentschlossen das erstbeste Geschäft, das dafür in Frage kam, kaufte ein Paar braune Leinenhosen und ein leichtes, weißes Hemd. Ich zog beides sofort an und packte meine verdreckten Klamotten in eine Tüte. Sie einfach wegzuwerfen widerstrebte mir. Außerdem wollte ich vorbereitet sein:

Die Villa hatte einen wahrscheinlich staubigen Speicher und einen sehr wahrscheinlich düsteren Keller, die ich beide noch zu erforschen gedachte. Dafür wollte ich passend angezogen sein.

Außerdem war ein Paar neuer Schuhe fällig. Den Strohhut behielt ich auf.

In einem Supermercado kaufte ich die nötigsten Lebensmittel und ließ mir an einem Imbiss ein Sandwich mit Tomaten und Oliven geben, das ich sofort im Stehen verschlang. Danach war ich immer noch hungrig.

Mit Tüten und Taschen bepackt lief ich an der Piazzetta di Capri vorbei und ließ die Chiesa di Santo Stefano rechts liegen.

Schließlich stach mir ein Wegweiser ins Auge, der zum Grandhotel Quisisana wies. Davon hatte ich schon in den Siebzigern gelesen, als ich noch in meiner alten Münchner Wohnung von Capri träumte und die Schwarzweißfotos in nostalgischen Merianheften betrachtete. Grandhotel Quisisana — der Name zog mich unwiderstehlich an, ohne dass ich hätte sagen können, warum.

In letzter Zeit hatte ich mir angewöhnt, meinem Instinkt zu folgen, der sich als guter Reiseführer entpuppt hatte. Ich bog in die Via Camerelle ein, die von vielen Boutiquen gesäumt war. Die cremefarbene Fassade des Hotels mit den unzähligen Flaggen über dem Eingangsportal kam bald in Sicht.

Unwillkürlich verlangsamte ich meinen Schritt. Beinahe ehrfürchtig näherte ich mich der Terrasse mit den kleinen runden Tischen und den bequemen Stühlen.

Um mich herum wälzte sich der Strom der Touristen, die mit offenen Mündern und erhobenen Smartphones an diesem Luxustempel vorbeistolperten.

Ich hatte die alten Tarife noch im Kopf. Salvatores hellblauer Umschlag hätte mir nicht einmal einen zweiwöchigen Aufenthalt dort ermöglichen können.

Ich ließ meinen Blick über die feudalen Fenster und Balkons gleiten, als mich jemand von der Seite in merkwürdigem Italienisch ansprach.

Dem Klang nach musste es sich um einen waschechten Berliner handeln, der mich offensichtlich für einen waschechten Capresen hielt und von mir vor dem berühmten Hotel fotografiert werden wollte.

Ich nickte, nahm die Kamera entgegen und vermied es, einen Ton zu sagen. Stattdessen stellte ich meine Taschen ab und setzte ein leicht genervtes Gesicht auf, um authentisch zu wirken.

Mit Erfolg, denn der Berliner drückte mir zwei Euro in die Hand, als er seine Kamera wieder in Empfang nahm. Mir verschlug es die Sprache.

Ich hatte sie noch nicht wiedergefunden, als ich gleich darauf die Hotelterrasse mit meinen Papiertüten passierte.

»Da sind Sie ja! Kommen Sie mal her, junger Mann!« Der Befehlston kam mir bekannt vor. Ich drehte mich suchend um. »Na los doch, setzen Sie sich zu mir! Ihren Einkauf können Sie da abstellen.«

Eine alte Dame hatte ihren knochigen Arm erhoben. Sie saß allein an einem der kleinen Tische, die ganz hinten, direkt an der Fassade des Hotels standen, möglichst weit weg von den Menschenmassen, welche die Via Camerelle bevölkerten.

Ich erkannte sie sofort wieder, die Stimme war unverwechselbar.

Die Dame trug einen giftgrünen Hut mit breiter Krempe und trotz der Hitze einen anthrazitfarbenen Hosenanzug, dessen Ärmelaufschläge im gleichen Grün gehalten waren. Wahrscheinlich trug sie auch giftgrüne Schuhe. Sie würden zu ihrer gesamten Erscheinung passen, wie Orden zu einer Galauniform.

Sie hatte mir unbekümmert über die Köpfe der anderen Gäste hinweg zugerufen, die dort entspannt bei einem Cocktail oder Cappuccino saßen. Nicht wenige von ihnen musterten meine Erscheinung skeptisch. Für unangenehme zehn Sekunden kam es mir so vor, als stünde ich auf einer Bühne im blendenden Scheinwerferlicht, ohne zu wissen, was ich tun sollte.

Doch Signora Bonaparti sorgte schon für die entsprechenden Anweisungen.

»Nun kommen Sie schon! Wie lange soll ich denn noch warten?«

Ich unterdrückte den Reflex, einfach weiterzugehen, sondern packte meine Tüten und Taschen fester und bahnte mir zwischen den engstehenden Tischen und Stühlen unter gemurmelten Entschuldigungen einen Weg.

»Signora Bonaparti«, sagte ich etwas außer Atem, als ich ihren Tisch erreichte, »schön, Sie wieder …«

»Sparen Sie sich das Gewäsch! Sie wollten doch schon weitergehen, das hab ich Ihrem Strohhut angesehen. Bah!« Sie hob abwehrend die Hand, an der ein massiver goldener Ring in der Sonne funkelte.

»Das haben Sie falsch gedeutet, der Hut ist ja auch wirklich nicht sehr …«

»Leugnen Sie nicht! Ich nehme es Ihnen ja nicht übel. Setzen Sie sich endlich und legen Sie Ihr Zeug auf die Seite! Das kann man ja nicht mitansehen.«

Ich verstaute mein »Zeug« halbwegs unter dem Tisch und ließ mich auf dem Sessel neben ihr nieder. »Wie heißen Sie eigentlich?«, wollte sie wissen.

»Vonwegen, Ludwig Vonwegen.«

»Von mir aus. Nun, haben Sie Grazia kennengelernt?«

»Ja, ich habe tatsächlich jemanden kennengelernt, der sich so nennt.«

Sie schaute mich prüfend an.

»Natürlich haben Sie sie kennengelernt und wahrscheinlich auch die anderen, die da oben ständig um sie herumschwirren. Komisches Volk. Na ja, das ist ihre Sache. Würde mich wundern, wenn irgendeiner von denen was taugt.«

Ich fragte mich gerade, wann jemand in den Augen dieser Signora etwas taugte, als sie mich schon wieder aufs Korn nahm.

Sie haben mir nicht gesagt, dass Sie diese Villa mit dem abscheulichen Namen gekauft haben. Das nehme ich Ihnen allerdings übel. Sie sehen ja – vor mir kann man nichts verbergen. Was trinken Sie?«

Sie sprach ohne Punkt und Komma in einem Tonfall, der ihr zur zweiten Natur geworden war.

Wahrscheinlich betete sie auch in diesem Ton, so dass alle Heiligen strammstanden. Wenn Sie überhaupt betete. Ich dachte ein oder zwei Sekunden darüber nach, wurde aber prompt von ihr unterbrochen. »Sie sind Deutscher, also kommt wohl nur Bier in Frage.«

Bevor ich antworten konnte, schnippte sie zweimal kurz mit ihrem Zeigefinger. Wie aus dem Nichts tauchte ein weiß livrierter Kellner auf.

»Una birra tedesca«, schnarrte sie ihm entgegen, worauf er sich schleunigst entfernte.

Ich warf einen Blick auf ihr Glas, das eindeutig ein Whiskyglas und zur Hälfte gefüllt war. Sie bemerkte meinen Blick und zog die Augenbrauen hoch.

»Sie vermuten falsch, wenn Sie das für Whisky halten. Bei Tageslicht trinke ich nur Tee, aber ich hasse diese langweiligen Teegläser.« Ich nickte und tastete unauffällig nach meiner Brieftasche. Der Kellner kam mit einem kleinen Tablett und stellte mir ein schlankes Glas hin, das er aus einer dunkelgrünen, vor Kälte beschlagenen Flasche zur Hälfte füllte, bevor er diese schwungvoll neben dem Glas platzierte.

Ich rang mir ein »Grazie« ab. Sie beäugte mich kritisch. »Was halten Sie davon?« Ich zuckte unschlüssig mit den Schultern und räusperte mich.

»Na ja, es ist wohl Geschmackssache. Tee gehört nicht zu meinen Lieblings…«

Sie machte eine wegwerfende Handbewegung.

»Die Villa! Was halten Sie von der Villa?«

»Ach so, richtig, die Villa Fanulla.« Um Zeit zu gewinnen und meine Kehle etwas zu beruhigen, nippte ich an meinem Becks und dachte nach. »Staubig«, sagte ich. »Sie liegt sehr schön. Allein der Garten …, aber der Holzzaun – ich weiß nicht. Und sie wirkt vernachlässigt.« Ich nickte nachdenklich. »Sie gefällt mir sehr gut.« Signora Bonaparti war mit der Antwort nicht zufrieden.

»Was haben Sie dafür bezahlt?«, fragte sie rundheraus.

In mir regte sich leichter Widerstand.

»Das wurde ich schon öfters gefragt«, gab ich zur Antwort.

»Das kann ich mir vorstellen.«

»Woher wissen Sie, dass ich angeblich der neue Besitzer bin?« Sie schüttelte unwirsch den Kopf.

»Strengen Sie Ihren Grips an! Wer kommt da wohl in Frage? Und lassen Sie das Verstecken spielen von wegen angeblicher Besitzer. Sowas kann ich nicht ausstehen. Sagen Sie mir einfach die Zahl, oder schreiben Sie sie auf in Gottes Namen, wenn Ihnen das leichter fällt!«

Ich schwieg und griff nach meinem Bierglas. Ich trank es aus, füllte es wieder auf und schwieg.

Sie warf mir einen scharfen Blick zu. Ihr dämmerte wohl, dass dieser Neuankömmling nicht ganz so leicht zu behandeln war, wie sie gedacht hatte. »Das macht das Bier«, dachte sie verächtlich und leerte ihr Glas in einem Zug. Sofort erschien wieder der Kellner, ohne dass es eines energischen Zeigefingers bedurft hätte. Er nahm das leere Glas mit und stellte ihr ein neues hin.

Ich registrierte, dass es nur zur Hälfte gefüllt war und versuchte, das Thema zu wechseln.

»Nochmals vielen Dank, dass Sie mir William zur Verfügung gestellt haben.« Sie winkte ungeduldig ab.

»Haben Sie etwa Salvatore eingeschaltet? Der alte Schwede wird das ja wohl kaum gewagt haben.«

»Er ist kein Schwede.«

»Einerlei. Also – hat Salvatore da seine dicken Finger mit drin gehabt?«

»Den Namen hab ich schon mal gehört«, sagte ich wahrheitsgemäß.

Sie zischte verächtlich durch die Zähne.

»Lassen Sie um Himmelswillen das Katz-und-Maus-Spiel sein, vor allem, wenn Sie nicht die Katze sind!« Ich nahm noch einen tiefen Zug aus meinem Glas, bevor ich mich zu einem weiteren Satz hinreißen ließ.

»Soviel ich gehört habe, ist dieser Salvatore Immobilienmakler und hier gut bekannt.«

»Sagen Sie mir nur Dinge, die ich noch nicht weiß. Sie haben ja keinen blassen Schimmer.«

Ich beobachtete ihre Hand, die nach dem Glas griff. Sie zitterte nicht. Sie leerte es in einem Zug und behielt es in der Hand. »Ich kenne ihn schon sehr lange.« Ihre Stimme hatte plötzlich einen anderen Klang, leiser und drohender. »Er ist mir ein paar Mal in die Quere gekommen, oder ich ihm, wie man's nimmt. Er versteht es sehr gut, sich wichtige Leute zum Freund zu machen.«

»Sie sind befreundet?«, wagte ich einzuwerfen. Sie sah mich an und verzog die dünnen Lippen zu einem bösen Lächeln.

»Er versteht es genauso gut, sich wichtige Leute zum Feind zu machen.«

»Ich verstehe.«

»Sie verstehen überhaupt nichts! Gehen Sie Salvatore aus dem Weg. Ich weiß, wozu er …, ja, was ist denn?« Der Kellner war an ihren Tisch getreten.

»Telefon für Signora. Es ist der …«

»Ja ja ja, posaunen Sie das nicht so laut herum.« Sie stellte das leere Glas auf den Tisch und schnaubte ärgerlich. Flinker, als ich es ihr zugetraut hätte, stand sie auf.

»Wir laufen uns nochmal über den Weg.« Es klang wie ein Befehl.

Ich erhob mich hastig. Sie winkte herrisch mit ihrer Hand.

»Bleiben Sie sitzen! Und bleiben Sie Salvatore fern!« Mit diesen Worten drehte sie sich um und verschwand im Foyer des Hotels.

Ich ließ mich auf meinen Stuhl zurückfallen. Dieser Salvatore hatte, wie es schien, einige besondere Feinde. Was stimmte nicht mit dieser Villa, deren Namen jeder abscheulich fand und deren Preis jeder unbedingt wissen wollte?

Mein Blick fiel auf das Glas der Signora und auf mein eigenes. Jetzt durfte ich auch noch die Zeche zahlen und das ausgerechnet im teuersten Hotel auf der Insel.

Verstohlen winkte ich dem Kellner.

»Sie wünschen?«

»Il conto, äh, ich möchte zahlen.« Der Kellner schüttelte lächelnd den Kopf.

»Sie sitzen hier am Tisch von Signora Bonaparti.«

»Das weiß ich. Ich hatte ein Bier und die Signora zwei Tee.« Das Lächeln des Kellners wurde breiter.

»Zwei Tee, Signore? Hat sie das gesagt?«

»Aber ja.« Ich nahm ihr Glas, roch daran und unterdrückte ein Lächeln. »Gut, dann eben zwei Whisky und ein Bier.«

»Aber Signore, Sie sitzen am Tisch von Signora Bonaparti.«

»Das sagten Sie bereits.«

»Bene. Alles ist bezahlt. Das Bier, der Whisky und das Hotel.«

»Das Hotel?«

»Si Signore, es gehört ihr.«

10. Kapitel

Eine Stunde später stand ich unten am Hafen. Während ich übers Meer zur blassen Silhouette des Vesuvs blickte, rief ich mir den Dialog mit dem Kellner ins Gedächtnis. Immerhin war ich so geistesgegenwärtig gewesen, ein zweites Bier zu bestellen. Allerdings war ich nicht so weit gegangen, auf Kosten der Signora auch noch ein Essen zu ordern. Das konnte ja nachgeholt werden, denn ihr Wille geschah und wir würden uns sicher noch einmal über den Weg laufen.

Irgendwann hatte ich genug vom Hafen und wollte keine Touristen mehr sehen. Die beiden Biere waren mir in die Beine gefahren. Ich gönnte mir auf der Terrasse eines kleinen Cafés ein großes Eis und machte mich dann auf den Weg zu meinem Lamborghini.

Mein Zeitgefühl hatte sich bereits deutlich verändert. Ich brauchte eine halbe Ewigkeit und es war mir völlig egal.

Sollte Salvatore sich doch meinetwegen vor meiner Villa die kurzen Beine in den Bauch stehen. Der ominöse Salvatore. Ich würde ihm einfach freundlich lächelnd den blauen Umschlag in die verschwitzte Hand drücken und ein bedauerndes »Ciao« zurufen. Würde ich das wirklich tun? Ich war mir da gar nicht so sicher.

Und es gab noch etwas, dessen ich mir nicht sicher war. Wo, zum Teufel, hatte ich den Lamborghini geparkt?

Nach meinem Gefühl war ich in der richtigen Straße, wenn ich mir auch ihren Namen nicht gemerkt hatte. Der Fußweg zum Hotel Quisisana war höchstens zehn Minuten lang.

Ich blickte hektisch nach allen Seiten, fing zögernd an zu laufen, rannte die nächste Querstraße entlang, die Via Castiglione. Aber die konnte es nicht sein, denn sie schlängelte sich wie eine Blindschleiche durch die Gegend.

Ich drehte um und probierte es in der anderen Richtung, kam an dem überfüllten Parkplatz am Piazzale Europa vorbei, drehte erneut um, bog nach links ab in die Via Lo Palazzo, was ebenso sinnlos wie kopflos war, denn die war so schmal, dass ich nie im Leben mit dem sperrigen Traktor da hätte entlangfahren können.

Nein, es musste die Via Roma gewesen sein. Mein Gott, ein so auffälliges Gerät, wie dieser Traktor hätte mir doch sofort ins Auge springen müssen.

Aber nein. Weit und breit kein blassrotes Blech mit großen Rädern. Mir brach kalter Schweiß aus.

»Das gibt's doch nicht«, keuchte ich, »der kann doch nicht so einfach weg sein!« Eine ältere Touristin mit großem Sonnenhut und einem Teleobjektiv um den Hals äugte misstrauisch zu mir herüber.

»Suchen Sie jemanden?«, fragte sie und hielt sicheren Abstand zu mir.

Ich ignorierte sie und lief eilig zu meinem Ausgangspunkt zurück. Versuchte mich zu konzentrieren. Mich an Anhaltspunkte zu erinnern.

Der Laden, in dem ich die Schuhe gekauft hatte. Der Klamottenladen. Der kleine Supermercado. Der Imbiss. Alles da. Eindeutig. Ich war in der richtigen Straße.

Ich lief zurück bis zu der Stelle, wo ich den Lamborghini verlassen hatte. Da war ich mir jetzt ganz sicher. So sicher, wie dort jetzt nur heiße Luft über heißem Asphalt schwebte. So sicher, wie dort das Parken verboten war. Hier hatte ich ihn abgestellt. Ich tastete nach dem Schlüssel. Er war in meiner alten Hose in der Papiertüte. Aber das half mir wenig.

Ein Motorradfahrer hupte mich an. Ich stand im Weg. Fassungslos und erschüttert zwar, aber dennoch im Weg. Er winkte geduldig.

»Signore, per favore, permesso?« Ich machte ein paar Schritte und setzte mich auf den Randstein. Er rollte seine schwere Maschine auf den freien Platz. Das Parkverbotsschild interessierte ihn genauso wenig wie mich zwei Stunden zuvor.

Ich schlug meine Hände vors Gesicht und suchte nach vernünftigen Gedanken. Hatte die Polizei etwa meinen Traktor abschleppen lassen? Was war dann mit den anderen Falschparkern in dieser Straße? Die wurden ja auch nicht ihres fahrbaren Untersatzes beraubt.

Warum die Polizei ausgerechnet meinen Oldtimer beschlagnahmt haben sollte, wollte mir nicht in den Kopf.

Ganz weit hinten in diesem Kopf blitzte ein Gedanke auf, der meinem Blutdruck nicht guttat: Der Lamborghini war gestohlen worden! Am helllichten Tag! Die Drähte für die Zündung waren leicht zu erreichen, vor allem für Leute, die sich damit auskannten. Und das mussten Kenner gewesen sein, wer sonst klaut so ein Liebhaberstück?

Der Motorradfahrer hatte seinen Helm verstaut und beugte sich zu mir herab.

»Alles klar alter Mann?«, fragte er mit einem starken italienischen Akzent. Ich schüttelte den Kopf. »Sie brauchen ambulancia? Dottore?«

Ich nahm meine Hände runter und sah ihm ins Gesicht. Dunkle freundliche Augen, von Lachfalten umrahmt, blickten mir entgegen. Schwarze Haare mit grauen Strähnen, zu einem Zopf geflochten, grauer Vollbart — er war ungefähr in meinem Alter, aber ich konnte mich auch täuschen.

»Mein Lamborghini ist weg. Gestohlen.« Er riss die Augen auf. Ich winkte ab. »Kein Rennwagen, es ist nur ein Traktor.« Ich stand ächzend auf. Er blickte suchend nach allen Seiten. Ich seufzte. »Vergessen Sie es, der ist weg, endgültig.«

Er kratzte sich ratlos am Kopf.

»Aber wer klaut Trattore? Ist nicht schnell genug um Staub zu …, äh wie sagt man?«

»Um sich aus dem Staub zu machen«, sagte ich und musste ihm Recht geben. »Und außerdem ist er sehr laut.« Er nickte und öffnete den Reißverschluss seiner Motorradjacke.

»Dann jemand muss ihn gesehen haben, oder gehört«, meinte er. »Sie mussen fragen Leute uberall.« Er warf mir einen kritischen Blick zu. »Ok, kann ich fragen fur Sie.«

»Das würden Sie tun?«

»Certamente. Ist ganz leicht fur mich.«

»Aber Sie haben doch sicher was anderes vor.«

»Das hat Zeit. Ich helfe suchen Lamborghini. Das ist gut fur meine Konto.« Ich hob abwehrend beide Hände.

»Ich kann Ihnen kein Geld geben.«

»Oh, no, no, no!« Er lachte. »Ich meine nicht Konto von Bank. Ist anderes Konto. Wie soll ich sagen?«

Er kniff die Augen zusammen und rieb heftig an seinem Nasenrücken.

»Ich habe Vertrag gemacht mit meinem Padre.«

»Ihrem Vater?«

»No, Padre von Kirche. Ich habe gemacht viele Fehler, fruher.« Er hob wie zur Entschuldigung die Achseln.

»Was für Fehler meinen Sie?«

»Bah. Ist egal. Aber ich habe immer alles verraten an Padre.«

»Gebeichtet?«

»Si, si. Und damit war immer alles erledigt. Ist ganz normaler Vertrag mit Kirche.« Er nickte vor sich hin und ich wartete geduldig, bis er fortfuhr. Immerhin wollte er mir helfen. »Aber dann hat Padre gesagt, ich brauche besonderen Vertrag. Ich bin schwerer Fall, er hat gesagt, und wir mussen machen besonderen Vertrag.«

Mir dämmerte schon, um was es dabei ging.

»Für jeden Fehler, den Sie ihm gebeichtet haben, müssen Sie jemandem etwas Gutes tun, stimmts?«

Er legte die Fingerspitzen seiner rechten Hand zusammen und wedelte in dieser typischen italienischen Bewegung damit vor meiner Nase herum.

»Bah. Ist nicht so einfach dieser Vertrag. Muss machen fumf gute Sachen fur einen Fehler.«

»Und wenn nicht?«

»Dann er geht zu seinem Bruder.«

»Seinem Bruder?«

»Si, ist bei Policia.« Er klatschte einmal in die Hände, als wäre damit alles gesagt. Für mich aber noch nicht.

»Und wie beweisen Sie Ihre guten Taten?«

»Ist kein Problem. Padre glaubt mir.«

»Er glaubt Ihnen?«

»Si, si, ich sage Wahrheit. Also — seit ich habe Vertrag.« Ich legte meinen Kopf schief und fixierte ihn.

»Und wie sieht Ihr Konto aus?« Er schüttelte bekümmert seinen Kopf und zauste seinen wilden Bart. Das genügte als Antwort.

Eines hatte ich mit ihm gemeinsam: die Scheu vor der Polizei. Allein die Vorstellung, einem oder gar zwei Carabinieri erklären zu müssen, was passiert war, trieb mir Tränen der Verzweiflung in die Augen.

Zeit meines Lebens hatte ich einen Horror vor Uniformen. »Buon giorno« hätte ich noch herausgebracht, aber dann? »Ich bin seit gestern auf der Insel und heute wurde mein Traktor gestohlen, der mir gar nicht gehört, den ich zufällig in einer Scheune gefunden und in dieser Straße falsch geparkt habe???« Bevor mir mein Kopfkino den Psychothriller »Zwei

Carabinieri gegen einen alten weißen Mann« vorspielen konnte, verließ ich den Saal und schlug die Tür zu diesem Teil meines Hirns zu.

»Ist wahrscheinlich rot, oder?«, fragte der Motorradfahrer.

»Wie bitte?«

»Il Trattore. Der Lamborghini! Ist rot? Muss ich wissen, wie er aussieht, wenn ich soll fragen, capito?«

»Ach so, ja, sicher. Ein blasses Rot. Und er ist sehr alt. Und laut. Und die Bremse funktioniert nur, wenn man den langen Hebel zieht.«

»Bene.« Er nickte und streckte mir die Hand hin. »Ich bin Rusty.«

Verdutzt starrte ich ihn an. Er zuckte mit den Schultern. »Was soll ich machen? Meine Eltern sind schuld.« Ich schüttelte seine Hand.

»Ich heiße Ludwig.«

»Bene, Luigi, andiamo!« Wir zogen los und klapperten sämtliche Geschäfte, Bars und Cafés entlang der Straße ab. Ohne Erfolg. Auch in den umliegenden Straßen überall das Gleiche: Rusty sagte ein paar Sätze auf Italienisch und deutete nebenbei auf mich, doch alles, was wir ernteten waren erstaunte Blicke, Kopfschütteln und das eine oder andere bedauernde Zungenschnalzen.

Schließlich kamen wir wieder an seinem Motorrad an. Ich drückte ihm zehn Euro in die Hand, wogegen er sich heftig wehrte.

»Nehmen Sie«, sagte ich, »und wenn Sie es nicht behalten wollen, geben Sie es jemandem, der es braucht.« Seine Hand mit den zwei Scheinen schwebte unschlüssig in der Luft.

»Allora, mille grazie«, murmelte er, und während er die Scheine einzeln säuberlich zusammenfaltete, fragte er: »Was Sie wollen jetzt tun, Luigi?« Ich zog die Schultern hoch.

»Ich weiß nur, was ich nicht tun will: zur Polizei gehen.« Er grinste und nickte.

»Bene. Das gibt nur Ärger und viele Fragen. Ich weiß das.« Er steckte das Geld in die Tasche seiner Motorradweste. »Ich halte Augen offen und Ohren auch. Wo kann ich Sie finden, wenn ich was finde?«

»Das Haus heißt Villa Fanulla. Es liegt außerhalb, ein bisschen versteckt.«

»Ich weiß, wo das ist. Allora, viel Gluck, ciao.« Er hob die Hand zum Abschied und stiefelte Richtung Hafen davon. Ich sah ihm nach, bis er zwischen den Touristen verschwunden war. Das wäre ich am liebsten auch, aber dann riss ich mich zusammen.

Ich schnappte meine Einkaufstaschen und machte mich auf die Suche nach einem Taxi. Der Traktor war weg. Bis hierher war das mein Problem, aber jetzt traf ich einen Entschluss.

Ab sofort war es das Problem von Opa Pontus Müller oder zumindest von seinem Enkel. Sollte Hans »Poirot« Müller doch die Ermittlungen anstellen. Mich würde die Polizei jedenfalls nicht zu Gesicht bekommen. Ich hatte mir schließlich nichts vorzuwerfen, redete ich mir ein.

Augenblicklich ging es mir besser. Probleme an andere zu delegieren war eine neue Erfahrung für mich. Ich wollte, ich hätte sie schon früher in meinem Leben gemacht.

Naturgemäß ließ das nächste Problem nicht lange auf sich warten. Der Taxistand in der Nähe des Hafens war nicht schwer zu finden. Wie ich feststellen durfte, waren die Taxifahrer allerdings auch gerade dabei, andere an ihren Problemen teilhaben zu lassen: Sie streikten.

Gian-Paolo in Neapel hatte Renee und mir seine wirtschaftliche Lage ja schon wortreich erklärt. Seinen

Kollegen auf Capri ging es nicht besser. Allerdings machten sie ihrer Empörung nicht nur wortreich, sondern medienwirksam Luft. Ein Reporterteam mit Mikrofonen und Kameras sorgte dafür, dass mindestens ganz Italien etwas davon hatte.

Ich verlor keine Zeit damit, den Kopf zu schütteln, sondern machte auf dem Absatz kehrt.

In der Erinnerung kam mir der Weg zurück zur Villa gar nicht so weit vor.

Als ich aus der Stadt draußen war und die stetig ansteigende Landstraße vor mir hatte, schlichen erste Zweifel um meine neuen Schuhe.

Ich versuchte die Begrenzungspfosten nicht zu zählen, die in Zeitlupe an mir vorbeidefilierten. Und ich zählte auch nicht die Autos, die mir entgegenkamen.

Eine willkürliche Laune des Universums, das ich deswegen in ein schwarzes Loch verwünschte, war dafür verantwortlich, dass mich gefühlt zwei Stunden lang kein einziges Fahrzeug, das ich hätte anhalten können, überholte.

In Wahrheit waren kaum 30 Minuten vergangen, als ein Gemüselaster hinter mir auftauchte, abbremste und neben mir anhielt. Es war »der« Gemüselaster.

»Wo ist Lamborghini?«, rief mir der Fahrer durchs offene Fenster zu.

»Gestohlen«, rief ich zurück.

»Steigen Sie ein«, rief der Fahrer achselzuckend, als würde er ähnliches jeden Tag erleben.

»Sie schickt der Himmel«, schnaufte ich und kletterte mit meinen Einkaufstaschen mühsam ins Führerhaus.

»Wo wollen Sie hin?«

»Villa Fanulla, ein paar Kilometer von hier. Sie liegt etwas versteckt.«

»Ah, ich weiß. Ich kenne Weg.«

Jeder hier schien meine Villa zu kennen. Und Deutsch verstanden auch alle. Darüber wunderte ich mich nicht so sehr. Das brachte der Kontakt mit den Touristen so mit sich.

Es gab etwas anderes, das mich stutzig machte, aber erst, als ich wieder ausgestiegen war. Der Fahrer, dessen Namen ich bis heute nicht weiß, stellte genau noch eine einzige Frage, die den Lamborghini betraf.

»Sie haben gerufen la Policia?« Als ich verneinte, nickte er nachdenklich. Wenn ich mir später seinen Gesichtsausdruck in Erinnerung rief, kam er mir geradezu erleichtert vor.

Jedenfalls wechselte er danach abrupt das Thema und sprach über die Gemüsepreise, den Taxifahrerstreik und seine Zeit in Deutschland, wo er zehn Jahre verbracht hatte.

Es stellte sich heraus, dass er auch das Hotel Quisisana belieferte und Signora Bonaparti kannte. Wer von den Einheimischen kannte sie nicht?

Ich genoss die Fahrt über die Insel, deren Frieden nur einmal empfindlich gestört wurde, als ein blauer Alfa Romeo mit einem infernalischen Röhren an uns vorbeiraste.

Am Ende einer langgestreckten Kurve stieg ich aus. Die beiden Villen waren von dort aus zwar nicht zu sehen, aber ich erkannte den Acker, über den ich am Vormittag gefahren war. Wenig später erreichte ich den Garten, warf einen flüchtigen Blick in den leeren Schuppen, erschreckte mit meinem Schatten ein paar eingeborene Frösche, die sich prompt in den grünstichigen Tümpel stürzten und war froh, das kühle Innere der Villa betreten zu können. In der Küche stellte ich seufzend meine Taschen ab, drehte den Wasserhahn auf und hielt meinen Kopf darunter.

Meine Haare waren noch nicht wieder trocken, und mein Teller mit den rasch gekochten Spaghetti noch halbvoll, als ich den Schatten zweier Gestalten auf der Terrasse wahrnahm.

Waren etwa Lasse und Orson hinten durch den Garten gekommen? Ich stellte meinen Teller auf einem der Büchertürme ab und lief zur Terrassentür.

»Buon giorno, Signore!«

Mir blieb das Herz stehen.

»Chi è Lei?«, fragte die größere der beiden Gestalten. Sie trugen dunkelblaue Uniformen, dunkle Sonnenbrillen und ihr Misstrauen war das zweier Carabinieri auf der Jagd nach Terroristen. Vor Schreck bekam ich einen Hustenanfall.

»Parla l'Italiano?«, fragte der kleinere unbeeindruckt. »Inglese?« Ich starrte sie verständnislos an und sagte nach Atem ringend:

»Ich habe keine Ahnung, was Sie von mir wollen.«

»Sie sind Deutscher?«, fragte der größere.

Dieselbe Frage hatte Grazia mir am Tag zuvor gestellt, wenn auch nicht ganz so feindselig. Ich nickte schuldbewusst. »Ist Signor Müller da?«

»Äh, Sie meinen Pontus Müller?«, fragte ich überflüssigerweise. Vielleicht wollte ich auch nur etwas Zeit gewinnen.

Die plötzliche Konfrontation mit der italienischen Staatsgewalt versetzte mich in den gleichen Alarmzustand, als würde ich am Kraterrand des Vesuvs stehen, unmittelbar vor dem nächsten Ausbruch.

Die beiden Carabinieri fixierten mich mit ihren schwarzen Sonnenbrillen.

»Si, Signor Müller, der alte Mann, dem gehört das hier alles«, sagte der größere betont langsam.

»Nein, er ist nicht da. Er besucht seinen Bruder in Schweden.« Vier Augenbrauen bewegten sich synchron nach oben. Der größere nestelte an seiner Brusttasche und hielt mir seinen Ausweis vor die Nase.

»Capitano Rocca.« Er deutete auf seinen Begleiter. »Das ist Tenente Dellagrande. Darf ich sehen Ihre Carta d'Identita? Passaporte?«

»Natürlich. Einen Moment. Ich suche ihn. Bin gleich wieder da.«

Ich stolperte zurück durch das Wohnzimmer, stieß nebenbei einen der Bücherstapel um (immerhin nicht den mit meinem Teller), und fahndete fieberhaft in meiner Erinnerung nach einem Hinweis, wo ich die Einkaufstasche mit meinen Klamotten versteckt hatte. In meinem Zimmer natürlich!

Ich eilte nach oben. Die Brieftasche musste in meiner alten Hose sein. Warum nur hatte ich sie dort vergessen. Das war mir sehr bald egal, denn die Hose war zwar in der Einkaufstasche, aber die Brieftasche nicht in der Hose.

Für einen Moment hatte ich einen Totalausfall meiner Kommandozentrale und stand mit blödem Gesichtsausdruck neben dem ungemachten Bett. Ich schloss die Augen und setzte mich auf das Kopfkissen. Am liebsten hätte ich mich hingelegt und die Decke über den Kopf gezogen. Angesichts zweier argwöhnischer Carabinieri auf meiner Terrasse nicht die nachhaltigste Strategie. Der Kühlschrank! Ich fuhr hoch. Natürlich! Ich hatte meinen Proviant in der Küche ausgepackt und während ich ihn verstaute, war ich in Gedanken abwechselnd in einer Suite im Quisisana und in einer Gefängniszelle gewesen, hatte Vor- und Nachteile der beiden Unterkünfte gegeneinander abgewogen, bei der Kostenfrage meine Brieftasche zwischen den Apfelsinen und Bananen aus der Tüte gefischt und sie — vollkommen logisch und nachvollziehbar — ins Gefrierfach gelegt.

Wie äußerst hilfreich ist es doch, wenn man, wie ich, darin geübt ist, den Affen auf den Bäumen nachzujagen, sprich: die eigenen Gedankengänge zurückzuverfolgen.

Ich polterte die Treppe hinunter in die Küche, riss den Kühlschrank auf — und hatte erneut Gelegenheit zu einem blöden Gesichtsausdruck, denn das gesuchte Objekt hatte die Kühnheit, nicht auf Eis zu liegen.

Aus dem Augenwinkel sah ich etwas Schwarzes auf dem Regal zwischen den Gewürzen liegen. Ich würde den Verantwortlichen später zur Rede stellen.

Jetzt griff ich erstmal aufatmend nach meiner Brieftasche, warf dabei die Pfeffermühle und ein weiteres Gewürz, ich glaube, es war Kurkuma, vom Regal, zwang mich zur Gelassenheit und kehrte, die Ruine des umgestürzten Bücherturms weiträumig umgehend, zu meinen Gästen zurück.

Sie hatten sich keinen Millimeter vom Fleck gerührt, aber vielleicht täuschten sie das auch vor. Capitano Rocca nahm meinen Ausweis entgegen, prüfte penibel die Vorder- und Rückseite und gab ihn an Tenente Dellagrande weiter, der bereits einen Notizblock gezückt hatte, um meine Daten und Vergehen zu protokollieren.

»Was tun Sie hier, Signor Vonwegen, wenn der Besitzer dieser Villa nicht da ist?«

»Ich passe auf alles auf«, erwiderte ich nach einem Räuspern.

»Sie passen auf alles auf? Hat Signor Muller Sie dazu beauftragt?«

»Nein, das war sein Enkel.«

»Was für ein Enkel?« Ich schluckte meine Verblüffung über seine Verblüffung hinunter.

»Er heißt Hans Müller und ist Schauspieler.« Tenente Dellagrande schrieb in Windeseile mit, was mich irritierte. Und er hatte meinen Ausweis in seine Brusttasche gesteckt, was mich noch mehr irritierte.

Capitano Rocca begann, vor mir hin und her zu laufen, wobei er seinen linken Ellbogen mit der rechten Hand gepackt hielt und mit Daumen und Zeigefinger seiner linken Hand sein Kinn massierte. Das verursachte ein schabendes Geräusch, vermutlich, weil er schlecht rasiert war.

Ich selber wurde von Minute zu Minute unrasierter und unruhiger.

»Sie haben Vertrag gemacht mit diesem Enkel?« Ich nickte. »Können Sie mir den Vertrag zeigen?«

»Äh nein, das war alles mündlich, ich habe nichts unterschrieben.«

»Aber Sie werden dafür bezahlt, dass Sie aufpassen auf alles?«

»Nein, das heißt, doch, ein bisschen, ausnahmsweise. Und ich darf hier wohnen.«

»Wo ist dieser Hans Müller?«

»Ähem, der ist unterwegs auf einer Tournee. Deswegen kann er nicht selbst herkommen und hat jemanden über eine Agentur engagiert.«

»Jemanden?«

»Mich.«

»Wie heißt diese Agentur, für die Sie arbeiten?«

»Ich, äh, arbeite nicht für diese Agentur. Ich bin eigentlich, äh, selbstständig.« Ich hatte mich auf einer wenige Millimeter dünnen Eisschicht mitten auf dem Starnberger See verirrt, und mit jedem Wort erschien ein neuer, hässlich gezackter Sprung im Eis, begleitet von unheilvollem Knirschen. Ich Idiot erwähne die Agentur, die sicher gerne bestätigen wird, dass sie noch nie von mir gehört hat. Der Eisbrecher Rocca stoppte seine enervierende Hin-und-Her-Lauferei direkt vor meiner Nase und lächelte zähnefletschend.

»Sie können mir nicht sagen den Namen von Agentur?« Ich wich seinem Blick aus und schüttelte den Kopf. Capitano Rocca sagte etwas auf Italienisch zu seinem Adlatus. Der nickte, blätterte die nächste Seite seines Notizblockes um und fokussierte mich mit seiner »Du-entkommst-mir-nicht-Sonnenbrille«.

Der Capitano atmete tief durch. »Wir sehen uns jetzt die Villa an. Sicher Sie sind einverstanden!?« Wieder dieses bissige Lächeln.

»Natürlich, sicher, das ist kein Problem.« Ich ging voraus. Beide blieben an der Terrassentür stehen und starrten auf die Büchertürme. »Das war ich nicht, ich meine, das war hier schon so, als ich gestern ankam, ich hatte noch keine Zeit zum …, wenn Sie bitte vorsichtig darum herumgehen, hier drüben am besten …«, stammelte ich im Rückwärtsgehen, stieß mit der Ferse an etwas Nachgiebiges und erwischte gerade noch meinen Teller mit den Spaghetti, bevor sein literarisches Fundament unter ihm zusammenbrach.

Tenente Dellagrande notierte unermüdlich und Capitano Rocca nahm vom nächstbesten Stapel die obersten drei vier Bücher. Er hielt sie an den Buchdeckeln, sodass sich die Seiten wehrlos nach unten auffächerten.

Ich schielte unauffällig zu dem wertvollen Turm mit den Merianheften. Nicht auszudenken, wenn diesem Menschen ein hellblauer Umschlag vor die Füße fiele. »Hier ist die Küche«, lotste ich ihn in unverdächtigere Zonen.

»Das sehe ich«, sagte er und schnüffelte missmutig. Er stieß Tenente Dellagrande mit dem Ellbogen an den Oberarm und bedeutete ihm mit einer herrischen Kopfbewegung, dass er die oberen Zimmer zu filzen habe. »Sie haben nichts dagegen!« Es war eine Feststellung, keine Frage, die er mir von der Seite an den Kopf warf.

»Aber nein, natürlich nicht, stellen Sie nur alles auf den Kopf, ich habe sowieso noch nicht aufgeräumt. Ich bin gestern erst angekommen.« Der Capitano drehte sich abrupt zu mir um.

»Sie zeigen mir Ihr Smartphone.« Das »bitte« ist ihm nicht so geläufig, dachte ich.

»Ich habe keines.«

»Bitte?«

»Ich habe keines«, beteuerte ich und deutete auf das Wählscheibenfossil auf dem Küchentisch. Er starrte mich stirnrunzelnd an und rückte seine Sonnenbrille zurecht.

Von oben drangen die Geräusche von Tenente Dellagrandes gründlicher Arbeitsauffassung zu uns herab. Und schon hatte der Capitano den kleinen Raum mit der Schreibmaschine entdeckt.

Obwohl es wahrlich nicht viel zu sehen gab, verharrte er dort mehrere Minuten unbeweglich. Unbegreiflich, dass ihm dazu keine Frage einfiel.

Der Tenente kam die Treppe heruntergepoltert und gab seinem Chef mit kurzem Kopfschütteln zu verstehen, dass es dort oben nichts gab, was sie mir anhängen konnten.

Capitano Rocca verschränkte die Arme und baute sich vor mir auf.

»Allora, Signor Vonwegen. Sie sagen, Signor Müller ist weg. Sie sagen, Sie haben Auftrag von Enkel bekommen, deswegen Sie wohnen hier. Sie können mir keinen Vertrag zeigen. Sie wissen nicht den Namen von Agentur, die Enkel beauftragt hat. Sie sagen, Sie sind selbständig, aber Sie haben kein Smartphone. Das alles ist sehr merkwürdig.«

Ich rieb mit der Hand den Schweiß von der Stirn und versuchte einen Tonfall zu treffen, der diese Hüter des Misstrauens überzeugte.

»Aber es stimmt alles. Es ist so, wie ich es Ihnen erklärt habe.« Der nächste Schuss kam aus der Hüfte.

11. Kapitel

»Kennen Sie einen roten Traktor von Lamborghini?«

»Nein, äh, ich meine ja, ich weiß nicht, wieso …«

»Sind Sie damit gefahren?«

»Wie kommen Sie darauf?« Er machte einen Schritt auf mich zu und hielt mir seinen Zeigefinger unter die Nase.

»In der Küche steht eine Tasche von einem Herrenmodegeschäft aus Marina Grande. Sie sind gestern angekommen. Wir haben kein Auto gesehen und die Taxifahrer streiken. Ecco! Wie sind Sie gekommen nach Marina Grande?«

»Zu Fuß.«

»Bah!« Er schnaubte verächtlich. »Ich kenne Signor Müller seit vielen Jahren. Ich kennen seinen Trattore ganz genau. Er steht immer in seinem Schuppen. Aber Schuppen ist leer.«

Jetzt war klar, dass sie ihn abgeschleppt hatten. Immerhin — so konnte ich ihn wiederbekommen, wenn ich das Bußgeld zahlte.

Ich hatte nur keine Ahnung, warum sie ein Drama in drei Akten daraus machen wollten.

»Also gut. Ja, ich gebe es zu. Ich bin damit in die Stadt gefahren.« Seine Augen funkelten hinter dem dunklen Brillenglas.

»Und wo ist Lamborghini jetzt?«

»Ich weiß es nicht.«

»Sie wissen nicht?« Ich legte meine Hände wie zu einem Gebet zusammen.

»Ich habe ihn im Parkverbot abgestellt, ja. Das tut mir leid. Ich sah keine andere Möglichkeit. Als ich zurückkam, war er weg.«

»Wo haben Sie ihn geparkt?«

»Ich weiß den Namen der Straße nicht.«

»Aber es war im Parkverbot?«

»Ja doch. Ich zahle die Strafe, Sie sagen mir, wo ich ihn abholen kann, ich bringe ihn zurück in den Schuppen und rühre ihn nicht wieder an. Das schwöre ich.«

»Das wird nicht gehen.«

»Warum? Ich fahre ganz vorsichtig.«

»Ich will sehen Ihre Führerschein.« Ich zuckte hilflos mit den Schultern und gehorchte.

Er hielt ihn vor seine schwarzglänzende Brille, als hätte er noch nie zuvor so etwas gesehen.

Bevor er ihn mir zurückgab, diktierte er Tenente Dellagrande ein paar unverständliche Vokabeln.

»Ihre Führerschein genügt nicht.«

»Genügt nicht?«

»Sie dürfen damit keinen Trattore fahren in Italien.«

»Das kann nicht sein.«

»Wollen Sie sagen ich lüge?« Er fragte dies in einem freundlichen Ton.

So freundlich, dass ich die Drohung darin nicht überhören konnte.

»In Deutschland ist er gültig«, äußerte ich tollkühn.

Er tat, als hätte er meinen Einwand überhört, wandte sich an Tenente Dellagrande und erklärte ihm ausführlich, was er über mich dachte.

So dachte ich zumindest, ohne ein Wort von den vielen zu verstehen.

Dellagrande lauschte seinem Vorgesetzten mit angelegten Ohren und gelegentlichem Nicken.

»Was, ähem, ich meine, wieviel muss ich denn bezahlen?«, lenkte ich die Aufmerksamkeit wieder auf mich.

»Bezahlen?«

»Ja, ich meine den Strafzettel. Weil ich im Parkverbot …«
Er unterbrach mich mit einer Handbewegung, die jeden
LKW zu einer Vollbremsung genötigt hätte.

»Das ist Ihr kleinstes Problem, Signore. Wie sind Sie hierher
zurückgekommen?«

»Ein Gemüselaster hat mich mitgenommen.«

»Wie heißt der Fahrer?«

»Ich habe keine Ahnung.«

»Wann sind Sie hier angekommen?«

»Sie fragen, als ob ich ein Alibi bräuchte.«

»Wann?« Ich sah kurz auf meine Uhr und versuchte, aus
seinen Fragen schlau zu werden.

»Vor etwa einer dreiviertel Stunde.«

»Come?«

»Vor fünfundvierzig Minuten. Um ein Uhr.« Er tauschte
mit Dellagrande einen Blick, den ich nicht deuten konnte.

Der Tenente steckte seinen Notizblock weg, was ich für ein
gutes Zeichen hielt. »Ähem, mein Ausweis, kann ich den
zurückhaben?«

Capitano Rocca fletschte die Lippen zu seinem mir sattsam
bekannten Lächeln und nahm die Brille ab.

Seine engstehenden Augen waren so persönlich wie eine
Überwachungskamera.

Er musterte mich kalt.

»Den Ausweis brauchen wir noch. Sie werden mit uns
kommen, Signor Vonwegen. Vielleicht es ist gut, wenn Sie
eine Zahnbürste einpacken.« Ich starrte ihn an.

»Aber wieso? Was soll das heißen?« Er reckte sein Kinn vor,
verschränkte die Arme und begann aufzuzählen:

»Ich kenne Signor Muller seit siebzehn Jahren. Er hat nie
gesprochen von einem Enkel. Er ist nie verreist. Er hat nie
bewegt seinen Lamborghini. Sie sind hier angeblich, um

aufzupassen auf alles. Sie fahren mit diesem Trattore, aber Sie haben keine Erlaubnis. Sie parken wo ist verboten. Sie machen Unfall mit Reisebus. Sie machen Fahrerflucht. Sie sind verdächtig. Deswegen wir nehmen Sie mit.«

Hätte Tenente Dellagrande mir einen Heiratsantrag gemacht, ich hätte nicht verblüffter sein können.

»Moment! Moment mal! Was reden Sie da? Was für ein Bus? Was für ein Unfall? Was ist mit dem Traktor?«

»Sie wollen sagen, Sie wissen von nichts?«

»Ich sage doch, dass ich den Traktor nicht mehr gesehen habe, seit ich ihn falsch geparkt habe.«

»Ich glaube Ihnen nicht. Ich glaube vieles nicht, was Sie sagen.«

»Und was ist mit dem Unfall? Wo war der? Sehen Sie mich an. Ich habe keine Verletzung. Gar nichts. Nicht das kleinste bisschen. Und der Traktor hat keinen Sicherheitsgurt. Also — wie erklären Sie sich das?« Er machte eine wegwerfende Handbewegung.

»Ist egal. Sie haben Bus gerammt auf Parkplatz wo heißt Piazzale Europa. War niemand im Bus. Alle beim Mittagessen, auch der Fahrer.«

»Also hat mich auch keiner gesehen.«

»Si, aber gibt nur einen Trattore Lamborghini auf Capri und Sie sind damit gefahren. Ist ziemlich kaputt, Signore. Bus auch. Wird sehr teuer. Und bei Fahrerflucht Versicherung zahlt nicht.«

Ich sank kraftlos auf einen Küchenstuhl und starrte auf die traurigen Spaghettireste, die sich vor Mitleid in meinem Teller krümmten. Ich will ja nicht schon wieder das Universum ins Spiel bringen, aber es schien sich in letzter Zeit sehr auf mich zu konzentrieren. Capitano Rocca blieb unerbittlich.

»Allora, Signore, andiamo.« Ich schüttelte den Kopf.

»Ich kann nicht mitkommen, ich habe nachher einen Termin.«

»Sie haben Termin? Mit wem?«

»Mit Salvatore.«

»Salvatore? Welcher Salvatore? Der Immobilienmakler?« Ich nickte.

Er beugte sich zu mir herab und ließ mich an seinem Mundgeruch teilhaben. »Warum Sie haben Termin mit Immobilienmakler, wenn Ihnen nicht gehört diese Villa?«

»Aber er glaubt ja, dass sie mir gehört.«

»Er glaubt?«

»Ja, und wenn er vorbeikommt, werde ich es ihm erklären.«

»Sie brauchen ihm nichts zu erklären. Dafür ist es zu spät.«

»Was soll das heißen — zu spät?«

»Ganz einfach: Er macht keine Termine mehr. Er ist tot. Hat schweren Unfall gehabt.«

Das traf mich wie eine doppelte Ohrfeige. Ich schüttelte verwirrt den Kopf. Der blaue Alfa Romeo, der uns so selbstmörderisch überholt hatte, kam mir in den Sinn.

»Wann ist das passiert?«

»Heute. Und jetzt gehen wir.«

Ich war so perplex, dass ich zu keinem weiteren Widerstand fähig war.

Tenente Dellagrande fasste mich unter der Achsel. Ich erhob mich schwerfällig, wie in Trance.

Wenig später saß ich hinten im Polizeiwagen neben Capitano Rocca auf dem Weg zum Polizeikommissariat in der Via Roma am Rande von Marina Grande. Unnötig zu erwähnen, dass ich keine Zahnbürste bei mir hatte. Ich und Zähne putzen in einer Zelle? Was für eine absurde Vorstellung. Meine Gedanken kreisten um den armen Salvatore, seine teuren Schuhe, seine gewinnende Art, seine Überzeugungskraft. Seinen Umschlag! Wem sollte ich jetzt das Geld zurückgeben? Ich starrte aus dem Fenster in den heißen Nachmittagsdunst, der über der Insel lag, während mein Blutdruck stieg.

Ein dicker fetter Gedanke schob sich penetrant in mein Bewusstsein. »Jetzt hast du das Geld für eine Suite im Quisisana und bist auf dem besten Weg in eine Gefängniszelle.«

Allmählich regte sich in mir eine gewisse Widerspenstigkeit. Nie im Leben würde ich ins Gefängnis gehen. Wofür denn? Falsch parken? Fahren ohne Führerschein? Und das mit dem Bus sollten die mir erstmal beweisen.

Ich ahnte nicht im Geringsten, was sich aus der Geschichte noch entwickeln sollte.

Einen ruhigen Tag hatte ich mir vorgenommen. Der war so weit entfernt wie Weihnachten.

Die Fahrt verlief äußerst schweigsam, bis wir am Polizeikommissariat ankamen.

Es lag neben einem eingeschossigen unscheinbaren Haus, in dem sich ein Vermietungsbüro für Scooter und Boote befand. Der Eingang war mit einem Steinbogen verziert, auf dem in blauen Buchstaben Commissariato P.S. Capri stand. Davor parkten zwei blauweiße Einsatzfahrzeuge.

»Madonna mia«, zischte Tenente Dellagrande aus dem Mundwinkel, denn offensichtlich war nirgendwo ein freier Parkplatz in der Nähe.

Capitano Rocca schnarrte einen kurzen Befehl, worauf Dellagrande das Warnblinklicht einschaltete und sich nach mir umdrehte.

»Sie folgen mir!«, lautete die keinen Widerspruch duldende Einladung Capitano Roccas.

»Und wie komme ich nachher wieder zurück?«, fragte ich. Er schnaubte kurz durch die Nase, sagte etwas zu Dellagrande, der daraufhin breit grinste, und stieg aus.

Ich blieb in einem Anflug von Trotz sitzen. Dellagrande betrachtete mich mit hochgezogenen Augenbrauen. Capitano Rocca riss meine Tür auf.

»Ich werde Ihre Frage in meinem Büro beantworten. Da ist es schön kühl.« Also stieg ich aus und folgte ihm in sein Hoheitsgebiet, während Tenente Dellagrande mit quietschenden Reifen davonfuhr.

Hinter der gläsernen Eingangstür mit dem Wappen der *Polizia Stato* befand sich ein Büroraum mit drei Schreibtischen und einem Tresen.

Capitano Rocca ging um den Tresen herum zu einer Tür links in der Rückwand, die zu einem schmalen Flur führte. Die Schreibtische waren nicht besetzt und wirkten so, als wären sie wegen eines Feueralarms fluchtartig verlassen worden.

Übersät mit amtlichen Dokumenten, die in größtmöglicher Unordnung ihrer Bearbeitung harrten, flankiert von einer Armee von Stempeln, bewacht von halbvollen Pappkaffeebechern unter der Leitung einer ihren Rauchfaden verströmenden einsamen Zigarette, die auf einem leeren Pappbecher lag.

Capitano Rocca hatte keinen Blick dafür übrig. Er machte mir mit dem Kopf ein Zeichen.

Wir gingen den Flur entlang, der am Ende scharf nach rechts abbog und plötzlich doppelt so breit war. Auf der linken Seite lagen mehrere Zellen nebeneinander, deren Gitterstäbe mir so zahlreich vorkamen wie Rilkes *Panther im Jardin de Plantes* (»… ihm ist, als ob es tausend Stäbe gäbe …«).

Auf der rechten Seite gab es zwei Türen. Die erste war offen. Drinnen saß ein Carabinieri artgerecht mit den Füßen auf dem Schreibtisch, einen Kaffeebecher in der rechten Hand, in der linken eine rosafarbene Zeitung mit den neuesten Sportberichten. Obwohl der Capitano wortlos an der Tür vorüberging, fiel der Mann bei dem Versuch, die Füße blitzartig runterzunehmen, beinahe von seinem Stuhl, verschüttete Kaffee auf die Zeitung und stieß leise einen Fluch aus, als er mich sah.

Ich hob die Schultern, um mich für die Störung entschuldigen und ging Rocca nach, der gerade die andere Tür aufschloss. Ein überdimensioniertes Türschild beseitigte jeden Zweifel daran, wem dieses Büro gehörte und wer der Chef in diesem Gebäude und auf dieser Insel war.

Ich riskierte bewusst keinen Blick in die Zellen und tat so, als wären sie nicht da.

»Oh my god, Lou, bist du das?«, rief plötzlich eine vertraute Stimme in meinem Rücken.

Hätte Tenente Dellagrande mir einen Heiratsantrag — nein, das hatten wir ja schon.

Hätte Capitano Rocca mich zu einem Espresso eingeladen, ich wäre nicht überraschter gewesen.

»Renee! Du liebe Zeit! Was machst du denn hier?«

Capitano Rocca, der sein Büro bereits betreten hatte, kam zurück und ließ seine stechenden Augen zwischen uns hin- und herflitzen.

»Sie kennen la Signorina?«, fragte er lauernd.

»Aber natürlich. Warum haben Sie sie eingesperrt?«

»Das geht Sie nichts an, Signor Vonwegen.«

»Die haben gefunden ein bisschen Kraut in mein Rucksack«, erklärte Renee unbekümmert.

»Kraut?«

»Yeah. Cannabis. Das ich brauche wegen dem hier.« Sie deutete auf ihren kahlen Kopf.

»Aber dann ist das doch ein blödes Missverständnis. Sie müssen Sie freilassen, Herr Rocca!«, rief ich aufgebracht.

»Capitano Rocca, heißt es. Bevor wir die Behauptung der Signorina nicht haben geprüft, passiert gar nichts, Sie verstehen? Und Sie sagen mir nicht, was ich tun soll!«

»Und was machst du hier, Lou? Hast du Pizza nicht bezahlt?« Ich winkte ab und deutete mit beiden Zeigefingern auf Capitano Rocca, dessen Gesichtsfarbe plötzlich ins Rötliche tendierte.

»Capitano Rocca hat mich zu einem Gespräch eingeladen.«

»Brauchst du Anwalt?«, fragte Renee. Daran hatte ich überhaupt noch nicht gedacht.

»Silenzio Signorina!«, rief der Capitano mit kaum verhohlener Wut.

Renee zwinkerte mir zu und zuckte die Achseln. Ich zuckte die Achseln und zwinkerte zurück.

»Signor Vonwegen!« Rocca funkelte mich ungemütlich an. Ich ergab mich vorerst in mein Schicksal. Der Gedanke an einen Anwalt ging mir allerdings nicht aus dem Kopf. Rocca schloss die Tür hinter mir.

»Sie setzen sich.« Grammatisch blieb er weiterhin in der Unhöflichkeitsform.

Das Büro dominierte ein riesiger Schreibtisch, vor dem zwei einfache Holzstühle strammstanden und hinter dem Capitano Rocca gewichtig Platz nahm.

Er räumte mehrere Notizen, die ihm seine Untergebenen hingelegt hatten, ungelesen zur Seite, legte die Unterarme auf die Tischplatte und verschränkte seine Finger fest ineinander. Seine Augen durchbohrten mich.

»Sie haben Erfahrung mit Rauschgift?«

»Wie kommen Sie denn darauf? Überhaupt, was soll das hier? Ich will einen Anwalt sprechen.«

»Un avvocato? Aber warum Sie brauchen Anwalt? Haben Sie Sorge, dass Sie kommen in Schwierigkeiten?«

»Ich bin schon in Schwierigkeiten. Aber nur, weil Sie mir nicht glauben.«

»Es gibt niemanden, der bestätigt, dass Ihre Erzählungen Wahrheit sind.«

Ich schlug mit der flachen Hand an die Stirn. An meine, nicht an seine.

»Aber sicher gibt es jemanden. Sie hätten sich sparen können, mich hierher und wieder zurück zu fahren.«

»Warum Sie glauben, dass wir Sie zurückfahren?«

Ich zog Hans »Poirot« Müllers Zettel aus meiner Brieftasche und fuchtelte ihm damit vor der Nase herum.

»Hier ist die Nummer. Rufen Sie an! Hans Müller wird Ihnen alles bestätigen.«

Er beäugte den Zettel in meiner Hand wie ein exotisches Insekt.

»Warum Sie sagen das erst jetzt?«, knurrte er.

»Ich …, Sie haben mich überrumpelt. Ich konnte keinen klaren Gedanken fassen.«

»Was ist übergerumpelt?«

»Überfallen! Sie haben mich überfallen!« Zur Abwechslung war ich es, der die Arme verschränkte und das Kinn reckte.

Er riss mir den Zettel aus der Hand, fischte sein Smartphone hervor, tippte die Nummer ein und warf mir einen finsteren Blick zu. Nach ein paar Sekunden hellte der sich auf. Capitano Rocca schaltete den Lautsprecher und sein bissiges Lächeln ein.

»Diese Nummer ist nicht vergeben«, behauptete eine Frauenstimme.

»Das kann nicht sein«, protestierte ich. Er streckte mir sein Smartphone entgegen.

»Die Nummer ist falsch, Signor Vonwegen. Probieren Sie selbst.«

Ich tippte die Nummer, die Hans »Poirot« Müller mir aufgeschrieben hatte, besonders sorgfältig aber mit zitternden Fingern.

Ich probierte es ein zweites Mal, schüttelte den Kopf, wollte es nicht wahrhaben.

»Das reicht«, sagte Capitano Rocca und schnappte mir das Smartphone aus der Hand.

»Was ist mit meinem Ausweis? Wann bekomme ich den zurück?«

»Nicht so eilig, Signor Vonwegen. Tenente Dellagrande hat den Auftrag, ihn mit einer Liste zu vergleichen.«

»Liste? Was für eine Liste?«

»Das Sie erfahren früh genug.«

»Sie haben kein Recht, mich hier festzuhalten.« Ich stand auf, fest entschlossen, das Weite zu suchen.

»Aber Signor Vonwegen. Das halte ich für keine gute Idee. Wir sind noch nicht fertig. Sie müssen hierbleiben, bis wir alles überprüft haben. Aber wir wollen korrekt vorgehen. Rufen Sie Ihren Anwalt an.«

Er schob mir sein Smartphone rüber. Ich nahm es zögernd entgegen.

Mein Anwalt? Als ob ich je einen Anwalt gebraucht hätte. Sollte ich mir die Blöße geben und vor diesem Rocca im Internet nach einem Anwalt suchen? Da konnte ich ihn genauso gut gleich fragen.

»Ähem, mein Anwalt in Deutschland ist derzeit im Krankenhaus. Sie kennen nicht zufällig einen, der Deutsch spricht und hier erreichbar ist?«

Capitano Rocca grinste breit und tat so, als müsste er angestrengt überlegen.

»Si, es gibt un Avvocato, aber ich glaube er ist teuer. Sehr teuer! Er fährt nur Ferrari.«

Er starrte mich neugierig aus seinen engstehenden Augen an. »Soll ich Sie mit ihm bekanntmachen? Wollen Sie, dass ich anrufe?«

Ich ließ mir die Sache durch den Kopf gehen. War das wirklich nötig? Sicher, dieser aufgeblasene Capitano verdächtigte mich wegen allem Möglichen. Aber ich wusste ja, was ich getan hatte und was nicht. Mit dieser albernen Liste wollte er mich wahrscheinlich nur bluffen. Am Ende würde sich herausstellen, dass ich einen alten Traktor falsch geparkt hatte. Von mir aus kam noch hinzu, dass mein Führerschein den hiesigen Anforderungen nicht genügte. Wenn schon. Fahrerflucht? Der Bus mochte ja ein paar Schrammen und Dellen haben, aber ich hatte die nicht. Bewies das nicht meine Unschuld?

Im Kopf stellte ich eine kurze Berechnung an, verdoppelte das Ergebnis und kam auf ein Bußgeld von 300 Euro. Eine Lappalie im Vergleich zu dem, was dieser Typ mir anhängen wollte. Ich schenkte Capitano Rocca ein müdes Lächeln.

»Sparen Sie sich die Mühe. Ich habe es mir überlegt. Mit diesen Kleinigkeiten werde ich allein fertig.« Sein Grinsen verschwand wie auf Knopfdruck.

»Kleinigkeiten? Bene, wenn Sie meinen.«

Er nahm einen Kugelschreiber und ein Blatt Papier aus seiner Schublade und begann, etwas zu notieren. Mich beachtete er nicht weiter. Er schrieb langsam und gleichmäßig, nickte bedeutungsschwer am Ende jeder Zeile, schien sich zu besinnen, während er mit dem Kugelschreiber seinen Nasenrücken rieb, schrieb weiter und wurde von einem kurzen harten Klopfen unterbrochen. Auf seine ebenso kurze harte Antwort hin öffnete sich die Tür, Tenente Dellagrande trat ein, legte seinem Capitano mit ernstem Gesicht meinen Ausweis und einen Computerausdruck vor, murmelte ein paar Worte und verschwand, ohne mich eines Blickes zu würdigen.

Rocca runzelte die Stirn, nickte, als hätte er schon geahnt, mit wem er es in meiner Person zu tun hatte, schwang erneut seinen Kugelschreiber und spannte mich drei endlose Minuten mit seiner Schreiberei auf die Folter.

Ich bekam kalte Hände. Kalte Füße hatte ich schon. In Gedanken verfluchte ich das Universum, Hans »Poirot« Müller und meine Idee, den Traktor überhaupt anzurühren.

Ich war soweit, Rocca nach Papier und Stift zu fragen, damit ich mein Reisetagebuch schreiben könnte.

Doch dazu kam es nicht. Mit einem »Basta!« ließ er den Stift fallen, überflog sein Pamphlet und holte ein Schlüsselbund aus seiner Schublade, was mich nicht gelinde beunruhigte.

Der Kerl wollte mich tatsächlich einsperren. Er ließ die Schlüssel auf den Schreibtisch fallen, holte tief Luft und begann mit seinem Plädoyer.

»Allora, Signor Vonwegen, es spricht viel gegen Sie.« Er hob sein vollbeschriebenes Blatt demonstrativ mit Daumen und Zeigefinger in die Höhe. »Numero uno: unerlaubtes Wohnen in Villa Fanulla.« Ich sprang auf.

»Aber ich habe Ihnen doch erklärt …«

»Sie warten, bis ich fertig bin. Sie können nicht beweisen, dass Sie diesen angeblichen Vertrag gemacht haben mit diesem angeblichen Enkel. Setzen Sie sich!«

Ich ließ mich widerwillig auf meinen Stuhl fallen. »Numero due: unerlaubtes Fahren mit Trattore. Numero tre: falsches Parken. Numero quatro: Unfall mit Fahrerflucht. Numero cinque: Kontakt mit Francesco Salvatore, der wegen Verdacht auf Geldwäsche gesucht wird …«

»Aber er ist doch …« Er würgte mich mit einer ärgerlichen Handbewegung ab.

»Ist egal, dass er tot ist. Sie haben ihn getroffen, das genügt. Numero sei: Sie sind bekannt mit Signorina Astor …«

»Wer soll das sein?«, brauste ich auf.

»Schweigen Sie! Ich habe gehört, wie Sie geredet haben mit ihr. Es hat sich angehört, dass Sie sie kennen sehr gut. Haben wir sie festgenommen wegen Rauschgift.«

Ich schüttelte so heftig meinen Kopf, dass mir schwindlig wurde.

Capitano Rocca war noch nicht fertig. »Die Punkte uno, due, tre sind vielleicht jeder eine Kleinigkeit für Leute wie Sie. Aber zusammengenommen …« Er blies die Backen auf. »Viel schwerer sind die Punkte quatro, cinque, sei«, deklamierte er mit der Stimme eines Staatsanwaltes, wobei er mir die entsprechende Anzahl seiner Finger vor die Augen hielt. Dann zielte er mit dem Zeigefinger auf mich. »Wir werden Villa durchsuchen von Kopf bis Fuß. Sie geben mir Schlüssel sofort.«

Das war nicht gut. Das war gar nicht gut.

Ich beugte mich vor und legte beide Hände flach auf seinen Schreibtisch.

»Aber Capitano Rocca! Ihr Tenente hat doch meine Sachen schon durchwühlt und nichts gefunden. Gar nichts. Allein dafür hätten Sie schon einen Durchsuchungsbefehl gebraucht.«

»Ich brauche keinen Befehl. Sie waren einverstanden. Wo ist das Problem?«

»Natürlich war ich einverstanden, weil ich wusste, dass er nichts finden würde.«

»Bah, weil Sie glauben, Sie sind schlauer als wir.« Sein hin und her wedelnder Zeigefinger nervte gewaltig. Wie konnte ich diesen Menschen nur zur Vernunft bringen? Was würde passieren, wenn er Salvatores fünfzehntausend Euro fand? Mit dessen Fingerabdrücken auf dem Umschlag? Und mit meinen?

Panik schlängelte sich wie eine Würgeschlange an meinen Beinen hoch.

Nie hat ein Verdächtiger vor Capitano Roccas Schreibtisch verdächtiger gewirkt. Mein Blutdruck schoss in die Höhe, wusste nicht wohin und sackte unverrichteter Dinge wieder ab.

Rocca runzelte die Stirn.

12. Kapitel

»Signor Vonwegen. Ist Ihnen nicht gut?« Das war das Stichwort. Und ob mir nicht gut war. Immerhin war ich ein alter Mann. Zumindest im Vergleich zu ihm.

Wie simuliert man einen Herzinfarkt? Vorgestern im Bus zum Münchner Hauptbahnhof hatte ich ein Original hautnah miterlebt.

Ich fing an zu röcheln, griff an meine Brust und verdrehte die Augen. Allerdings wirkte das im Sitzen noch nicht überzeugend genug. Ich schnellte hoch, röchelte etwas nachdrücklicher und fiel mit meinem Oberkörper auf den weiträumigen Schreibtisch des Capitano.

Der sprang seinerseits auf, stieß einen Fluch aus, den ich nicht verstand und rief laut nach dem Tenente aus dem Nebenraum. Da niemand kam, riss er die Tür zu seinem Büro auf und brüllte weitere Namen durch den Flur. Doch die drei Schreibtische waren wohl immer noch verwaist.

Er stürzte zu mir zurück, packte mich unter den Armen und setzte mich auf meinen Stuhl, was mir einige blaue Flecke einbrachte. In erster Hilfe war er offenbar nicht der Beste seines Jahrgangs gewesen. »Signor Vonwegen«, brüllte er mir in einer Lautstärke ins Ohr, als wollte er mich aus dem Koma zurückholen. Meine Vorstellung hatte ihn überzeugt. Lasse hätte mich sehen sollen.

»Wo bin ich?«, stammelte ich filmreif und fügte ein weiteres Röcheln hinzu.

»Was ist los mit Ihnen? Haben Sie Medikament dabei?«

Ich schüttelte den Kopf. »Managgia! Bleiben Sie wach. Atmen Sie ruhig.« Beides hatte ich ohnehin vor. Er holte sein Smartphone und versuchte, einen Notarzt zu rufen. Doch kaum hatte er angefangen, eine Nummer zu tippen, warf er das Gerät auf den Tisch. »Sie geben mir Ihr Smartphone. Ich habe Akku leer.« Bevor ich irgendein Geräusch von mir geben konnte, schlug er mit der flachen Hand auf seine Stirn. »Maledetto! Sie haben ja keins!«

Ich röchelte zustimmend und murmelte mit schwach erhobener Hand:

»Wasser.«

»Sie müssen liegen. Flach liegen. Ausruhen.« Er blickte sich um und suchte vergeblich nach einem Bett in seinem Büro.

»Ich hole Wasser. Sie warten hier.« Und schon eilte er aus seinem Büro.

Ich sah mich auf seinem fast leeren Schreibtisch um und hatte eine Eingebung. Kurz entschlossen erklomm ich die Tischplatte und legte mich schweratmend auf die Liste meiner Vergehen.

Er kam mit einem vollen Glas zurück, stutzte, als er mich dort auf dem Rücken liegen sah, murmelte etwas Unverständliches und stützte meinen Kopf, um mir etwas Wasser einzuflößen. Das meiste lief daneben, was ihm einen neuen Fluch entlockte. Ich hatte keine Ahnung, wie meine Vorstellung weitergehen sollte. Spätestens wenn ein Arzt hier auftauchte, wäre es damit vorbei.

»Bleiben Sie ganz ruhig, Signore. Ich gehe telefonieren nach Dottore.«

Er verschwand, um von einem der Apparate im vorderen Bereich aus zu telefonieren.

Ich drehte meinen Kopf nach rechts und sah den Schlüsselbund vor mir liegen. Wie lange würde er für einen Notruf brauchen? Nein, das konnte ich vergessen. Ich lauschte seiner energischen Stimme, als er jemanden in der Leitung hatte. Gleich darauf brach ein Tumult los. Die Eingangstür wurde krachend aufgestoßen. Eine keifende

Frauenstimme, Alt, begleitet von einer hysterischen Mädchenstimme, Sopran, unterlegt mit wütenden Befehlen einer Männerstimme, Bass, kontrapunktiert von den ebenso jämmerlichen wie durchdringenden Klagetönen eines Babies überschwemmten tsunamiartig das Innere des nicht sehr großen Polizeigebäudes.

Dazwischen vernahm ich das ärgerliche Organ Capitano Roccas. So wie es sich anhörte, musste etwas Unerhörtes passiert sein. Möglicherweise handelte es sich aber auch nur um eine Familienangelegenheit.

Ich starrte auf den Schlüsselbund. Nichts deutete auf eine rasche Beruhigung der Situation hin.

Mein Instinkt flüsterte mir unüberhörbar etwas ins Ohr. Sollte ich auf ihn hören? Hatte er mich nicht in diese verflixte Lage gebracht? Ich zögerte.

»Jetzt oder nie!«, übertönte die Stimme in meinem Kopf das italienische Getöse.

Mit einer Hand griff ich nach dem Schlüsselbund und schwang mich so schnell ich konnte, von Roccas Schreibtisch herunter. Ich streckte den Kopf aus dem Büro. Der Flur war wunderbarer Weise leer. Das konnte sich jede Sekunde ändern.

Renee stand in ihrer Zelle mit beiden Händen an den Gitterstäben und schaute mir verständnislos entgegen.

»Was hast du vor, Lou?«, flüsterte sie.

»Was hast du mit Rauschgift zu tun?«, flüsterte ich und versuchte gleichzeitig, den richtigen Schlüssel zu finden. Sie schüttelte den Kopf.

»Nothing. Cannabis ist meine Medizin. Glaub mir. Ist das Einzige was hilft gegen die Schmerzen in mein Kopf. Ich hab Beweis von my doctor.«

»Ein Attest?«

»Yeah, exactly. But — was hast du gemacht mit diesem Rocca?«

»Später.« Ich fingerte nervös die Schlüssel ab, ließ den Bund beinahe fallen.

»Gib her. Ich hab mir gemerkt the right one«, zischte Renee. Mir wurde klar, dass ich kaum weiter als drei Meter gedacht hatte, denn es stellte sich die Frage:

»Wie kommen wir hier raus?« Renee streckte mir den passenden Schlüssel entgegen.

»Hinten ist noch ein Ausgang. Da verschwinden die Cops zum Rauchen.« Ich schloss fieberhaft die Zellentür auf.

»Wer verschwindet?«

»Wie sagt ihr in Duitsch? Die Ochsen?«

»Die Bullen.«

»Right.« Sie stieß die Tür auf.

»Wo ist dein Rucksack?«

»Die haben ihn mir weggenommen. Egal. Hurry up!« Das Geschrei des Säuglings verstummte plötzlich. Ein schlechtes Zeichen.

Wir rasten den Flur entlang, kamen nach zwei weiteren Rechts-Links-Ecken an eine graue Stahltür, die verschlossen war. Ich gab Renee die Schlüssel, meine Finger waren einfach nicht ruhig genug.

Während sie suchte, hörte ich eilige Schritte hinter uns. Im letzten Moment drehte Renee einen Schlüssel um, riss die Tür auf, schlug sie wieder zu, schloss ab und ließ den Schlüssel stecken. Natürlich erst, nachdem wir draußen waren.

Keine Sekunde später hörten wir laute Männerstimmen und die Fäuste von Capitano Rocca, Tenente Dellagrande und sämtlichen verfügbaren Carabinieri an die Tür hämmern. Wir atmeten tief durch, blickten uns an und mussten grinsen.

»Und jetzt?«, schnaufte ich.

»Vorn an der Straße ist ein Bus-Stop.«

»Aber das ist zu gefährlich, die entdecken uns doch sofort.«

»Die werden uns suchen zuerst right here. Wenn wir weglaufen, sie jagen uns durch die Straßen — no chance for us«, sagte sie und sah sich in aller Eile um.

Fast gleichzeitig entdeckten wir die Müllcontainer am Rande des Hinterhofes. Zweimal Altpapier, zweimal Plastik. »This one, wir nehmen den hier.«

Blitzschnell öffnete Renee den Deckel und räumte mit einer Hand sperrige Pappen zur Seite. »Da hat jemand große TV gekauft.« Ich half ihr in größter Eile, Platz zu schaffen.

»Wie komm ich da rein?«, keuchte ich. Sie ging in die Knie, faltete ihre Hände und kommandierte:

»Come on, Lou, jump in!«

»Das schaffst du nie, ich bin viel zu schwer«, schnaufte ich.

»Wir haben keine Zeit für abnehmen.«

Dem konnte ich nichts entgegenhalten. Vorsichtig stieg ich auf ihre Räuberleiter, packte mit beiden Händen den Rand des Containers und stieß mich mit dem anderen Fuß ab, während Renee mir gleichzeitig einen Start wie Apollo elf bescherte.

Kopfüber landete ich auf zusammengedrückten Pappkartons, Schuhschachteln und einem Stapel Tageszeitungen.

Ächzend kam ich auf die Füße, griff nach Renees Händen, die sich mit beiden Füßen und dem Mut der ausweglosen Lage abstieß.

Nachdem ich heute schon mehrere italienische Flüche gehört hatte, brachte Renee mir einige amerikanische zu Gehör, als sie sich selbst erfolgreich in den Papiercontainer unseres Vertrauens entsorgte. Für den Moment hatte unser Versteckspiel geklappt. Wir schlugen den Deckel des

Containers zu und bedeckten uns so gut es ging mit Papiertüten, Zeitungen, Kartons und Pizzaschachteln. Nach ein paar Sekunden beruhigte sich unsere Atmung soweit, dass wir erlauschen konnten, was draußen vorging.

»Oh shit, ich sitze in something feucht«, flüsterte Renee nach einer Weile.

In diesem Moment hörten wir die Laufschritte und verhielten uns so still, wie Champignons in einem Treibhaus. Die Männer kamen näher. Sie sagten kein Wort. Demnach war Capitano Rocca nicht dabei.

Ich hielt die Luft an und versuchte, an nichts zu denken. Wir bekamen mit, wie die Männer an den anderen Containern neben uns rüttelten. Sie schlugen und traten dagegen, als wollten sie einen Schwarm Ratten verjagen. Sie öffneten nacheinander die Deckel und ließen sie zufallen.

Der Papiercontainer neben unserem war fast leer. Es dröhnte in unseren Ohren, als sie mit ihren Stöcken dagegen schlugen. Ich habe bis heute nicht begriffen, warum sie das bei unserem nicht taten. Hatten wir irgendwelche verräterischen Spuren hinterlassen? War Ihnen klar, dass wir in der Falle saßen? Rechneten sie schon fest mit einem Lob des gefürchteten Capitano Rocca? Es wurde plötzlich hell in unserem Versteck. Sie hatten den Deckel geöffnet und starrten auf das wirre Durcheinander, unter dem wir von Sekunde zu Sekunde unsichtbarer zu werden hofften.

In diesem Augenblick bemerkte ich den Geruch. Er löste fast augenblicklich Brechreiz aus. Einer der Männer stöhnte, während der andere einen Ton ausstieß, als hätte er soeben ungewaschene Socken in Knoblauchsoße serviert bekommen.

Sie ließen den Deckel unseres Containers sofort wieder zufallen und entfernten sich. Ich presste meine Nase mit

Daumen und Zeigefinger zu, atmete durch den Mund und wollte langsam bis fünfzig zählen. Situationsbedingt zählte ich immer schneller. Bei zweiundvierzig spürte ich Renees Fuß an meine Schulter tippen und verzichtete auf die restlichen acht.

Wir wühlten uns mühselig aus dem Verpackungsmaterial. Renee klappte den Deckel einen Zentimeter weit auf und linste hinaus.

»Looks allright«, sagte sie und öffnete den Deckel. Nie war mir eine Luft reiner vorgekommen.

Aus dem Container herauszukommen, war viel schwieriger, als ich dachte. Vor allem wenn man dabei von einem Knirps in kurzen Hosen beobachtet wird.

Er stand in dem schmalen Durchgang, der aus dem Hinterhof hinausführte, schleckte sein Eis und schaute mit großen Augen unseren Verrenkungen zu. Als wir schließlich draußen wieder auf eigenen Beinen standen, bekam er Muffensausen und sauste davon.

»Was ist mit deiner Hose passiert?«, fragte ich.

»Das war ein volle Pizzaschachtel direkt unter mein Hintern.« Ihre Jeans war praktisch überall mit einer rötlich-braunen Masse verschmiert, mit einzelnen grünlich-braunen Klumpen. »Deswegen es hat so gestinkt in this container.«

»Gestunken.« Sie fuhr mit den Fingern über das Zeug.

»Wundert mich nicht, dass jemand das hat fortgeschmeißt.«

»Weggeschmissen.«

»Yeah, das auch. Ich brauche neue Jeans. So ich kann nicht im Bus fahren.«

»Aber so kannst du auch in keinen Laden gehen.«

»Dann du musst einkaufen für mich.« Ich starrte sie an. »Sorry Lou, oder willst du nochmal mit Capitano Rocca reden?« Ich tastete nach meiner Brieftasche und rannte los.

»Du hast fünf Minuten«, rief sie mir nach.

Der Tag entwickelte sich allmählich zu einem Albtraum. Und das auf meiner Trauminsel.

Drei Minuten später stand ich in einem von diesen besonders teuren Klamottenläden einer dieser besonderen Verkäuferinnen gegenüber, die einem das Gefühl geben, noch nie im Leben die richtige Hose angehabt zu haben.

»Ich brauche eine Hose, aber es muss schnell gehen.« Sie verstand jedes Wort, ließ sich aber von meiner Hektik nicht anstecken.

»Si, Signore welche Größe?« Verdammt, das hatte Renee mir nicht verraten.

»Ich, äh, keine Ahnung, das heißt, warten Sie.« Der Laden war gut besucht, ausschließlich von weiblichen, jüngeren Wesen. Fieberhaft ging ich, von misstrauischen Blicken verfolgt, auf die Suche. Man tuschelte, man kicherte, man meckerte — man hielt mich für einen durchgeknallten Rentner. Ein verwirrtes Nilpferd zwischen empörten Flamingos. »Die da!«, rief ich, und deutete mit dem Zeigefinger auf ein Mädchen, das augenblicklich erbleichte und vor mir zurückwich. Die Verkäuferin hatte mich nicht aus den Augen gelassen und verstand sofort.

»La Signorina hat die richtige Größe?«

Ich nickte, während mein Zielobjekt angestrengt auf seinem Smartphone herumwischte und es schließlich wie einen Talisman, der den bösen Geist vertreiben soll, mit ausgestreckten Armen vor sich hielt. Dass Sie mich filmte, das Video später ins Netz stellte und dazu eine wirre Geschichte auf französisch verbreitete, sollte ich erst viel später erfahren.

»Blau, schwarz oder braun?«, fragte die Verkäuferin mit einer hochgezogenen Augenbraue und drei über ihren Arm drapierten Hosen. Ich verdrehte die Augen.

»Das ist ganz egal. Braun! Schwarz meinetwegen. Nein, doch lieber Blau.« Woraufhin die Verkäuferin ihre Augenbraue wieder senkte und mich ruhig ansah. »Was ist? Worauf warten Sie noch?«, fragte ich in einer nicht gerade entspannten Tonlage.

»Auf Ihre nächste Meinungsänderung.«

»Die gibt's nicht.«

»Bene, also Blau. Haben Sie sonst noch einen Wunsch?« Ich schüttelte den Kopf, nahm ihr die Hose ab, klemmte sie unter den Arm und zückte meine Brieftasche.

»Wieviel?«

»Fünfundneunzig Euro. Kommen Sie bitte mit zur Kasse.«

»Keine Zeit.« Ich drückte ihr einen Hunderter in die Hand und verließ den Laden Hals über Kopf.

Die Verkäuferin rief mir irgendetwas nach, was ich nicht verstand. Wahrscheinlich wollte sie mich auf das Sicherungsetikett aufmerksam machen.

Das war überflüssig, denn als ich aus dem Laden flüchtete, löste ich prompt einen Alarm aus. Was meine Schritte enorm beschleunigte.

Immerhin hatte ich kaum fünfzehn Minuten gebraucht, als ich wieder im Hinterhof ankam.

Von Renee war keine Spur zu sehen. Ich lief zu unserem Lieblingscontainer und klopfte drei Mal leicht dagegen. Dadurch verscheuchte ich ungewollt eine Straßenkatze, die sich dahinter versteckt hatte.

»Renee!«, rief ich mit gedämpfter Stimme, »ich hab die Hose. Du kannst aus dem Dreck rauskommen.«

Doch es rührte sich nichts. Ich drehte den Kopf zur Seite, öffnete den Container und schielte mit einem Auge hinein. Da lag Renees ruinierte Jeans — aber ohne Renee. Mir stockte der Atem — aus zweierlei Gründen.

»Signor Luigi! Signor Luigi!«, krächzte eine Stimme in meinem Rücken.

Im ersten Stock des heruntergekommenen Hauses gegenüber dem Hinterausgang des Polizeigebäudes, lag eine alte Frau mit den Armen auf einem Kissen im Fenster. Sie hob ihre dürre Hand und winkte mir.

Die Hexe lockt Hänsel in ihr Häuschen. »Vieni qui, Signor Luigi, avanti!«

Zögernd lief ich zu ihr hinüber. Woher wusste sie meinen Namen? Ein vertrauter Kopf tauchte neben ihrem freundlichen Gesicht auf.

»Come on, Lou, Valentina hier macht ein fantastic coffee. Die Tür ist offen. Nur eine Treppe. Ganz easy.«

Oben angekommen erfuhr ich, dass die alte Valentina unsere Flucht aus dem Gefängnis und in den Müllcontainer von ihrem Fenster aus beobachtet hatte. Der Knirps mit dem Eis war ihr Urenkel. Beide verstanden kein Wort außer Italienisch.

Der Vater des Kleinen, ihr Enkel, war Eisverkäufer und klapperte mit seinem regenbogenbunten VW-Bully die Insel ab. Er war gerade angekommen, um Nachschub zu holen. Und er war des Englischen mächtig.

Renee hatte ihm in Kurzform erklärt, in welcher Lage wir uns befanden. Als der Name Capitano Roccas fiel, waren sich alle einig, denn nichts eint so sehr, wie ein gemeinsamer Feind.

Valentina hatte im Lauf der Jahre so manches beobachtet und ihr Enkel Lorenzo konnte gar nicht so schnell übersetzen, was aus ihr heraussprudelte.

Renee hatte das Haus nicht mit ihrer Pizza-Hose betreten dürfen. Sie trug einen rosa Bademantel, der Valentina gehörte und der ihr bis knapp übers Knie ging.

Wir saßen in der winzigen Küche um einen winzigen Tisch herum, tranken Espresso, redeten durcheinander und vergaßen für ein paar Minuten, dass wir auf der Flucht waren.

»Ihr müsst die Insel verlassen«, sagte Lorenzo. »Rocca wird nicht ruhen, bis er euch gefunden hat.« Ich sah Renee fragend an, die für mich übersetzte.

»Wir wollten den Bus nehmen«, erklärte sie ihm.

»Und was dann?«, wollte er wissen. Sie blies die Backen auf.

»Well, die Fähre nach Neapel.«

»Ihr seid verrückt. Rocca hat seine Leute garantiert schon nach Marina Grande geschickt«, meinte er und übersetzte seiner Großmutter unseren Plan.

Sie schüttelte entschieden erst den Kopf und dann den Zeigefinger. Sie hatte einen anderen Fluchtplan für uns, den sie ihm in rasend schnellem Italienisch verklickerte, bevor er ihre Idee Renee in Englisch erklärte. Am Ende dieser ganz und gar nicht stillen Post saß ich und lauschte Renees ulkigem Deutsch.

Das Resultat dieses polyglotten Plauderstündchens war, dass Lorenzo uns in seinem Eis-Bully zum Hafen Marina Piccola bringen wollte. Er lag auf der anderen Seite der Insel. Von dort sollten wir mit einem Boot nach Sorrent segeln.

Zum Abschied zwinkerte Valentina mir verschwörerisch zu und gab mir mit ihrer zerbrechlichen Faust einen freundschaftlichen Knuff auf die Brust.

Insgeheim beschloss ich, wenn Gras über die Sache gewachsen war, nach Capri zurückzukehren, allein schon, um Valentina zu besuchen.

13. Kapitel

Renee hatte inzwischen ihre neue Jeans ausgepackt.

»My goodness. Lou, die war aber teuer.« Das brachte mich auf eine Idee. Als wir neben Lorenzo in seinem Eisbomber Platz genommen hatten, legte ich eine Hand auf das Lenkrad und bat Renee, die zwischen uns saß:

»Frag ihn, ob er weiß, wo die Villa Fanulla ist.« Als er den Namen hörte, leuchteten seine Augen auf.

»Fanulla? Si, si, certo, certamente!«, rief er, legte einen Gang ein, kurbelte an seinem Lenkrad und fuhr los, ohne zu blinken. Nach den ersten paar hundert Metern wünschte ich, wir hätten den Bus genommen.

Renee dagegen war begeistert von Lorenzos Fahrstil, der darauf beruhte, den kürzesten Weg durch die Kurven zu nehmen, im Vertrauen darauf, dass der Gegenverkehr rechtzeitig auf die andere Fahrbahn ausweichen würde. Sein Vertrauen schien unbegrenzt.

Andererseits hatte ich keinerlei Schrammen an seinem rasenden Regenbogen gesehen. Wahrscheinlich war er auf der ganzen Insel genauso bekannt, wie meine Villa.

»Was willst du in deiner Villa?«, fragte Renee.

»Es ist nicht meine Villa, das weißt du doch.« Lorenzo spitzte die Ohren, ohne ein Wort zu verstehen.

»Ok ok, dann eben: Was willst du in der Villa die nicht deine Villa ist?«

»Wir brauchen einen neuen Rucksack für dich, Sachen zum Anziehen, wir brauchen Tickets, wir brauchen Essen und — «, ich deutete auf ihren kahlen Kopf, »wir brauchen Medizin.«

»Das hast du alles da?«

»Nein.«

»But?«

»Geld.« Sie sah mich mit großen Augen an. Und dann erklärte ich ihr, was es mit Salvatores Umschlag auf sich hatte.

»Good lord!« Sie pfiff durch die Zähne. »Und wieviel ist es?«

Lorenzo nahm eine linke Haarnadelkurve wie ein Formel-1-Pilot, so dass sein Bully mit zwei Rädern kurzzeitig auf Bodenkontakt verzichtete. Renee und ich wurden an die Beifahrertür gequetscht, während unser Fahrer begeistert mit der Zunge schnalzte. Als ich wieder Luft bekam, sagte ich ihr die Zahl ins Ohr.

»Und das wolltest du ihm geben back?«

»Es zu behalten wäre nicht in Ordnung gewesen. Für mich zumindest.«

»Aber jetzt ist Salvatore tot?« Ich nickte. Lorenzo hörte den Namen und nickte auch, bevor er runterschaltete, um einen Lieferwagen zu überholen.

»Si, si, Salvatore è morto. War eine Straße mit vielen Kurven, wie diese hier. War eine Kurve zu viel.« Renee übersetzte mir sein Englisch und ich suchte etwas zum Festklammern, fand aber nichts.

»Rocca wird vielleicht schon dort sein.« Damit sprach Renee meine größte Befürchtung aus.

»Wir müssen eben sehr vorsichtig sein.« Der Capitano würde die Liste meiner Vergehen um »unverschämten Einbruch« ergänzen müssen.

»Und wie bist du gekommen auf diese Villa?«, wollte Renee wissen.

So knapp wie möglich erzählte ich ihr die Geschichte, wie ich an Hans »Poirot« Müllers Auftrag gekommen war.

»So du bist ein, wie sagt man, Aufstapler?«

»Könnte man so sagen. Das gefällt mir jedenfalls besser, als Hochstapler.«

Dank Lorenzos Fahrkünsten waren wir schneller als erwartet am Ziel. Wir vereinbarten, dass er etwas entfernt an einer Ausweichstelle der Straße auf uns warten sollte.

Wir schlichen auf demselben Weg an das Grundstück heran, den ich am Morgen mit dem Traktor genommen hatte. Die Olivenbäume warfen lange Schatten. Wir nutzten sie als Deckung und liefen tief gebückt kreuz und quer durch den Garten, bis wir kurz vor der Terrasse waren.

Schweratmend warteten wir eine Minute und beobachteten die Fenster aus unserem Versteck.

Bei meiner Entführung durch Rocca und Dellagrande war ich so kopflos gewesen, dass ich vergessen hatte, abzuschließen. Die Terrassentür war nur angelehnt. Alles wirkte verlassen. Es war unmöglich, zu erkennen, ob im Innern schon jemand auf uns lauerte.

Mir kamen Zweifel, ob wir es wirklich riskieren sollten. Ich warf Renee einen Blick zu. Sie hatte eine solche Energie in ihren Augen, dass meine Zweifel sich in den grünstichigen Teich zu den Fröschen gesellten, wo sie leise vor sich hin quakten.

Wir nickten uns zu und liefen gleichzeitig los. Ich öffnete behutsam die Terrassentür und lugte mit klopfendem Herzen in das Wohnzimmer. Renee stand dicht hinter mir.

Während ich nach dem Umschlag suchte, sollte sie ihre Augen und Ohren überall haben, so hatten wir es besprochen. Wenn alles gutging, wollte ich außerdem auch meinen Koffer ergattern. Bei der Vorstellung, die Treppe hochzuschleichen, während Capitano Rocca hinter einer Tür die Luft anhielt, bekamen meine Nerven Schüttelfrost.

Auf den ersten Blick wirkten die Büchertürme unverändert. Ich schnupperte, ob nicht etwa der Hauch eines fremden Rasierwassers in der Luft lag. Doch das Hausaroma war unverkennbar noch dasselbe. Ich machte auf Zehenspitzen ein paar Schritte und Renee huschte hinter mir ins Innere.

Den richtigen Stapel hatte ich rasch gefunden und begann, ihn hastig abzubauen, während Renee einen Blick in die Küche und das Schreibmaschinenzimmer warf.

Sie stand am Fuß der Treppe, als ich mich bis zu den Merian-Heften vorgearbeitet hatte. Triumphierend hielt ich den Umschlag hoch. Renee entfuhr ein leises »Yeah«. So weit so gut.

Ich schlich zu ihr und blickte die Treppe hoch. Eines meiner Knie war fest, das andere butterweich.

Ich sah Renee an, sie zuckte mit den Schultern. Ich riss mich zusammen und nahm die ersten Stufen.

Da hörten wir es. Ein kurzes Knacken nur, eine Holzdiele im oberen Stock. Ich blieb stehen wie gelähmt. Da war jemand. Atemlos lauschten wir. Und atemlos wurden wir belauscht, dessen war ich mir sicher.

Renee starrte mich an. Ich legte unnötigerweise den Zeigefinger auf die Lippen und gab ihr mit dem Kopf ein Zeichen. Sie nickte und schlängelte sich rasch an den Bücherstapeln vorbei durch das Wohnzimmer.

Ich folgte ihr, ohne mich umzudrehen. Panik saß mir wie eine Fledermaus im Genick. Wenn es zu einem Wettrennen kommen sollte, hatte ich keine Chance. Mit sechsundsechzig Jahren war ich gut im Wandern, nicht im Sprint. Und da mein Einbruch in eine fremde Villa zu dem Bild passte, das Capitano Rocca von mir hatte, dürfte ich garantiert in einer seiner Zellen probewohnen.

Renee war schon auf der Terrasse. Waren da hinter mir Schritte auf der Treppe oder bildete ich mir das nur ein? Ich durchquerte wie ein Slalomläufer hastig das Wohnzimmer, blieb mit dem Knie an einem der Türme hängen, versuchte, ihn am Einsturz zu hindern, wozu ich beide Hände brauchte, so dass mir Salvatores Umschlag entglitt und auf den Boden flatterte. Die Schritte auf der Treppe waren schwer und keine Einbildung. Renee hatte alles mitbekommen, sprang ins Wohnzimmer zurück, grapschte nach dem Umschlag und packte mich am Ellbogen.

Wir flitzten durch die Terrassentür in den Garten. An Versteckspielen war nicht zu denken. Irgendjemand brüllte uns etwas hinterher. Es klang italienisch und es klang nach einem Befehl.

Wir hasteten durch das struppige Gras zwischen den Olivenbäumen hindurch und an dem Schuppen vorbei. Aus dem Augenwinkel registrierte ich dort eine rasche Bewegung. Noch ein Verfolger?

Ich rannte was meine Beine und Lungen hergaben. Renee hatte schon mindestens zehn Meter Vorsprung und wetzte, Staub aufwirbelnd, quer über den Acker.

Ich bekam keine Luft, mein Puls raste, mein Kopf dröhnte, während ich vorwärtsstorkelte. In diesem Moment war ich kurz davor, aufzugeben. Einfach stehen zu bleiben und alles über mich ergehen zu lassen.

Ich kniff die Augen zusammen, von Seitenstechen gepeinigt. Lorenzos Gesicht kam mir in den Sinn, sein Lächeln, als er in seinem Regenbogenbully zurückblieb.

Von ganz hinten in meinem Kopf drängelte sich Capitano Roccas Fratze in den Vordergrund.

Ich stellte mir sein hämisches Grinsen vor, wenn ich ihm in die Hände fiel. Diese selbstgerechte Genugtuung in seinen kleinen Augen.

Ein elektrischer Schlag fuhr durch meinen Körper, als hätte mich ein Blitz getroffen. Adrenalin brodelte, ich schnaubte vor Wut und Energie.

Möglicherweise kam Rauch aus meinen Ohren, ich kann es nicht beschwören.

»Nicht mit mir!!!« Dieser Gedanke trat mir mehrmals in den Hintern. Meine Beine liefen wie von selbst immer schneller und schneller.

Marathonläufer berichten manchmal von der »zweiten Luft«, die sie kurz vor dem Aufgeben überrascht und stattdessen das Tempo beschleunigen lässt. Ludwig Vonwegen braucht dazu keinen Marathon, ein paar hundert Meter genügen.

Renee war hinter ein paar Bäumen außer Sichtweite. Sicher hatte sie Lorenzo schon erreicht. Ich hörte einen Motor aufjaulen. Ein alter Motor in meinen Ohren.

Fuhren die etwa ohne mich los? Ich stieß einen Schrei aus. Gleich darauf sah ich Renee. Sie wedelte wild mit ihren Armen in der Luft herum.

»Hurry up, Lou! Come on!« Für einen Moment sah ich sie doppelt. Die letzten Meter muss ich wie in Trance gerannt sein. Bis heute ist mir schleierhaft, wie ich es bis zu Lorenzos Bully geschafft habe, ohne zusammenzubrechen.

Ich weiß noch, dass Lorenzo wieder und wieder den Motor aufheulen ließ, wahrscheinlich, um mich anzufeuern. Ich sehe Renee vor mir mit ihren weit aufgerissenen Augen. Und dann weiß ich nur noch, dass wir schweratmend nebeneinandersaßen, während Lorenzo die Reifen quietschen ließ.

Den blauen Umschlag hielt ich krampfhaft zerknüllt in meiner linken Hand. Renee hatte ihn mir entgegengestreckt. Keiner von uns brachte ein Wort heraus. Lorenzo gab Gas.

Wir wagten nicht, uns umzudrehen. Jeden Moment rechnete ich damit, Polizeisirenen zu hören, hinter jeder Kurve erwartete ich Blaulicht oder wenigstens einen

Hubschrauber, der uns unter Beschuss nahm. Ich war ziemlich traumatisiert.

Nach einer Weile stieß Lorenzo Renee mit dem Ellbogen an und murmelte etwas wie:

»Madonna mia, impossibile, incredibile …«

»My goodness«, antwortete sie. Ich fühlte wie drei bis vier Zentner langsam von meinen Schultern rutschten und irgendwo im Straßengraben landeten. Plötzlich nahm ich die Landschaft, die an uns vorüber raste, wieder wahr. Ich war schweißgebadet, während ich im auffälligsten Fluchtfahrzeug von ganz Italien saß. Ich sah rüber zu Renee und Lorenzo. Beide grinsten mich an.

»Ist das nicht verrückt. Ich kanns nicht glauben«, sagte ich und rieb mir den Schweiß von der Stirn. »Wieso haben die mich nicht eingeholt?« Renee zuckte die Schultern.

»Vielleicht waren es keine cops. Wir haben gesehen nobody, Lou, nur gehört.«

»Quatsch, wer soll es denn sonst gewesen sein? In dem Schuppen war auch jemand, hast du den nicht bemerkt?«

»So what, wenn schon, Lou. Ich hab keinen gesehen. Vielleicht war es eine Katze? Oder ein Tramp, der ein ruhig place gesucht hat.«

»Aber wenn es nicht die Polizei war, dann kommt sie bestimmt noch. Rocca denkt an alles.«

»Aber er hat keine Ahnung, dass wir sitzen in so ein funny car, oder?« Da musste ich ihr Recht geben, aber es beruhigte mich trotzdem nicht.

»La Policia, hm?«, fragte Lorenzo, lachte und schlug die Hände theatralisch zusammen, bevor er die nächste Kurve schnitt.

»Was hast du eigentlich gemacht, während wir weg waren?«, fragte Renee ihn auf englisch.

»Eis verkaufen, was sonst?«, antwortete er auf Deutsch und zwinkerte. Renee starrte auf den Umschlag in meiner Hand.

»Good idea. Lou, du kannst uns einladen. Sonst wir sind gefahren in ein Eiscremeauto über ganze Insel, ohne dass wir hatten eine Kugel.«

Bevor ich meine Bedenken loswerden konnte, bog Lorenzo in einen Feldweg ein, der so versteckt lag, dass wir eine Pause riskieren konnten. Er parkte hinter einer dichten Hecke, fünfzig Meter von der Straße entfernt, stieg aus und öffnete die Schiebetür, hinter der sich seine Köstlichkeiten verbargen.

Wir hörten ihn vor sich hin murmeln, während er eifrig damit beschäftigt war, für uns »das beste Eis nördlich der Antarktis« (diesen Satz beherrschte er in fünf Sprachen) in drei Becher zu füllen.

»Aber nur eine Kugel«, rief ich nach hinten. »Für mehr reicht die Zeit nicht.«

»Si si«, murmelte er. Renee gab mir einen Stoß in die Rippen.

»Die Cops finden uns hier nicht, Lou. Relax!«

Ich versuchte mit verschwitzten Händen den zerknüllten Umschlag zu glätten. In mir köchelte immer noch eine Nervosität, die sich nicht dämpfen ließ. Schließlich gab ich den blödsinnigen Versuch auf, holte die Scheine heraus und schob sie in meine Brieftasche. Den Umschlag faltete ich zusammen und steckte ihn in meine Brusttasche.

»Ecco il gelato!«, rief Lorenzo von hinten und reichte jedem von uns einen Becher.

Er schloss die Schiebetür, stieg vorne wieder ein und hielt uns drei Löffelchen vor die Nase. Wir griffen zu und schlemmten das zweifellos beste Schokoladeneis meines Lebens.

»Boah!«, sagte Renee nach jedem Löffel.

Ich musste an ihren Rucksack denken, den sie ihr abgenommen hatten.

»Hat Rocca dir auch deinen Reisepass abgenommen?«

»Ups«, war ihre Antwort, hauptsächlich, weil dunkelbraune Eiscreme auf ihre neue Jeans getropft war. »Die Löffel sind zu klein, Lorenzo.« Er schaute sie fragend an.

»Mangiare lentamente, eat slowly!«, murmelte er mit vollem Mund.

Renee warf mir einen Blick zu und schüttelte den Kopf.

»Ich hab Rocca angelogen.« Sie nestelte mit einer Hand an einer schmalen Kette um ihren Hals und zog einen Brustbeutel unter ihrem Sweatshirt hervor. »Hier ist er.«

»Was hast du ihm denn erzählt?«

»I lost my passport im Zug. Ich hab ihn verloren.«

»Und das hat er dir geglaubt? Hat er dich nicht …, ich meine untersucht oder so?«

»Nobody touched me. Die haben ja keine Frauen, nur Jungs als cops, die durften mich nicht anfassen. Aber dann haben sie dafür das Cannabis in my Rucksack entdeckt.« Lorenzo warf ihr einen raschen Blick zu, sagte aber nichts und löffelte weiter an seinem Eis.

»Aber er hat dich doch Signorina Astor genannt. Heißt du wirklich so?« Sie lachte auf.

»No way, my name is top secret«, antwortete sie zwinkernd und süffelte den Rest der flüssigen Schokoeiscreme aus ihrem Becher.

Lorenzo sammelte unsere leeren Becher ein und verstaute sie unter seinem Sitz. In diesem Moment hörten wir die Sirenen.

Sie kamen rasch näher. Lorenzo sprang aus dem Wagen und lief den Weg entlang zur Straße vor. Renee und ich sahen uns wortlos an. Nach einer Minute kam er wieder zurück.

»Andiamo«, rief er und startete seinen Bully.

»War das Rocca?«, fragte Renee. Lorenzo zuckte die Schultern.

»Zu wem bringst du uns?«, wollte ich wissen.

»Zu Manolo.«

»Manolo?«

»Si. Er hat ein Schiff.« Wir erfuhren, dass Manolo Lorenzos Onkel war und ein kleines Segelboot besaß. Ab und zu ließ er Touristen an Bord, mit denen er die Insel umrundete, aber er war sehr wählerisch. Lorenzo war sicher, dass er uns nach Sorrent segeln würde, wenn er erfuhr, was wir mit Capitano Rocca erlebt hatten. Manolo ist Schriftsteller, berichtete Lorenzo, und immer auf der Suche nach Stoff für seine Geschichten. Da hatten wir ja ein bisschen was zu bieten. Außerdem war sein Boot so unscheinbar, dass es garantiert nicht kontrolliert werden würde.

Während Lorenzo uns all das in einer Mischung aus Italienisch und Englisch erzählte, und Renee es mir übersetzte, gelang es mir, unbemerkt einen Hunderter aus meiner Brieftasche in den blauen Umschlag zu stecken und diesen unter meinen Sitz zu klemmen. Ich war sicher, dass Lorenzo kein Geld von mir angenommen hätte.

Wir näherten uns Marina Piccola, dem kleineren Hafen auf der Südseite Capris. Lorenzos Fahrstil war jetzt sehr zahm, langweilig geradezu. Das lag daran, dass sein Bully, sobald er in Sicht kam, eine Menge Eislustiger anzog. Kaum hatte er angehalten, bildete sich schon eine Menschentraube. Er stieg eilig aus und rief:

»Scusi! Sorry!« in die Menge. Ein kollektiv enttäuschtes »Oh!« schlug ihm entgegen, aber er zuckte nur mit den Schultern und rief: »Dieci Minuti! Ten minutes!« Dann winkte er uns, ihm zu folgen.

178

»In dieser Bucht hier wurde Odysseus von den Sirenen verführt. Das heißt, sie haben es versucht«, sagte ich zu Renee, während wir nebeneinander herliefen.

»Odissos? I dont't know him. Wer ist das?«

»Wahrscheinlich heißt er im Englischen anders. Er war ein berühmter griechischer Seefahrer, sagt man, und ist viele Jahre lang umhergeirrt.«

»Oh yes, wait a minute. Du meinst Ulysses. Dann ich kenn die story. Das war hier?«

»So geht die Sage. Aber nur die Sache mit den Sirenen.« Sie blieb stehen und sah sich um.

Die kleine Bucht war wunderschön. Von smaragdgrün zu ultramarinblau changierte das Wasser. Im Osten waren die Felsen der drei Faraglioni in goldschimmerndes Abendlicht getaucht. Über uns schwebten ein paar Möwen ohne Flügelschlag in der warmen Mittelmeerluft. Ich seufzte tief. Renee warf mir einen Blick zu.

»Du wolltest bleiben drei Wochen hier, stimmts?«

»Ja, und jetzt waren es nicht mal drei Tage.«

»Aber jetzt in diesem Moment sind wir noch hier und können uns all das anschauen und riechen und hören, wie das Meer …«

»Ich höre Lorenzo«, unterbrach ich sie. Der war schon fünfzig Meter weitergelaufen, ohne auf uns zu achten. Wir sahen ihn an der Mole auf der östlichen Seite des Schwimmbades bei einem kleinen Mann stehen. Im Näherkommen schien der Mann noch kleiner zu werden.

»Luigi! Renee! Avanti!«, rief Lorenzo. Wir fielen in Laufschritt. Er stellte uns seinem Onkel vor. »Manolo weiß Bescheid über euch, aber nur ein bisschen. Ihr könnt ihm alles erzählen, wenn ihr an Bord seid.« Manolo verbeugte sich sehr förmlich und gab uns die Hand.

179

Er erinnerte mich mit seinem leuchtend roten Vollbart, den struppigen Haaren, seinen breiten Schultern und der Zahnlücke an einen mustergültigen Seeräuber. Es fehlte nicht einmal der große Ohrring. Er war etwa 50 Jahre alt und sein Händedruck war eines Schraubstocks würdig. Er ging mir bis zur Schulter und er war mir auf Anhieb sympathisch.

»In welcher Sprache denn?«, erkundigte ich mich.

»Keine Sorge, Signore, ich verstehe Deutsch sehr gut. Meine Frau war aus der Schweiz.« Ich warf einen skeptischen Blick auf sein Segelboot, das ein paar hundert Meter vom Ufer entfernt ankerte.

»Wie lange werden wir brauchen bis Sorrent?«, fragte ich.

»Allora, das sind etwas mehr als zehn Meilen«, sagte er und kratzte sich am Kopf. »Sollte in zwei Stunden zu schaffen sein. Ihr habt es eilig, stimmts?«

»Kennen Sie Capitano Rocca, den Chef der Carabinieri?«, fragte ich.

»Ich bin ihm schon das eine oder andere Mal begegnet.«

»Wollte er sie bei der Gelegenheit mal einsperren?« Manolo lächelte fein, nahm die Schultern zurück und dehnte seinen mächtigen Brustkorb.

»Mich? Nein.«

»Mich aber.«

»Was hast du getan?«

»Ich bin ihm rechtzeitig entwischt.«

»Und die Signorina?«

»Die hatte er schon eingesperrt.« Manolo warf Lorenzo einen fragenden Blick zu. Der hob die Schultern zum Zeichen seiner Unschuld. Dann gab er zu verstehen, dass er zurück zu seinem Bully müsste, Eis verkaufen. Er umarmte Renee unbeholfen und flüsterte ihr etwas ins Ohr. Meine Hand ergriff er mit beiden Händen.

»Ciao e buon viaggio, Luigi! Ihr müsst uns wieder versuchen.«

»Besuchen, meinst du. Das werde ich.«

»Me too, Lorenzo«, sagte Renee und ihre Stimme klang ungewohnt heiser. Er nickte seinem Onkel zu und lief davon. Wir sahen ihm nach.

Am anderen Ende der winzigen Hafenpromenade tauchten plötzlich vier Carabineri zwischen den Sonnenschirmen des Ristorante da Ciro auf. Sie schwärmten aus und zwei von ihnen bewegten sich rasch in unsere Richtung.

»Allora, das sieht nach Roccas Leuten aus«, sagte Manolo. Mein Herzschlag setzte kurz aus.

»Wo sollen wir hin?«, fragte ich und blickte hektisch nach allen Seiten.

»Springt in das Boot und legt euch flach auf den Boden«, knurrte Manolo. Er deutete auf sein Beiboot, das er am Ende der kurzen Mole, vor der wir standen, festgemacht hatte. »Aber unauffällig!«

Wie macht man das in so einer Situation? Die Carabinieri waren bereits in Rufweite. Wir, ein grauhaariger Rentner und ein kahlköpfiges Mädchen, liefen gebückt ans Ende der Mole, sprangen so ungeschickt in Manolos Boot, dass es heftig zu schaukeln begann, und quetschten uns nebeneinander auf den feuchten Boden — ein völlig normales Verhalten typischer ortsfremder Landratten.

Manolo löste derweil seelenruhig das Tau von einem Holzpfosten, warf es ins Boot und rief den Carabinieri etwas zu. Einer der beiden lachte und schien ihm eine Frage zu stellen. Manolo deutete mit dem Arm in eine Richtung, die weit von uns wegführte. Dann stieg er ein, zischte: »Bleibt ja ruhig liegen!« aus dem Mundwinkel und warf den Motor an. Wir wagten nicht zu atmen.

Es dauerte nur wenige Minuten, bis wir sein Segelboot erreichten. Ich hatte keine Ahnung, dass ich so lange die Luft anhalten konnte. Renee streckte ihren Kopf über die Bordwand. »Wartet, bis wir auf der anderen Seite sind«, brummte Manolo. Er machte den Motor aus, umkurvte das Heck seines Segelboots und manövrierte uns gekonnt an die Seeseite heran.

»Wo hast du die Carabinieri hingeschickt?« Es war für mich ganz selbstverständlich, dass ich ihn jetzt auch duzte.

»In die Chiesa di Sant Andrea.«

»Du hast die cops gekannt, right?«, fragte Renee.

»Ja, einen davon. Ich hab ihm mal bei einem kleinen Problem geholfen. Seitdem sind wir Freunde«, sagte Manolo, während er das Beiboot vertäute. »Allora, an Bord mit euch, aber zieht vorher die Schuhe aus!«, kommandierte er.

Wir gehorchten. Im Nu hatte er den Anker gelichtet und die Segel gesetzt.

Wir nahmen Kurs auf Sorrent.

14. Kapitel

Im Abendlicht erhaschte ich ungeahnte Blicke auf Capris Steilküste und die drei Faraglioni und konnte mich lange nicht von dem Anblick lösen, der mir wie ein Traumbild vorkam. Renee befragte währenddessen ihr Smartphone nach dem Bahnhof von Sorrent.

»Suchst du einen Zug nach München für mich heraus?«, fragte ich sie.

»Wieso Munich? Willst du schon nach Hause? Wie wäre es mit Florenz? Ich will den nackten Mann sehen.« Ich glotzte verständnislos, dann begriff ich.

»Du meinst den David von Michelangelo.« Sie nickte.

»Hast du ihn schon mal gesehen?«, wollte sie wissen.

»Nicht persönlich.«

»Ok, dann ist die Sache geschnitzt.«

»Geritzt.«

»Yeah, aber ich war nahe dran.« Manolo mischte sich in unsere Diskussion.

»So Herrschaften, jetzt geht's ans Bezahlen.« Reflexartig griff ich nach meiner Brieftasche. »Deine Scheine kannst du stecken lassen. Erzähl mir lieber, was ihr angestellt habt. Lorenzo hat Andeutungen gemacht. Aber ich bin nicht ganz dahinter gestiegen, warum Rocca unbedingt mit euch Räuber und Gendarm spielen will.«

»Weil er ein stupid idiot ist«, brummte Renee. Manolo wiegte seinen Kopf hin und her und kraulte nachdenklich seinen Bart.

»Er benimmt sich oft wie Kojak in Manhattan und er hält sich für den Polizeipräsidenten, aber er ist nicht dumm. Warum will er ausgerechnet zwei so harmlose Touristen wie euch in den Knast stecken?« Ich sah Renee an.

»Du zuerst«, sagte sie und eroberte das Vordeck. Ich ließ meinen Blick über die Wellen wandern. Die Küste Capris duckte sich immer tiefer über die Oberfläche des Meeres. Wo anfangen? Manolo warf einen prüfenden Blick in die Takelage. Die Segel waren prall gespannt. Sein Boot, die »Tusitala« machte gute Fahrt. Renee saß mit dem Rücken zu uns wie eine Galionsfigur an der Bugspitze.

»Woher kommt dieser Name?«, wollte ich wissen.

»Tusitala? Ihr kennt Robert Louis Stevenson, der die ›Schatzinsel‹ geschrieben hat? Er ist auf Samoa begraben. Die Inselbewohner haben ihn so genannt. Tusitala bedeutet Geschichtenerzähler«, erklärte Manolo. »Das passt«, dachte ich und begann zu erzählen.

»Vorgestern ist neben mir in einem Bus mitten in München eine Frau gestorben. Herzinfarkt. Damit fing es an. Kurz zuvor hatte sie mir erklärt, dass sie im Hauptbahnhof einen wichtigen Termin hätte. Der genaue Ort und die Uhrzeit standen auf einem Zettel. Als sie tot auf dem Boden zwischen den anderen Fahrgästen lag, nahm ich ihr den Zettel aus der Hand. Ich weiß nicht, warum, aber ich fuhr zum Hauptbahnhof, obwohl es für den Termin schon viel zu spät war.«

»Das scheint eine längere Geschichte zu werden«, brummte Manolo und kraulte mit einer Hand seinen Vollbart.

»Ich kanns auch kurz machen.«

»Nein, nein, bloß nicht. Erzähl einfach alles, dann muss ich hinterher keine überflüssigen Fragen stellen.«

»Wie du meinst. Zufällig traf ich den Mann, mit dem die tote Frau verabredet war. Er hat mich mit ihr verwechselt, weil er nur den Nachnamen kannte.« Manolo runzelte verwirrt die Stirn, aber ich fuhr ungerührt fort. »Den hatte er von einer Agentur, die Leute vermittelt, die auf die Häuser anderer Leute aufpassen, solange die verreist sind. Bevor ich ihn aufklären konnte, hatte er mich bereits engagiert. Per Handschlag. Und als mir klar wurde, dass ich ein Haus auf Capri bewachen sollte, fehlten mir die Worte. Im Nachtzug nach Neapel traf ich Renee.«

»Ach, ihr seid nicht verwandt?« Renee kicherte. Ich schüttelte den Kopf.

»Wir kennen uns seit zwei Tagen. Auf der Insel haben wir uns aus den Augen verloren und im Gefängnis haben wir uns wieder getroffen.«

»Ah, jetzt kommt der Auftritt von Capitano Rocca.«

»Noch nicht sofort.«

Ich erzählte von meiner Begegnung mit Salvatore, erwähnte den Umschlag, verschwieg den Betrag, und berichtete von meinem »verlorengegangenen« Lamborghini. »Da stehen plötzlich zwei Carabinieri auf meiner Terrasse. Dabei hatte ich mir geschworen, der Polizei aus dem Weg zu gehen.«

»Ein kluger Entschluss«, bemerkte Manolo.

»Dieser Capitano Rocca hat mir von Anfang an misstraut. Ich konnte das nicht ernstnehmen, ich hatte ja nichts verbrochen.«

»Das spielt für Rocca keine Rolle«, sagte Manolo. »Ich kenne ihn. Dummerweise gibt es niemanden auf Capri, der ihn zurechtstutzen könnte.«

»Ich fuhr also mit aufs Kommissariat. Hätte ich mich weigern sollen?«

»Das wäre zwecklos gewesen« sagte Manolo und schüttelte den Kopf.

»In seinem Büro begriff ich endlich, was er vorhatte. Von seinen Zellen war nur eine besetzt und das sollte sich ändern. Aber nicht, wie er sich das vorgestellt hatte.«

»Wie habt ihr es bloß geschafft, da rauszukommen?«

Ich erzählte von unserer Flucht in allen Einzelheiten. Renee drehte sich zu uns herum.

»Valentina hat uns beobachtet«, sagte sie.

»Das kann ich mir denken«, sagte Manolo. »Das ist wie Kino für sie.«

»Wir haben uns sofort verstanden, obwohl sie kein Wort Englisch verstehet, und mein Italienisch ist wie mein Chinesisch.« Manolo lachte leise.

»Zum Glück war Lorenzo gerade angekommen«, sagte ich.«

»Yeah, die ganze family hat uns gerettet aus diesen Malassel«, sagte Renee.

»Schlamassel.«

»Sag ich doch.« Ich kratzte mich an der Nase.

»Es war ein paar Mal ziemlich knapp, vor allem, als wir nochmal zur Villa gefahren sind.« Manolo warf mir einen ungläubigen Blick zu.

»Hab ich das richtig verstanden? Ihr flüchtet praktisch vor Roccas Nase aus dessen Hochsicherheitspalast und dann fahrt ihr zurück zu dieser Villa? Seid ihr verrückt?«

»Sicher sind wir das. Aber das war die Situation doch auch.« Ich schilderte ihm unseren Einbruch und ließ auch den Moment nicht aus, als ich aufgeben wollte.

Manolo schwieg und blickte aufs Meer hinaus. »Ich weiß auch jetzt noch nicht, ob es klug war, einfach abzuhauen«, sagte ich leise.

»Soll ich euch zurückbringen?« Für Manolo war es eher eine rhetorische Frage.

»Da wartet ein Haufen Trouble auf uns«, meinte Renee.

»Obwohl wir nichts verbrochen haben«, sagte ich.

»Kannst du ruhig schlafen?«, fragte Manolo. »Was ist mit dem Geld?« Ich ließ mir Zeit mit der Antwort.

»Ich war zu allen freundlich, die mir begegnet sind. Ich habe nichts gestohlen, ich habe keinen Schaden verursacht, ich habe niemanden betrogen. Weiß der Teufel, wer den Lamborghini geklaut und den Bus gerammt hat. Damit habe ich nichts zu tun. Und wenn alle Welt mich für den Besitzer der Villa Fanulla hält — von mir aus. Sollen sie doch glauben, was sie wollen. Das Geld? Was soll ich damit machen? Zurückgeben kann ich es nicht mehr. Salvatore ist tot. Rocca hat behauptet, dass er mit Geldwäsche zu tun hat. Aber er ist genauso felsenfest überzeugt, dass ich Fahrerflucht begangen habe und dass Renee mit Rauschgift handelt, was beides natürlich ausgemachter Blödsinn ist. Also …?« Ich breitete die Arme aus. Die beiden sahen mich an.

»Was ist mit dem Typen, der dich engagiert hat?«, fragte Manolo. Er hatte offenbar die Angewohnheit, die richtigen Fragen zu stellen.

»Tja, das ist das Einzige, was mir ein bisschen Kummer macht. Ich kann seinen Auftrag nicht erfüllen. Das müsste ich ihm mitteilen, aber ich kann ihn nicht anrufen, weil die Nummer, die er mir gegeben hat, falsch ist.«

»Das heißt, in nächster Zeit passt niemand auf die Villa auf«, fasste Manolo zusammen.

»Vielleicht kann Lorenzo sometimes dabeifahren«, schlug Renee vor.

»Vorbei. Es heißt vorbeifahren.«

»Ok. Was meinst du, Manolo?«

»Halte ich für 'ne gute Idee. Ich werde mit ihm reden.«

»Wirklich?«, fragte ich.

»Sicher. Und wenn ihm etwas komisch vorkommt, soll er es mir sagen. Das werde ich dann für meine Geschichten verwenden.« Ich starrte ihn an. Er schlug mir auf die Schulter. »Das war ein Witz, Mann.«

»Du kannst haben meine Phone-Number für Lorenzo«, sagte Renee. »Er soll anrufen, wenn etwas nicht stimmt.« Ich hatte das Gefühl, das sie sich freuen würde, wenn Lorenzo auch aus einem anderen Grund anrufen würde.

»Aber er soll auf keinen Fall ans Telefon gehen, wenn es klingelt«, sagte ich. »Hier sind die Schlüssel, ich vertraue euch.«

Manolo nahm sie entgegen. »Und er soll vorsichtig sein. Vielleicht hockt ein Carabinieri im Kühlschrank oder lauert unter dem Teppich.« Manolo lachte.

»Du hast vielleicht was zu beißen an Bord?«, fragte Renee. »Sorry, aber ich hab nicht viel gegessen heute außer Schokoeis und Espresso.«

»Klettert runter in die Kajüte und guckt, ob ihr was findet«, sagte Manolo. »Ihr braucht mir nichts übrigzulassen.«

»Oh wonderful, grazie. Come on, Lou.«

Ich hatte ein Loch im Bauch und war froh, dass Renee die Initiative ergriffen hatte.

Wir stiegen die schmale Treppe zu der winzigen Kajüte hinunter und erlebten eine Überraschung. Der Raum war gemütlich wie eine Höhle und mit viel Geschmack eingerichtet.

Am meisten verblüfft war ich über die Schwarzweißfotografien, die dichtgedrängt die in warmem Rotbraun schimmernden Wände bedeckten. Alle im selben Format gerahmt, etwa halb so groß wie eine Pizzaschachtel. Das Motiv war durchweg das Gleiche: Wüsten, Weite, Wind und Wolken.

Man musste schon sehr genau hinsehen, um auf jedem Foto einen winzigen Punkt zu entdecken. Manolo. Nicht, dass ich ihn erkannt hätte. Es sah eher aus, wie ein Fleck, der beim Entwickeln der Abzüge übersehen worden war.

Es hätte auch ein Insekt sein können, das sich auf der Linse des Fotoapparates in die ewigen Jagdgründe verabschiedet hatte.

»Was ist das für ein merkwürdiger Fleck, der auf all deinen Fotos auftaucht?«, fragte ich ihn später am Abend.

Er ließ für einen Moment das Steuer los, sagte nichts und deutete mit beiden Daumen auf sich. »Und wer hat die Fotos gemacht?« Er antwortete nicht sofort. Fast schien es, als hätte er meine Frage überhört. Möglicherweise mit Absicht. »Tut mir leid, ich war zu neugierig«, sagte ich. Renee lag in der Kajüte auf einer schmalen Bank.

»Mein Kopf braucht eine Pause«, hatte sie geseufzt. Zuvor hatten wir uns über Weißbrotstangen, Tomaten, Zwiebeln und Avocados hergemacht und wunschgemäß nichts für Manolo übriggelassen.

Die Sonne stand sehr tief. Von Capri war nur noch ein schmaler Küstenstreifen zu sehen. Wir kamen gut voran. Ich stand neben Manolo und kam mir vor wie ein Seefahrer. Das Schweigen zwischen uns brachte mich zur Ruhe.

Als Manolo antwortete, hatte ich schon beinahe meine Frage vergessen.

»Es war ein guter Freund von mir. Mein einziger Freund, um ehrlich zu sein.«

Sein vollbärtiges Gesicht wandte sich mir zu. In seinen Augenwinkeln leuchtete die Erinnerung an eine längst vergangene Zeit auf. »Wir haben viele große Wüsten bereist, als wir jung waren. Er hat fotografiert und ich habe geschrieben. Reportagen für Time, National Geographic und einige andere Magazine.«

Er strich mit der flachen Hand über seine Stirn, als wollte er einen Schleier beseitigen. Ich schwieg und ließ ihn reden.

»Wir haben uns gegenseitig das Leben gerettet. So oft es nötig war, und das war einige Male der Fall. Wir suchten uns Gegenden aus, in denen man leicht in Schwierigkeiten kommen konnte. Aber wir fühlten uns unsterblich. Wir waren ja immer mit heiler Haut davongekommen.«

Manolo machte eine Pause. Er deutete mit dem Kinn nach vorn. »Wir werden bald da sein, Luigi.« Ich nickte. »Was habt ihr vor?«

»Ich denke, wir fahren mit dem Zug nach Florenz und dann sehen wir weiter.«

»Hört sich nach einem guten Plan an. Vom Hafen zum Bahnhof sind es nur zehn Minuten zu Fuß, wenn ihr euch beeilt.«

Er drehte ein wenig am Steuerrad, kratzte sich im Genick und schwieg.

Ich ahnte, dass er mit seinem Bericht noch nicht zu Ende war, aber ich wagte nicht zu fragen, was aus seinem Freund geworden war. »Roberto ist schon lange tot«, beantwortete er schließlich meine unausgesprochene Frage.

»Dein Freund?«

»Si. Wir haben es einmal zu oft versucht. In der Westsahara gerieten wir in einen Sandsturm. Wir verloren die Orientierung und beschlossen, uns die Nacht über nicht von der Stelle zu rühren. In einem felsigen Gebiet fanden wir einigermaßen Schutz. Ich schlief irgendwann vor Erschöpfung ein.

Am anderen Morgen war Roberto verschwunden. Ich fand seine Schuhe und seinen leeren Rucksack. Sie hatten ihn verschleppt. Beduinen. Mich haben sie nicht entdeckt. Er muss ihnen irgendwie in die Quere gekommen sein. Anders kann ich es mir nicht erklären. Das ist 25 Jahre her.« Seine schwarzen Augen blickten nach innen.

»Wie kannst du sicher sein, dass …, ich meine, hast du …«
Ich suchte vergeblich nach den richtigen Worten.

Er verstand meine Frage trotzdem.

»An diesem Tag gab ich mich auf. Ohne auf die Richtung zu achten, lief ich los. Mein Wasservorrat passte in eine Blechtasse. Am späten Nachmittag fanden sie mich. Briten. Zwei Forscher in einem Jeep. Sie hatten auch Roberto gefunden und waren deswegen auf der Suche nach weiteren Opfern. Ich habe ihn identifiziert. Damals habe ich meine Welt gewechselt.«

Er atmete tief durch und warf mir einen Blick zu. »Habe mir ein Boot gekauft und komme mit Sand nur noch am Strand in Berührung.«

»Hast du die Sache aufgeschrieben?« Er schnaubte kurz durch die Nase.

»Eine Reportage meinst du? Tja, die wäre ein Reißer geworden und hätte mir ganz schön was eingebracht. Aber das konnte ich nicht.« Nach einer kurzen Pause fragte er: »Kannst du das verstehen?« Ich sah ihn lange an und nickte.

»Ihr vertragt euch ziemlich gut, was?« Renee war aufgestanden, stand auf der schmalen Treppe zur Kajüte und grinste uns an. Ihre Augen waren blutunterlaufen.

»Dein Kopf ist wieder in Ordnung?«, fragte Manolo.

»Sure, no problem. Ist das dort schon Sorrent?«

»Sieht so aus«, sagte Manolo. »In zwanzig Minuten legen wir an.« Ich schaute auf meine Uhr.

»Wann geht der Zug?«, fragte ich.

»Keine Panik, Lou, wir haben massig Zeit.«

»Das glaube ich dir nicht. Manolo sagt, wir brauchen mindestens zehn Minuten zu Fuß.«

»So what? Du bist doch gut im Training.« Ich verzichtete auf weitere Debatten. Manolos zwanzig Minuten fielen etwas länger aus. Kurz bevor wir in den Hafen einliefen, schüttelte ich ihm die Hand.

»Du hast uns gerettet, Manolo. Zwar nicht vor einem Sandsturm, dafür aber aus Treibsand.« So kam ich mir tatsächlich vor. Er sah mir in die Augen und dann nahm er mich in den Arm. Es war lange her, seit mich zuletzt jemand umarmt hatte. Er räusperte sich, bevor er mich losließ.

»Übrigens — du bist der erste, dem ich Robertos Geschichte erzählt habe.«

»Was für eine Geschichte?«, wollte Renee wissen.

»Das bleibt unter uns«, sagte ich.

»Dann eben nicht«, sagte sie und umarmte Manolo stürmisch. »Ciao, Manolo. Danke für alles. By the way«, sie hielt ihn an den Schultern fest und grinste ihn an, »dein Bart ist für Wikinger, und dein Name ist spanisch, right?«

»Mein Bart ist mein Bart und Manolo ist spanisch, das stimmt. Mein Vater wollte mich Emanuele nennen, aber meine Mutter hat sich durchgesetzt. Sie meinte, dass Manolo sich leichter rufen lässt, besonders, wenn Manolo was ausgefressen hat.«

»Und, hast du?«

»Da müsst ihr Valentina fragen.« Ein Signalhorn schreckte uns auf. Es kam von einem sehr großen Dreimaster, der unseren Weg in den Hafen kreuzen wollte. Allerdings war er ein gutes Stück hinter uns.

Manolo reckte das Kinn, so dass sein Vollbart beinahe waagerecht abstand. Er behielt stur seinen Kurs bei. Das Signalhorn blökte noch zwei Mal, dann gab der Rüpel auf. Wenige Minuten später legten wir an.

»Kriegst du jetzt Ärger?«, wollte ich wissen.

»Wer? Ich?«, fragte er zurück und lächelte breit. Damit war die Frage hinreichend beantwortet. Ihm fiel etwas ein.

»Kennt ihr den Weg zum Bahnhof?«

»Jep«, rief Renee und hielt ihr Smartphone hoch.

Wir kletterten an Land und liefen los. Vor dem Grand Hotel Excelsior drehte ich mich nach Manolo um. Von ihm war nichts mehr zu sehen.

Ich schätze er stand in der Kajüte vor Robertos Fotos.

15. Kapitel

»Look, Luigi, die erste Straße hat deinen Namen«, sagte Renee. »Via Luigi de Maio.« Nach ein paar hundert Metern bogen wir links in den Corso Italia ab, bis wir die Via Marziale erreichten, die uns nach rechts führte. Nun mussten wir nur noch einmal nach links zur Piazza Giovanni Battista de Curtis abbiegen und schon standen wir außer Atem vor dem nicht sehr großen Bahnhof von Sorrent.

Eine Durchsage machte uns Beine. Von gefühlt zweihundert italienischen Vokabeln, die uns um die Ohren schwirrten, verstand ich nur Napoli. »That is our train«, rief Renee. »Wir müssen in Napoli umsteigen.«

Es gab nur eine Handvoll Bahnsteige, aber es gab auch nur einen Zug, der wartend herumstand. Kaum hatten wir Plätze für uns gefunden, setzte er sich auch schon in Bewegung.

Eine Weile sagten wir nichts und starrten aus dem Fenster. Während Häuser, Bäume, Felsen und in der Ferne der Golf von Neapel an meinen Augen vorbeiwanderten, versuchte ich, zu einer Entscheidung zu kommen. Florenz oder München?

Wie hatte Francesco Salvatore es heute morgen formuliert: »Entscheidung iste schon gemacht. Iste in diese Umschlag.«

Wir fuhren in einen Provinzbahnhof ein und hielten. Automatisch sprang mein unbewusstes Zählwerk an.

Bis Neapel würde es nicht weniger als sechzehn Haltestellen an meine Kommandozentrale melden. Eine von unzähligen, überflüssigen Informationen, die mein Hirn selbständig, sorgfältig und unvergesslich katalogisierte und in der dafür vorgesehenen Schublade ablegte.

Zu Zeiten, als ich den alten Meistern in der Alten Pinakothek ein stummer Lebensgefährte war, zählte ich zum

Beispiel an einem sonnigen Sonntag, wie viele Kunstbegeisterte sich mit einem Regenschirm bewaffnet hatten. Ich kam auf die wahrhaft erstaunliche Zahl von dreiundzwanzig.

Ich fürchte, diese Zahl und diese Tatsache werde ich nie vergessen.

Ebenso wenig wie die neunundvierzig Kämme, die ich während meiner Zeit dort auf dem blankpolierten Parkett fand.

Ich zähle diese Phänomene zu den großen Rätseln der Menschheit.

Wie üblich, wenn ich vor einer schwierigen Frage stand, beschäftigte sich mein Verstand mit derlei Nebensächlichkeiten. Vermutlich, um Zeit zu gewinnen. In der Hoffnung, die Frage würde sich von selbst beantworten.

Renee saß mir gegenüber mit geschlossenen Augen, was ihre Ähnlichkeit mit Romy Schneider noch verstärkte. Sie musste mein Seufzen mitbekommen haben, als wir wenig später schon den nächsten Zwischenstopp einlegten. Ohne die Augen zu öffnen sagte sie:

»Keine Sorge, Lou, in Napoli wir haben eine halbe Stunde Zeit für den Zug nach Firenze zu finden.«

»Um. Es heißt: um den Zug zu finden.« Sie lächelte müde und nickte kaum merklich.

War sie die Antwort auf meine Frage? Konnte ich sie allein weiterreisen lassen? Natürlich konnte ich das. Sie war ein Profi, was das anging. Sie strahlte die Gelassenheit eines achtzigjährigen Zen-Meisters aus.

War ich als ihr Schüler vorgesehen? Wieder mal eine der ausgefallenen Ideen des Universums?

Florenz, die Uffizien, der Ponte Vecchio, Michelangelos David — Zauberworte für mich. Dagegen: München

Hauptbahnhof, leere Wohnung, Rentenbescheid und ein Wecker, der seit vorgestern klingelte, wenn er nicht schon das Zeitliche gesegnet hatte.

Renee war fest eingeschlafen. Ich ließ mir die Erlebnisse der letzten beiden Tage durch den Kopf gehen. Wir waren ein gutes Team. Es hatte sich einfach so ergeben und das war das Beste daran.

Ich verschränkte meine Arme und nickte vor mich hin. Meine Frage hatte sich von selbst beantwortet. Der Zug füllte sich allmählich und der Geräuschpegel nahm zu.

Ich beschloss, Gelassenheit zu üben und Renee erst im letzten Augenblick zu wecken.

»La proxima fermata: Napoli Porta Nolana« verkündete die tiefe Männerstimme des Zugbegleiters. Renee schlug die Augen auf und schien hellwach.

»Alles klar bei dir?«, fragte ich.

»Sure. But ich habe something überlegt, Lou. Du kannst nach München fahren. Ist ganz easy von Firenze aus. Ich kann sehr gut allein sein, you know. Das ich bin gewohnt.« Ich beugte mich nach vorn.

»Ich habe auch nachgedacht, Renee. München kann warten. Das Alleinsein kommt früh genug. Florenz will ich unbedingt sehen. Also, wenn du nichts dagegen hast, fahre ich mit dir. Was meinst du?« Sie lächelte und sah beinahe erleichtert aus.

»You know what, Lou, irgendwie sind wir doch verwandt.« Sie hielt ihre Hand hoch und ich schlug ein.

Wir hatten nur einen kurzen Fußweg zum Hauptbahnhof Napoli Centrale. Der Zug nach Florenz war schon bereitgestellt. Ich kaufte zwei Tickets zweiter Klasse, wofür der Rest meines Spesengeldes, das Hans »Poirot« Müller spendiert hatte, draufging. Aber da waren ja noch die großen Scheine. Ich beschloss, sparsam damit umzugehen.

Renee besorgte zwei Flaschen Wasser und zwei Sandwichs. Wir richteten uns auf eine lange Zugfahrt ein. Gegen 23 Uhr würden wir in Florenz ankommen. Wie bei unserer ersten gemeinsamen Fahrt, wanderten wir bis zum vordersten Waggon, wo wir hofften, ein leeres Abteil zu finden. Wir fanden keines, blieben im Gang stehen, schoben ein Fenster nach unten und legten die Ellbogen darauf.

»In Rom steigen viele Leute aus, spätestens«, sagte Renee.

»Das war fehlerfreies Deutsch«, erwiderte ich.

»Ok, und welches englische Wort did you learn heute?«

»Relax«, war meine Antwort. Wir aßen die Sandwiches, obwohl wir von Manolos Imbiss noch satt waren. Es machte keinen Spaß, sie einfach nur in der Hand zu halten.

Wir kauten und schauten dabei aus dem Fenster auf das vorbeieilende Italien.

Wir tranken das Wasser und jedes Mal, wenn der Zug durch einen Bahnhof raste, versuchten wir die Namen der vorbeihuschenden Orte zu entziffern.

Nach einer Stunde, während der kein einziger Sitzplatz freiwurde, meinte Renee:

»Lass uns hier unten sitzen. Come on Lou, sit down.« Sie ließ sich auf den Boden des schmalen Ganges, der an den Abteilen vorbeiführte, nieder.

Ich holte ein Taschentuch hervor, breitete es auseinander und setzte mich schwerfällig darauf. Das erinnerte mich an etwas.

»Hercule Poirot macht das immer so«, sagte ich zu Renee.

»Scheint ein funny guy zu sein.«

»Nur eine Erfindung von Agatha Christie. Alles nur Fantasie.«

»Yes, aber Fantasie ist das Beste von allem.«

»Ich schätze, wir brauchen viel Fantasie, um an dein Cannabis zu kommen.« Renee reagierte nicht darauf.

Wir saßen mit dem Rücken an die gläserne Abteilwand gelehnt und stemmten die Füße gegen die kalte Heizungsleiste, die unter den Fenstern am Boden entlang montiert war.

Ich warf ihr verstohlen einen Blick zu. Sie wirkte abwesend. Sie hatte das Kinn auf eine Hand gestützt und trommelte mit der anderen auf ihren Knien herum. Ich hatte mich bereits so an den Anblick ihres kahlen Kopfes gewöhnt, dass ich mich jedes Mal wunderte, wenn sie angestarrt wurde. Das war uns andauernd passiert, schon seit wir in München den Zug nach Neapel bestiegen hatten. Renee schien die Blicke nicht wahrzunehmen.

»Warum hat die ihre Haare abrasiert?« Ich zuckte zusammen. Ein kleiner Junge, vielleicht sechs Jahre alt, stand neben mir. Ich hatte ihn nicht kommen gehört. Ein paar Meter entfernt stand eine Abteiltür offen. Eine ältere Frau streckte ihren Kopf heraus.

»Lass die Leute in Ruhe, René! Komm her! Hörst du nicht?« Der Schweizer Dialekt war unverkennbar.

»Das ist schon in Ordnung.« Ich nickte ihr zu. »Er stört uns nicht, wirklich.«

Sie warf mir einen harten Blick zu. Irgendjemand in ihrem Abteil sagte etwas zu ihr. Sie wandte sich ins Innere und ich hörte so etwas wie ein Zischen. Offensichtlich sah sie ihre Autorität in Gefahr, was in meinen Augen bewies, dass sie keine hatte.

Sie streckte ihren Kopf wieder aus dem Abteil und schüttelte ihn missbilligend.

Sie war wie das böse Krokodil im Kaspertheater. Ich bemerkte einen Schatten. Jemand war aufgestanden und schloss die Abteiltür mit einem energischen Ruck. Sie konnte ihren Kopf gerade noch rechtzeitig zurückziehen. Ich sah den Kleinen an, der, von dem Theaterstück gänzlich unbeeindruckt, einfach bei uns stehengeblieben war.

»Du heißt René?«, fragte ich ihn. Er nickte stolz.

»So heiße ich auch«, sagte Renee. Er kicherte.

»Das ist doch kein Mädchenname.«

»Bei uns schon.« Darüber schien er nachzudenken. Dabei fiel ihm seine erste Frage wieder ein.

»Warum hast du deine Haare abrasiert?«

»Komm mal rüber zu mir«, sagte Renee. Er stieg vorsichtig über meine Füße und stellte sich neben Renee. »Ich hab sie nicht abrasiert. Sie wachsen einfach nicht mehr.«

»Warum?« Ich ahnte die Antwort, seit ich Renee das erste Mal gesehen hatte. Trotzdem berührte es mich eigenartig, als ich sie sagen hörte:

»You know, ich hab etwas in mein Kopf. Das gehört da nicht hin.« Seine Augen wurden groß. »Weißt du, was Medizin ist?« Er ließ seine Augen nicht von ihr und nickte heftig.

»Hustensaft.«

»Right. Den trinkst du und dann geht der Husten weg.« Wieder heftiges Nicken. »Ich nehme keinen Hustensaft, aber eine andere Medizin.«

»Dann geht das Ding in deinem Kopf weg?« Diesmal nickte Renee.

»Yeah, aber meine Haare gehen auch weg.« Man sah ihm an, wie es in ihm arbeitete. Er hob zögernd seine Hand und deutete mit dem Zeigefinger auf Renees kahlen Schädel.

»Findest du das doof?«, fragte er so leise, dass es fast ein Flüstern war. Renee lachte.

»No way. Mir gefällt es richtig gut. Und was meinst du?«

Die Abteiltür wurde aufgestoßen und das Krokodil, als strenge Dame verkleidet, hatte seinen zweiten Auftritt. Der Blick sprach Bände. Sie rief nur ein Wort.

»René!« Der Junge achtete nicht auf sie.

Er zögerte, dann legte er seine kleine Hand behutsam mitten auf Renees nackten Kopf und ließ sie dort liegen. Den Moment werde ich nie vergessen.

Er schaute sie aus seinen hellwachen, ernsten Augen an. Ein Lächeln stahl sich auf seine Lippen.

»Danke«, sagte Renee und erwiderte sein Lächeln.

»Deine Oma wird ungeduldig«, sagte ich überflüssigerweise.

»Sie ist meine Tante«, sagte er und zog seine Hand zurück. Fast wäre er über meine Füße gestolpert.

An der Abteiltür drehte er sich nochmal zu uns um und winkte. Die Tante winkte nicht. Sie zerrte ihn ins Abteil und schob die Tür krachend zu.

»Ein merkwürdiger Junge«, sagte ich. Renee stand auf. »Wo willst du hin?«

»Was glaubst du wohl? Du hast doch gerade erlebt, wer den Jungen in einen Käfig sperren will.« Verdutzt erhob ich mich. Renee zog die Abteiltür auf. Sie stand direkt vor der strengen Dame, deren Reaktion auf diese unerwartete Begegnung ich nicht sehen konnte. Dafür hörte ich sie umso besser.

»Was wollen Sie? Schließen Sie die Tür!« Ein unmissverständlicher Befehl.

Ich ging ein paar Schritte näher, so dass der strengen Dame klarwurde, dass sie es nicht mit Renee allein zu tun hatte.

Renee sagte nichts. Sie sah die strenge Dame einfach nur an. Ich hatte keine Ahnung, was Renee vorhatte. Die strenge Dame, die der Junge als seine Tante bezeichnet hatte, wartete darauf, dass Renee etwas sagte. Ihre Lippen waren in einer unheilvollen Mischung aus Spott, Empörung und Rechthaberei verzogen. Ihre Augen musterten Renees kahlen Kopf, ihr abgetragenes Sweatshirt, die neue Jeans mit den Schokoeisflecken und die ausgelatschten Turnschuhe.

Wären ihre Haare nicht zu einem unerbittlichen grauen Pferdeschwanz gezwungen gewesen, sie hätten sich bei Renees Anblick wie ein Hahnenkamm gesträubt. Besser noch: wie ein Irokesenschnitt. Wobei ich sicher war, dass diese Tante das Wort Irokese noch nie in ihrem Leben gehört hatte.

Der kleine Junge stand am Fenster, hielt sich mit den Händen an dem Klapptisch fest und beobachtete die Welt, die draußen vorbeizog.

Auf dem linken Fensterplatz, schräg gegenüber der Tante, saß ein Mann, hinter einer aufgeschlagenen Zeitung verborgen. Der Onkel?

Renee rührte sich nicht. Sie zwang die Tante, ihr in die Augen zu sehen, wie auch immer ihr das gelingen mochte. Sie sagte kein Wort und hielt ihren Blick eisern fest. Ich zählte die Sekunden.

Der Zug verlor an Geschwindigkeit. Ich sah aus dem Fenster. Häuser, Straßen, Ampeln kamen ins Blickfeld. Der nächste Halt war nicht mehr weit.

Als ich mich wieder umdrehte, bemerkte ich die Verwirrung, die sich in das Selbstbewusstsein der Tante eingeschlichen hatte. Sie wagte nicht, Renee zu fragen, warum sie vor ihr stand und sie stumm zur Rede stellte. Zu ihrer Verwirrung gesellte sich Unsicherheit.

Eine solche Situation hatte sie noch nicht erlebt und sie fühlte sich immer unbehaglicher. Das sah ich daran, wie sie ihre Schultern vor und zurück bewegte, als wäre ihr die Bluse plötzlich zu eng geworden.

Fasziniert beobachtete ich, wie Renee es fertigbrachte, dass diese Frau ihrem Blick nicht auswich. So verging eine Ewigkeit, verpackt in zwei oder drei Minuten. Ein Rucken des Waggons kündigte an, dass wir in den nächsten Bahnhof einfuhren. Der Junge am Fenster rührte sich nicht.

Die aufgeschlagene Zeitung zitterte leicht in den Händen des Mannes, der dahinter in Deckung blieb. Als die Spannung nicht mehr auszuhalten war, beugte Renee sich zu der Tante hinab, die mit dem Kopf zurückwich. Sie war kurz davor, um Hilfe zu rufen. Renee brach das Schweigen.

»Der Junge weiß, was er tut. Sie dürfen glücklich sein, dass Sie seine Tante sind. Ihr René ist etwas Besonderes. Er hat mir geholfen und ich habe mich bei ihm bedankt. Ich wollte, dass Sie das wissen. I hope you understand, what I wanted to say. Ich hoffe, Sie verstehen, was ich sagen will.«

Renees Stimme war leise, freundlich und dadurch umso eindringlicher. Ich sah der Tante an, dass sie sich zwang, nicht zu nicken.

Sie drehte den Kopf zur Seite und blickte zu dem Jungen hin, der mit dem Rücken zu uns am Fenster stand, als ginge ihn die Sache der Erwachsenen nichts an.

Renee richtete sich auf. Die Bremsen des Zuges begannen ihr Konzert. Renee warf mir einen Blick zu. Ich schloss die Abteiltür. In diesem Moment drehte sich der Junge nach uns um. Und nickte uns zu.

Wir gingen zu unserem Platz etwa in der Mitte des Ganges zurück.

In dem Abteil, an das wir uns seit Neapel gelehnt hatten, waren vier Frauen dabei, ihre Taschen und Tüten einzusammeln, um auszusteigen. Übrig blieben zwei ältere Herren, die in ihr Schachspiel vertieft waren.

Wir nutzten die Gelegenheit und nahmen die beiden Fensterplätze ein.

»War das richtig, was ich gesagt habe?«, fragte Renee.

»Es war richtig, was du gesagt hast, und es war goldrichtig, wie du es gesagt hast. Ich bin sicher, diese Tante wird deine Worte nicht vergessen.«

Renee lehnte sich in ihrem Sitz zurück und wirkte müde. Ich streckte meine Beine aus und beobachtete das Treiben auf dem Bahnsteig.

»Schach«, murmelte der eine ältere Herr. Ich warf einen kurzen Blick hinüber. Der andere ältere Herr runzelte die Stirn. Sie spielten mit einem winzigen Reiseschach, bei dem der König die Größe einer Rosine hatte. Jeweils derjenige, der am Zug war, hielt es auf den Knien und gab es, nachdem er seinen Zug gemacht hatte, mit größter Vorsicht seinem Widerpart.

Es war kein Magnetschach, wie mir klar wurde, und es war bis auf wenige Figuren leergeräumt. Die Geschlagenen sammelte jeder in seiner linken Hand. Was außerhalb der vierundsechzig Felder passierte, interessierte sie nicht. Ich sah rüber zu Renee. Sie erwiderte meinen Blick.

»Du bist müde, stimmts?« Sie nickte. »Wir kommen um kurz vor elf in Florenz an, stimmts?« Sie nickte. »Ich weck dich eine halbe Stunde vorher, damit wir uns mit deinem Smartphone ein Hotel suchen können.« Sie nickte ein drittes Mal und schloss die Augen. Und ich hatte genügend Zeit, mir Sorgen um sie zu machen.

Um halb elf begannen die beiden Schachspieler ihre dritte Partie. Ich berührte Renee leicht am Ellbogen und sie wurde sofort wach.

»Good morning, Lou. Bringst du mir ein Frühstück?«

»Da musst du noch ein paar Stunden warten.« Sie setzte sich aufrecht hin und rieb mit den Zeigefingerknöcheln ihre Augen.

»Der Kleine ist vorhin ausgestiegen«, sagte ich.

»Poor boy. Von seiner Sorte gibt es viel zu wenige.« Sie warf einen kurzen Blick auf die beiden in ihr Schachspiel vertieften Senioren. Dann zog sie ihr Smartphone hervor. »Allright, ich habe keine Lust, weit zu laufen.«

»Wie lange willst du denn in Florenz bleiben?«, fragte ich.

»I have no idea. Ich weiß nicht. Solange es gutgeht, denke ich.«

»Hast du keinen Plan?«

»Was meinst du?« Ich zuckte mit den Schultern.

»Na, wohin willst du denn nach Florenz noch hinfahren? Hast du keine Liste?«

Sie schüttelte den Kopf und blickte konzentriert auf das Handydisplay. Dann kratzte sie sich an einer Augenbraue und sah mich an.

»Ok, listen, Lou. Stell dir vor, ich mache einen schönen Plan, wann ich wo sein will, wie ich komme dahin und wie lange das dauert und was kostet es und was ich alles will ansehen dort und so weiter und so weg.«

»Fort.«

»What?«

»Es heißt: und so weiter und so fort.«

»Ok, anyway, wenn der Plan nicht klappt, dann bin ich getäuscht.«

»Enttäuscht.«

»Genau, oder ich kriege sogar Stress.«

»Und wenn der Plan klappt?«

»Dann ist es langweilig für mich.«

»Aber du musst doch wissen, wie es weitergeht.«

»Was weitergeht?« Ich kam mir vor wie ein Teenager, der seine Tanzstundenpartnerin zum Abschlussball abholt und nicht weiß, wie er ihr den Blumenstrauß geben soll.

»Na, alles eben. Die nächsten Tage. Deine Reise. Dein Leben.« Renee verschränkte die Arme und legt ihren Kopf schief.

»Ok, lass mich nachdenken. Als du in München diesen Schauspieler in Hauptbahnhof getroffen hast …«

»Hans »Poirot« Müller.«

»Exactly. Hast du da gewusst, wie es geht weiter?«

»Ich wusste, ich fahre nach Capri und bewache drei Wochen lang ein Haus.«

»So what? Und wo bist du jetzt?«

»Schon gut, ich weiß selbst, dass es manchmal anders kommt.«

»Bei mir ist das immer so.«

»Ich werde versuchen, mich dran zu gewöhnen.«

»No problem, Lou, du wirst sehen …, oh, wait, jetzt hab ich endlich ein Netz.«

»Die Hotels in der Nähe vom Bahnhof sind meist nicht so teuer.«

»Ok, also lassen wir ein paar Sterne weg.« Sie wischte und tippte. Ich bemerkte aus dem Augenwinkel, dass die Schachkrieger schulterzuckend Frieden schlossen. Sie verstauten die zweiunddreißig Rosinen in dem hohlen Schlachtfeld und klappten es sorgfältig zusammen. »Hotel Angelica. Zwei Sterne. Nur ein paar hundert Meter weit weg«, sagte Renee. »Mit Breakfast vierundfünfzig Euro.«

»Das hört sich gut an«, sagte ich.

»Das kann ich nicht empfehlen. Sie gehen besser ins Lombardi.«

Wir drehten uns um.

Die beiden Schachspieler sahen uns an, als hätten sie erst jetzt bemerkt, dass außer ihnen noch jemand im Abteil war.

»Es ist in derselben Straße, nicht viel weiter«, ergänzte der Andere die Aussage seines Spielpartners. Renee wischte auf ihrem Smartphone herum.

»Hotel Lombardi. Zwei Sterne. Achtundvierzig Euro.«

»Sie werden es nicht bereuen, ich kenne die Besitzerin«, sagte der Eine.«

»Sagen Sie einfach, Sie kommen auf Empfehlung von Albert«, sagte der Andere.

»Und von Tonio«, sagte der Eine, »Sie werden es am Frühstück merken.«

»Inwiefern?«, fragte ich.

»Sie werden es schon merken.« Die beiden standen gleichzeitig auf, deuteten eine Verbeugung an und verließen das Abteil.

Wir sahen uns an und zuckten synchron mit den Schultern. Die Sache war entschieden.

Da wir kein Gepäck hatten, blieben wir die restlichen Minuten bis zum Bahnhof Santa Maria Novella sitzen.

16. Kapitel

Der Zug fuhr sehr langsam ein, was bei einem Kopfbahnhof nicht verwunderlich ist. Vielleicht war der Zeitpunkt nicht optimal, aber ich musste die Frage loswerden, die mir auf den Nägeln brannte, seit Renee eingeschlafen war.

»Hast du das schon oft gemacht?« Sie blickte durch das Fenster auf die langsam vorbeiziehenden, von Straßenlaternen beleuchteten Häuser. Sie wusste gleich, worauf ich hinauswollte.

»Du meinst, Menschen ansehen.«

»Ansehen, ohne was zu sagen. Wie machst du das? Ich meine, wie schaffst du es, dass sie nicht wegsehen? Die Tante von dem Kleinen war wie hypnotisiert. Ich hab sowas noch nicht erlebt.« Renee sah an die Decke.

»Ich kann es nicht erklären richtig, nur ein wenig. Mein Dad hat das früher manchmal gemacht. Bei anderen Leuten und einmal auch bei mir. You know, ich war das bad girl in unserer Straße.«

»Das böse Mädchen?«

»Right. Nicht richtig böse. Aber ich hab Sachen gemacht, die waren nicht ok. Ich war zehn oder zwölf. Neben uns wohnte ein alter Mann, Mister Capote. Er hatte einen Blumengarten. Der Zaun um den Garten war kaputt. Er hat ihn nie repariert. Ich weiß nicht warum. Jedenfalls er hat uns immer weggejagt. Er hatte Angst, dass wir rennen durch seinen Garten und machen alles kaputt. Wir haben draußen auf der Straße Baseball und Football gespielt. Und natürlich wir haben nicht aufgepasst. Ein großes Fenster ist …, you know …«, Sie klatschte einmal in die Hände. »Alles Scherben. Er wurde sehr wütend und hat einfach den Football behalten. Es war meiner und ich hatte ihn gar nicht geworfen. Das war

Sammy gewesen. Ich fand das so ungerecht. Ich schrie die ganze Straße zusammen. Ich verprügelte Sammy. Und ich marschierte wütend in den Garten von Mister Capote und trampelte auf seine Blumen. Die anderen Kinder bekamen Angst und liefen davon. Er stand am Fenster mit mein Football im Arm und sah zu. Er konnte es nicht glauben und er konnte nicht sagen ein einziges Wort. Ich war einfach so crazy, wie ein Teufel. Und dann ich rannte nach Hause. Natürlich mein Dad erfuhr von der Sache, als er kam nach Hause. Ich war oben in mein Zimmer. Ganze Welt war gegen mich. Das wusste ich. Und ich wollte kämpfen gegen die ganze Welt. Vielleicht hat damals schon was nicht gestimmt mit mein doofen Kopf.«

Der Zug hielt. Wir waren noch nicht im Bahnhof und mussten einen ausfahrenden Zug abwarten.

Renee rieb an ihrer Augenbraue und fuhr fort. »Ich kann es hören immer noch, wie mein Dad kommt hoch die Treppe. Er geht langsam. Ich warte in mein Zimmer auf ihn. Ich warte auf mein Strafe. Und ich will am liebsten wegrennen. Aber es gibt kein Ausweg. There is no way out. Ich sitze auf mein Bett, halte die Ohren zu und sehe, wie die Tür aufgeht. Da ist er. Und ich versuche immer noch, wütend zu sein. Er kommt näher und setzt sich auf mein Bett. Er sieht in meine Augen und sagt nichts. Er sieht mich einfach nur an und ich kann nicht ausweichen. In this moment, in diesem Moment hab ich gesehen mein Wut mit seine Augen und alles Böse, was ich hab gemacht an diesem Tag. Es dauerte nicht lange. I will never forget. Diese Minuten werde ich nie vergessen. Ich hab mich selbst gesehen von außen. Ich hab alles verstanden, was mein Dad wollte mir zeigen. Er hat mir geschenkt seine Augen für kurze Zeit.« Renee schniefte. »That's all. Ein Jahr später ist er von ein Auto übergefahren worden.« Sie sah mich mit ihren hellwachen blauen Augen an. Dann rieb sie mit dem Zeigefinger etwas aus dem Augenwinkel.

Der Zug setzte sich wieder in Bewegung.

»Und die Blumen?«

»Oh, ich hab gekauft neue von mein Taschengeld. Und sie zusammen mit Mister Capote eingepflanzt. Das war meine Idee. Sammy hat mein Baseball bekommen, weil ich ihn verprügelt hab. Dafür durfte er mir helfen, den Zaun zu reparieren. Aber das meiste hat mein Dad gemacht.«

»Also ein Happyend wie in den alten amerikanischen Filmen.«

»Jep, damals gab es noch happy endings. Look, ich glaube, wir müssen jetzt raus.«

Der Zug war endlich zum Stillstand gekommen und leerte sich. Der Bahnsteig war voller Menschen. Wir schlängelten uns zum östlichen Ausgang durch. Von der Basilika Santa Maria Novella, der der Bahnhof seinen Namen verdankte, sahen wir nicht viel. Die Via Valfonda war nicht stark befahren. Wir überquerten sie und bogen in die erste Straße auf der rechten Seite ein, die Via Fiume.

Ein warmer Wind wehte durch das nächtliche Florenz. Die Mondsichel war gelb wie eine reife Banane und hing wie ein Wegweiser am schwarzen Himmel.

Nach zweihundert Metern leuchtete uns der Name des Hotels Angelica entgegen. Wir ließen es links liegen.

Gleich darauf erreichten wir ein fünfstöckiges Gebäude. Es war kaisergelb gestrichen und erinnerte an einen früheren Palast. Hotel Lombardi stand diskret auf einer kleinen Tafel neben der offenen Eingangstür. Zwei schüchterne Sterne waren darunter angebracht. Von drinnen fiel warmes Licht auf den schmalen Gehsteig.

Wir zögerten nicht, einzutreten. Ein schmaler Vorraum führte zum Empfang. Es gab keine Klingel. Und es gab keinen Portier.

Generationen von Gästen mussten wartend vor dem dunkelbraunen Holztresen gestanden haben. Er war bis in Kniehöhe arg ramponiert. Die Spuren unzähliger Ungeduldiger, die dagegengetreten hatten, um auf sich aufmerksam zu machen.

Renee sah mich an und zuckte mit den Schultern. Auf dem Tresen war ein Plastikständer, dessen Ecken abgesprungen waren. Darin ein paar Ansichtskarten, die ausnahmslos die Statue des David zeigten.

Davor stand eine kleine graue Schachtel mit einem Packen Visitenkarten, die mit einem dünnen, grünen Gummi zusammengehalten wurden. Hotel Lombardi, Florenz, stand in schnörkelloser Schrift darauf. Der Gummi war dreimal darum herumgewickelt, als sollte verhindert werden, dass ein vorwitziger Fremder sich eine davon krallte.

Ich beugte mich über den Tresen, auf dem mit Tesafilm ein alter Stadtplan befestigt war. Seine Ränder waren an mehreren Stellen eingerissen. Mit Kugelschreiber waren einige Kringel darauf gekritzelt. An einer Stelle so heftig, dass die Mine ein Loch in das Papier gerissen hatte.

Ein herrlicher Duft nach süßem Gebäck schlich näher und umschmeichelte unsere Nasen. Er kam aus der offenen Tür rechts hinter dem Tresen.

»Buona sera!«, rief Renee so laut, dass ich erschrak. Nebenan fiel etwas Blechernes scheppernd auf den Fliesenboden. Eine Frauenstimme zischte ärgerlich.

Wir traten einen Schritt zurück, als das Zischen lauter wurde. Dann hörten wir ein schabendes Geräusch, wie von einem Besen, der eilig über die Fliesen fegte.

Schließlich das Ächzen von jemandem, der mit großer Mühe vom Boden aufstand. Das Ganze erinnerte an ein Kriminalhörspiel.

Wir warteten geduldig auf das, was uns nun begegnen würde. Die Person im Nebenraum, der eine Küche zu sein schien, gähnte nun hörbar und ausführlich, was mich augenblicklich zur Nachahmung animierte.

Renee schüttelte den Kopf, griff nach einer der Ansichtskarten und warf den Plastikständer um. Das war das Signal für Signora Lombardis Erscheinen. Wie aus dem Nichts stand sie plötzlich hinter dem Tresen.

Auf der Bühne unterstützt man solch einen Auftritt durch Nebel aus Trockeneis und einen Paukenschlag. Diese alte Dame brauchte nichts dergleichen. Sie war einfach da und beäugte uns wirklich und wahrhaftig durch ein Monokel.

Bevor ich etwas sagen konnte, riss sie ihren Mund auf und gähnte, ohne sich hinter einer Hand zu verstecken. Dieses Mal konnte Renee sich nicht beherrschen und gähnte ebenfalls ausführlich mit. Irgendwie waren wir alle drei sehr müde.

»Bonsoir Mademoiselle, Monsieur«, begrüßte uns die Signora mit einer einschläfernden Stimme und schloss die Augen.

»Wieso ist jetzt Französisch dran?« fragte ich leicht ungeduldig. Die alte Dame seufzte ergeben, öffnete die Augen halb und sagte gelangweilt:

»In Deutsch es geht auch.« Ich beeilte mich, vor ihrem nächsten Gähnen zu Wort zu kommen, aber Renee war schneller.

»Was riecht hier so gut? Sind das Muffins?« Die alte Dame hob abwehrend beide Hände. An ihren Handgelenken klapperten breite Reifen aus dunklem Holz.

»No Signorina, dieses Wort ich nehme nicht in den Mund. Sie kennen nicht Schiacciata alla Fiorentina?« Wir sahen uns ratlos an. Das waren zu dieser späten Stunde zu viele italienische Silben auf einmal. »Bah, natürlich Sie kennen nicht diese specialità.«

»Vielleicht darf ich sie jetzt kennenlernen?«, fragte Renee unerschrocken.

»No, Sie dürfen nicht. Die gibt es zum Frühstück.« Sie deutete auf den umgefallenen Plastikständer und sah Renee aus müden Augen an. »Warum Sie räumen das nicht auf?« Renee tat wie ihr geheißen, sammelte die Ansichtskarten auf und verteilte sie auf die einzelnen Fächer.

Die Signora gewährte uns erneut einen Blick auf ihr ausgezeichnetes Gebiss und gähnte wie eine Löwin. Dann richtete sie ihre halb geöffneten Augen auf mich.

»Wir sollten wohl alle schlafen gehen«, schlug ich vor.

»Bene«, murmelte sie und schickte sich an, den Tresen zu verlassen.

»Aber vorher hätten wir gerne die Zimmerschlüssel.«

»Die Schlüssel?« Sie wirkte verwirrt.

»Signora Lombardi, nehme ich an, wir hätten gerne zwei Einzelzimmer.«

»Zwei Zimmer?«

»Dies ist doch ein Hotel?« Und dann fielen mir zum Glück die Schachspieler ein. »Albert schickt uns.«

»Und Tonio«, fügte Renee hinzu. Signora Lombardi blickte zwischen uns hin und her. Man konnte förmlich sehen, wie sie versuchte, die beiden Namen irgendwo in ihrem Oberstübchen unterzubringen.

»Das Hotel Lombardi wurde uns von den beiden Schachspielern empfohlen. Albert sagte, er kennt die Besitzerin.«

»Die Besitzerin? Ma questa sono io, aber die bin ich.« Allmählich lichtete sich die Dämmerung, von der Signora Lombardi bisher wie in einen Teppich eingehüllt schien. Sie warf mir einen Blick zu, als wäre sie gerade erst aufgewacht. Ich hob zwei Finger.

»Due camere con colazione«, mischte sich Renees Smartphone mit einer italienisch klingenden Stimme in die Verhandlungen.

»Si si, no problem. Warum Sie haben nicht gleich gesagt? Un momento.«

Sie kramte auf der Tischplatte hinter ihrem Tresen herum und legte uns ein aufgeklapptes Gästebuch vor die Nase. »Sie wissen Bescheid, Signore.« Sie zwinkerte mir zu. »Name muss nicht echt sein.«

Einen Moment lang war ich versucht, Leonardo da Vinci zu schreiben und vielleicht noch: Mona Lisa. Aber dann entschloss ich mich zu Luigi Vonwegen und schob Renee das Buch hin.

Da sie aus ihrem Nachnamen partout ein Geheimnis machen wollte, schaute ich ihr nicht über die Schulter.

Signora Lombardi nahm das Buch entgegen und legte zwei Schlüssel auf den Tresen, jeder gekettet an einen klobigen Holzzylinder. Ein Hotel wie aus den Siebzigerjahren.

»Vierter Stock«, sagte sie gähnend. »Sie nehmen Treppe dort hinten.« Sie deutete mit schlaffer Hand auf eine Seitentür, die mir bisher nicht aufgefallen war. »Frühstück um neun Uhr. Der Frühstücksraum ist im ersten Stock. Wenn es nicht riecht nach Kaffee, Sie müssen wecken mich. Rufen Sie laut ›Lombardi‹.«

»Und dann?«

»Dann Sie warten zehn Minuten oder so. Was ist schon Zeit?« Sie gab sich selbst mit einem Gähnen die Antwort.

»Allora, buona notte«, war das letzte, was wir von ihr hörten, bevor sie sich schlafen legte. Möglicherweise in der Küche. Wir stiegen mit Blei in den Knien die vier Stockwerke hoch. Es war vollkommen ruhig im ganzen Haus.

»Wahrscheinlich sind wir die einzigen Gäste«, sagte ich.

»Dann haben wir das Fiasko al Fiorentina für uns allein«, sagte Renee.

»Ich bin sicher, die Spezialität heißt ein bisschen anders, aber das ist mir jetzt egal«, erwiderte ich. Wir schlossen gleichzeitig unsere Türen auf und fünfzehn Minuten später lag ich, von Signora Lombardis Gähnattacken angesteckt, im Tiefschlaf.

Am nächsten Morgen weckte mich eine schrille Frauenstimme. Erschrocken fuhr ich in die Höhe. Es war taghell. Mein Fenster lag ideal in der Einflugschneise der vormittäglichen Sonnenstrahlen.

Verwirrt sah ich mich um. Das Bett war fremd, das Zimmer war fremd und die Stimme war fremd. Mein Geist befragte meinen Orientierungssinn, bekam keine Antwort und begann zu rotieren.

Da schrillte der Schrei ein zweites Mal durch das Haus, mit sehr in die Länge gezogenen Vokalen:

»Looombaaardiii!!!« Etwas in meinem Hirn rastete hörbar ein. Vielleicht war es auch nur das Klopfen an der Wand. Renee gab Morsezeichen. Ich klopfte zurück.

Drei Dinge waren glasklar: Signora Lombardi hatte verschlafen, außer uns gab es noch weitere Gäste, die bereits ungeduldig auf ihr Frühstück warteten und ich sollte aufs Rasieren verzichten, um nicht noch mehr Zeit zu verlieren.

Ein paar Minuten später schloss ich meine Zimmertür von außen ab und traf auf Renee.

»Guten Morgen, Lou. Hier ist dein englisches Wort für heute: hurry up!« Was ich auch ohne Übersetzung begriff.

Im ersten Stock gab es eine große Glastür, hinter der sich ein erstaunlich kleiner Frühstücksraum befand. Vier quadratische Tische mit jeweils vier Stühlen, hohe schmale Fenster, die bis zum Boden reichten und nach Osten ausgerichtet waren.

Erleichtert stellten wir fest, dass nur ein Tisch besetzt war. Eine etwa vierzigjährige hagere Frau, mit Dutt und Lesebrille saß kerzengerade auf ihrem Stuhl und hielt einen Kunstführer vor ihre Augen. Für uns hatte sie keine. Sie war so unauffällig gekleidet, dass ich tatsächlich vergessen habe, was sie trug. Irgendwas Dunkles, erdfarbenes. Sie erinnerte mich an eine Dozentin.

Wir setzten uns an den Nachbartisch, der wie ihrer mit Teller, Tassen, Besteck und Servietten gedeckt war. Die beiden anderen Tische waren blank. Von Signora Lombardi war nichts zu sehen. Aber es duftete nach starkem Kaffee.

Ich schielte hinüber zur Studienrätin. Sie hatte ihre Tasse noch nicht angerührt. Vielleicht war sie auch eine Reiseführerin und bereitete sich gewissenhaft auf den Besuch der Uffizien vor. Ihr Buch deutete darauf hin.

Wahrscheinlich erwarteten zwei Dutzend Kunstbanausen von ihr einen möglichst unterhaltsamen Vortrag mit möglichst wenig unverdaulichen Informationen. Also: keine Jahreszahlen, keine kunsthistorische Fachsimpelei über die Renaissance, keine hochgestochenen Interpretationen einzelner Kunstwerke.

Stattdessen stellte ich mir vor, wie die eine oder andere Anekdote ihre Schäfchen fesseln würde. Zum Beispiel über den berühmten Maler Caravaggio, der einst als Mörder verurteilt wurde.

Wie so oft, wenn ich wildfremden Leuten begegnete, bleckte meine Fantasie die Zähne, wieherte fröhlich und galoppierte davon. An diesem Morgen vermutlich über den Ponte Vecchio.

Etwas zu spät bemerkte ich ihren spitzen Blick über die Lesebrille hinweg. Ich musste Frau Nachbarin wohl zu lange angestarrt haben.

»Meinst du, ich soll ›Lombardi‹ rufen?«, fragte Renee und packte ihr Smartphone weg. In diesem Moment erschien der Geist des Hauses hinter der Glastür. Signora Lombardi war mit einem großen Tablett die Treppe hochgekeucht. Ich sprang auf, um ihr die Tür zu öffnen.

»Ah, buon giorno Signor da Vinci«, sagte sie.
Hatte ich mich gestern Abend doch vor lauter Müdigkeit mit falschem Namen ins Gästebuch eingetragen? Oder konnte diese alte Signora Gedanken lesen? »Si, si«, sagte sie und blickte mich aus ihren halb geöffneten Augen seltsam an.

Ich schüttelte mich, um den Gedanken zu verscheuchen und wollte ihr das Tablett abnehmen, aber das ließ sie nicht zu. Der Duft, der von dem großen Teller in der Mitte ausging, war unbeschreiblich. Mindestens ein Dutzend der unaussprechlichen Köstlichkeiten, die sie am Abend zuvor aus ihrem Backofen hervorgezaubert hatte, lagen kunstvoll aufeinander geschichtet darauf.

Sie stellte das Tablett auf einem der blanken Tische ab und holte eine Greifzange aus ihrer blütenweißen Schürze. Als sie die volle Tasse nebenan sah, schürzte sie die Lippen.

»Ihr Kaffee friert, Signora. Schmeckt nicht gut, wenn ist kalt.« Frau Nachbarin wandte den Blick nur kurz von ihrer Lektüre ab. Sie schob die Tasse nachlässig zur Seite.

»Dann bringen Sie mir eben einen frischen Kaffee«, murmelte sie und war mit ihrer Aufmerksamkeit schon wieder bei Botticelli. Signora Lombardi warf mir einen Blick zu und rollte mit den Augen. »Diese Deutschen!«, deutete ich ihn.

»Allora, jetzt Sie dürfen probieren die Schiacciata alla Fiorentina.« Sie legte jedem von uns drei wunderbare Teilchen auf den Teller. Aus einer Aluminiumkanne schenkte sie uns dampfend heißen Kaffee ein. Sie legte einen Korkuntersetzer auf den Tisch und stellte die Kanne darauf. Dann trat sie einen Schritt zurück und beobachtete Renee und mich mit verschränkten Armen.

Der erste Bissen beförderte uns direkt in den italienischen Delikatessenhimmel. Uns fehlten die Worte. Signora Lombardi sah unsere Gesichter und wusste Bescheid. Sie nickte zweimal, nahm das Tablett samt dem Teller mit den restlichen Schiacciata und ging. Als sie schon an der Glastür stand, kam plötzlich Leben in Frau Nachbarin.

»Und was ist mit mir? Ich habe noch keines von diesen Dingern bekommen.« Signora Lombardi drehte sich langsam um. Sie war wirklich nicht sehr groß, aber sie konnte ihre Blicke quasi von unten herab werfen. Einer davon traf die Fragestellerin.

»Das weiß ich. Ich habe Ihnen ja auch gegeben keines.«

»Darf ich fragen, warum?«

»Allora, Signora, Sie schätzen nicht meinen Kaffee. Sie werden auch nicht schätzen diese — Dinger.« Damit drehte sie auf dem Absatz um, stieß die Glastür auf und verschwand.

»Also sowas hab ich ja noch nie erlebt«, stieß die Kunstsachverständige und Kaffeebanausin hervor. Sie nahm ihre Brille ab und warf mir einen empörten Blick zu. Ich zuckte nur mit den Schultern und sagte:

»Da entgeht Ihnen wirklich etwas Wunderbares. So etwas haben Sie noch nie gegessen. Selbst gebacken.

Geheimrezept.« Sie stieß heftig die Luft aus, die sich in ihr angestaut hatte. »Und nur für bestimmte Gäste, wie es aussieht«, fügte ich hinzu.

Das genügte. Sie packte ihr Buch in ihre Schultertasche, sprang auf und rauschte aus dem Frühstücksraum.

So hätte man es bezeichnen können, hätte sie die entsprechende Kleidung aus der vorletzten Jahrhundertwende getragen. Der irgendwie dunkle Hosenanzug jedoch, den sie trug, hinterließ nur ein schwaches Säuseln, begleitet von einem Aufatmen unsererseits.

»Das war nicht nett, Lou«, stellte Renee fest. Ich nickte.

»Ich weiß. Manchmal will ich nicht nett sein.« Sie trank ihren Kaffee und biss in das zweite Schiacciata.

Mir fiel ihr Armband ins Auge. »Woraus ist das eigentlich gemacht?« Sie blickte nachdenklich auf die Holzperlen, als würde sie sie zum ersten Mal sehen. Sie schimmerten honigfarben und erinnerten mich an Bernstein.

»Das ist Mammutholz.«

»Mammutholz? Aber die Bäume stehen doch unter Naturschutz.«

»Yeah, aber nicht damals.«

»Damals?«

»Ok, listen. Ich hab das Armband von mein Grandpa. Und er hat es als kleiner Junge von einem Chinook-Indianer bekommen.«

»Einem Indianer?« Sie nickte.

»Mein Grandpa war gefallen in ein Fluss im Winter und der Chinook hat ihn gerettet. Dann er hat ihm geschenkt diese Perlen aus tausend Jahre altem Holz. Und mein Grandpa hat gemacht ein Armband daraus.«

»Darf ich es mir mal ansehen?«

»Sure.« Sie streifte es ab und gab es mir. Ganz leicht lag es in meiner Hand. »Es war der Talisman von mein Grandpa. Er hat es mir gegeben kurz vor seinem Tod.«

»Und jetzt ist es dein Talisman?«

»Yeah.« Ich gab es ihr zurück.

»Es sind 28 Perlen.«

»Really? Funny, ich hab sie noch nie gezählt.« Ich zuckte mit den Schultern.

»Das ist ein bisschen eine Macke von mir«, sagte ich und biss genussvoll in das Schiacciata. »Diese beiden Schachspieler hat uns der Himmel geschickt«, meinte ich kauend.

»So ist das immer bei mir«, erwiderte sie und streifte das Armband wieder über ihr schmales Handgelenk.

»Wie sieht dein Plan für heute aus? Ach stimmt, du hast ja keinen Plan.«

»Right. Ich laufe einfach los«, sagte sie mit vollem Mund.

»Ich muss mir ein paar Sachen besorgen«, sagte ich. »Mein Koffer ist sicher schon von Capitano Rocca beschlagnahmt und durchsucht worden.«

»Yeah, und ich brauche einen neuen Rucksack. Willst du nicht auch einen? Ist viel praktischer, als einen Koffer zu verschleppen.«

Die Idee war mir auch schon gekommen.

»Trink deine Tasse aus, sonst gibt es Ärger«, sagte ich. Wir sorgten gerade noch rechtzeitig für leere Teller und Tassen, denn Signora Lombardi stand plötzlich vor der Glastür. Sie schlurfte herein, beäugte unseren Tisch aus ihren wie immer halb geöffneten Augen und nickte zufrieden. Wir fragten sie, wo wir einkaufen könnten und sie gab uns einen ihrer abgegriffenen Stadtpläne, auf dem sie ein paar Adressen markierte.

Den Vormittag verbrachten wir damit, uns in Florenz zurechtzufinden. Wir kauften zwei große Traveller-Rucksäcke und füllten sie mit dem, was notwendig war. Vor einem kleinen Café, nicht weit vom Ponte Vecchio legten wir eine Pause ein.

»Wie kommst du jetzt an dein Cannabis?«, fragte ich. Renee ließ den Blick über die Vorübergehenden streifen und antwortete nicht. Ich war entschlossen, dieses Thema zu klären. »Du nimmst es gegen die Schmerzen, richtig?« Sie brachte nur ein halbes Nicken zustande. »Und was ist mit der Medizin, von der du dem Jungen erzählt hast? Die deine Haare nicht wachsen lässt? Hast du davon genügend?« Sie seufzte und sah mich an.

»Du machst dir zu viele Gedanken, Lou. Ich bin schon sehr lange allein überwegs.«

»Es heißt unterwegs. Obwohl, wenn ich genau darüber nachdenke, passt überwegs eigentlich besser. Es klingt irgendwie positiver. So als ob du über allem schwebst.«

»Right. Man sagt ja auch überleben, oder?« Ich musste lächeln und nickte. »Egal«, sagte Renee, »jedenfalls ich kann das alles sehr gut organisieren, ok?«

»Du willst nicht darüber reden.«

»Ich will nicht, dass du dir den Kopf verbrichst.«

»Zerbrichst.«

»Yeah. Alles, was du wissen musst, ist, dass ich bin ok. Ich weiß, wie ich Cannabis bekommen kann. Lass mich nur machen. Ich hab die Sache voll am Griff.«

»Im Griff.«

»Yeah, jedenfalls besser als die deutsche Grammatik.«

»Wieso, dein Duitsch is doch börfekt.«

»Please! Don't be doof. Du musst reden das richtig.«

»Zum Glück hört uns niemand zu.«

»Ich hab einen Vorschlag. Wie ist es, wenn wir uns für zwei oder drei Stunden auf den eigenen Weg machen?«

»Nichts dagegen einzuwenden. Die Uffizien mussten so lange ohne mich auskommen. Jetzt will ich sie endlich mal besuchen. Das kann aber länger dauern.«

»Sagen wir vier Uhr. Auf dem Platz mit dem hohen Turm. Da steht eine Kopie vom David, hab ich gelesen.«

»Du meinst die Piazza della Signoria.«

»Right, aber danach gehen wir zum Original.«

»Hört sich nach einem guten Plan an.«

17. Kapitel

Wir tranken unsere Tassen aus und ich zahlte. Danach brachten wir unsere neuen Sachen ins Hotel und dann streunten wir getrennt durch die Gassen von Florenz.

Ich wusste zwar, dass praktisch jeder Reiseführer empfahl, die Uffizien früh am Vormittag zu besuchen. Aber die logische Folge daraus war eine lange Schlange vor dem Eingang bevor sich die Pforten um 8:15 Uhr öffneten. Sie schlossen sich um halb sieben abends, was recht früh war. Aber jetzt war es kurz nach eins, also eine gute Zeit.

Ich schlenderte gemächlich über den Ponte Vecchio und ließ mich von dem Touristenstrom treiben.

Nach der Brücke führte der Weg nach rechts, ein Stück am Arno entlang, nicht einmal zweihundert Meter. Dann bog ich links ein in die Piazzale degli Uffizi. Hier war es, Europas erstes Kunstmuseum.

Hier waren sie versammelt, unerreichte Meisterwerke von Tizian, Leonardo, Raffael, Botticelli und Michelangelo. Zwei langgestreckte, einander gegenüberliegende Gebäude aus dem sechzehnten Jahrhundert.

Ein hoher, überdachter Gang, der ein wenig an einen Triumphbogen erinnerte, verband sie miteinander.

Wörtlich übersetzt handelt es sich bei den Uffizien um Büros, und das war auch ihr ursprünglicher Zweck. Irgendein Cosimo de Medici wollte seine Minister und Beamten unter einem Dach versammelt sehen. Aber die Familie Medici sammelte die damals angesehenste Kunst, Gemälde und Skulpturen der hervorragendsten Künstler, und es gehörte zu ihrem Selbstverständnis, sie zu zeigen. Die Minister und Beamten, deren Namen vergessen sind, machten Platz für unvergessliche Namen. In der Gasse herrschte dichtes

Gedränge. Ich arbeitete mich im Schatten langsam bis zum Eingang des Museums vor.

Die Menschenkette war vielleicht zwanzig Meter lang. Sie bewegte sich im Tempo einer gut trainierten Schildkröte vorwärts. Als nur noch etwa ein halbes Dutzend Schildkröten vor mir waren, sah ich eine dunkel gewandete Frau mit einem zusammengerollten Regenschirm in der hoch erhobenen linken Hand an mir vorbeimarschieren — Frau Nachbarin aus dem Frühstücksraum.

Ihrem Gesichtsausdruck nach zu urteilen, hatte sie immer noch daran zu knabbern, dass ihr die Schiacciata alla Fiorentina schnöde vorenthalten worden waren.

Ihr folgten im Gänsemarsch acht oder zehn Leutchen. Alle im gesetzten Alter und mit untersetzter Figur. Einigen stand die Furcht, den Regenschirm aus den Augen zu verlieren, ins Gesicht geschrieben. Andere trugen gelassene Langeweile zur Schau. Bei zweien war der Stolz, zu einer Elite zu gehören, die es nicht nötig hat, dumpf in einer Schlange zu stehen, unverkennbar.

Ich kannte jede dieser Kunstbesuchersorten aus meinen langen Jahren in der Alten Pinakothek. Die Frau mit dem Schirm verhandelte lautstark an der Kasse. Es war eindeutig dieselbe Stimme, die mich mit ihrem Lombardi-Geschrei geweckt hatte. Ich war erleichtert, als sie mitsamt ihrer Herde durchgelassen wurde.

Sobald ich mein Ticket hatte, ging ich so rasch wie möglich in die oberste Etage, wo sich die Gemäldegalerie befand. Die *Geburt der Venus* von *Botticelli*, sein *Frühling*; der *Bacchus* von *Caravaggio*, sein schreckliches *Haupt der Medusa*; *Raffaels Selbstporträt* — weltberühmte Werke, die ich unzählige Male in Kunstbänden bewundert hatte, hingen leibhaftig vor mir. Ein Wunder. Ich ließ mir viel Zeit im vagen Gefühl einer einmaligen Gelegenheit. Die anderen Besucher ignorierte ich zunächst, ganz gegen meine Gewohnheit.

Bis mich jemand unsanft anrempelte. Ich drehte mich erschrocken um. Der Mann hob entschuldigend beide Hände, murmelte etwas Unverständliches und ging rasch weiter. Ich sah ihm nach. Er humpelte ganz leicht. Braune Haare, Seitenscheitel, kein Bart, keine Brille, ein Allerweltsgesicht, das ich nach fünf Sekunden schon wieder vergessen hatte. Blue Jeans, Jeansjacke, Mitte Dreißig — ich weiß nicht, warum ich mir all das einprägte.

Irgendetwas stimmte nicht. Der Andrang vor den Bildern war zwar groß, aber es gab trotzdem keinen Grund, mich anzurempeln.

Die Räume waren angenehm klimatisiert, ich sah kaum jemanden mit einer Jacke herumlaufen.

Ich tastete nach meinem Notizbuch in der Gesäßtasche. Sie war leer. Ich wusste es: ein Taschendieb. Mit der ältesten Masche, die es gab.

Als ziemlich alter Hase trug ich meine Brieftasche niemals in einem Museum bei mir. Ich hatte sie im Hotel gelassen und nur ein paar Scheine und Münzen in der Hosentasche, bewacht von meiner linken Hand. Der Typ hatte also jetzt meine Reisenotizen.

Seine Jeansjacke war todsicher mit riesigen Innentaschen ausgestattet. Deswegen konnte er mir demonstrativ seine leeren Hände entgegenstrecken.

Er war geschickt und schnell und absolut unscheinbar. Bis auf sein Humpeln. Ich war neugierig, ob er noch weitere Opfer finden würde. Außerdem wollte ich mein Notizbuch zurück.

Also nichts wie hinterher. Vor *Botticellis Geburt der Venus*, dem bekanntesten Werk der Uffizien staute sich eine große

Schar von Menschen. Gleich zwei Besuchergruppen lauschten aufmerksam den Ausführungen ihrer Kunstführer auf Holländisch und Französisch.

Beiläufig schweifte mein Blick über die Hintern der Männer. Fast jeder hatte rechts eine Ausbuchtung, einige Nonkonformisten trugen links, nicht minder auffällig, vielversprechende Beute. Ich spähte nach dem Träger der Jeansjacke und richtig: da war er. Hielt sich im Hintergrund, bewegte sich leichtfüßig, ja tatsächlich, er humpelte nicht mehr. Eine gute Tarnung, falls doch irgendjemand ihn später beschreiben sollte.

Ich stand etwa fünf Meter entfernt und konnte seine Arbeitsweise aus der ersten Reihe studieren. Zielsicher machte er sich an die dicksten Karpfen heran, die Augen und Ohren ganz Botticellis Kunst schenkten.

Mein Brieftaschenkünstler konnte sogar auf das Anrempeln verzichten. Ich bewunderte seine Schnelligkeit. Innerhalb von dreißig Sekunden hatte er sechs Männer um ihr Überflüssiges erleichtert.

Und damit war ich in der Bredouille. Wenn ich Alarm schlug, durfte ich sicher damit rechnen, Bekanntschaft mit der Florentiner Polizei zu machen, wenn auch nur als Zeuge. Meine Sehnsucht nach Uniformen und Formalitäten war so groß, wie die nach Fußpilz.

Der unscheinbare Mann in der Jeansjacke drehte sich um. Er hielt den Blick aufs Parkett gesenkt, um nur ja niemandem aufzufallen. Doch er hatte nicht mit mir gerechnet. Ich trat ihm einfach in den Weg. Er wich, ohne aufzublicken, nach rechts aus. Ich packte ihn am Aufschlag seiner Jeansjacke und hinderte ihn am Weitergehen. Die Innentaschen waren prall gefüllt, das konnte ich in einem Sekundenbruchteil erkennen.

»Ich hab alles beobachtet, aber ich will kein Aufsehen«, raunte ich ihm zu. »Ich will mein Notizbuch zurück.« Er warf mir einen raschen Blick zu. »Weglaufen ist zwecklos«, bluffte ich. Er schaute prüfend in die Runde. Dann warf er beide Hände in einer hilflosen Geste in die Luft.

»Oh Mann«, knurrte er, »ausgerechnet heute, wo ich so 'nen guten Lauf habe.« Er kratzte sich am Kopf. »Aber Moment mal. Seit wann seid ihr denn international hier vertreten? Und warum, verdammt nochmal, habt ihr keine Uniformen an? Das ist reichlich unfair. Sie sehen überhaupt nicht aus, wie 'n Bulle.«

»So kann man sich täuschen. Wollen wir nicht etwas zur Seite gehen?« Ich zog ihn zu einer Fensternische. Er riss seinen Arm los und folgte mir widerwillig. Aber etwas an meinem Tonfall musste ihn misstrauisch gemacht haben.

»Kann ich mal Ihre Marke sehen?«

»Was für eine Marke?«, sagte ich. Er verschränkte die Arme, schüttelte den Kopf und grunzte.

»Wusst' ich's doch. Du bist gar kein Bulle.«

»Mein Notizbuch, wenn ich bitten darf!«

»Und wenn ich's gar nicht mehr habe?«

»Ich will die Innentaschen sehen! Die Sache ist noch nicht vorbei. Ich kann immer noch die Carabinieri rufen.« Er kniff seine Augen zusammen und murmelte:

»Die Frage ist doch, warum du das nicht schon längst gemacht hast, ha!«

Ich gab ihm keine Antwort, sondern lief zielstrebig los. »Halt, halt, wo willst du so eilig hin?« Er hielt mich am Arm zurück. »Man wird ja nochmal fragen dürfen.« Ich streckte ihm auffordernd meine offene Hand entgegen. »Ja, ja, schon gut, du kriegst dein Buch. War sowieso 'n ziemlicher Reinfall. Sieht aus wie 'n dicker Fisch und dann ist es bloß dünnes

Papier.« Blitzschnell hatte er mein Notizbuch aus seiner Innentasche gefischt und blätterte darin. Ich nahm es ihm ab und steckte es ein.

Dann hätte ich ihn einfach stehenlassen sollen, aber etwas an seiner Art ließ mich zögern. An seiner Stelle wäre ich so schnell wie möglich verduftet. Ich deutete auf seine Brust.

»Was machen Sie jetzt mit den anderen »Notizbüchern«?«

»Wüsste nicht, was dich das angeht. Schlimm genug, dass ich mich jetzt schon verabschieden muss, wo hier noch so viel Arbeit auf mich wartet. Die Eintrittskarte war teuer genug.«

»Ach, die ist ehrlich bezahlt?« Er knöpfte seine Jacke zu und wandte sich zum Gehen.

»Ich arbeite seriös. Erleichtert werden nur die, die erleichtert werden wollen. Wer es mir schwer macht, den respektiere ich. An der Kasse kommt keiner unbemerkt vorbei. Außerdem ist mir der Aufwand zu groß, die Eintrittskarten zu fälschen. Also zahle ich brav meinen Obolus und befreie anschließend meine Mitmenschen von dem, worum sie sich am meisten Sorgen machen.«

»Ihrem Geld.«

»Ich sehe, du verstehst mich. Und wer versteht, verzeiht.«

»Für einen hinterhältigen Taschendieb, sind sie beinahe philosophisch unterwegs.« Er schlug den Kragen seiner Jacke hoch.

»Vier Semester. Danach hab ich mich ausschließlich auf das Studium der Psychologie konzentriert.«

Er blickte kurz zur Seite. »Ich würde das Gespräch ja gerne fortsetzen, aber nicht hier, wenn's genehm ist. Ich kenn ein Café in der Nähe.« Er lief los, als hätte ich schon zugestimmt. »Wie wär's?«, fragte er über die Schulter. »Zur Strafe für das Desaster mit deinem Notizbuch darfst du mich einladen.«

Seine Frechheit hatte etwas Sympathisches. Er lief weiter, ohne sich nochmal umzudrehen.

Ich war hin- und hergerissen. Einerseits wollte ich ihn nicht so einfach davonkommen lassen. Die sechs Brieftaschen in seiner Jacke ließen mir keine Ruhe. Andererseits gab es noch einige Gemälde hier, die ich mir auf keinen Fall entgehen lassen wollte. Der Besucherstrom hatte in den letzten Minuten enorm zugenommen. Ein Rudel rotgesichtiger Engländer kam, lautstark sich unterhaltend, direkt auf mich zu.

Von dem studierten Gauner war nichts mehr zu sehen. Ohne lange nachzudenken lief ich ihm nach. Und jetzt, da die Entscheidung gefallen war, wollte ich ihn unbedingt vor dem Ausgang erwischen und trabte los.

Die hier und da postierten Museumswärter warfen mir hie und da misstrauische Blicke zu. Außer Atem hielt ich oben an der Treppe an und nach einer Jeansjacke Ausschau. Vergebens.

»Na, hast du dir's überlegt?«, sagte eine Stimme in meinem Rücken. Er trug seine Jacke unter dem Arm. Ich musste glatt an ihm vorbeigerannt sein. Er sah mir meine Überraschung an. »War doch klar, dass du mich übersiehst. Ich hab immer 'ne Tarnkappe bei mir. Hat sich seit Old Siegfrieds Zeiten bestens bewährt. Man muss allerdings die passende Größe haben.«

»Blablabla«, machte ich meinem Ärger, dass er mich genarrt hatte, Luft. »Spätestens an der Kasse hätte ich Sie entdeckt.«

»Blablabla. Darüber wird noch zu diskutieren sein.«

»Ebenso wie über die sechs Brieftaschen da drin.«

»Welche Brieftaschen?«

»Oh bitte! Nicht so plump. Ich hab sie gesehen. Mit eigenen Augen. In dieser Jacke da.« Er machte große Augen.

»Dass mit deinen Augen was nicht stimmt, wissen wir ja schon, seit du halbblind an mir vorbeigewetzt bist. Aber bitte, überzeug dich selbst.« Er hielt mir die Jacke vor die Nase. Die Innentaschen waren leer. Bis auf ein halbes Päckchen Taschentücher.

»Wo sind sie?« Er schüttelte den Kopf, als müsste er einem Schüler zum dritten Mal den Satz des Pythagoras erklären.

»Komm mit, ich erklärs dir. Aber hier sind definitiv zu viele Ohren um uns herum.«

»Wir gehen hier nicht raus, bevor die Brieftaschen wieder in den rechtmäßigen Gesäßtaschen sind.« Er zog die Nase kraus und nickte.

»Rechtmäßige Gesäßtaschen? Die Formulierung könnte von mir sein. Nebenbei — du machst dir zu viele Gedanken um fremdes Eigentum.«

»Dafür machen Sie sich offenbar überhaupt keine Gedanken um fremdes Eigentum.«

»Also gut, bevor du mir hier eskalierst: Die Dinger sind bereits in den richtigen Händen.«

»Ach was.«

»Hab sie abgegeben, als Fundsache. Bin aber für gerechtes Teilen. Den Finderlohn hab ich gleich einbehalten. Ich hab dafür einen gestaffelten Tarif entwickelt. Bis fünfzig Euro nehme ich zwanzig Prozent, bis hundert Euro dreißig Prozent, ab hundert Euro fünfzig Prozent. Und unter zehn Euro nehme ich einen Euro. Ich finde, fairer kann man es nicht erwarten.«

»Sie haben die Brieftaschen abgegeben?«

»Na klar. Mit Kreditkarten und ähnlichem hab ich nichts am Hut. Für mich zählt nur Bares. Ist 'ne besondere Form von sozial kompatibler Kleptomanie. Psychologisch gesehen bin ich ein interessanter Fall. Ich muss es wissen. Habs ja studiert. Vierzehn Semester. Dann wurde ich ins raue Leben entlassen.« Ich ließ nicht locker.

»Wo abgegeben? Beim wem?«

»Meine Güte, bist du hartnäckig. Wohl einer von den ganz Guten.«

»Das kommt auf die Situation an.«

»Aha. Klarer Fall von chronischem, situationsbedingtem Hang zum Opportunismus, bei gleichzeitig reduzierter Fähigkeit zur kritischen Selbstreflexion. Kommt sehr häufig vor.«

»Wo hast du die sechs Brieftaschen abgegeben, will ich wissen.«

»Na endlich sind wir beim Du.«

»Das ist mir so rausgerutscht, weil ich allmählich die Geduld verliere.«

»Aha, Neigung zu cholerischem Verhalten. Nicht gut für den Blutdruck in deinem Alter. Wie alt wirst du wohl sein? Na, geht mich nichts an. Kam der Hang zu Cholerik in deiner Familie oft vor? Schon gut, geht mich auch nichts an. Interessiert mich aber, schon von Berufs wegen.«

»Welcher Beruf? Straßenräuber?«

»Auf der Straße mach ich's nicht. Und Räuber — das hört sich so primitiv und brutal an.«

»Wie wär's mit Asphalt-Pirat?«

»Jo, lass ich mir auf ein T-Shirt drucken. Da weiß jeder gleich, mit wem er es zu tun hat. Abgesehen davon sehe ich mich eher als Psychologe.«

Wir führten diesen nervtötenden Dialog, während wir nebeneinander die wunderbare Treppe ins Erdgeschoss hinuntergingen. Auf den untersten Stufen machte ich zwei schnelle Schritte und stellte mich ihm in den Weg.

»Sie haben ein seltenes Talent. Seit Außenminister Genscher habe ich niemanden erlebt, der mit so vielen Worten eine einfache Frage einfach nicht beantwortet.«

Er zuckte mit den Schultern.

»An Genscher kann ich mich kaum erinnern. Die Dinger, es waren übrigens sieben, alles hast du also nicht mitgekriegt, was mich nicht wundert, bei deiner Sehschwäche, wobei ich natürlich schneller als jedes Auge bin, du hast ja keine Ahnung, wieviel Übung das erfordert, Übung und Disziplin, das sind doch mal zwei positive Aspekte meines Charakters, das muss man ja auch mal betonen, und jetzt weiß ich tatsächlich nicht mehr, wie der Satz angefangen hat.«

»Ich bin sicher, es gibt einen Namen für Ihre Krankheit.«

»Ich habe keine Ahnung, was du meinst.«

»Verbaldiarrhoe. Das ist es.« Er grunzte.

»Ok, das will ich jetzt mal nicht persönlich nehmen. Du kannst mich nicht dauernd unterbrechen, wo ich dir gerade verraten wollte, dass die sieben um meinen Finderlohn bereinigten Geldbeutel bei der Kassiererin geduldig auf ihre Besitzer warten. Es wird nachher sicher eine Durchsage geben. In drei Sprachen. Zufrieden?« Ich starrte ihn an und versuchte, herauszufinden, ob ich ihm glauben konnte.

»Das soll ich Ihnen glauben?«

»Glaub was du willst. Ich hab jedenfalls ein reines Gewissen.«

»Weil Sie es nie benutzen.«

»Nein, ich polier es jeden Tag mit guten Vorsätzen. Aber wenn du mir nicht glaubst, frag einfach die Kassiererin.«

»Ich kann kein Italienisch.«

»Dann frag ich für dich. Aber danach machen wir in meinem Café weiter.« Schnurstracks ging er zur Kasse und sprudelte ein paar Brocken Italienisch hervor, worauf sich die

Kassiererin bückte und einen Stapel Geldbörsen auf ihrem Tisch ausbreitete. Sie schaute mich fragend an. »Such dir eine aus«, sagte der Asphalt-Pirat. »Ich hab ihr gesagt, du hättest deine verloren.« Ich starrte ihn an.

»Das ist nicht ihr Ernst.«

»Ich sage immer die Wahrheit, schon aus hygienischen Gründen.«

»Deswegen haben Sie noch lange keine weiße Weste.«

»Weiß steht mir sowieso nicht. Also — was ist jetzt?« Er deutete auf seine gesammelte Beute, wie auf eine Auswahl von Kuchen an der Theke.

Ich schenkte der Kassiererin ein Lächeln und machte eine abwehrende Handbewegung. Sie packte die Brieftaschen gleichgültig wieder weg. »Du hast mich nicht enttäuscht«, sagte meine Nervensäge und streckte mir die Hand hin. Ich zögerte. So leicht wollte ich mich nicht von ihm einfangen lassen. »Ha!«, rief er, »ich hätte wetten können, dass du mir nicht die Hand gibst. Das passt haargenau zu deinem Psychogramm unter Berücksichtigung der aktuellen Situation.«

Ungeachtet dessen hielt er mir seine Hand weiterhin entgegen, und das imponierte mir.

Ich packte kräftiger zu, als es sonst meine Art war und schüttelte sie heftig, wie eine Flasche Sekt.

»Paul«, sagte der Korken.

»Ludwig«, sagte ich.

»Andiamo. Ist nicht weit.«

»Ich bin mir nicht sicher, ob es klug ist, mich mit einem wie dir in der Öffentlichkeit sehen zu lassen.«

»Oho! Na klar, kann ich nachvollziehen. Aber ich kann dich beruhigen. Ist völlig ungefährlich. Ich habe die unerlässliche, alles entscheidende Eigenschaft für meinen Nebenberuf:

Keine Menschenseele kann sich je an mein Gesicht erinnern. Habe ich empirisch bewiesen durch jahrelange Selbstversuche. Ich garantiere dir: Wenn ich in einer halben Stunde vor die Kassiererin trete, wird sie schwören, wenn du sie unbedingt schwören lassen willst, dass sie mich in diesem Leben noch nie gesehen hat. Und in ihrem vorigen Leben erst recht nicht. Liegt an meiner Physiognomie, ich bin von der Natur gesegnet. Ein Mauerblümchen ist dagegen eine Orchidee. Wenn du dich also in der Öffentlichkeit am helllichten Tag mit mir sehen lässt, ist das genauso gefährlich, als wenn dich jemand ohne Auto neben einem Parkverbotsschild fotografiert.« Ich seufzte.

»Lass mich aus deinem Wortschwall die zwei für mich wichtigsten Wörter herauspicken.«

»Da bin ich aber gespannt.«

»Halbe Stunde. Mehr als dreißig Minuten halten meine Ohren und das, was dazwischen ist, deine Wortlawinen nicht aus.« Er nickte langsam. Dann hob er einen Zeigefinger.

»Du hast keine Ahnung, was ich in so 'ner halben Stunde alles loswerden kann.« Womit er Recht behielt.

Wir landeten in einem stinknormalen Touristencafé, mit einer Eis-Theke neben dem Eingang.

Als ich nach einer Stunde gehen wollte, hatte ich kaum mehr als zwei Worte gesagt. Paul war eindeutig der schrägste Vogel, der mir je begegnet war.

Sein Leben hatte bis zu seinem aktuell siebenunddreißigsten Jahr (»bin Sternzeichen Löwe, glaube aber der Astrologie kein Wort mehr, oder sehe ich etwa aus wie ein Löwe? Also kein richtiger Löwe natürlich, sondern wie einer, der im Sternzeichen Löwe geboren ist, wobei ich keine Ahnung habe, wie solche Löwen aussehen, also vergiss die Frage, wo war ich gerade, was wollte ich sagen?«) so viele Kurven aufzuweisen, wie die Hochalpenstraße auf den Großglockner.

Ich merkte mir nicht allzu viel davon, da ich der Meinung war, dass wir uns sowieso nie wiedersehen würden. Ich Ahnungsloser.

»Da rede ich andauernd von mir, dabei wollte ich mehr über dich erfahren«, sagte er mit einem Augenzwinkern. »Was sind denn so deine Stärken und Schwächen?«

»Oh, das kann ich dir in einem Satz erklären«, sagte ich und zwinkerte zurück. »Meine Stärke ist Sparsamkeit und meine Schwäche ist Ehrlichkeit.«

Er seufzte.

»Mit anderen Worten: Ich darf bezahlen.«

»Womit rasche Auffassungsgabe zu deinen Stärken gezählt werden darf.« Er schüttelte ergeben den Kopf und verlangte die Rechnung. Draußen gab er mir einen Schlag auf die Schulter.

»Du bist, seit ich auf eigenen Beinen stehe, pekuniär gesehen, der erste, dem es gelungen ist, mich bezahlen zu lassen.«

»Humphrey Bogart würde sagen: ›Das ist der Beginn einer wunderbaren Freundschaft‹.«

»Genau, und dann haben sich die beiden nie wieder gesehen.«

»Weil danach jeder einen anderen Film gedreht hat.«

»Bei uns beiden kann ich mir allerdings sehr gut vorstellen, dass wir im selben Stück eine Rolle spielen, Ludwig. Wir laufen uns sicher nochmal über den Weg.«

»Aber wir wollen uns das nicht ernsthaft vornehmen, Paul. Das Drehbuch ist noch nicht geschrieben.«

»Hast du eine Ahnung.« Die hatte ich eben nicht, denn, wie schon erwähnt: Ich bin ein Ahnungsloser.

»Gehab dich wohl«, sagte er und verbeugte sich.

»Du mich auch«, gab ich zurück, nickte ihm kurz zu und machte mich auf den Weg. Er blieb stehen und sah mir nach, bis ich um die Ecke verschwand.

18. Kapitel

Ich sah auf die Uhr. Vier Uhr war es noch lange nicht, aber vielleicht wartete Renee trotzdem schon an unserem Treffpunkt und sah sich den Hintern von Michelangelos David an. Ich lief zur Piazza della Signoria. Sie tat es nicht. Auch gut.

Ich schlenderte gemächlich über den Platz und versuchte meinen Kopf freizubekommen von all dem, was Paul hineingestopft hatte.

Außerdem versuchte ich, mein Gewissen zu beruhigen. Immerhin hatte ich einen Taschendieb auf frischer Tat mit vollen Taschen ertappt und nicht den Carabinieri ausgeliefert. Aber ich gewährte mir mildernde Umstände aufgrund meiner Uniformphobie. Pauls Vokabular färbte schon auf mich ab.

Waren die Bestohlenen außerdem nicht ein bisschen zu leichtsinnig gewesen? Ein gefährliches Argument, zugegeben. Andererseits: War Paul voll zurechnungsfähig? Hat Psychologie studiert, sagt er. Ist kleptomanisch veranlagt, sagt er. Und was macht er? Führt einen Taschendiebstahltarif ein. Mit Sicherheit war er der fairste Gauner in der Stadt.

Während ich die unzähligen Touristen um mich herum beobachtete, bemerkte ich, wie ich sie mit seinen Augen abschätzte. Ich musste mir unbedingt einen Gürtel mit Geheimfach zulegen.

Ich setzte mich auf eine steinerne Bank neben der Bronzefigur des Perseus. Mir kamen all die Menschen in den Sinn, denen ich in den letzten Tagen begegnet war und ich notierte in mein Reisebuch:

A.L. Sowasch, die Frau mit dem Herzinfarkt im Bus; Hans »Poirot« Müller; die Fahrkartenverkäuferin mit dem forschen

Humor; Renee; die Schaffnerin mit der tiefen Stimme im Bahnhof von Neapel; Gian-Paolo, der Taxifahrer; die »regierende« Signora Bonaparti; ihr wortkarger Chauffeur William; Lasse und seine »Kumpels« Orson, Bruno, Namira und Lisa; Grazia, die übergriffige Nachbarin der Villa Fanulla; Duncan, ihr arroganter Bruder; Francesco Salvatore der beste und gestorbenste Immobilienmakler im Dunstkreis des Vesuvs; Rusty, der hilfsbereite Motorradfahrer; der Lamborghini-begeisterte Fahrer des Gemüselasters; Capitano Rocca; Tenente Dellagrande; Valentina, unsere erste Retterin; ihr Enkel Lorenzo mit seinem Eisbully; Manolo, der Wüstenfreund mit seinem Segelboot; der kleine René im Zug nach Florenz; seine Tante, die eine unheimliche Begegnung mit Renee erleben durfte; die beiden Schachspieler Albert und Tonio; Signora Lombardi, die immermüde Schiacciata-Meisterin; die unfreundliche Studienrätin mit spitzem Schirm und spitzem Blick und schließlich Paul, der psychologisch geschulte Kleptomane.

Ich klappte mein Notizbuch zu und stand auf. Es gab noch viele leere Seiten.

Ich dachte an Renee und sah hinüber zum David. Wie oft wurde er wohl an einem Tag fotografiert? Und warum? Wie viele derjenigen, die ihn in ihr Smartphone einsperren wollen, wussten nicht, dass es sich um eine Kopie handelte? Wussten nicht, von wem die Skulptur stammte? Wussten überhaupt, dass sie in Florenz waren?

Ich Ahnungsloser war umgeben von Ahnungslosen. Das war zugleich beruhigend und erschreckend für mich. Vor allem wurde mir klar, dass fast niemand mehr richtig hinsah. Nur wenige nahmen sich die Zeit dafür.

Ich dachte an die Gemäldegalerie der Uffizien und träumte davon, sie ganz für mich allein zu haben. Was für eine

Vorstellung. Wenigstens für eine Stunde. Warum bot das Museum keine nächtlichen Besuchszeiten an? Es gab sicher genügend Studenten, die sich für eine Nachtschicht als Aufseher bewerben würden.

Die Renaissance zum Mondscheintarif. Zutritt nur einzeln gegen Voranmeldung unter Angabe der gewünschten nachtschlafenden Zeit. Schweigen erwünscht, sehr erwünscht. Staunen und Bewundern in aller Ruhe erlaubt. Von Mitternacht bis vier Uhr morgens. Bei Kerzenlicht. Caravaggios Helldunkelmagie so authentisch wie nie.

Kunsthistoriker vermuten, dass er sein eigenes Antlitz im Spiegel als Vorlage für das Haupt der Medusa nahm. Gemalt war das Bild auf einen Schild, wie ihn Schwertkämpfer zu seiner Zeit trugen. Ebenso konvex, wie die Spiegel, die es damals gab. Ich stellte mir vor, wie er den Gesichtsausdruck bei Kerzenflackern studierte, den Moment, in dem Medusa begriff, dass ihr Haupt von ihrem Körper getrennt war. Pures Entsetzen sprühte so deutlich aus ihren Augen, dass ich diesen Blick nie werde vergessen können. Jemand, der bei Tageslicht diesen Augenblick mit einem schnellen Click elektronisch archivierte, käme ihm in etwa so nahe, wie die Fernsehzuschauer 1968 der Mondlandung. Die Entfernung beträgt mindestens 300000 Kilometer.

Während ich so vor mich hin fantasierte, hatte ich die Piazza ein weiteres Mal umrundet und postierte mich neben dem David.

»Können Sie mir sagen, wo ich hier den *Goleief* finde?«, sagte nach einer Minute jemand neben meiner Schulter. Ich drehte mich zur Seite.

»Schön, dass du schon da bist, Renee, aber frag mich bitte nur solche Dinge, die ich beantworten kann. Wer soll das sein, *Goleief?*«

»Na, der Typ, mit dem David gekämpft hat.«

»Du meinst Goliath!«

»Möglich, wenn du seinen Namen so aussprichst.«

»Wenn ich mich recht erinnere, war er etwa doppelt so groß, wie David. Schau dir den an. Er ist mehr als fünf Meter groß, ohne Sockel. Ich fürchte, Marmorblöcke in Goliath-Format gibt es einfach nicht, zumindest nicht in dieser Qualität. Du musst dir Goliath also denken. Hier finden wirst du ihn nirgends.«

»Allright, wollte nur mal sehen, ob du deine Hausaufgaben gemacht hast.«

»Hab ich. Und hast du …?«

»Cannabis? Yes Sir.«

»Aber wie und woher?«

»Bleibt mein Geheimnis. Ist besser, wenn du nicht alles weißt. Let's go. Wo müssen wir hin?«

»Irgendwo da drüben muss die Via Calzaiuoli sein.«

Ich wusste, dass es nur ein knapper Kilometer bis zur Galleria dell' Accademia war. Bei der Cattedrale die Santa Maria del Fiore bogen wir auf die Piazza del Duomo ab und gleich danach in die Via Ricasoli. Nach einer Viertelstunde waren wir am Ziel.

Die Galleria dell 'Accademia lag zwar etwas versteckt und nicht so auf dem Präsentierteller, wie die Uffizien, aber der Andrang der Neugierigen und Schaulustigen war größer.

Wir stellten uns ans Ende der Schlange, direkt hinter eine junge Familie mit zwei kleinen Mädchen, vielleicht vier und sechs Jahre alt. Der Vater war höchstens Mitte Zwanzig und wirkte sehr genervt. Er hielt seine Töchter an den Händen und redete unaufhörlich auf die Mutter der kleinen Mädchen ein.

Sein Ton glich dem, den man im überfüllten Wartezimmer eines Hautarztes anschlägt, wenn über peinliche Symptome geredet wird: gedämpft, nervös und eindringlich. Offensichtlich wollte der junge Mann eine Entscheidung herbeizwingen. Ein riesiges Zündholz für meine Fantasie, die sofort zu flackern begann.

Renee neben mir tat so, als würde sie nichts mitbekommen. An den roten Ohren des jungen Mannes las ich ab, dass er in der Defensive war. Vielleicht wollte er keine Entscheidung erzwingen, sondern um alles in der Welt eine rückgängig machen. Ein Blick in das versteinerte Gesicht der jungen Frau genügte mir. Sie war es, welche die Entscheidung getroffen hatte.

Ich verstand kein Wort seiner heftigen Rede, aber das war auch nicht nötig. Er gestikulierte zunehmend unbeherrschter, ohne die Händchen der Mädchen loszulassen, so dass ihre kurzen Ärmchen immer wieder in die Höhe oder die eine oder andere Richtung gezerrt wurden. Beiden standen Tränen in den Augen. Mich ging das alles nichts an, versuchte ich mir einzureden. Vergeblich.

Auch Renee ging das sich anbahnende Drama nichts an. Im Gegensatz zu mir, versuchte sie gar nicht erst, sich das einzureden. Stattdessen flüsterte sie mir etwas ins Ohr. Ich nickte verdutzt. Sie bückte sich kurz entschlossen, legte beide Hände flach aufs Pflaster und schwang ihre Beine zum Handstand hoch. Ihre beiden Turnschuhe schwebten nun in Höhe meines Gesichtes. Und dann begannen wir, uns zu unterhalten, als wäre das die normalste Form, miteinander zu reden.

»Was kannst du mir über Signor Michelangelo erzählen, Lou?«, fragte Renee und bewegte ihre Schuhe, sodass es aussah, als würden sie mir die Frage stellen.

Der junge Mann starrte verwirrt auf Renees Beine und sah mich beinahe erschrocken an. Die beiden Kleinen kicherten. Die junge Frau verzog angewidert die Nase.

»Na ja«, begann ich zögernd und studierte Renees abgelaufene Sohlen. Sie wackelte mit einem Fuß.

»Please rede mit mein linken Schuh, rechts hör ich nicht so gut.« Ich gehorchte.

»Du willst also etwas über Michelangelo wissen? Na ja — manche sagen, dass er sein ganzes Leben nicht gelächelt hat.«

»Really? Und warum?«

»Er kam mit anderen Leuten nicht besonders gut zurecht, sagt man. Und er war nie zufrieden.«

»Er muss verrückt gewesen sein«, sagte Renee und wiegte ihren linken Schuh hin und her.

Die Mädchen beobachteten fasziniert, wie Renee das Gleichgewicht hielt, während ich mit ihrem Schuh redete. Der Streit ihrer Eltern war für die beiden geplatzt wie eine Seifenblase.

Nun kam Bewegung in die Wartereihe und Renee lief auf ihren Händen einfach ein paar Schritte weiter. Dabei berührte sie kurz einen Fuß des kleineren Mädchens, das gelbe Sandalen trug und kitzelte die winzigen Zehen. Die Kleine kreischte vor Vergnügen und stolperte ein wenig, immer noch an der Hand des plötzlich sprachlosen Vaters.

Auch andere Besucher wurden jetzt auf Renee aufmerksam. Die ersten Smartphones wurden gezückt. Ich kümmerte mich nicht darum, sondern fuhr weiter in meinem Vortrag.

»Er war neunundzwanzig Jahre alt, als er den David vollendete, und das war vor mehr als fünfhundert Jahren. Die Skulptur ist aus einem einzigen Marmorblock geschlagen, der zwölf Tonnen wog. Es dauerte zwei Jahre, ihn die 120 Kilometer von Carrara in den Apuanischen Alpen nach

Florenz zu schaffen. Drei Jahre lang hat Michelangelo mehr als sechs Tonnen Marmor so kunstvoll weggeschlagen, wie nur er es konnte. Der David ist so schwer wie ein ausgewachsener Elefantenbulle und mehr als fünf Meter hoch.« Renee wedelte mit beiden Schuhen vor meiner Nase herum.

»Oh my goodness! Das reicht, Lou, ich muss das erst mal in mein Kopf bekommen.« Ich tippte mit dem Zeigefinger an ihren linken Schuh.

»Stell ich mir schwierig vor, mit offenen Schnürsenkeln.«

»Die helfen mir beim Nachdenken. Das geht ganz easy.«

Das größere Mädchen wand sich aus der Hand seines Vaters und kam ganz nahe an Renee heran. Sie beugte sich herab, hielt ihren Kopf so tief wie möglich und versuchte, Renee in die Augen zu schauen. Dann flüsterte sie ihr ein paar Worte ins Ohr.

Renee drehte sich einmal auf der Stelle, ohne die Balance zu verlieren. Dann zog sie die Knie an und kam mit einem kleinen Schwung wieder auf die Füße. Sie blieb in der Hocke und ließ sich auf den Hintern fallen. Das Mädchen kicherte und lief zurück zu ihrem Vater.

Daraufhin traute sich ihre Schwester heran. Sie schenkte Renee einen ernsten Blick aus dunklen Augen. Dann klopfte sie mit ihrer Hand zweimal auf Renees Schulter, bevor sie davonrannte.

»In England wird man so geadelt«, sagte ich. Renee schnaufte einmal tief durch und streckte mir ihre Hand entgegen. Ich half ihr auf. Die Sache hatte sie mehr angestrengt, als sie zugeben wollte.

»What is ›geadelt‹?«, fragte sie.

»Na, du bist jetzt eine Lady.«

»Ein Lady im Handstand? Oh, look there.« Ich sah zur jungen Familie hinüber. Sie hatten die Warteschlange verlassen und steckten ein paar Meter entfernt friedlich die Köpfe zusammen. Die Mädchen klammerten sich an ihre Mutter, die lächelnd zu uns herübersah. Der junge Vater hob grüßend kurz die Hand.

»Wenn du so weitermachst, schlag ich dich für den Friedensnobelpreis vor.«

»Sure. Und dann krieg ich ihn und dann muss ich nach Schweden und dann muss ich was Schickes anziehen und dann muss ich eine Rede halten. Forget it!«

»Dann eben nicht. Wird langsam Zeit, dass wir hier hineinkommen. Ich will den David sehen, solange er noch dasteht.«

»Was meinst du damit?«, fragte Renee und rieb die Hände an ihrer Jeans sauber.

»Na ja — es gibt Leute, die sagen, dass der David nicht ganz gerade auf seinem Sockel steht, sondern leicht nach vorn geneigt ist. Und dass es sein kann, dass …«

»Stimmt das wirklich mit dem großen Elefanten?«

»So einer wiegt tatsächlich fünf bis sechs Tonnen« sagte ich und deutete mit dem Kinn auf ein Plakat. »Genau wie er.«

»Aber die Figur sieht irgendwie gar nicht so schwer aus. Kannst du dir vorstellen ein big elephant daneben?«

»Ist nicht so einfach, bei dem Gedränge.«

Wir waren endlich am Eingang angekommen. Eine unauffällige Holztür in einer unauffälligen Hausfassade in einer langweiligen Nebenstraße. Ohne die Plakate mit einer Reihe von Detailansichten des David und ohne die Tafel mit den Eintrittspreisen hätten wir die Nummer Achtundfünfzig für ein normales Wohnhaus gehalten.

Wie zu erwarten wimmelte es im Innern des Museums und ich wünschte wieder mal, es wäre drei Uhr nachts und niemand hier außer uns. Der Gedanke ließ mich einfach nicht los. Und es gab noch etwas, das mir im Kopf herumging.

Wir hielten uns nicht lange bei den anderen Kunstwerken der Galleria auf, sondern bogen in den langgestreckten Bogengang ein, der zu einem lichten Kuppelbau führte, der berühmten Rotunde, die eigens für die Statue des David gebaut worden war. Dort stand er auf seinem Sockel.

Die Leute vor uns bewegten sich, zu zehnt nebeneinander, Schritt für Schritt vorwärts. Das für uns noch unsichtbare riesige, kreisrunde Dachfenster goss warmes und klares Florentiner Licht auf den blendend weißen Marmor. Der David schwebte förmlich über allen Köpfen in einer anderen Wirklichkeit, die nur ihm gehörte. Und Michelangelo. Auf beiden Seiten des Ganges, flankiert von einigen Holzbänken, nahmen vier unvollendete Herren die Parade der Besucher ab.

»Die sind nicht fertig und sehen doch fertig aus«, sagte Renee.

»Das sind die berühmten Sklaven unseres Meisters. Michelangelo hat öfters was nicht auf die Reihe gekriegt.«

»Was für eine Reihe?«

»Er hat Skulpturen nicht vollendet. Aber bei den vier Herrschaften hier könnte man ihm Absicht unterstellen. Ich finde, dass sie gerade durch ihr Unfertigsein so wirken, als ob sie sich mit letzter Kraft aus dem Marmor befreien wollten.«

»Du klingst wie ein Direktor von Museum.« Ich winkte ab.

»Es gibt eine einfache Regel für mich. Wenn du schon so mutig oder verzweifelt oder gelangweilt bist, dass du dich in ein Museum traust, mach dich vorher schlau. Je mehr du weißt, desto spannender wird es.«

»Wenn du das sagst, ich glaub es beinahe. Meinst du, man kann die mal anfassen? Ich will wissen, wie der Stein sich anfühlt.«

»Das kannst du vergessen, Renee. Nicht! Lass die Finger weg!« Sie war flink wie ein kleines Kind und prompt roch es nach Ärger. Einer der Aufseher machte seinem Kollegen ein Zeichen, so dass der Ärger von zwei Seiten auf uns zukam.

»Jetzt mach dich auf was gefasst«, raunte ich Renee zu. Aber die grimmigen Gesichter der beiden Zerberusse beeindrucken sie nicht im Geringsten.

»Kann auch spannend werden im Museum, wenn du weißt nicht alles«, sagte sie. Und dann griff sie plötzlich an ihren Kopf. Ihr Gesicht hatte schlagartig die Farbe des hellen Gesteins rings um uns angenommen, fast wie ein Chamäleon. Es war gespenstisch: Ihr kahler Kopf schimmerte wie Marmor und wirkte zerbrechlich wie ein Taubenei.

»Was ist los mit dir?«, fragte ich. Sie schüttelte ihren Kopf wild hin und her, als wollte sie einen Schwarm Bienen verscheuchen. »Renee!«

»Ist schon ok«, keuchte sie, »ist schon vorbei.«

»Was ist vorbei?« Bevor sie antworten konnte, bekamen wir etwas zu hören.

»Signorina! No toccare! È vietato! Severamente victato!«, rief einer der Aufpasser sichtlich erbost, schon bevor er uns erreicht hatte. Renee hakte sich bei mir unter.

»Be cool, Lou. Du kannst es doch mit denen wegnehmen.«

»Aufnehmen, Herrgott nochmal! Es heißt aufnehmen«, verbesserte ich sie, ohne besonders souverän zu klingen.

»Right. Wir wollen denen was aufspielen.« Ich starrte sie an.

»Vorspielen, Renee, vorspielen. Was willst du denen vorspielen?« Sie machte mit ihrem Zeigefinger die international bekannte Drehbewegung neben ihrer Schläfe.

Der erste Aufpasser kam mit lang ausgestrecktem Zeigefinger auf mich zu. Sein Kollege stemmte die Hände kampflustig in die Seiten. Renee verbarg ihr Gesicht in meiner Armbeuge, wie ein Schulmädchen, das Schläge erwartet.

»Signore! Signore, per favore no toccare. You are not allowed, you understand? Verboten! Anfassen iste streng verboten!«

Auch Renees scheues Verhalten konnte ihn kaum besänftigen.

Ich sah ihn an und aus meinen Augen sprang ihm die flehentliche Bitte entgegen, leise zu reden, die Presse fernzuhalten, nicht die Polizei zu rufen, Schläge zu unterlassen, auf Handschellen zu verzichten oder wenigstens nicht zu schießen.

Keine Ahnung, wie ich das alles meinen kurzsichtigen Augen entlocken konnte. Jedenfalls kam es bei dem zweiten Aufpasser an.

Der gab dem ersten, der hartnäckig empört blieb, einen Stoß an die Schulter.

Sie tuschelten im Florentiner Dialekt, wie ich jetzt einfach mal vermute, eine geschlagene Minute lang. Wenigstens wurde nur die Minute geschlagen, derweil ich, um Zerknirschung im Gesicht bemüht, Renee an meiner Seite hielt. Ihr Kopf zuckte leicht und sie gab undefinierbare Geräusche von sich.

Ihr Gesicht hielt sie immer noch verborgen. Das war auch gut so, sonst hätten die Aufpasser mitbekommen, dass sie unbeherrscht kicherte.

Der erste Aufpasser drehte sich zu mir um.

»Allora!« Das klang wie ein Schießbefehl. Er machte nicht viele Worte, sondern hielt Zeige- und Mittelfinger seiner rechten Hand zu einem V gespreizt unter seine blitzenden

Augen. Das hieß: Wir standen ab sofort unter seiner verschärften Aufsicht.

Das gefiel mir überhaupt nicht, doch für den Moment war ich froh, so leicht davongekommen zu sein.

19. Kapitel

Wir reihten uns wieder in die Prozession ein, und Renee tauchte aus ihrer Versenkung auf.

»Wie hast du das gemacht?«, wollte sie wissen, denn ich hatte während der Konfrontation kein Wort gesagt. »Hast du sie gestochen?« Ich seufzte.

»Nein, ich hab sie nicht bestochen. Aber ab sofort können wir uns nichts mehr erlauben. Da!« Ich nickte zu dem Chefaufseher, der weiter vorn seinen Platz eingenommen hatte und mit dem Zeigefinger auf mich deutete. »Ich dachte schon, die werfen uns raus.« Sie steckte demonstrativ ihre Hände in die Hosentaschen.

»Warum bieten die keine Handschuhe an? Die dünnen Dinger, mit denen man in Deutschland das Obst im Supermarkt anfassen muss.«

»Seitdem vor ein paar Jahren ein durchgeknallter Fußpfleger Davids großen Zeh mit einem Hammer behandelt hat, sind die hier etwas empfindlich.«

»Die lassen einen verknallten Fußballer hier rein?«

»Renee, jetzt sag mir die Wahrheit. Verstehst du mich absichtlich falsch? Ist was mit deinen Ohren? Und vorhin, als du so blass geworden bist, war das ein Anfall? Sind deine Kopfschmerzen schlimmer geworden? Ich denke du hast dein Cannabis genommen, oder?« Sie klopfte mit ihren Fingern auf meinen Unterarm.

»Relax, das sind zu viele Fragen. Und die sind nicht wichtig, wenn du kannst das hier sehen.«

Wir waren kurz vor dem Kuppelbau mit der berühmtesten Statue der Welt und hatten freien Blick. Gerade hörte ich eine Frauenstimme auf Deutsch sagen:

»Die Risse in seinem Bein sind so fein, die kann man mit bloßen Augen nicht erkennen.« Renee legte den Kopf in den Nacken und schwieg.

Hier vorne lockerte sich das Gedränge etwas auf. Pausenlos klickte und blitzte es. Gedämpftes Gemurmel und Geraune waberte um uns herum. Langsam umrundeten wir die Figur.

Immer wieder ertappte ich mich dabei, wie mein Blick auf Davids Standbein fiel. Es wirkte makellos. Und von der leichten Neigung nach vorn bemerkte ich ebenfalls nichts. Aber das hatte nichts zu bedeuten. Bei einem Gewicht von mehreren Tonnen und einer Höhe von mehr als fünf Metern genügten wenige Millimeter, um den Koloss im Laufe der Jahrhunderte aus der Balance zu bringen.

Immerhin: In Pisa soll es einen Turm geben, der laut Expertenmeinung schon seit Jahrhunderten hätte kippen müssen. Nur fand sich niemand, der zum entscheidenden Stoß bereit war.

Ich bemerkte neben mir einen Mann etwa in meinem Alter mit seiner Enkelin. Er war in die Betrachtung von Davids rechter Hand vertieft. Die Kleine war in die Betrachtung ihrer linken Hand vertieft, und die war voller Glasmurmeln. Eine rollte zwischen ihren Fingern heraus und sprang mit hellem Klackern auf den Marmorboden und in meine Richtung.

Ich bückte mich und hob sie auf. Die Kleine schaute mich mit fragenden Augen an. Ihr Großvater ließ sich nicht ablenken. Sie zerrte an seiner Hand. Ich hörte ein Geräusch, das aus dem Innern des Sockels zu kommen schien.

Das Mädchen streckte mir seine mit den bunten Murmeln gefüllte Hand entgegen. Sie öffnete sie, um die verlorene aufzunehmen. Bevor ich reagieren konnte, war es passiert. Sämtliche Murmeln hüpften und sprangen freiheitsliebend unter lautem Klackern in alle Richtungen davon.

Die Kleine stieß einen spitzen Schrei aus. Ihr Großvater zerrte an ihrem Arm und begann zu schimpfen. Mehr als ein Dutzend kleine Glaskugeln versuchten zwischen den Füßen der Umstehenden zu entkommen.

Allgemeines Lächeln, Bücken und Suchen begann. Renee war auf allen vieren unterwegs. Jeder rund um die Statue war für kurze Zeit abgelenkt. Die Kleine war aus der Hand ihres Großvaters geschlüpft und rannte von einem zum andern, um ihre Schätze einzusammeln.

Ich war der Einzige, der aufrecht stehengeblieben war, denn ich hatte wieder dieses Geräusch gehört. Ich starrte auf Davids Kniekehlen. Mir blieb das Herz stehen. Da war eine Linie unterhalb der rechten Kniekehle im Marmor zu erkennen. Eine dünne Linie, die vorher nicht dagewesen war. Zumindest nicht mit bloßem Auge sichtbar.

Ich stand hinter der Statue mit Blick auf den langen Bogengang voller Besucher. Sie strömten unaufhörlich auf den David zu. Ein Augenpaar starrte mich an. Es war der Chefaufseher, dessen Misstrauen mir selbst über diese Entfernung hinweg entgegenschlug. Er spielte mit seiner Trillerpfeife, ließ sie an ihrem Band um seinen Zeigefinger kreisen.

»Renee!«, rief ich. Mein Blick wurde magisch von etwas angezogen, dass sich unmittelbar vor mir abspielte. Die Linie hatte sich verändert. Sie sah nun aus, als hätte jemand mit einem weichen Bleistift eine Markierung gezogen. Sie verlief in einem schwachen Bogen über harte Marmormuskeln.

Renee musste an meiner Stimme bemerkt haben, dass etwas nicht stimmte. Sie kam sofort zu mir, mit zwei Murmeln in der Hand, einer roten und einer blaugelbgestreiften. In diesem Moment hörte ich die aufgeregte Stimme des Chefaufsehers. Und jetzt passierte innerhalb weniger Sekunden alles gleichzeitig.

»Was ist los?«, fragte Renee.

»Er stürzt«, sagte ich und wunderte mich über die Ruhe in meiner Stimme.

Renee starrte mich an und breitete fragend die Arme aus. Trillerpfeifen schrillten schrecklich. Die Menschen ringsum zuckten zusammen.

Ich sah, wie der Riss in Davids Kniekehle Millimeter für Millimeter weiter aufklaffte. Der Marmorsockel knirschte. Es war die letzte Warnung.

Der Chefaufseher und sein Kollege stellten sich mit ausgebreiteten Armen den nachrückenden Besuchern in den Weg und scheuchten sie zurück.

»Terremoto!«, hörte ich jemanden schreien. Es war der Großvater. Er stand neben uns und presste seine Enkelin an sich.

Sein Schrei ließ alle Bewegung erstarren. »Terremoto! Madonna mia!«

Ich sah nach oben. Das Florentiner Licht lag zart und warm auf Davids mächtigem Haupt, das sich nun unwiderruflich Zentimeter für Zentimeter neigte. Sechs Tonnen Carrara-Marmor gerieten in Bewegung. Mehr als fünfhundert Jahre war Davids Blick von Stärke in die Ferne gegangen. Nun ging er ins Leere. Millionen Augen hatten seine Gestalt bestaunt und bewundert. In diesen Sekunden wusste ich: Nie wieder würde jemand sie sehen. Wir gehörten zu den letzten Menschen, die sie quasi lebend erlebten. Ein Seufzen, ein Raunen, ein Stöhnen aus unzähligen Kehlen erfüllte den Raum. Wir sahen etwas weltweit und für alle Zeit Einmaliges. Die Szene war unwirklich, ein Traum, ein Alptraum, den Hunderte zur selben Zeit mit offenen Augen träumten. David fiel wie Goliath. Mit einem urgewaltigen Donner, den keiner, der dabei war, je vergessen würde. Und nie vergessen würde ich die drei Sekunden danach: ungläubige, fassungslose, entsetzte Stille, in die hinein eine Glasmurmel fiel.

Als wäre das ein Signal gewesen brach nun der Tumult los. Alle schrien durcheinander, rempelten aneinander, stolperten übereinander.

Die unmittelbaren Augenzeugen des Dramas drängten den Gang entlang zurück zum Ausgang.

Sie prallten auf die Neugierigen, die nachholen wollten, was sie versäumt hatten, weil sie zum Zeitpunkt des Ungeheuerlichen zu weit weg gewesen waren.

War der makellose David schon ein begehrtes Fotomodell gewesen, so waren es seine marmornen Überreste erst recht.

Den Aufsehern gelang es, mit Trillerpfeifen, energischen Befehlen und viel Mühe, eine Panik zu vermeiden.

Ich stand neben Renee hinter dem unfassbar leeren Marmorsockel in der Rotunde, unfähig, mich zu rühren. Soweit ich sehen konnte gab es unbegreiflicherweise keine Verletzten. Ich spürte Renees Hand auf meinem Unterarm.

»Was hat der alte Mann geschrien?«, fragte sie. Von ihm und seiner Enkelin war nichts mehr zu sehen.

»Terremoto«, antwortete ich.

»Hier, nimm mal.« Sie legte mir die zwei Glaskugeln in die Hand, die rote und die blaugelbgestreifte.

Ich habe sie immer noch bei mir.

Renee befragte ihr Smartphone.

»Terremoto heißt Erdbeben.« Sie sah mich aus großen Augen an. »War das wirklich ein Erdbeben?« Ich erwiderte ihren Blick.

»Keine Ahnung. Ich weiß es wirklich nicht.« Mein Körper war wie gelähmt und mein Geist vereist. Renee warf einen Blick hoch zur Kuppel, die alles andere als stabil wirkte.

»Wir sollten hier verschwinden, Lou, let's go.«

Ich rührte mich keinen Millimeter. Mir wollte partout nicht in den Kopf, was ich soeben erlebt hatte. Das Beben in meinen Knien wollte nicht weichen.

Renee nahm mich an der Hand und ich ließ mich wie ein blinder alter Mann um den Sockel herumführen. Der Boden war bis weit in den Bogengang hinein mit Marmortrümmern übersät. Dort lag Davids linker Arm mit der Schleuder, daneben ein Teil des Halses. Der Kopf war in unzählige kleine und kleinste Splitter zersprungen, als wäre in seinem Innern etwas explodiert. Ich stolperte über etwas Großes. Es war Davids rechte Hand, fast unversehrt.

Renee zog mich weiter. Die Aufseher hatten alle Hände voll zu tun, den Ansturm der Gaffer zurückzudrängen. Auf den Bänken, die den Bogengang flankierten, saßen vereinzelt Männer und Frauen unterschiedlichen Alters, denen der Anblick ebenso zugesetzt hatte, wie mir. Michelangelos vier Sklaven dagegen schienen von all dem unberührt.

Eine junge Frau sah mich tränenüberströmt an. Ihr Anblick rüttelte mich zurecht. Ich starrte auf die beiden Murmeln in meiner rechten Hand und steckte sie ein.

»Das war doch kein Erdbeben.« Renee wiederholte den Satz ohne Unterlass. Ich hörte ihrer Stimme an, dass sie sich selbst nicht glaubte.

»Das ist das größte Erdbeben, dass die Kunstwelt je erlebt hat«, behauptete ich. Sie seufzte.

»Und ausgerechnet wir müssen dabei sein.« In der Ferne heulten Sirenen. Sie kamen näher. Irgendjemand hatte die Feuerwehr alarmiert. Sicher würde die Polizei auch bald eintreffen. Wir kämpften uns vorwärts. Viele waren schon draußen. Es ging jetzt schneller. Ich atmete tief durch und blendete den Lärm aus, der um uns herum brandete. Ich drehte mich ein letztes Mal um und blickte zurück. Vor dem leeren Sockel standen fünf oder sechs Aufseher und redeten wild gestikulierend aufeinander ein. Einer sah in meine Richtung, sagte ein paar Worte zu den anderen und deutete mit dem Kinn zu mir her. Ein zweiter drehte sich ruckartig um. Selbst auf die Entfernung erkannte ich ihn. Er rief empört etwas und deutete mit beiden Händen auf mich.

Ich drehte mich um und drängelte mich rigoros an ein paar jungen Männern vorbei, Renee im Schlepptau.

Die Jungs protestierten lautstark. Ich achtete nicht auf sie, sondern stürzte hinaus auf die Via Ricasoli.

Ich lief blindlings nach links und bog um die nächste Ecke. Außer Atem wartete ich auf Renee, die gleich darauf um die Ecke kam.

»Was ist los, warum rennst du so schnell weg?« Ich rieb mit beiden Händen über mein Gesicht.

»Ich weiß nicht, Renee, ich glaub ich leide unter Verfolgungswahn.«

»What?«

»Ich hab das Gefühl, diese Aufseher sind hinter mir her.«

»Aber das ist nonsense. Unsinn. Weshalb denn?«

»Ich hab keine Ahnung. Aber ich hab auch keine Lust, mit denen zu diskutieren.«

»Allora, wie die Leute hier sagen, dann wir suchen uns doch einfach …« In diesem Moment kam jemand um die Ecke gerannt und wäre beinahe mit uns zusammengestoßen.

»Gut, dass ihr auf mich gewartet habt.« Ich stöhnte auf.

»Du hast uns gerade noch gefehlt«, sagte ich.

»Wer ist das?«, wollte Renee wissen.

»Das ist Paul, Kleptomane, Psychologe, Taschenphilosoph und wahrscheinlich …«

»Eure Rettung«, fiel er mir ins Wort.

»Auf die Erläuterung bin ich aber gespannt.«

»Dass man dir aber auch immer alles erklären muss.«

»Ich will eben immer wissen, woran ich bin. Liegt vielleicht an meinem Alter.«

»Alles zu seiner Zeit. Jetzt heißt es: Klappe halten und mir folgen, aber subito! Ich hab schlechte Nachrichten für euch, und wenn wir hier nicht schleunigst verschwinden, werden sie noch schlechter.«

Er lief, ohne ein weiteres Wort zu verlieren, an uns vorbei und voraus zur nächsten Kreuzung, wo er rechts abbog. Es war eine sehr belebte Straße, die Via Camillo Cavour. Nur einmal drehte er sich kurz nach uns um. Sein Weg führte schnurstracks zu einem Café, das Shake hieß. Wir beeilten uns und kamen gleichzeitig mit ihm an.

Das Shake Café entpuppte sich als große, nahezu voll besetzte Lokalität, die eine riesige Auswahl an Snacks bot. Mir war der Appetit vergangen. Paul ging nach hinten durch, zu einer versteckten Nische, die Platz für uns bot. An der Wand hing eine großformatige Weltkarte.

»Setzt euch«, sagte Paul.

»Sind wir eingeladen?«, fragte ich.

»Machst du Witze? Ich hab heute schon mal für dich bezahlt.« Renee verfolgte stumm unseren Dialog und setzte sich neben Paul, als würde sie ihn schon ewig kennen. Ich sah mich um. Von der Straße aus konnte man uns nicht sehen.

»Die haben einen Hinterausgang«, sagte Paul. »Wir sind hier sicher. Nun setz dich endlich!«

»Man könnte glauben, wir haben etwas verbrochen«, sagte ich und ließ mich auf einen der grünen Stühle sinken. Paul winkte die Bedienung herbei und bestellte drei doppelte Espressi. Dann kramte er aus der Innentasche seiner

Jeansjacke eine dünne schwarze Wollmütze heraus und legte sie vor Renee auf den Tisch.

»Ist besser, wenn du die aufsetzt, Signorina, die suchen euch nämlich.« Renee nahm sie in die Hand und roch daran. »Keine Sorge, die ist ganz frisch, äh, organisiert, da ist das Etikett noch dran.« Sie streckte ihm ihre Hand hin.

»Ok Paul, ich bin Renee und ich will verdammt sein, wenn ich kapiere, was hier überhaupt los ist.« Er nahm ihre Hand und schüttelte sie herzlich.

»Schau nach, ob deine Armbanduhr noch an deinem Arm ist«, sagte ich.

»Spinnst du, Lou, ich trag überhaupt keine Armbanduhr«, sagte sie und setzte sich die Mütze auf.

Die drei Espressi kamen. Paul schlürfte vorsichtig und sah uns dann ernst an.

»Ich war in der Galleria dell'Accademia. Ich hab den Anschlag miterlebt.« Ich schob meine Tasse zur Mitte des Tisches.

»Was für ein Anschlag? Wovon redest du?« Paul beugte sich über den Tisch und dämpfte seine Stimme.

»Von dem Bombenanschlag natürlich. In der Galleria. Den David hat's zerbröselt. Wahrscheinlich Plastiksprengstoff, könnte ich mir denken.«

»Also kein Erdbeben«, sagte Renee und trank ihren Espresso mit wenigen Schlucken leer.

»Quatsch — Erdbeben? Dann wären die anderen Figuren genauso umgekippt. Die standen aber alle noch wie eine Eins«, erwiderte Paul. Mir war das alles zu viel.

»Moment mal, wer erzählt denn so einen Mist? Ich bin mit Renee direkt hinter dem David gestanden, als es passierte. Ich müsste ja wissen, ob da was explodiert ist.« Paul nickte und leerte seine Tasse.

»Und genau da liegt euer Problem. Ich hab die Aufpasser im Auge gehabt.«

»Reine Routine für dich, als Meisterdieb«, unterbrach ich ihn.

»Jetzt mach mal Pause mit deinen süffisanten Bemerkungen und sei froh, dass ich mich so gewählt ausdrücke. Ich hab genau gehört, so viel Italienisch kann ich nämlich, dass sie nach einem alten Mann und einer verrückten Signorina ohne Haare suchen. Was sagst du nun?« Renee warf mir einen raschen Blick zu.

»Dein Verfolgungswahnsinn …«, murmelte sie. Das war in der Tat eine schlechte Nachricht. Ich schüttelte den Kopf, wollte es nicht wahrhaben und schlug mit der flachen Hand auf den Tisch, dass die Tassen klirrten.

»Trink deinen Espresso und mach hier nicht so einen Krach«, zischte Paul.

»Ich versteh's einfach nicht«, sagte ich. »Was wollen die von uns?« Renee zog meine Tasse zu sich her.

»Ich hab euch gesehen«, sagte Paul. »Ihr seid gleich am Anfang negativ aufgefallen. Die Signorina hier konnte anscheinend ihre Finger nicht bei sich behalten.« Er gab Renee einen Stups mit dem Ellbogen.

»Na, da seid ihr ja schon zu zweit«, sagte ich und griff rasch nach meiner Tasse, bevor Renee sie ebenfalls leerte.

»Well, jetzt müsst ihr mir mal verraten, wie lange ihr euch schon kennt«, sagte Renee. »Ihr klingt wie old buddies, wie sagt man? Alte Schufte.«

»Du meinst alte Kumpel«, sagte ich und nippte an meinem inzwischen kalten Kaffee.

Paul schaute auf die Uhr an seinem linken Arm, an seinem rechten trug er ebenfalls eine, und winkte der Bedienung. Ich warf ihm einen kritischen Blick zu. »Lass mich überlegen.

Dem Stand der Sonne nach zu urteilen dürften das immerhin schon fast vier Stunden sein«, sagte ich.

»What?« Renee machte große Augen. Paul bestellte drei neue Espressi und rieb seinen Nasenrücken, während er sich Renee zuwandte.

»Weißt du, psychologisch gesehen sind wir vermutlich wirklich schon old buddies, wie du das so schön ausdrückst. Wir kennen unsere Stärken und Schwächen …«

»Was Stärken angeht, ist der Plural in deinem Fall wohl Hochstapelei«, warf ich ein.

»… wir wissen, worauf der andere allergisch reagiert, wir haben uns lange nicht gesehen …«

»Genau, nämlich ein ganzes Leben lang«, brummte ich. Doch er ließ sich nicht aus der Spur bringen.

»… wir mögen Humphrey Bogart und wir schützen uns gegenseitig vor der Polizei.« Renee sah mich an.

»Ist das wahr?«

Ich überlegte mir sorgfältig meine Antwort, während Paul mich gespannt musterte.

»Er lügt wie gedruckt, aber er hat recht«, sagte ich. Die drei Espressi kamen genau im richtigen Moment.

»Ich hab zwar noch nie mit so kleinen Tassen angestoßen«, meinte Paul, »aber jetzt ist die Gelegenheit und Gelegenheiten muss man nutzen.«

»… sagte der Tagedieb und stahl mir die Zeit«, brummte ich. Renee hielt ihre Tasse hoch.

»Auf zwei schiefe Vögel.«

»Hätte ich schräger nicht sagen können«, grinste Paul und hielt mir seine Tasse entgegen.

»Schräger geht immer«, erwiderte ich, »wenn man erst mal auf der schiefen Bahn ist.«

Wir stießen feierlich an.

»So, und jetzt genug der Wortspiele«, sagte Paul. »Die Lage ist ernst genug.«

»Ich kapier immer noch nicht, wieso man glaubt, dass jemand einen Bombenanschlag auf die berühmteste Statue der Welt verübt hat. Das ist doch lächerlich, Paul. Wir waren da. Ich habs dir erklärt. Da gab es keine Explosion.«

»Und der David ist aus lauter Langeweile aus den Latschen gekippt, oder wie?«

»Der war barfuß«, warf Renee ein, während sie nebenher über ihr Smartphone wischte.

»Je länger ich drüber nachdenke, desto eher halte ich ein Erdbeben für wahrscheinlich«, sagte ich. »Die Gegend hier ist bekannt dafür. Meistens kriegt man das gar nicht mit. Das sind sogenannte Mikrobeben. Das würde erklären, warum die anderen Skulpturen stehengeblieben sind.« Paul war noch nicht überzeugt.

»Und ausgerechnet die schwerste Figur haut es um?«

»David war nicht nur die schwerste, sondern auch die größte Figur. Mehr als fünf Tonnen auf mehr als fünf Meter Höhe verteilt. Und worauf stand sie? Wenn es nicht Marmor gewesen wäre, könnte man sagen, auf tönernen Füßen.«

»Wie meinst du das?«

»Die größte Last wirkte auf den schwächsten Teil der Skulptur ein: die Ferse des Standbeins. Und die Belastung wurde noch dadurch vergrößert, dass der David leicht nach vorn geneigt war. Das leitete die kritische Stelle nach oben, bis dicht unter die Kniekehle. David stand seit wer weiß wie vielen Jahren schon am Abgrund. Eine minimale Veränderung der Position, zum Beispiel durch ein solches Mikrobeben, genügte, um ihm den Rest zu geben.« Paul nickte beeindruckt.

»Du hörst dich an wie ein Experte.«

»Ich hab nur ein paar Artikel von Experten darüber gelesen, das ist alles.«

»Du meinst also, Schuld ist …«

»… die Physik.« Renee saß stumm neben uns, hörte mit einem Ohr zu und war mit beiden Augen an das Display ihres Smartphones gefesselt. Ich bemerkte, wie sie ungläubig den Kopf schüttelte.

»Deine Theorie kannst du erst mal vergessen, Lou. Schau dir das mal an.« Sie schob unsere Tassen zur Seite, legte ihr Smartphone auf den Tisch und wir steckten die Köpfe zusammen.

20. Kapitel

»Das Video ist erst seit zehn Minuten online. Es hat schon ein paar tausend calls. Das heißt es wird gehen durch die Decke.« Ich sah das Standbild. Es zeigte die Rotunde mit dem David und war gestochen scharf.

REAL NEWS stand in schwarzroten Lettern unter dem Bild und in Großbuchstaben: THE KILLING OF MICHELANGELOS DAVID!

Renee startete das Video. Es zeigte zunächst den langen Bogengang, der zur Rotunde führte. Wer immer es auch aufgenommen haben mochte, war ein Profi. Über die Köpfe der Besucher hinweg zoomte er den David so nahe heran, dass ich den Eindruck hatte, hinter der zerfurchten Marmorstirn Davids die Gedanken Michelangelos lesen zu können. Der Zoom ging wieder auf, bis zum Anfang des Bogenganges, und der Ton setzte ein. Man hörte den gedämpften Geräuschteppich eines Museums voller Menschen. Dazwischen vereinzelt Kinderstimmen. Gesprächsfetzen in Englisch, Französisch, auch Deutsch. Die Kamera bewegte sich im Schritttempo nach vorn. Schwenkte ein paar Mal zu beiden Seiten für eine kurze Aufnahme der vier unvollendeten Sklaven. Renee stoppte den Film.

»Dahinten sind wir zu sehen, Lou.«

»Was? Wo?«

»Du musst genau hinsehen. Wir stehen gerade hinter dem David.« Sie tippte auf das Display. Das Bild zeigte die Rotunde, schwenkte nach oben, fing die wunderbare Kuppel ein und konzentrierte sich dann auf die Marmorfigur in ihrem Zentrum. Renee und ich waren im Hintergrund deutlich zu erkennen. Man konnte ein Klackern hören.

»Das war die Murmel von der Kleinen«, sagte ich. Wir schauten gebannt zu, wie die Kamera sich im Kreis um den David herumbewegte. »Da ist das Mädchen«, sagte ich, »und da ist auch ihr Großvater.« Daneben war ich zu sehen, wie ich mich hinter dem Sockel bückte. Die Kamera fuhr nah an Davids mächtige rechte Hand heran und brachte die Adern so präzise auf den Bildschirm, dass man den jahrhundertealten Pulsschlag zu sehen glaubte.

»Das sind gute Aufnahmen«, murmelte Paul, »wie von einem Fernsehteam.«

»Exactly, die sind vom Fernsehen«, sagte Renee. »Ein Privatsender. Ich hab *Real News* gegoogelt, weil ich den Namen nicht kannte.«

Jetzt hörte man das Klackern vieler Glasmurmeln. Ohne die Murmeln zu sehen, konnte man das Geräusch aber leicht für was anderes halten. Sie waren tatsächlich von der Kamera nicht eingefangen worden.

Ein schriller Mädchenschrei, der Ärger des Großvaters — ohne den Grund dafür zu kennen, waren diese Laute ebenso leicht falsch zu deuten. Merkwürdigerweise war von dem Knirschen, das mir aufgefallen war und das aus dem Marmorsockel zu kommen schien, nichts zu hören.

Die Kamera war nun genau mir gegenüber postiert. Sie hatte sich auf Davids Knie fokussiert, und damit rein zufällig auch mich erwischt. Zwischen Davids Beinen hindurch starrte ich auf mein Ebenbild, das auf seine Kniekehle starrte.

»Du siehst aus, als hätte James Bond dich mit seiner Knarre im Visier«, brummte Paul. »Was zum Teufel lässt dich da so glotzen?«

Renee stoppte den Film und ich musste zugeben, dass meine Mimik keine gute Miene zu diesem merkwürdigen Spiel machte.

»Mein Gott, Paul, erstens wusste ich ja nicht, dass ich gefilmt werde. Und zweitens hab ich wohl genau in diesem Moment den Strich entdeckt.«

»Was für einen Strich denn?«

»Na, den Riss in der Kniekehle eben, den man normalerweise nicht sehen kann, und der immer größer wurde.« Paul runzelte die Stirn.

»Lass mal weiterlaufen«, sagte er.

Gleich darauf war klar und deutlich meine Stimme zu hören:

»Renee!« Ich erkannte sie beinahe nicht wieder. In der nächsten Sekunde dröhnte die erregte Stimme des Chefaufsehers sehr laut über die Köpfe hinweg. Der Kameramann musste nahe bei ihm gestanden sein. Dann die ohrenbetäubenden Trillerpfeifen. Das Zusammenzucken der Menschen. Die Kamera wackelte etwas. Der Schrei des alten Mannes: »Terremoto!« Ganz groß im Bild: der Oberkörper Davids. Dann erneut der Schrei: »Terremoto! Madonna mia!« Der Ausruf verfolgt mich seither manche Nacht.

In der plötzlichen, entsetzten Stille: das fürchterliche Knirschen des Sockels. Die Kamera zoomte hastig zurück. Der David war ein letztes Mal in seiner Vollkommenheit zu sehen — dann wurden wir ein zweites Mal Zeugen seines erschütternden Sturzes.

Erst im letzten Moment verwackelten die Bilder etwas. Der Kameramann war zurückgesprungen, um dem tonnenschweren Marmor auszuweichen. Er fluchte, und das war das erste und einzige Mal, dass man seine Stimme vernahm.

Was dann folgte, war beängstigend. Eine Nahaufnahme der Trümmer, ein Schwenk über die hinausdrängenden und hereinströmenden Menschenmassen, ein Zoom auf die Museumswärter, die mit aller Macht versuchten, der chaotischen Situation Herr zu werden, die Nahaufnahme des leeren Sockels, dahinter, starr und unbeweglich: Ludwig Vonwegen, mit der »verrückten Signorina« an seiner Seite, als wären wir die Hauptdarsteller dieser Tragödie.

Renee stoppte erneut das Video. Ich atmete tief durch.

»Also gut, jetzt wissen wir, dass jemand das Drama bis ins Detail dokumentiert hat. Aber warum soll ich meine Theorie deswegen vergessen? Ich meine, hat irgendjemand eine Explosion gehört?«

»No matter, das ist egal, Lou. Du darfst das nicht unterschätzen. Die Bilder haben große Macht.«

»Schon klar, aber was hat das mit mir zu tun? Sicher, man kann mich ziemlich deutlich erkennen, aber ich stehe ja einfach nur da.« Paul rümpfte die Nase.

»Einmal warst du kurz verschwunden. Du hast dich gebückt, hinter dem Sockel.«

»Ja doch, weil ich die Murmel der Kleinen aufgehoben habe.«

»Das weiß ich«, sagte Renee, »aber von der Murmel ist auf dem Video nichts zu sehen.«

»Aber zu hören«, beharrte ich.

»Ich hab nur ein komisches Klackern gehört«, sagte Paul.

»Also jetzt reicht es mir, worauf wollt ihr hinaus, Renee?«

»Look, der Film geht noch ein wenig weiter.« Sie tippte auf das Display. Zu sehen war nochmals die Sequenz mit mir im Hintergrund. Dann folgte ein Standbild, bei dem mein Gesicht im Fokus war. Im Sekundentakt wurde es vergrößert, bis ich den ganzen Bildschirm ausfüllte. Dann flammte eine Schrift auf. In Englisch.

»Da steht: ›Hat dieser Mann Michelangelos Jahrhundertkunstwerk zerstört?‹«, sagte Renee.

Die nächste Sequenz zeigte in Zeitlupe, wie ich hinter dem Sockel verschwand. Wieder flammte eine Schrift auf. »Warum verhält sich dieser Mann so merkwürdig?««, übersetzte Renee.

»Da steht ›guy‹ und ›crazy‹«, sagte Paul. Du musst es schon wörtlich übersetzen. ›Warum verhält sich dieser Typ so verrückt?‹«

Renee sah mich an und zog die Schultern hoch. Paul tippte mit seinem Zeigefinger ein paar Mal auf die Tischplatte.

»Also für mich ist das ganz klar: Die sind rein auf Sensationen aus. Ist zwar gut gefilmt, aber der Text sagt doch alles. Die wollen so viele Videoaufrufe wie möglich. Das bringt Kohle. Reine Vermutung, Spekulation, Fantasie, mit fettgedruckten Buchstaben, drei Fragezeichen und vier Ausrufezeichen als Realität verkauft. Das ist praktisch Rufmord. Du brauchst 'nen Anwalt.« Er hatte sich in Rage geredet.

»Interessant, wie du das siehst«, erwiderte ich, »du hast vorhin doch selbst von einem Bombenanschlag gefaselt.« Er zuckte mit den Schultern.

»Deine Erdbebentheorie kommt mir eben wahrscheinlicher vor. Und, ganz ehrlich, du bist irgendwie nicht der Terroristentyp.«

»Sagt dir das dein psychologischer Sachverstand?«

»Na immerhin unterstellst du mir einen solchen. Aber meine Analyse hilft dir herzlich wenig.«

»Die Sache ist doch ganz einfach«, sagte ich, mehr um mich selbst zu beruhigen. »Die Behörden werden diese Katastrophe sicher mit Hochdruck untersuchen, allein schon wegen des riesigen Aufsehens. Die werden keinen Sprengstoff finden. Die werden feststellen, dass es heute genau zum fraglichen Zeitpunkt ein Mikrobeben gegeben hat.

Die werden das alles veröffentlichen und das wars dann.«

»So einfach wird das aber nicht ablaufen« sagte Paul. »Denn dann müssten die Behörden zugeben, dass sie Mist gebaut haben, oder? Der David stand ja nicht erst seit heute schief auf dem Sockel. Und du hast selbst gesagt, dass diese Erdbeben hier so häufig vorkommen, wie …, wie …«

»Taschendiebe in den Uffizien«, ergänzte ich.

»Meinetwegen. Also hätte das zuständige Ministerium doch schon längst was unternehmen müssen.«

»Aber was würde das für Wellen schlagen, wenn offiziell von einem Bombenanschlag ausgegangen wird? Die müssten doch alle Museen in Florenz dichtmachen. Es könnten ja weitere Anschläge folgen. Und was wird dann aus den Touristenströmen? Die strömen woanders hin.«

»Ok, boys«, meldete sich Renee zu Wort, »ihr könnt stoppen die Diskussion. Die Bilder sind im Netz. Und die suggerieren den Leuten was anderes. Die lassen keinen Zweifel, dass du hast etwas damit zu tun, Lou. The bad thing is: Die Leute glauben sowas. Die wollen bad news. So bad wie möglich. Die lassen sich so leicht manipulieren wie kleine Kinder. Da reicht schon der Name: *REAl NEWS*. ›Wir zeigen euch die Realität.‹ Ich hab den Schluss des Films gerade nochmal angeschaut. Zusammen mit dem Text ist das absolut überzeugend. Du bist vielleicht nicht der Terroristenyp, wie Paul sagt. Aber du wirkst echt crazy in dem Video. Und außerdem: Was sagen die Aufseher über mich?«

»Die verrückte Signorina«, murmelte Paul.

»Exactly. Das Video hat jetzt über siebzehntausend Calls. In ein paar Tagen sind wir über eine Million.« Ich sah Paul an. Paul sah mich an. Beide sahen wir Renee an und unsere Ratlosigkeit stieg wie weißer Nebel aus den Espressotassen auf.

»Ich geh zurück zur Galleria und sag denen, was ich beobachtet habe«, murmelte ich wenig überzeugend.

»Genau, und du erklärst ihnen dann, dass es da ein Video gibt, dass sie nicht ernstnehmen sollen. Und dass Renee nur so getan hat, als sei sie verrückt«, brummte Paul. »Weißt du, was dann passiert? Erst nehmen sie dich fest, dann führen sie sich das Video zu Gemüte und dann gibt der Polizeichef eine Pressekonferenz. Und dreimal darfst du raten, was er dort verkünden wird.«

»Wenn die wüssten, dass uns die Polizei von Capri auf den Zehen ist.«

»Fersen, Renee, sie ist uns auf den Fersen.«

»Na, da bin ich ja in feiner Gesellschaft«, sagte Paul. »Und ausgerechnet du hattest Bedenken, dich mit mir in der Öffentlichkeit sehen zu lassen?« Ich winkte ab.

»Das mit Capri ist eine lange Geschichte. Dafür haben wir jetzt keine Zeit.«

»Was sollen wir tun?«, fragte Renee.

»Schon wieder kommt alles anders«, sagte ich. Allmählich begreife ich, warum du keine Pläne machst.«

»Die Frage ist nicht, was sollen wir tun, sondern, wo sollen wir hin?«, sagte Paul.

»Wir?«

Er nickte nachdrücklich und kratzte mit der rechten Hand an seinem linken Handrücken.

»Ich habe soeben beschlossen, euch nicht allein zu lassen.«

»Aus humanitären Gründen?«, fragte ich.

»Aus psychologischen Gründen. Aber das will ich jetzt nicht näher erläutern.«

»Also hauen wir wieder mal zu?«, fragte Renee.

»Darf man sie verbessern?«, fragte Paul.

»Was fragst du mich?«, fragte ich.

»Also hauen wir wieder mal ab«, sagte Renee. »Ab und zu ich komme selbst drunter.« Ich seufzte.

»Drauf, Renee, du kommst selbst drauf«, sagte Paul und wischte ungeduldig mit den Händen über die Tischplatte.

»Aber Schluss jetzt mit den sprachlichen Kinkerlitzchen. Konzentriert euch lieber. Wo wollt ihr hin, wenn ihr Florenz schon verlassen müsst?«

Wir überlegten kurz und sagten dann wie aus einem Mund:

»Paris«, worauf wir uns verblüfft anstarrten. Paul dagegen schaute an die Decke, als wäre dort die Route zu sehen. Dann klatschte er einmal kurz in die Hände.

»Von mir aus. Das liegt auf meinem Weg. Ich nehm euch mit.«

»Ach was«, sagte ich verdutzt, »in deinem Privatflieger?«

»Nee, in meinem Womo. Steht nur etwas außerhalb. So circa vier Kilometer.«

Renee blickte verständnislos.

»What is Womo?«

»Ein Camper«, sagte Paul. Er tippte mir auf die Schulter. »Du zahlst die erste Tankfüllung.«

»Wenn du den Kaffee übernimmst.«

»No, boys, das mach ich«, behauptete Renee und winkte der Bedienung. »Aber die vier Kilometer lauf ich nicht. Das ist too far für mich.«

»Schon klar«, sagte Paul, »wir nehmen ein Taxi.«

»Na dann viel Glück«, sagte ich. »Nach meiner Erfahrung fahren die einen über den Haufen, verlangen Mondpreise oder streiken.«

»Keine Ahnung, wo du deine Erfahrungen gemacht hast«, erwiderte Paul, »bei mir läuft das anders.«

Renee zahlte. Paul luchste ihr einen Fünfer ab, schob ihn der Bedienung hin und ließ sein freundlichstes Italienisch hören. Sie lächelte ihn an, murmelte etwas wie »subito« und telefonierte nach einem Taxi für uns.

»Manche Taxifahrer haben mit manchen Lokalen manche Sondervereinbarung«, raunte Paul uns zu. »Und von der profitieren alle. Der Taxifahrer bekommt regelmäßig Touren, das Lokal steht auf seiner Empfehlungsliste ganz oben, und der Paul wird bei der Fahrt nicht übers Ohr gehauen, weil der Taxifahrer mit der Bedienung verbandelt ist und keinen Stress mit ihr riskieren will.«

»Du kennst beide?« Er nickte.

»Die haben eine Paartherapie bei mir gemacht.« Es war damals schon schwierig und es fällt mir auch heute noch schwer, herauszufinden, wann Paul die Wahrheit sagt, oder wann er sie so gut erfindet, dass sie niemandem wehtut. Wenn ich ihm glauben darf, sagt er immer die Wahrheit. Und wenn ich Zweifel äußere, hält er mir einen philosophischen Vortrag, an dessen Ende ich davon überzeugt bin, dass es so etwas wie eine Lüge gar nicht geben kann. Der Einfachheit halber glaube ich ihm daher — also meistens. Die Bedienung gab ihm ein Zeichen. Wir brachen auf.

»Da fällt mir ein, wo wohnt ihr übrigens?«, fragte Paul.

»Im Hotel Lombardi, beim Bahnhof. Wird wohl am besten sein, wenn uns das Taxi dort absetzt. Du lässt dich zu deinem Camper kutschieren, während wir unser Gepäck holen und zahlen. Du kannst uns dann dort abholen.«

»Ich hab 'nen besseren Vorschlag. Wir fahren zusammen raus. Ihr müsst euch meinen Camper doch erst mal ansehen. Und auf dem Weg nach Paris halten wir kurz bei Signora Lombardi an.«

»Die kennst du auch?«

»Ich hab dort meine erste Nacht in Florenz verbracht. Und mein erstes Frühstück genossen. Das ist allerdings schon ein paar Wochen her.« Das Taxi wartete blinkend halb auf dem Gehsteig. Paul begrüßte den Fahrer wie einen alten Schulfreund und stieg vorne ein.

»Das ist Enrico und der fährt uns jetzt auf dem kürzesten Weg zum Parkplatz beim Istituto del Sacro Cuore.«

Wie nicht anders zu erwarten hieß die Straße dort Viale Michelangelo.

Während der Fahrt plauderten die beiden vorne intensiv miteinander.

Schließlich hielt der Wagen an einem unbefestigten Parkplatz, der von Schlaglöchern übersät war.

Ich beglich den überraschend niedrigen Fahrpreis und wir stiegen aus.

»Kannst du genauso gut Französisch wie Italienisch?«, wollte Renee wissen, während ich nach einem Wohnmobil Ausschau hielt.

»War lange nicht in Paris. Kommt also auf einen Versuch an. Und du brauchst nicht zu suchen.« Damit war ich gemeint. »Mein Wohnmobil sieht nicht aus, wie ein Wohnmobil. Die dürfen hier nämlich nicht stehen.«

Paul ging uns voraus zum Ende des langgestreckten Parkplatzes.

»Worüber hast du dich denn so angeregt mit Enrico unterhalten?«, wollte ich wissen.

»Tja, er hat mir eine große Neuigkeit verraten. Angeblich soll der David in der Galleria dell' Accademia Opfer eines Terroranschlags geworden sein. Das wäre gerade in den Radionachrichten gekommen. Er konnte das gar nicht glauben. Aber ich habs ihm bestätigt, als Augenzeuge. Wovon er regelrecht begeistert war. Was für ein Gesprächsstoff für die Kollegen! Er war kurz davor, ein Autogramm von mir zu verlangen. Hab ihn auch gleich gefragt, wer seiner Meinung nach dahinterstecken könnte, mal abgesehen von den beiden, die gerade hinten in seinem Taxi sitzen.«

»Das hast du nicht gesagt, das kannst du mir nicht erzählen.«

»Aber natürlich hab ich's gesagt. Ich sag immer die Wahrheit. Aber er hat das, wie zu erwarten war, als Witz aufgefasst.«

Renee klatschte in die Hände.

»Stellt euch vor, er sitzt heut Abend in seinem Sessel vor dem Fernseher und sie zeigen das Video«, sagte sie. Die schwarze Mütze hatte sie schon im Taxi abgenommen. »Der erinnert sich bestimmt an meine coole Frisur.« Paul grinste breit.

»Sein Gesicht möchte ich sehen, wenn ihm klar wird, wen er da in seinem Taxi hatte.« Er nahm Anlauf und sprang über ein großes Schlagloch. Ich lief außen dran vorbei. Mir schwante im selben Moment, auf welches Auto Paul zusteuerte.

»Wen hatte er denn im Verdacht?«, fragte ich. Er zählte an vier Fingern ab.

»Die Islamisten, die Mafia, die Amis, die Regierung.«

»Die Regierung?«, fragte Renee verblüfft. »Dass wir Amis in Europa an alles schuld sind, ich hab gehört schon oft, seit ich bin in Old Europe. Aber wieso er verdächtigt die Regierung?« Paul zuckte mit den Schultern.

»Aus jahrzehntelanger Erfahrung.«

Er zog einen Autoschlüssel aus der Hosentasche und meine Befürchtung erwies sich als berechtigt.

»Oh my God, das ist doch kein Camper!«, rief Renee. Paul schloss die Fahrertür auf.

»Paul!«, sagte ich und senkte meine Stimme. »Das. Ist. Kein. Wohnmobil!«

Er kniete sich auf den Fahrersitz, beugte sich hinüber zum Beifahrersitz und entriegelte umständlich die Beifahrertür. »Zentralverriegelung gabs wohl in der Renaissance noch nicht«, seufzte ich. »Hat dieses Objekt denn wenigstens Sicherheitsgurte?« Paul kletterte aus seinem Automobil und schnalzte mit der Zunge.

»Bei meiner Fahrweise sind die überflüssig. Ich fahre so vorausschauend, dass ich manchmal gar nicht erst losfahre.«

»Blablaba!«

»Aber ich kann dich beruhigen. Ich hab extra welche einbauen lassen.« Renee war unterdessen einmal um das Fahrzeug herumgegangen.«

»Wer hat denn solche Autos gebaut?«, fragte sie. Paul lehnte sich an den roten Kotflügel (der andere war in verschiedenen Grüntönen lackiert, beziehungsweise von Hand, freihändig, mit sehr lockerem Handgelenk in impressionistischer Manier bepinselt), verschränkte die Arme, senkte sein Kinn und sprach wie folgt:

»Ich ahnte, dass eure Reaktion von Begeisterung so weit entfernt sein würde, wie dieser Parkplatz vom Eiffelturm. Deshalb schlage ich vor, ihr vergesst für ein paar Augenblicke eure Vorstellungen davon, wie ein Wohnmobil auszusehen hat.«

Jetzt war es an mir, das Gefährt zu umrunden. Es musste aus den späten Siebzigerjahren stammen. Ein Citroen 2 CV. Eine Ente. Aber was für eine. Später erfuhren wir von Paul, dass man sowas früher Kasten-Ente genannt hat. Ein schmutziges Orange bedeckte das meiste Blech, mit Ausnahme der beiden erwähnten Kotflügel. Als ich meine Sprache wiedergefunden hatte, sagte ich:

»Irgendwie kann ich mich an den Gedanken gewöhnen, in einer Ente nach Paris zu fahren.«

»Das hat Stil, das sag ich doch«, pflichtete Paul mir bei.

»Aber ich habe diesen Autotyp kürzer in Erinnerung.«

»Der Vorbesitzer war Schlosser und Elektriker. Er hat sie selbst umgebaut und um vierzig Zentimeter verlängert.«

»Und sowas ist zugelassen?«, fragte ich und spähte durch die Fenster der geteilten Hecktür ins Innere.

»Das ist eine typisch deutsche Frage«, erwiderte Paul. »Du siehst doch die Nummernschilder. Enten in diesem Alter genießen einen Sonderstatus.«

»Aha«, sagte ich nur, »da will ich mal untypisch deutsch nicht nachbohren.« Renee kratzte unterdessen mit dem Fingernagel an einem dicken roten Farbrest, der wie ein Pickel auf dem linken Kotflügel saß.

»Hat die Ente einen Namen?«, wollte sie wissen. Paul schüttelte entschieden den Kopf.

»So sentimental bin ich nicht. Das ist nur ein Stück Blech, das fahren kann. Das ist alles.«

»Aha«, sagte ich wieder und glaubte ihm kein Wort. »Ich seh nur zwei Vordersitze.«

»Dafür kann man hinten liegen.«

Er kam zu mir herum und öffnete einen Flügel der Hecktür. Der andere klemmte etwas beim Entriegeln, aber Paul wusste genau, an welcher Stelle er gegen das Blech schlagen musste.

Renee kam rasch zu uns und gemeinsam bestaunten wir das Innere der Ente.

»Sorry, ich hab nicht aufgeräumt«, sagte Paul. Er nahm ein Buch von dem Klapptisch, der ansonsten so leer war, wie der Sockel in der Rotunde der Galleria dell' Accademia und stellte es auf ein schmales Regal an der Seitenwand.

»Was, bitte schön, willst du hier noch aufräumen?« fragte ich beeindruckt.

»Wow«, war erst mal alles, was Renee einfiel.

Die Wände der Ente waren mit Kork verkleidet, die Decke, der Autohimmel, um den korrekten Begriff zu verwenden, mit dunkelblauem Stoff bezogen. Mehrere Lichtbänder mit LED-Lämpchen ringelten sich wie Giftschlangen um die beiden Seitenscheiben und kreuz und quer am Himmel entlang. An beiden Längsseiten des kastenförmigen Aufbaus waren niedrige, hölzerne Schubladenkommoden angebracht, auf denen orangefarbene Polster lagen — zwei Schlafgelegenheiten für Leute, die nicht größer als eins achtzig waren, was auf uns alle drei zutraf. In der Mitte war der niedrige Klapptisch montiert.

»Ok, boys«, sagte Renee, »ihr fahrt, ich geh freiwillig nach hinten.« Paul sah mich fragend an.

»Überredet«, sagte ich.

21. Kapitel

Ich klopfte auf das Dach unserer künftigen Reisekutsche.

»Ich bin nicht gut im Langstreckenfahren. Nach zwei Stunden gehen bei mir die Lichter aus.«

»Ich schätze, dann schaffen wir es nicht bis zur morgigen Abendvorstellung von La Traviata in der Pariser Oper.«

»Dann gehen wir stattdessen ins Kino«, schlug Renee vor.

»Gute Idee«, sagte ich. »Da mir die letzten zwei Tage wie ein schlechter Film vorkommen, wäre ein Movie mit Happyend angesagt.«

»Zum Beispiel?«, wollte Paul wissen.

»Casablanca«, erwiderte ich, worauf er die Augen verdrehte. »Dann schon lieber E.T.«

»Den hab ich gesehen schon zwölf Mal«, stöhnte Renee.

»Wie wärs mit: Mr Bean macht Ferien«, warf Paul in die Runde. »Kennt ihr die Szene, wo er endlich, endlich, endlich das Meer entdeckt mit der passenden Musik dazu?«

»La Mer«, sagte ich und hatte sofort die Melodie im Ohr, wo sie sich für die nächsten Stunden häuslich niederließ.

»Allright«, sagte Renee. »Wie sieht es mit Proviant aus?«

»In den Schubladen sind Äpfel und Schokoriegel für eine halbe Schulklasse«, sagte Paul.

»That means zwei Äpfel und vierzehn Schokoriegel, right?« Paul nickte ohne die Miene zu verziehen.

»Hast du Karten?«

»Mein Navi muss reichen.«

Renee kletterte ohne lange zu fackeln in die Kiste und probierte eine der beiden Liegen aus.

»Wo kann man die Lampen ausknipsen?«, fragte sie.

»Du musst sie erst mal anknipsen, bevor du sie ausknipst und der Knipser ist da«, erklärte Paul.

»Wirkt ein bisschen orientalisch«, sagte ich. »Da fehlt nur noch die Wasserpfeife.«

»Ein paar Haschplätzchen müssen in einer der Schubladen sein«, sagte Paul unbekümmert. »Aber die heben wir uns auf, falls wir in eine Krise kommen.«

»Na gut, worauf warten wir dann noch«, sagte ich. Paul zwinkerte Renee zu und schloss die beiden Hecktüren.

»Auf nach Paris«, sagte er und gab mir einen Klaps auf die Schulter.

»Wie geht noch mal dieser Kalenderspruch? Das Abenteuer beginnt, wo dein Plan aufhört«, erwiderte ich.

»Bitte keine Küchenweisheiten«, seufzte Paul. »Von denen hab ich im Studium schon 'ne Überdosis abgekriegt.«

Als erstes fuhren wir in die Via Fiume, um unsere Sachen zu holen und uns von Signora Lombardi zu verabschieden. Sie saß kerzengerade auf ihrem bequemen Stuhl hinter dem Tresen, hatte die Arme verschränkt und gähnte uns nicht an — sie schlief. Sie war wohl der Typ Mensch, der sehr viel Schlaf nachzuholen hatte.

Wir legten unsere Schlüssel mit den großen Anhängern geräuschvoll auf den Tresen. Zunächst öffnete sie nur ein Auge zur Hälfte, wie um zu prüfen, ob sich das Aufwachen lohnte. Ihr Blick schlich förmlich zu mir herüber, verharrte auf meiner Nase, schwebte sodann in tiefer Versunkenheit in den leeren Raum zwischen Renee und mir, machte quasi eine Pause, um den Sinneseindrücken die Zeit zu geben, die sie für den langen Weg von der Pupille bis zum Stammhirn benötigten, wo anschließend nach vergleichbaren Eindrücken der jüngeren Vergangenheit gefahndet wurde, bevor ihr Auge den beschwerlichen Weg hinüber zu Renee fortsetzte, dort länger verweilte und infolge eines Blitzeinschlags, hervorgerufen durch eine aufflackernde

Erinnerung, zu meiner Präsenz zurückkehrte. Ein tiefes Schnaufen entrang sich ihrer Brust, mit Hilfe dessen sich ihr zweites Auge vom Schlaflager erhob.

»Wir reisen ab und möchten bezahlen«, sagte ich so behutsam wie möglich. Ein »Si« mit gefühlten acht i war ihr Kommentar, worauf sie beide Augen schloss. Worauf ich ungeduldig mit der Zunge schnalzte.

Immerhin stand Paul mit seinem Prachtmobil direkt vor dem Hotel im absoluten Halteverbot mitten auf der Straße. Die orangene Ente verfügte über keinen Warnblinker (»das hat sie nicht nötig«, war Paul überzeugt), und die Via Fiume verfügte über keine freien Parkplätze. Die Zeit war also knapp und sollte nicht unnötig wie ein Hefeteig auf dem Tresen ausgewalzt werden. Ich legte meine Brieftasche auf denselben, räusperte mich so laut wie möglich und sagte:

»Wieviel?« Ein »Si« mit gefühlten acht i war die ebenso erschöpfte wie erschöpfende Antwort.

In diesem Moment kam ein uns unbekannter junger Mann aus dem Nebenraum.

»Sie schläft«, sagte er und hob die Schultern. Sein Blick fiel auf meine Brieftasche. »Sie wollen die Rechnung?«

»Si«, sagte ich, mit acht i. Er gab sie mir.

»Soll ich meiner nonna etwas ausrichten?«, fragte er, als ich bezahlt hatte.

»Nonna?«

»That means granny«, half Renee. »Signora Lombardi ist seine Großmutter.«

»Ah ja. Sagen Sie ihr bitte, dass es zwei Gründe gibt, um Florenz zu besuchen. Einer davon sind ihre schiaccia …«

»Schiacciate, si, si, das werde ich tun, mille grazie.«

Mit einem letzten Blick auf die selig schlummernde Signora Lombardi verabschiedeten wir uns.

Draußen fanden wir Paul heftig mit einem älteren Herrn diskutierend. Als er uns kommen sah, schlug er einmal seine Hände zusammen und rief laut:

»Basta Signore!«, worauf der Mann ein rotes Gesicht bekam. »Beeilt euch, der platzt gleich.« Wir bugsierten hastig unsere beiden Rucksäcke unter den Klapptisch.

»Was ist denn los?«, fragte ich und schlug die Beifahrertür zu.

»Da zerklemmt was!«, rief Renee von hinten, während sie vergebens versuchte, die Hecktür zu schließen.

»Merde!«, zischte Paul, der sprachlich bereits in Frankreich war. Er sprang aus dem Auto, winkte dem Rotgesichtigen zu, der nun lauthals zu zetern begann, und zeigte Renee den Trick, wie die Ente hinten dichtzumachen war. Dann sprang er auf den Fahrersitz und wenn ich nun behaupten würde, er ließ die Reifen quietschen, wäre das Hochstapelei. Sowas ist mit der Mentalität einer Ente nicht vereinbar.

Wir schaukelten also die Via Fiume hinunter und davon, Frankreich entgegen. Als wir außerhalb der Stadt waren, folgte die Erklärung.

»Ich stand auf seinem Parkplatz«, sagte Paul. »Ich fragte ihn, wo denn sein Auto wäre, und er sagte, dass es in der Werkstatt sei.«

»Aber du standst doch mitten auf der Straße. Wo war da ein Parkplatz?«

»Das hab ich ihn auch gefragt. Ihm ging es ums Prinzip.«

»Aber wenn sein Auto in der Werkstatt ist, braucht er doch erst mal keinen Parkplatz.«

»Das hab ich auch gesagt, aber ihm ging es ums Prinzip. Eigentlich schade, dass ich ihn da jetzt so stehen lassen musste mit seiner prinzipiellen Wut. Psychologisch gesehen ein glasklarer Fall und so leicht zu therapieren.«

»Therapieren?«, fragte Renee, worauf Paul ihr eine Kurzversion seines Lebenslaufs gab.

»Er hat außerdem einen Zweitberuf«, warf ich ergänzend ein.

»Meine Praxis ist eher eine Spontanambulanz. Ich gabele meine Patienten zufällig auf. Davon kannst du nicht leben. Ein zweites Standbein bringt Stabilität in meine Finanzen. Aber abgesehen davon hab ich die Ente meinem psychotherapeutischen Talent zu verdanken.«

»Wieso?«, fragte ich, »hat sie Probleme mit ihrem Selbstwertgefühl?« Paul warf mir stirnrunzelnd einen Blick von der Seite an den Kopf.

»Langsam bekomme ich den Eindruck, dass du meine Arbeit unterschätzt.« Renee meldete sich von hinten. Sie saß auf einer der Liegen und spähte durch das Fenster.

»Nehmen wir nicht die Autobahn?«, fragte sie. Paul setzte den Blinker, bog in eine Tankstelle ein und stoppte abrupt, was die Ente mit einem leichten Nicken quittierte.

»Der Tankdeckel ist hinten rechts, Ludwig. Währenddessen eruiere ich mal mit meinem Navi den günstigsten Weg nach Lutetia.«

Nachdem ich die Ente abgefüllt hatte, kam ich mit drei Bechern Kaffee zurück. »Wir haben 1255 mautfreie Kilometer vor uns, reine Fahrtzeit 19 Stunden und 37 Minuten«, verkündete Paul.

Renee hatte es sich schon gemütlich gemacht. Sie lag lang ausgestreckt auf der rechten Seite und knabberte an einem Schokoriegel. Paul nahm seinen Becher entgegen. »Die ersten Stationen sind Bologna und Mailand, und dann …, verdammt, ist der heiß!«

»Pauls Navi is crazy«, nuschelte Renee an der Schokolade in ihrem Mund vorbei.

»Das war doch irgendwie zu erwarten«, erwiderte ich und reichte ihr vorsichtig einen Becher. »Und wie äußert sich das?« Paul ließ abwechselnd die Zunge heraushängen und blies auf seinen Kaffee.

»Zwei doppelte Espressi und jetzt noch dieses Gebräu — da krieg ich die ganze Nacht kein Auge zu.«

»Lenk nicht ab.«

»Wie sich das äußert, willst du wissen? Na — in der Art und Weise, wie sie sich äußert.«

»Versteh ich nicht.«

»Du wirst es hören, Lou, just wait and listen«, sagte Renee und schlürfte geräuschvoll.

»Wolltest du uns nicht erzählen, wie du zu der Ente gekommen bist?«, erinnerte ich Paul.

»Fahr endlich los!«, fuhr eine mir unbekannte Stimme dazwischen. Ich starrte Paul an, dann starrte ich Renee an.

»Yeah, das war das Navi«, sagte sie grinsend. Paul seufzte. »Ich schalte das jetzt erst mal wieder aus. Bis zur nächsten Schnellstraße …«

»Fahr endlich los«, unterbrach ihn erneut die herrische Stimme.

»… find ich den Weg allein.«

»Wo um alles in der Welt hast du denn das Gerät her?«, fragte ich. »Aus alten Armeebeständen?«

»Flohmarkt. Der Besitzer hats verschenkt. Hätte mich eigentlich stutzig machen müssen. Aber man gewöhnt sich dran. Etwas ruppig vielleicht in der Wortwahl, aber klare Ansagen. Nicht so ein Gesäusel wie bei den neumodischen Geräten. Die klingen immer so ausgeglichen. Da kannst du zehn Mal falsch abbiegen und deren Tonfall ändert sich nicht im Geringsten.«

»Warum auch, Paul, das ist eine Maschine.«

»Bei dem hier bin ich mir nicht so sicher. Das ist irgendeine Persönlichkeit mit Feldwebelsyndrom, die sich mein Auto als ständigen Wohnsitz ausgesucht hat.«

»Weißt du was«, erwiderte ich, »dein Verstand hat seinen ständigen Wohnsitz irgendwo, nur nicht in deinem Kopf.« Paul nickte nachdenklich und probierte einen weiteren Schluck.

»Darüber muss ich nachdenken.«

»Aber nicht jetzt.« Renee war verdächtig ruhig. Ich drehte mich um. Sie lag auf dem Rücken, lehnte ihre Füße an die Hecktür und kaute an ihrem zweiten Riegel.

Das viele Koffein hatte mich aufgedreht. »Was ist?«, fragte ich. »Hast du deinen Text vergessen?« Sie legte ihren Kopf in den Nacken und stützte ihn auf, so dass ich ihr Gesicht verkehrt herum sah.

»What do you mean?«, schmatzte sie mit vollem Mund.

»Den Satz, mit dem quengelnde Kinder die Erwachsenen beim Autofahren foltern.«

»Mir ist so fad«, sprang Paul ein.

»Nein, den meine ich nicht.«

»Wie lange noch?«, schlug Renee vor. Ich schüttelte den Kopf und sagte:

»Ich will ein Eis. Sofort. Ganz doll.«

»Im Ernst?«, wollte Paul wissen.

»Nein, erst wenn wir gut über die Grenze gekommen sind.«

»Warum sollte das ein Problem sein?«

»Renee, wie oft wurde das Video aufgerufen?« Es dauerte nur dreißig Sekunden, bis die Antwort kam.

»Wow, du wirst es kaum glauben. Wir sind über hundertzwanzigtausend calls.«

»Na bitte, da hast du die Antwort. Zu John Waynes Zeiten hat man einen Steckbrief an die Saloontür genagelt. Den konnte man als Gesuchter einfach abreißen und aufessen. Aber die Saloons heutzutage …«

»Lou hat Recht«, sagte Renee. »Gegen YouTube bist du machtlos. Unsere Gesichter werden immer berühmter.«

»Mag sein, aber ich kann mir nicht vorstellen, dass die Italiener Polizeisperren an der Grenze postieren. Wir haben Hauptsaison, Leute. Die hätten viel zu tun«, sagte Paul. Er trank seinen Becher leer und hielt ihn mir vor die Nase. »Für die Müllentsorgung bist du zuständig.«

»Oh wait, here«, sagte Renee und beschenkte mich mit klebrigem Schokoriegelpapier. Ich seufzte und öffnete die Tür.

»Was ist mit Öl, Wasser, Luft?«, fragte ich.

»Alles in ausreichenden Mengen an den richtigen Stellen vorhanden«, behauptete Paul.

Als ich die Mülltonne gefunden und Kaffeebecher samt Schokoriegelpapier entsorgt hatte, blieb ich mit verschränkten Armen vor ihr stehen. Zwei Minuten lang überschlug ich die Sinnhaftigkeit unseres Vorhabens, schlug kurzerhand jeden Zweifel in die Flucht, den Mülltonnendeckel zu und das nächste Kapitel auf.

Wenig später fuhren wir gemächlich Richtung Norden und Paul berichtete, wie die Ente und er zusammenkamen.

»Der Vorbesitzer war Handwerker, ich sagte es schon. Nicht gerade die klassische Klientel für eine Psychotherapie. Wer viel mit den Händen arbeitet, hat keine Probleme mit Geist und Seele, nach meiner Erfahrung.«

»Taschendiebe zum Beispiel.« Paul ignorierte meine Bemerkung.

»Der Typ allerdings war ein armer Hund. Depressiv. Minderwertigkeitskomplex. Er war der einzige in seiner Familie ohne Doktortitel, und das war eine große Familie.«

»Wie hast du ihn kennengelernt?«

»An einer Tankstelle. Ich stand hinter ihm und wartete darauf, dass er endlich losfuhr. Was er nicht tat. Ich stieg aus, sprach ihn an, merkte, was los war und setzte mich zu ihm ins Auto.«

»Und weiter? Was hast du zu ihm gesagt?«

»Zunächst mal nichts. Wir saßen einfach schweigend nebeneinander hier in diesem Auto. Als der Chef der Tankstelle herauskam und ungeduldig an die Windschutzscheibe klopfte, fragte ich den Mann, ob ich sein Auto für ihn wegfahren soll. Da nickte er einfach nur. Er war in einem ganz tiefen Loch und zu nichts fähig. Mühselig wie ein Greis stieg er aus und auf der Beifahrerseite wieder ein, und ich fuhr die Ente aus dem Weg. Danach blieb ich einfach neben ihm sitzen und wartete. Nach einer stillen halben Stunde fragte ich ihn, ob er etwas sagen will, aber alles, was er herausbrachte, war ein geflüstertes »Danke«.

Dann nahm ich einen Zettel, schrieb meinen Namen drauf und legte ihn aufs Armaturenbrett. Ich schlug ihm vor, dass wir uns am nächsten Tag wieder treffen, und zwar an derselben Tankstelle zur selben Uhrzeit. Im Grunde hatte ich es nicht erwartet, aber er war da am nächsten Tag. Wir trafen uns danach sechs Wochen lang.«

»Das will ich jetzt aber genau wissen«, sagte Renee und rutschte auf ihrer Bank nach vorn, direkt hinter Pauls Rückenlehne. »Du hast ihm doch kein Medikament gegeben?« Paul lachte.

»Du meinst Muntermacher, Aufputschmittel und so 'n Zeug. Nein. Maximal einen Schokoriegel.«

»Aber wie hast du ihm geholfen?«

»Eine Psychoanalyse hab ich nicht gemacht, wenn du das meinst. Ich hab ihm schlicht das Gefühl gegeben, dass er mit mir reden kann. Und er hat mir seine Lebensgeschichte erzählt. Ohne jede Emotion. Wie ein Tagesschausprecher. Der Mann hatte keinerlei Wut in sich. Das ist ok, wenn man ansonsten weiß, wer man ist. Aber irgendjemand musste ihm jegliches Selbstbewusstsein ausgetrieben haben. Das geht bei manchen Menschen so leicht, wie ihnen die Haare abzuschneiden. Also hab ich es ihm beigebracht.«

»Was beigebracht?«, fragte ich.

»Wie man wütend wird.«

»Wie hast du das hingekriegt?«

»Ich hab ihn dazu gebracht, so zu tun als ob.«

»Das hat funktioniert?«, fragte Renee.

»Übrigens überholt uns gerade der fünfte LKW seit einer halben Stunde«, sagte ich.

»Mir egal, ich fahr nicht schneller als 80«, erwiderte Paul. »Das ist immer noch fünf Mal so schnell, wie die Postkutschen früher.«

»Die hatten ja auch nur vier PS, höchstens«, brummte ich.

»Du hast ihn zum Thema weggetragen«, sagte Renee. Ich seufzte.

»Renee, dein Deutsch ist in der Tat sehr innovativ«, sagte Paul, »Mark Twain wäre begeistert gewesen. Wer trägt mich jetzt wieder vom Thema hin?«

»Paul«, sagte ich, »so lernt das Kind nie Deutsch.«

»That's no problem. Mich versteht jeder.« Paul drehte sich zu ihr um.

»Dann bist du ein Glückskind.« Ich sah im Rückspiegel ihr Gesicht. Sie lächelte, doch in ihren Augen schimmerte etwas, das mich nachdenklich machte.

»Ok, ihr wollt wissen, wie meine Methode funktioniert hat? Ich hab Wut-Dialoge geschrieben. Alltägliche Situationen mit alltäglichen Wutausbrüchen, saftig formuliert.

Die haben wir gemeinsam vorgelesen. Hier drin sind wir gesessen und haben uns Wörter an den Kopf geworfen. Das heißt, zu Anfang hab nur ich geworfen. Er hat seinen Text eher ins Handschuhfach gemurmelt. Mit der Zeit wurde er mutiger und lebendiger.

Nach ein paar Wochen hat er mich angebrüllt, ohne den Text ablesen zu müssen. Es war, als hätten wir einen rostigen Riegel an einem alten Holztor Millimeter für Millimeter bewegt, bis das Tor mit einem Schlag aufsprang. Mit seiner Wut war sein Selbstbewusstsein wiedererwacht.

Am folgenden Tag trafen wir uns das letzte Mal. Er erzählte mir von seinen Plänen, die er während einer langen Nacht geschmiedet hatte. Er war so gut drauf, dass er mir seine Ente schenkte. ›Die passt nicht mehr zu mir‹, sagte er, ›Viel zu lahm.‹« Paul trommelte kurz mit beiden Händen auf das Lenkrad. »Das ist alles.«

»Ich bin beeindruckt«, sagte ich. Möglicherweise hab ich dich unterschätzt.«

»Aber du musst nicht studiert haben *seikollodschi*, für das, was du gemacht hast«, sagte Renee.

»Da geb ich dir Recht«, sagte Paul. »Psychologie muss du nicht studiert haben. Du musst einfach die richtige Intuition haben und es ehrlich meinen.«

Ich musste an Renees intuitive Methoden denken. Sie hatte diese Gabe in meinen Augen.

»Gibt es eigentlich keine Musik an Bord?«, fragte sie.

»Drück mal da drauf«, sagte Paul zu mir und deutete auf die Mittelkonsole.

Dort gab es fünf Tasten, die mir aus meiner Jugendzeit vertraut waren: Aufnahme, Start, Vorwärts, Rückwärts, Stopp/Eject. Ein Kassettenrecorder aus dem »Plastozän«. Ich drückte, es quietschte und jaulte leise, ein Knistern und dann erklang einer jener uralten Songs, die man nach zwei Sekunden erkennt.

»What's that?«, fragte Renee entgeistert. Ich warf Paul einen Blick zu und sagte:

»Das hört sich nach ›In the summertime‹ von Mungo Jerry an.« Paul hob entschuldigend die Schultern.

»Ich hab nur die eine Cassette. Der Rekorder rückt sie nicht mehr raus. Dafür spult er sie automatisch zurück, wenn er bei Abba angekommen ist.«

»Na, herzlichen Glückwunsch«, sagte ich und fasste sogleich einen Entschluss. »Hör zu, bei dieser musikalischen Begleitung muss ich mich irgendwie ablenken. Wie wärs, wenn ich die nächsten zwei Stunden fahre?« Paul zuckte gleichmütig mit den Schultern.

»Du kennst dich aus mit der Revolverschaltung?«

»Ich sitz ja schon eine ganze Weile neben dir.«

»Wird trotzdem 'ne Umstellung für dich sein. Ich weiß nicht wieviel PS du gewohnt bist, aber dieses Auto hat so wenige, dass sie alle auf dem Rücksitz Platz hätten. Das heißt: Überholversuche sind zwecklos. Im Kreisverkehr musst du kriechen, sonst streckt die Ente zwei Räder in die Luft. Und auf die Bremse trittst du bitte nur mit Zehenspitzen. Also am besten vorausschauend fahren. Und wenn du …«

»Mein Gott, Paul, du hörst dich an wie ein Fahrlehrer. Jetzt lass mich einfach mal selbstfahrend meine Erfahrungen sammeln.« Er warf mir einen zweifelnden Blick zu.

»Deine Erfahrungen werden dummerweise unsere Erfahrungen sein.«

»Schon klar, wir sitzen im selben Boot, auch wenn es sich als Auto verkleidet hat. Also — lässt du mich jetzt ran? Mein Koffeinspiegel sinkt unaufhaltsam und mehr Kaffee vertrag ich nicht.«

Paul schnaufte tief durch und setzte beim nächsten Rastplatz den Blinker.

Wir tauschten die Plätze und ich saß zum ersten Mal seit zehn Jahren hinter einem Steuer. In München macht das Autofahren keinen Spaß. Deswegen hatte ich meinen alten Ford schon vor einer Ewigkeit an einen Studenten für einen Tausender verkauft und war nur noch mit dem Bus unterwegs. Umso mehr reizte es mich, mit dieser alten Kiste zu fahren.

»Come on, Paul, schalt das Navi ein«, meldete sich Renee.

»Ist eigentlich nicht nötig. Wir fahren die Staatsstraße 65 bis Bologna«, erwiderte er.

»Wär mir aber trotzdem lieber«, sagte ich. »Ich bin noch nie mit Navi gefahren.« Paul seufzte und gab nach.

22. Kapitel

Ich startete und legte behutsam den ersten Gang ein. Sofort meldete sich eine empörte Stimme.

»Was ist los?«, schnarrte sie.

Ich hab keine Ahnung, wen sie für die Synchronisation, oder wie man das bei einem Navigationsgerät nennt, engagiert haben.

Die Stimme hörte sich nach einer Mischung aus genervter Mutter von Zwillingen, die nicht einschlafen wollen und Hildegard Knef mit Halsschmerzen an.

»Moment, ich muss noch kurz was eintippen«, sagte Paul.

»Ich dachte, du hast die Route schon berechnen lassen«, sagte ich.

»Ja, schon«, murmelte er, während seine Finger über das Display huschten, »aber Paris muss irgendwie untergegangen sein. Gleich hab ich's.«

»Paris«, ertönte die heisere Stimme Hildegard Knefs. »Von mir aus, dann eben Paris.«

Ziemlich verwirrt schaute ich Paul an. »Fahr endlich los«, knurrte Hilde, wie ich das Navi insgeheim getauft hatte.

»Ich würde gehorchen«, meinte Paul.

»Oh my God, she's so crazy«, sagte Renee. Offensichtlich war der Film, in dem ich mich seit einigen Tagen befand, noch nicht zu Ende.

Die Ente und ich kamen auf Anhieb gut miteinander aus. Wir schaukelten gemütlich durch die Lombardei. Einzig Hilde störte die harmonische Stimmung. Sie hatte ein breit gefächertes Sortiment an Empfehlungen und Kommentaren drauf, die sie uns während der folgenden zweieinhalb Stunden unmissverständlich zu Gehör brachte.

»Das geht auch schneller«, war noch am harmlosesten. »Links halten, hab ich gesagt, muss ich alles zwei Mal sagen? — Was für ein Gegurke! — Blöde Baustelle! — Scheiß Baustelle! — Schon wieder falsch abgebogen! — Du lieber Himmel, hört mir denn keiner zu? — Anhalten! Sofort anhalten! — Fahrerwechsel!«

So ging das in einem fort. Während Renee sich glänzend zu unterhalten schien, machten mich die ständigen Wutausbrüche dieses cholerischen Kastens kirre.

»Kann es sein, dass dein Wut-Training mit dem Vorbesitzer auf Hilde abgefärbt hat?«, fragte ich Paul, als wir an das Ende eines Staus heranrollten.

»Auf wen?«, fragte er verdutzt. Ich deutete auf das verflixte Gerät. Er drehte sich halb zu mir herum.

»Ludwig, das fragst du jetzt aber nicht ernsthaft?«

»Die Lady hat viel Energie, that's all«, meinte Renee in meinem Genick.

»Man fühlt sich jedenfalls nicht allein, wenn man allein in dieser Kiste sitzt«, sagte Paul.

»Können wir dem Stau da vorn nicht ausweichen?«, fragte ich.

»Yeah, let's see, ob die Lady kann basteln eine neue Route«, sagte Renee.

Kurzentschlossen nahm ich im letzten Moment mit einem waghalsigen Manöver die nächste Ausfahrt.

»Was soll das?«, war die prompte Reaktion. »Sofort wenden!«

Ich blieb stur und fuhr in die nächste Ortschaft. Was durften wir uns jetzt alles anhören. »Sofort wenden! Fahrerwechsel! Anhalten! Alles aussteigen! Volltanken! Alle raus hier! Wenden! Was hab ich gesagt? Pause! Pause!«

»Paul, stell sofort das Ding ab«, stöhnte ich.

»Ich glaub, jetzt ist die Platine abgesoffen. Das ist das erste Mal«, sagte Paul perplex und drückte einen Knopf.

»Vielleicht sind wir zu viele in dem Auto«, sagte Renee und grinste. Ich fuhr in die nächstbeste Seitenstraße und hielt an.

»Das mit dem Fahrerwechsel find ich in Ordnung. Fürs erste hab ich genug vom Fahren«, schnaufte ich.

»Schön, wir sind kurz vor Bologna. Bis Mailand sind es noch etwa vier Stunden. Die übernehme ich«, sagte Paul.

»Und dann?«, fragte Renee.

»Dann machen wir, was die Chefin vorgeschlagen hat: alle aussteigen, volltanken und Pause«. Wogegen kein Einwand erhoben wurde.

Als wir Bologna hinter uns hatten, und während dieser Zeit weder von einem altersstarrsinnigen Kassettenrekorder noch von einem chronisch schlecht gelaunten Navigationsgerät belästigt wurden, wollte ich von Paul etwas wissen.

»Als wir sagten, dass wir nach Paris wollen, hast du behauptet, das läge auf deinem Weg. Darf ich fragen, warum du nach Paris willst?« Paul schwieg eine Weile und nickte vor sich hin.

»Ich sag's euch. Aber nur, wenn ihr mir eure Gründe verratet.« Ich drehte mich zu Renee um.

»Of course, no problem, aber du zuerst, Paul«, sagte sie. Ein LKW fuhr dicht auf und lichthupte verärgert, weil wir ihn ausbremsten. Doch Paul ließ sich nicht aus der Ruhe bringen.

»Kennt ihr die Krimis mit Kommissar Maigret?«, fragte er.

»Nie gehört«, sagte Renee.

»Gelesen hab ich keinen, nur ein paar Filme gesehen«, sagte ich.

»Ich hab sie alle gelesen, seit ich vierzehn war. Und die Filme hab ich mir absichtlich nicht angesehen, um die Bilder in meinem Kopf nicht zu zerstören.«

»Aber du warst doch schon mal in Paris«, sagte Renee.
Paul nickte.

»Immer dann, wenn ich eins von George Simenons Büchern las, war ich in Paris. Der Klang der Straßennamen allein reichte schon aus. Place du Tertre, Place Pigalle, Porte Clignancourt, Quai des Orfevres. Ich kann nicht erklären, warum, aber diese Namen üben eine faszinierende Wirkung auf mich aus.«

»Vielleicht warst du in einem früheren Leben Franzose und hast dein Unwesen in Paris getrieben«, sagte ich. »Zum Beispiel als Glöckner von Notre Dame.«

»Möglich. Dann würde ich aber gerne wissen, wo du in einem früheren Leben warst.«

»Lou war in Rom«, sagte Renee. »Er hat Michelangelo dazu überredet, Bildhauer zu werden.«

»Den musste niemand überreden«, sagte ich, aber der Gedanke gefiel mir trotzdem.

»Und wo war die Signorina in ihrem früheren Leben?«, fragte Paul.

»Oh, who knows, wer kann das wissen?«

Renee rieb mit beiden Händen über ihren kahlen Kopf und dachte nach.

Der LKW setzte endlich zum Überholen an und als er auf gleicher Höhe war, ließ er uns in den Genuss seines Signalhorns kommen.

Paul hupte zurück und es hörte sich an, als blökte ein Lamm gegen das Trompeten einer Elefantenherde an. »Ich weiß es jetzt«, verkündete Renee. »Ich war vor dem Café de Flore in Paris, und zwar genau zu der Zeit, als Hemingway dort seine ersten Shortstories schrieb, sich mit Picasso traf und mit Scott Fitzgerald und all den anderen.«

»Und was hast du gemacht?«

Sie zuckte mit den Schultern.

»I don't know. Ich glaube, ich war Straßenbettlerin. Ich saß vor dem Café de Flore auf der Straße und sah sie alle an mir vorbeigehen, die Maler und Schriftsteller. Und keiner hatte was für mich übrig. Außer vielleicht Hemingway.«

»Deswegen willst du nach Paris?«, fragte ich.

»Yes, Sir. Da will ich hin und sehen, was passiert. Außerdem, you know, — ich muss da noch was erledigen.«

»Und warum willst du nach Paris?«, fragte Paul mich. »Nein, sag's nicht. Ich weiß es schon. Du hast einen Anschlag auf den Eiffelturm geplant.«

»Klar doch. Und Renee darf das Ganze filmen und ihr Video kriegt fünfzig Millionen Aufrufe und wir werden alle reich und berühmt und fahren nach Wanne-Eickel.«

»What?«

»Wohin? Was willst du denn da?«

»Untertauchen natürlich. Keiner vermutet einen international gesuchten Kunstterroristen in Wanne-Eickel.«

»Ok, genug gesponnen.«, sagte Paul und schaltete zurück, weil vor uns ein Fiat 500 tatsächlich noch langsamer fuhr, als wir. »Warum Paris?«

»Dort gibt es das Musée d'Orsay.«

»Aha, du willst wohl die Mona Lisa attackieren.«

»Die hängt im Louvre. Hinter Panzerglas. Und davor steht pausenlos eine Menschenmenge. Einfach schrecklich.«

»Und was gibt es so Besonderes in deinem Musée d'Ingsbums?«

»Musée d'Orsay heißt es. Das war früher mal ein Bahnhof und ist jetzt voller wunderbarer Gemälde. Nirgendwo auf der Welt gibt es eine so große Sammlung von Impressionisten. Die möchte ich endlich einmal im Original sehen. Ihr werdet mich etliche Stunden nicht zu Gesicht bekommen.«

»Hey, du kommst ja richtig ins Schwärmen«, sagte Paul und setzte zum Überholen an. Der Fiat ging freundlicherweise vom Gas, sodass wir rasant an ihm vorbeikamen.

»Paul«, rief ich, »du überholst ein Auto, ist dir das klar?«

»Ja doch. Aber das wird bis Paris das einzige bleiben.«

Und damit sollte er Recht behalten, wenn auch aus gänzlich anderen Gründen, als wir ahnten. Die Fahrerei wurde zunehmend eintöniger. Von Renee war schon seit geraumer Zeit nichts mehr zu hören, als ich das erste Mal einnickte.

Irgendwann schreckte ich hoch. ›Milano 124 km‹ registrierten meine brennenden Augen. Bevor die Information in meinem Hirn ankam, war ich schon wieder eingeschlafen.

Ein gezischter Fluch von Paul ließ mich erneut zusammenfahren. Ich drehte mich nach Renee um, die tief und fest auf ihrer Bank schlief. Paul dagegen war hellwach.

»Das ist das vierte Mal, das mich eines von diesen SUVs schneidet«, brummte er halblaut. Als er merkte, dass ich bei Sinnen war. ›Milano 45 km‹ flog an mir vorbei.

»Wie spät ist es?«, fragte ich ihn.

»Kurz vor Mitternacht. Ich hab mich verschätzt, aber ich fahr noch bis Mailand und dann leg ich mich flach.«

Meine Augen drehten nach dieser Mitteilung weg. Der Gedanke an Signora Lombardi kroch schwerfällig durch mein Gehirn und blieb an irgendeiner Synapse hängen, bevor ich das Bewusstsein verlor.

Ich gewann es wieder in dem Moment, als Paul den Zündschlüssel umdrehte. Von hinten kam ein kräftiges Gähnen.

»Hey boys«, murmelte Renee schläfrig, »wo sind wir?«

»Kurz hinter Mailand«, verkündete Paul.

»Ok, dann sitz ich jetzt hinter dem Steuer und ihr könnt euch tief legen.« Paul und ich waren zu müde, um der korrekten Wortwahl zu ihrem Recht zu verhelfen. Wir verstanden auch so, was Renee meinte. Paul hatte die Ente auf einem großen Rastplatz abgestellt. Nicht weit entfernt von uns lagerte eine Hundertschaft LKWs, von Laternen beleuchtet und ordentlich nebeneinander aufgereiht.

»Den Zündschlüssel hab ich eingesteckt, damit du nicht auf dumme Ideen kommst«, sagte Paul über die Schulter.

»No problem«, erwiderte Renee.

»Und lass die Pedale in Ruhe.«

»No problem«, beteuerte sie.

»Das Lenkrad kannst du meinetwegen anfassen.«

»Jetzt lass mal gut sein, Paul«, mischte ich mich ein.

»No problem«, sagte Renee unverändert fröhlich. Sie wirkte unverschämt ausgeschlafen.

Paul und ich stiegen hinten ein und streckten uns auf den beiden Bänken aus. Ich lauschte noch eine Weile den Verkehrsgeräuschen. Paul knipste die LED-Lichterketten aus, drehte sich auf die Seite und schlief auf seinem reinen Gewissen ein.

Wie hoch ist nochmal der Eiffelturm? Während ich über dieser Frage meditierte, machte Renee es sich auf dem Fahrersitz gemütlich, stöpselte ihre Kopfhörer ein und weckte ihr Smartphone auf.

»Alles klar bei dir?«, murmelte ich. Sie drehte sich kurz zu mir um.

Relax, Lou, wir wollen einen entspannten Tag haben, morgen, äh — heute, ok?« Auf diesem frommen Wunsch als Kopfkissen schlief ich ein. Die Nacht eilte stundenweise über uns hinweg, ohne Spuren zu hinterlassen.

Ich bin sicher, dass ich gerade von meinem Wecker träumte, der vollkommen erschöpft in meiner Münchner Wohnung auf dem Boden lag, als eine Stimme uns aus dem Schlaf riss.

»Anhalten! Sofort anhalten!«, gefolgt von einem kleinlauten Kommentar:

»Oh shit, sorry Jungs, schlaft weiter.«

»Renee!!«, seufzte ich mit zwei Ausrufezeichen.

»Konnte die Signorina ihre Finger wieder mal nicht bei sich behalten«, brummte Paul. Er drehte sich zur Fahrzeugwand, um weiterzuschlafen.

»Anhalten, sofort anhalten! Muss ich alles zweimal sagen?!« Es ist schon eine besondere Erfahrung, mitten in der Nacht von einem mies gelaunten Navi geweckt zu werden, dass zudem die Orientierung verloren zu haben schien.

»Mach das Ding aus«, knurrte Paul gegen die Wand.

»Versuch ich ja, aber es reagiert nicht«, sagte Renee. Paul setzte sich ruckartig auf.

»Tritt auf die Bremse, sonst kapiert das Teil nicht, dass wir schon vor Stunden angehalten haben.«

»Ok, welches Pedal ist das?«

»Herrgott, das mittlere!«

»Also du kannst sagen, was du willst«, sagte ich und kam langsam in die Senkrechte, »bei diesem Gerät hat sich irgendein Programmierer verausgabt.« Paul knipste die LEDs an und nickte mir zu.

»Ich möchte nicht wissen, welche Kommentare ich mir von dem Blechkasten anhören muss, wenn ich durch die Waschstraße fahre.«

»Ich glaub, jetzt hab ich's«, meinte Renee.

»Fahrerwechsel! Fahr endlich los!«, meinte Hilde.

»Damit bin ich gemeint«, sagte ich. Wie spät ist es eigentlich?«

»Kurz nach vier«, sagte Renee. »Können wir vorher ein Frühstück machen?«

»Dafür seid ihr zwei zuständig. Ich tanke in der Zwischenzeit«, sagte ich und gähnte.

Zehn Minuten später kamen sie, beladen mit zwei Tabletts voller Croissants, drei Kaffeebechern, drei Bananen und einer Kiwi zurück. Ich öffnete die beiden Hecktüren und nahm ein Tablett entgegen.

»Für wen ist die Kiwi?«, fragte ich.

»Wieso sitzt du hinten? Wolltest du nicht tanken?«, fragte Paul zurück. Er ließ Renee den Vortritt, schob das zweite Tablett auf den Klapptisch und kletterte ebenfalls herein.

»Also, die Kiwi könnt ihr euch teilen«, sagte ich. Renee schob sie Paul zu und biss in eins der Croissants. Paul fummelte den Plastikdeckel von seinem Kaffeebecher ab und verschüttete dabei etwas aufs Tablett. Er warf mir einen misstrauischen Blick zu.

»Was redest du ständig von der Kiwi? Wenn mich nicht alles täuscht, steht die Ente genauso da wie vorhin«, sagte er und schlürfte vorsichtig. Ich drehte meinen Becher hin und her und schwieg. Er nahm einen größeren Schluck. »Du warst gar nicht tanken, stimmts?« Ich nickte und erntete einen überraschten Blick von Renee. Paul verschränkte die Arme. »Hast du kein Geld mehr?«

»Quatsch!«, rief Renee.

»Das ist nicht das Problem«, sagte ich und fischte ein Croissant aus der Tüte.

»Und was ist das Problem?«, fragte Paul.

»Das Getriebe, vermute ich.«

»What?«

»Das Getriebe? Wieso?«, stutzte Paul.

»Ich krieg keinen Gang rein.«

»Blödsinn«, sagte er, stieg aus und setzte sich auf den Fahrersitz.

Ich ließ ihn in Ruhe seine Erfahrungen machen, während ich Renees fragenden Blick mit einem Kopfschütteln beantwortete. Wir hörten Paul leise fluchen.

Dann stieg er aus und kehrte zu unserem Frühstück zurück. Schweigend griff er nach seinem Kaffeebecher und leerte ihn mit wenigen Schlucken. Renee war bereits bei ihrem dritten Croissant angekommen.

»Schön«, sagte Paul schließlich, »wie ein großer Philosoph einmal sagte: Unser Plan erfährt eine Änderung.«

»Loriot«, sagte ich mit vollem Mund.

»Da kann man nichts machen«, sagte Paul. »Reparieren ist nicht, da muss ein neues Getriebe her.«

»Und was machen wir jetzt?«, fragte ich.

»Wir frühstücken, halten die Klappe und denken nach. Jeder für sich. Aber vorher hol ich mir noch einen Kaffee. Soll ich was mitbringen?« Renee und ich schüttelten die Köpfe.

Als Paul gegangen war, bemerkte ich, wie Renee plötzlich in ihrer Bewegung innehielt. Sie ließ ihr Croissant auf das Tablett fallen und legte beide Hände auf ihre geschlossenen Augen. Ihr Kopf schimmerte weißlich in dem diffusen Licht der LEDs. Ich legte meine Hand auf ihre Schulter.

»Ist schon ok, Lou.«

»Nichts ist ok. Du bist nicht ehrlich. Was ist mit deinem Cannabis? Warum nimmst du es nicht? Du hast doch Schmerzen?« Sie nahm die Hände von den Augen und zuckte mit den Schultern.

»Ich will nicht soviel nehmen davon.« Sie lächelte schwach. »Siehst du, schon vorbei. Ich bin ok.«

Ich sah sie lange an.

»Du hast keins bekommen in Florenz, stimmts? Du hast gar keins mehr.«

Sie winkte ab und griff nach der Kiwi. »Renee!«
Sie schnaufte etwas genervt.

»Der Mann in Florenz hat mich hinters Ohr gehauen. Er kam einfach nicht wie abgemacht.«

»Aber du hast ihm kein Geld gegeben?« Sie drehte die Kiwi in ihrer Hand.

»Er war …, ich hab ihm getraut …, ich war so sicher, dass …. Aber eigentlich es ist egal. Es hat sowieso nicht mehr gewirkt so gut.«

»Du lügst.« Sie sah mich ernst an und schüttelte den Kopf. »Und was willst du machen?«

»Das hier.«

Sie schnitt mit ihrem Messer die Kiwi in der Mitte durch und begann sie auszulöffeln.

»Das ist keine Antwort. Du musst zu einem Arzt.« Das »No!« von ihr kam so heftig, dass ich zurückzuckte und meine Hand von ihrer Schulter nahm.

»Sorry, ich wollte nicht so laut sein. Listen, Lou, die Ärzte — oh my God, vergiss sie. Vergiss diese Idee. Sie ist nicht gut. Ich weiß, was ich tue, ok? Manchmal ich hab Kopfweh. Ein bisschen. That's all. Kannst du das abnehmen, please?«

»Hinnehmen. Du meinst hinnehmen.«

»Yes. Please. Ok?« Ich nickte zögernd und sie löffelte ihre Kiwi aus. »Allright, jetzt wir machen uns richtige Gedanken.«

»Hast du noch ein Croissant für mich?« Sie gab mir eins und wir krümelten schweigend vor uns hin, bis Paul die Hecktür aufriss und uns anstrahlte.

»Wir nehmen ein Taxi«, rief er und zwängte sich mit seinem Kaffeebecher in der Hand an den Klapptisch. Ich starrte ihn an. »Mach dir keine Sorgen ums Geld«, sagte er aufgekratzt. »Wir kommen gratis nach Paris.«

»Ach ja? Das Taxi möchte ich sehen.« Er deutete aufs Fenster und blies auf seinen Kaffee.

»Da draußen stehen genug rum.«

»Great«, rief Renee. »Ich wollte schon immer mal fahren mit ein Truck.«

»Du willst einen LKW klauen?«, fragte ich entsetzt. Paul nippte an seinem Kaffee und zog die Augenbrauen hoch, bis auch ich kapierte. Diese Nacht hatte meine geistigen Fähigkeiten wohl schon zu sehr beansprucht. »Ok, schon klar, du willst per Anhalter fahren.«

»Die muss ich gar nicht anhalten, die stehen alle schon.«

»Und deine Ente willst du einfach hier zurücklassen? So ganz allein?«

»Ich lass ja das Navi da.« Renee prustete los. »Ich meins ernst«, sagte Paul. »Ich will nach Paris und ich will euch zwei nicht allein lassen. Nach meiner Erfahrung könnt ihr Hilfe gut gebrauchen. Und die hier«, er klopfte auf die Sitzbank, »werde ich irgendwann abholen. Da mach ich mir jetzt noch keine Gedanken. Für ein paar Tage kann die Ente gut ihr Nest hier aufschlagen.«

»Wait a minute«, sagte Renee und rieb ihre fettigen Croissantfinger an ihrer Jeans ab. »Sagt man wirklich so? Nest aufschlagen?«

»Man schlägt ein Zelt auf, man schlägt Eier auf«, sagte ich. »Von einem Nest hab ich das noch nicht gehört.«

»Ja, ja, schon gut. Ich rede, wie mir der Schnabel gewachsen ist. Apropos Schnabel, habt ihr mir was übriggelassen?« Renee hob eine Papiertüte in die Höhe. Paul nahm sie ihr ab. »Soviel ich weiß, haben wir sechs Croissants gekauft und das ist alles, was noch da ist?«

Er zog den kümmerlichen Rest des letzten Hörnchens heraus. Mit zwei Bissen war auch der erledigt. »Her mit euren Bananen, die Kiwi ist ja auch schon weg.« Wir gehorchten. Er schälte alle drei auf einmal. »Da fällt mir ein«, sagte er mit vollen Backen, »dass ich gar nicht weiß, ob ihr mich überhaupt weiterhin dabeihaben wollt, in eurer mobilen WG.«

»Frag nicht so dumm«, erwiderte ich, »natürlich wollen wir das. Was sagst du, Renee?« Sie stibitzte mit flinken Fingern die Hälfte einer Banane.

»No question, Paul, wir mögen dich auch ohne Ente. Außerdem wir haben mit Espresso darauf zusammengestoßen.« Paul und ich sahen uns an und schüttelten synchron die Köpfe. »Ok, boys, schon gut, ich weiß, dass es aufgestoßen heißt.«

23. Kapitel

»Schön, das wäre also geklärt«, sagte Paul und unterdrückte dezent etwas Luft.

»Wie willst du vorgehen?«, wollte ich wissen.

»Ich schau mir alle Trucks an und picke die mit deutschem Nummernschild heraus. Die sind im Viertelfinale. Von denen such ich mir die neuesten heraus, wir wollen ja komfortabel reisen. Die sind im Halbfinale, also vier Kandidaten. Und wer von denen als erster aufsteht, hat gewonnen und bekommt uns als Begleitung.«

»Ja, aber derjenige muss ja auch nach Paris wollen.« Paul winkte ab.

»Lass mich nur machen.« Wir packten die Becher und Servietten, Obstreste, Zuckertütchen und Plastikbestecke in die zwei leeren Papiertüten und stiegen aus.

Im Osten dämmerte es bereits. Die LKWs standen in zwei Reihen jeweils diagonal zueinander.

Renee und ich nahmen uns eine Reihe vor, Paul tigerte die andere entlang. Wir waren wenig erfolgreich, doch bevor wir auch nur die Hälfte abgeklappert hatten, bemerkten wir eine kräftige Stimme, die auf Deutsch mit jemandem sprach. Der Ärger war nicht zu überhören.

Renee und ich pirschten uns zwischen zwei Dreißigtonnern aus Spanien näher heran, um zu sehen, ob Paul etwas damit zu tun hatte.

Vor der Fahrerkabine eines schwarzen LKWs lief ein Mann hin und her. Er war nicht sehr groß, mochte Renee wohl gerade mal bis zur Schulter gehen, trug einen dunkelblauen Trainingsanzug und hielt sein Handy ans Ohr. Paul stand etwas abseits und winkte uns zu sich. Der kleine Mann achtete nicht auf uns. Er marschierte pausenlos ein paar Meter in die eine Richtung und dann wieder zurück. Und er redete. Ohne Punkt und Komma. Mit einer tiefen und lauten Stimme.

»Was ist?«, fragte ich Paul. Er zuckte mit den Schultern.

»Er hat wohl mit jemandem gewaltigen Stress. Und wenn mich nicht alles täuscht, ist dieser Jemand sein Chef.« Der Mann lief ein paar Schritte in unsere Richtung, bevor er energisch kehrtmachte, den Blick starr auf seine weißen Turnschuhe gerichtet. Ich schnappte ein paar Satzfetzen auf.

»Seit mehr als dreißig Jahren …, was glauben Sie …, wie oft wollen …, mit wem denn …, was soll das heißen?« Hätte ich wohl in diesem Tonfall jemals mit meinem Chef gesprochen?

»Wie kommst du darauf?«, fragte ich Paul.

»Instinkt«, erwiderte er, »Intuition, Beobachtungsgabe, ein feines Näschen und so weiter.«

»Da schau her«, sagte ich, wenig überzeugt. Paul nickte und verschränkte die Arme.

»Außerdem hat er sich vorhin mit ›Morgen, Chef‹ gemeldet.«

»Das war sicher sehr hilfreich für dein feines Näschen.«

»Ach was, ich hätte es auch so erraten. Wer soll einen LKW-Fahrer denn sonst morgens um fünf Uhr anrufen und zur Schnecke machen?«

»Seine Frau zum Beispiel.«

»Ach ja, und mit der ist er dann per Sie oder wie?«

»Hast du ihn schon angesprochen?«, wollte Renee wissen.

»Nee, er sprang aus seiner Fahrerkabine direkt vor meine Füße. Da saß sein Chef ihm aber schon im Ohr.«

»Oder im Genick, so wie sich das anhört«, sagte ich. »Und wie kommst du darauf, dass er nach Paris fährt?«

»Seine emotionale Befindlichkeit wird ihn dazu bringen.«

»Kapier ich nicht.«

»Du wirst es erleben«, sagte Paul.

Der Mann war am anderen Ende seiner Telefonstrecke mit dem Rücken zu uns stehengeblieben. Einen Moment lang sah es so aus, als wollte er sein Handy auf den Boden werfen. Dann schien er sich zu besinnen, drehte sich zu uns um und stutzte. Paul ging auf ihn zu.

»So früh am Morgen ein Anruf vom Chef? Der muss ja sehr um seine Mitarbeiter besorgt sein.« Der Mann sah ihn misstrauisch an, doch Paul ließ sich nicht aufhalten. »Lust auf einen Kaffee? Ich lad Sie ein.«

»Kaffee hab ich selber. Das Zeug in den Raststätten ist eine Zumutung.« Er lief an Paul vorbei und auf uns zu. »Was wird das hier? Ein Überfall? Eine Demonstration? Oder dreht ihr 'ne Doku?«

Renee steckte rasch ihr Handy weg. Ich hob abwehrend beide Hände.

»Wir sind harmlos.« Er blieb vor mir stehen und drehte sich dann zu Paul um.

»Und das soll ich glauben?«

Paul hob die Schultern.

»Ganz ehrlich: Wie sehen wir denn aus? Wie Kriminelle? Wie Demonstranten? Wie ein Fernsehteam?«

Der Mann schaute uns der Reihe nach an und wusste ganz offenbar nicht, was er von uns halten sollte. Außerdem hatte er sicher anderes im Kopf. Mit einer wegwerfenden Handbewegung ließ er uns stehen und öffnete die Fahrerkabine, um hinter sein Steuer zu klettern.

»Ist mir eigentlich egal, wer ihr seid«, brummte er und stieg auf die unterste Stufe. Angesichts des riesigen Fahrzeugs kam er mir besonders klein vor. Paul reagierte schnell.

»Spricht man Hubert eigentlich Französisch aus? Das ist doch ihr Name?«

Der Mann sprang von der ersten Stufe wieder runter und schlug die Fahrertür zu.

»Das war ja wohl nicht schwer zu erraten.« Erst jetzt fiel mir das Nummernschild mit den sechs Buchstaben auf, das hinter der Windschutzscheibe steckte. Paul streckte ihm unverfroren die Hand entgegen.

»Ich bin Paul. Das ist Renee und das ist Ludwig.« Genauso zögerlich wie ich, am Tag zuvor in den Uffizien, ergriff der Mann sie.

»Hubert«, sagte er. »Bloß nicht Übär sagen.« Er schüttelte auch uns die Hand.

»Wir sitzen in der Klemme«, sagte Paul.

»Da können wir uns gleich nochmal die Hand geben«, sagte Hubert. Paul nickte.

»Gab wohl Ärger mit dem Chef. Sorry, ich habs mitbekommen. Schon lange bei der Firma?«

»Zweiunddreißig Jahre. Ich hab angefangen, da war dieser Knilch noch im Kindergarten und hat die Erzieherinnen genervt.« Paul hatte zielsicher einen wunden Punkt getroffen. Hubert wollte seinen Frust loswerden. Und dafür war Paul goldrichtig. Renee sprach aus, was ich derweil dachte.

»Wir wollen nach Paris.«

»Schöne Stadt«, erwiderte Hubert ganz automatisch, wie das immer geschieht, wenn der Name Paris fällt. »Ich muss nach Amsterdam«, fügte er hinzu und sagte dann das entscheidende Wort: »Eigentlich.« Er musterte uns nachdenklich und wurde dann zutraulich. »Wollt ihr meinen Kaffee mal probieren? Ich hab 'ne ganze Kanne.«

»Aber das ist doch Zeitverschwendung«, dachte ich, als Paul spontan ›Warum nicht‹, sagte.

»Steigt drüben ein und passt auf mit den Stufen.« Wir umkurvten das Führerhaus und ich knuffte Paul in die Rippen.

»Amsterdam, hat er gesagt!«

»Na und? Lass mich nur machen.« Renee überholte uns und stieg als erste ein. Wir folgten ihr und mir wurde erst jetzt klar, dass der LKW eine Doppelkabine hatte. Renee war genauso überrascht, wie ich.

»Oh, wow, look at this!«, rief sie aus.

»Deswegen hab ich ihn ausgesucht«, raunte Paul mir ins Ohr. Hubert hatte bereits drei Pappbecher bereitgestellt, in die er aus einer großen Thermoskanne schwarzen Kaffee goss. Er machte die Becher nur halbvoll und war dafür bei seiner Keramiktasse großzügiger.

»Zucker hab ich grad keinen da. Der verfälscht nur den Geschmack.« Paul versuchte das dampfende Gebräu und ich spürte allein schon bei dem Duft sowas wie Herzrasen.

»Was ist da drin?«, wollte Paul wissen.

»Spezialmischung. Muss mich ja irgendwie wachhalten«, sagte Hubert. Ich hatte in letzter Zeit entschieden zu viel Koffein konsumiert und begnügte mich zunächst mit einer Nase voll.

»Bist du immer allein unterwegs?«, fragte Paul. »Ich frag nur, weil hier vier Sitzplätze sind.«

»Ich fahr nur solo. Die Kiste war ursprünglich ein Möbeltransporter mit Extrasitzen für die Montagemannschaft. Stammt aus 'ner Konkursmasse. Hat der Junior billig eingekauft.«

»Der Junior? Mit dem hast du telefoniert?« Hubert nickte grimmig.

»Ein studiertes Bürschchen. Sitzt den ganzen Tag in seinem Luxusbüro mit den Füßen auf dem Tisch und bastelt Excel-

Tabellen. Hat noch keine Minute hinterm Steuer verbracht und will mir vorschreiben, wie ich meine Arbeit zu machen habe.«

»Ist das nicht das übliche Verhalten von Chefs?«, warf ich ein. Hubert nahm einen kräftigen Schluck aus seiner Tasse und warf mir über die Schulter einen finsteren Blick zu. »Ich will ihn ja gar nicht in Schutz nehmen«, sagte ich und lehnte mich zurück.

Renee saß neben mir hinter dem Fahrersitz und legte einen Zeigefinger auf ihre Lippen. Paul thronte auf dem Beifahrersitz.

»Ich hab noch nie einen Chef gehabt, also müsste ich eigentlich die Klappe halten. Und ich will dir auch keinen Honig ums Maul schmieren, aber müsste der Herr Junior nicht froh um jeden Mitarbeiter mit soviel Erfahrung sein?«

Clever von Paul. Kein Honig, aber Nutella. Das klebt nicht so am Kinn und wirkt genauso gut. Hubert nickte ein paar Mal und schlug mit der Hand aufs Lenkrad.

»Mitarbeiter? Wir sind keine Mitarbeiter, wir sind Kostenfaktoren und Versuchskaninchen für seinen angelesenen Management-Firlefanz. Er war noch keine Woche in der Firma, da hat er uns mit seinem Leitbild beglückt. Keine Ahnung, wie wir die Firma ohne so ein Pamphlet die dreißig Jahre vor seiner Erleuchtung am Leben gehalten haben. Der Senior hat an meinem ersten Tag zu mir gesagt: ›Ich verlasse mich auf Sie.‹ Fünf Worte! Versteht ihr, da steckt alles drin. Der Junior lässt uns 'ne ganze Din A4-Seite auswendig lernen. Jedes zweite Wort ebenso hohl wie englisch. Ich kann englisch, aber ich hab mich geweigert. Der kann sich seinen Katechismus aufs Klo hängen, mit Durchschlag. Zweilagig sozusagen. Aber das ist noch längst nicht alles. Time-Management! Noch so ein Käse. Schickt uns online Fragebögen. Will wissen, wie lange wir fürs Frühstück brauchen, fürs Telefonieren, fürs Pinkeln, fürs Tanken, fürs Haare waschen, fürs Fragebogen ausfüllen ...«

»Jetzt übertreibst du aber«, unterbrach ihn Paul. »Das ist doch gar nicht zulässig.«

»Es ist freiwillig. Aber wer freiwillig auf diese Fragebögen pfeift, kommt auf 'ne schwarze Liste. Der Typ führt viele schwarze Listen, und auf jeder steh ich ganz oben. Ganz abgesehen davon, dass ich in das verflixte Programm gar nicht reinkomme. Das ist natürlich passwortgesichert. Und das Passwort hat ein T.«

»Und wo ist das Problem?«

»Meine Tastatur spinnt, das T funktioniert nicht.« Hubert atmete ein paar Mal tief durch. »Best Practice — das nächste Kinkerlitzchen. Wir Fahrer sollen uns gegenseitig verklickern, wie man am schnellsten ans Ziel kommt.«

»Ist die Idee so schlecht?«

»Jetzt hör mal zu, Paul. Die meisten von uns fahren für den Laden seit Jahrzehnten. Wir kennen seit Ewigkeiten alle Tricks voneinander. Aber jetzt muss jeder jede Woche einen Vorschlag machen. Schriftlich. Da wird natürlich auch eine Liste geführt. Die ist zwar nicht schwarz, aber dafür steh ich auf der ganz unten, an letzter Stelle.«

»Du scheinst ein sturer Hund zu sein«, sagte Paul. »Das gefällt mir.« Hubert leerte seine Tasse und wischte sich über den Mund.

»Ich bin angeblich sozial nicht kompatibel, hat er gesagt, dieses Excel-Männchen.

Wir sind ein verschworener Haufen, meine Kollegen und ich. Jeder von uns hat ein paar Millionen Kilometer abgerissen, allein hinterm Steuer. Aber ich bin sozial nicht kompatibel!« Hubert ballte die Faust und schüttelte

307

nachdrücklich den Kopf. »Ich bin sowas von kompatibel«, knurrte er leise. »Das hält der gar nicht aus, wenn er mir mal übern Weg läuft.«

»Du bist so richtig schön sauer auf ihn, was?«, fragte Paul. Hubert nickte und dieses Nicken hatte etwas Bedrohliches. Es brodelte in ihm. Paul fing an, ihn zu bändigen. »Die Frage ist: Was fängst du mit all der Energie an?« Hubert warf ihm einen raschen Blick zu.

»Was soll ich schon machen? Er sitzt am längeren Hebel.«

»Das schon, aber du sitzt am Steuer.« Hubert umklammerte das Lenkrad mit beiden Händen.

»Das sieht nur so aus. Er hat mich gefeuert.«

»Und was ist mit Amsterdam?«, entfuhr es mir. Hubert winkte ab.

»Die Ladung muss zwar nach Amsterdam, aber damit hab ich nix mehr zu tun. Ich soll hier auf einen Typen warten, der die Fuhre übernimmt, irgend so ein Grünschnabel, den er vor einem Monat eingestellt hat. Ich bin ab sofort freigestellt, wie das so schön heißt.«

»Der hat dich fristlos gefeuert? Nach zweiunddreißig Jahren? Das geht doch gar nicht«, empörte sich Paul. »Ohne schwerwiegenden Grund …«

»Den hat er aber«, fiel Hubert ihm ins Wort und fuhr sich mit der Hand übers Gesicht.

»Den hat er?« Hubert nickte schwach und faltete seine Hände auf dem Lenkrad.

»Er will doch jede Woche so einen schriftlichen Vorschlag. Letztes Wochenende war bei mir der Ofen aus. Mir sind sämtliche Geduldsfäden gerissen. Ich hab mich hingesetzt und ihm einen Vorschlag aufgeschrieben. Genau genommen waren es ein paar Vorschläge.« Hubert schnaufte. »Als ich einen hatte, kamen die anderen ganz von selbst. Ist zwei

Seiten lang geworden, meine Liste. Vielleicht etwas zu drastisch formuliert. Vielleicht nicht das, was er sich unter Verbesserungsvorschlägen vorstellt. Aber wenigstens prägnant im Ausdruck.« Hubert sah Paul aus müden Augen an. »Obwohl — den einen oder anderen Ausdruck hätte ich vielleicht streichen sollen.« Er seufzte.

»Vielleicht hat er das Ganze als Drohbrief aufgefasst.

»Drohbrief?«

»Ja, oder Hetzschrift oder meinetwegen Shitstorm. Ein Einmann-Shitstorm in analoger Form. Und jetzt fühlt er sich womöglich beleidigt. Na ja — ganz sicher fühlt er sich beleidigt. Seit zwei Jahren geht mir der Mistkerl sowas von auf den Zeiger. Da kommt eben was zusammen, an Verbesserungsvorschlägen.« Er lächelte gequält. »Hätte es vielleicht nicht seiner Sekretärin geben sollen.«

»In Gegenteil«, rief Paul, »das war eine gute Tat.«

»Für wen?«

»Für dich!«

»Du hast gut reden.«

»Ja, das krieg ich öfters zu hören, als notorischer Besserwisser.«

Huberts Lächeln war immer noch schwach. Ich wechselte einen Blick mit Renee, die gespannt dasaß. Pauls Interesse für Huberts Lage in allen Ehren, aber wie sollte uns das nach Paris bringen? Hubert griff nach seiner Thermoskanne.

»Will noch jemand?«

Wir schüttelten einmütig die Köpfe. Paul legte einen Zeigefinger an die Nase.

»Nimm mal an, Hubert, du hättest den Shitstorm nicht rausgelassen und alles für dich behalten. Das ist nicht sehr hygienisch. Das kann zu schlimmen Nebenwirkungen führen. Jetzt bist du den Dreck los und dein Herr Junior hat ihn an der Backe. Stell ihn dir doch mal vor. Du hast ja vorhin mit ihm telefoniert. Der sitzt an seinem Schreibtisch, die Füße hoch, spielt lässig mit seinem Protzkugelschreiber und denkt, er kann dich stressfrei per Handy von seinem Spielfeld löschen.«

Hubert sah Paul nachdenklich an. Seine Kiefermuskeln arbeiteten. Paul verschränkte die Arme und beugte sich leicht zu Hubert hinüber.

»Ich sag dir was, Hubert. Ich finde, dein Herr Junior hat sich etwas Stress verdient. Jede Menge Stress sogar. Soviel Stress, dass es ihm die Füße vom Tisch reißt.«

Er machte eine Pause und drehte sich zu uns um. »Wie seht ihr das?«

»Great idea«, sagte Renee und streckte beide Daumen nach oben.

»Das hört sich fair an«, sagte ich und ahnte, in welche Richtung Paul galoppieren würde. Hubert war skeptisch. Er verschränkte jetzt ebenfalls die Arme.

»Dann lass mal hören, wie das funktionieren soll, du Besserwisser.«

»Du hast wahrscheinlich ein GPS-Gerät.«

»Na klar doch, das war das erste, was Chefchen eingeführt hat. Damit er seine Schäfchen jederzeit auf dem Radarschirm hat.«

»Das dachte ich mir. Wo ist das Teil?« Hubert deutete auf ein kleines Kästchen an der Mittelkonsole. »Ist es eingeschaltet?« Hubert nickte. »Ausschalten!«

»Aber ...«

»Ich geh mal davon aus, dass du eine Einverständniserklärung unterschrieben hast. So clever wird dein studierter Junior ja wohl sein.«

»Haben wir alle unterschrieben. Freiwillig.«

»Aha. Da stand sicher auch drin, wann die Geräte eingeschaltet sein dürfen.«

»Klar. Nur während der Arbeitszeit. Aber wir lassen die Dinger immer an.«

»Warum?« Hubert blies die Backen auf und verdrehte die Augen. »Weil ihr keinen Stress mit dem Herrn Junior haben wollt«, beantwortete Paul die Frage selbst. »Da du gefeuert bist, kann von Arbeitszeit derzeit nicht die Rede sein. Also lautet die erste, arbeitsrechtlich völlig korrekte Erziehungsmaßnahme: Schalt das Ding ab!« Hubert drehte sich zu mir um und schaute mich an, als sei ich der Experte in solchen Fragen.

»Das hört sich plausibel an«, sagte ich, ohne zu zögern. Hubert schaltete das Ding ab.

»Schön«, stellte Paul fest, »das wird ihn ein bisschen ärgern, aber er weiß ja, dass sein Grünschnabel dich ablösen wird und der wird sicher als erstes das Gerät wieder einschalten. Theoretisch zumindest. Was denkst du, wann der hier aufkreuzt?«

»Das kann höchstens noch zehn oder fünfzehn Minuten dauern.«

»So schnell? Wir sind hier doch kurz hinter Mailand. Habt ihr eine Filiale oder sowas in der Gegend?« Hubert nickte. Paul kratzte sich am Kopf. Ich wusste jetzt, was er vorhatte.

»Das muss ich jetzt wissen, Hubert. Willst du diesem …, wie hast du ihn genannt?«

»Excel-Männchen.«

»Wunderbar. Willst du diesem Excel-Männchen einen Denkzettel verpassen?«

»Der kann gar nicht groß genug sein, der Zettel.«

»Dann fahr mit uns nach Paris. Ohne GPS. Lass diesen LKW spurlos verschwinden. Wir zahlen den Sprit.«

311

Renee und ich hielten die Luft an.

Hubert starrte Paul an. Dann schnaubte er diese Schnapsidee durch die Nase gegen die Windschutzscheibe.

Sein Blick blieb an seinem Tacho hängen. Er schüttelte den Kopf.

Paul ließ ihn nicht aus den Augen. Hubert stellte das Kopfschütteln ein und verharrte regungslos auf seinem Sitz.

Ich sah zu Renee hinüber. Sie hatte die Augen geschlossen und die Finger gekreuzt.

Dann kam Bewegung in Hubert. Er drehte sich zu uns beiden um und musterte uns, als wollten wir bei ihm einziehen.

Paul wusste genau, wann er schweigen musste, auch wenn die Zeit drängte.

Ich hielt Huberts Blick stand. Er atmete einmal tief durch, dann schlug er mit der Faust auf Pauls Knie.

»Ich hab keinen Schimmer, ob das gut ausgeht. Aber ich bin jetzt in einem Alter, wo es höchste Zeit wird, auch mal was Verrücktes zu tun. Von mir aus. Fahren wir nach Paris. Ich will gar nicht länger drüber nachdenken. Holt euer Zeug. Beeilt euch!«

»Yeah«, sagte Renee.

Ich ballte beide Fäuste und Paul sagte:

»Ich bin sicher, wir werden uns gut unterhalten. Das ist eine deiner besten Entscheidungen, Hubert. Merci.«

24. Kapitel

Wir stiegen hastig aus und eilten zur verwaisten Lastenente. Paul hatte im Nu das Nötigste in eine Reisetasche gepackt und wir schnappten unsere beiden Rucksäcke.

»Du hast ein besonderes Talent, Leute von Dingen zu überzeugen, an die sie im Normalzustand nicht zu denken wagen«, sagte ich.

»Was eindeutig gegen den Normalzustand spricht«, erwiderte er.

»Ok, boys«, keuchte Renee, als wir im Laufschritt zurückliefen, »unsere Liste wird immer länger.«

»Was für 'ne Liste?«, fragte Paul. Ich wusste, was Renee meinte und zählte, ebenfalls keuchend, auf: »Besitz von Rauschgift, Fahrerflucht, Geldwäscheverdacht, Hochstapelei, Verdacht eines terroristischen Anschlags und — LKW-Kidnapping.«

»Ich wusste es«, keuchte Paul und blieb stehen, weil wir angekommen waren. »Ich bin in schlechte Gesellschaft geraten. Wovor mich meine Mutter immer gewarnt hat.«

»Ich hätte mir nie träumen lassen, einmal zur schlechten Gesellschaft zu gehören«, sagte ich und schnaufte durch.

»Das erinnert mich an einen weiteren großen Philosophen des zwanzigsten Jahrhunderts. ›Ich möchte keinem Club angehören, der mich als Mitglied aufnimmt‹ oder so ähnlich lautete seine Erkenntnis«, sagte Paul.

»Das kann nur von Woody Allen sein«, sagte Renee.

»Wenn es so weitergeht, sind wir kein Club, sondern eine Bande«, sagte ich und öffnete die Beifahrertür. » So kann es nicht weitergehen. In Paris werden wir nichts anderes sein, als ganz normale Touristen.« Meine Ahnungslosigkeit dürfte mittlerweile hinreichend bekannt sein.

Wir verstauten unsere Rucksäcke und Pauls Reisetasche hinter den Rückenlehnen und nahmen unsere Plätze ein. Hubert hatte seinen Dreißigtonner bereits angeworfen.

»Was hast du eigentlich geladen?«, fragte Paul und schnallte sich an.

»Kloschüsseln«, war die Antwort.

»Ok, soviel zum Thema Shitstorm.« Als wir langsam Fahrt aufnahmen, entdeckte Hubert im Rückspiegel einen jungen Mann, der hektisch an der Reihe der LKWs entlanglief.

»Scheint so, als ob wir dem Grünschnabel gerade so entwischt sind«, sagte er und gab Gas.

Wir nahmen die Route über die Autobahn, Mautgebühren hin oder her. Die Fahrt verlief äußerst kurzweilig.

Abwechselnd fiel jeder von uns in einen Tiefschlaf und erholte sich von der chaotischen Nacht.

Hellwach hingegen war Hubert. Er war richtig aufgekratzt und ich machte mir schon Gedanken, ob ihn nicht doch irgendwann die Skrupel packten. Doch Minute um Minute, Kilometer um Kilometer verging, ohne dass sich an seiner Stimmung etwas änderte.

Im Vergleich zur Ente waren wir ein ganzes Stück schneller unterwegs. Wir nahmen zunächst die A26, fuhren durchs Aostatal, ließen später den Montblanc links liegen, kamen an Genf vorbei und über die A40 zur A6, die uns nach Paris brachte. Hubert fuhr jeweils drei Stunden am Stück, dann machten wir eine halbstündige Pause, bevor es weiterging.

Wenn man nicht selbst fahren muss, ist das Reisen in so einem LKW äußerst angenehm.

Huberts geräumiger Doppelkabinenlaster gab uns das Gefühl, in einem extragroßen Wohnmobil on the road zu sein.

Paul bestritt den weitaus größten Teil der Unterhaltung. Hubert war zunächst sehr skeptisch, als er von dessen Profession erfuhr.

»Du bist 'n Seelenklempner?«, fragte er, als wir gerade die Grenze nach Frankreich überquerten.

»Das ist kein schlechter Begriff«, gab Paul zurück. »Ich sehe das tatsächlich als eine Art Handwerk an. Nur nehme ich als Werkzeug nicht die Rohrzange. Jedenfalls nicht sofort.«

Paul klang todernst, als er das sagte. Hubert warf ihm einen schrägen Blick zu, der übersetzt bedeutete: »Verarschst du mich gerade?«

»Manchmal genügt auch Wechselstrom«, mischte ich mich ein.

»Das ist außer Mode. Außerdem bin ich kein Elektriker«, erwiderte Paul.

Renee wachte auf und meldete sich zu Wort.

»Könnt ihr auch mal quatschen seriously?« Das war das Stichwort für Paul, der von da an über seine Klienten referierte. Dabei war die Art und Weise, wie er sie kennenlernte, bisweilen interessanter, als der Fall selbst.

Am frühen Nachmittag aßen wir an einer Raststätte nördlich von Lyon und vergaßen die Zeit, denn Paul fesselte uns mit einem ganz speziellen seiner »Fälle«, an den er in einem Museum geraten war.

»Wie Ludwig weiß, bin ich sehr schnell und geschickt, wenn es darum geht, leichtsinnige Zeitgenossen um eine Erfahrung zu bereichern«, begann Paul.

»Er will damit sagen, dass er ein überdurchschnittlich guter Taschendieb ist«, erklärte ich Hubert, der mir einen seiner schrägen Blicke zuwarf. »Das ist die Wahrheit, du kannst es mir glauben. Ich hab ihn selbst dabei ertappt, in den Uffizien.« Hubert stutzte.

»Ihr wart in Florenz? Da kam doch was in den Nachrichten«, sagte er und runzelte die Stirn. »Hat da nicht die Mafia den Dom in die Luft gejagt?« Wir drei schauten uns an und beschlossen, ihn nicht mit den tatsächlichen Ereignissen zu verwirren.

»Das braucht uns jetzt nicht zu interessieren«, sagte Paul und kratzte sich am Kopf.

»Du beklaust die Leute?«, fragte Hubert ungläubig.

»Nur, wenn sie unvorsichtig sind. Ich stoße einen Lernprozess bei ihnen an und behalte das Honorar dafür gleich ein.« Hubert schüttelte den Kopf.

»Also, fair ist er schon«, sagte ich, »er klaut ja nicht alles. Da gibt es mehrere Tarife.« Ich hörte mir selbst zu und konnte nicht glauben, was ich da von mir gab. Genauso wenig Hubert.

»Wie auch immer«, fuhr Paul fort. »Dieser Mann war besonders leichtsinnig. Er hatte in seiner Gesäßtasche …«

»Gesäßtaschen sind Pauls bevorzugtes Arbeitsgebiet«, unterbrach ich ihn.

»Ja doch! Also, er hatte da fast zweitausend Euro stecken. Und zwar lose. Keine Brieftasche, kein Geldbeutel, keine Alarmanlage.«

»Alarmanlage? In der Gesäßasche?«, fragte Hubert und legte sein Besteck hin. Paul nickte.

»Hab ich alles schon erlebt. Aber jetzt stand ich vor einem Problem. In dieser Preiskategorie ist mein Tarif fünfzig Prozent. Das heißt ich hätte tausend Euro wieder an ihrem gewöhnlichen Aufenthaltsort platzieren müssen. Und, das ist für euch, liebe Zuhörer, die ihr euch noch nie mit dieser Materie befasst habt, vielleicht überraschend: Es ist viel schwieriger jemandem unbemerkt etwas zu stecken, als zu ziehen. Üblicherweise fallen mir Brieftaschen und ähnliches in die Hände. Da lass ich die fünfzig Prozent drin und deponiere sie an geeigneter Stelle als Fundsache.«

»Wenn ich dich so reden höre«, warf ich ein, »bin ich immer mehr davon überzeugt, dass bei dir eine Therapie überfällig ist.«

»Nicht überfällig, sondern überflüssig. Ich bin kerngesund.«

»In deinen Augen.«

»Nur auf die kommt es an. Und jetzt lenk mich nicht andauernd ab. Wie soll Hubert da einen richtigen Eindruck von meiner Arbeitsweise bekommen? Also, wo war ich?«

»Du hattest tausend Euro zu viel geklaut«, sagte Hubert, der sich allmählich über nichts mehr zu wundern schien.

»Richtig. Dieser Mann war in dem Museum nicht meine erste Zielperson gewesen. Genaugenommen war er meine letzte.

Ludwig kennt meine Arbeitsjacke, die mit den großen Innentaschen. Da zappelten schon fünf Beutetiere und warteten darauf, untersucht zu werden. Ich setzte mich in eine stille Ecke — und fand nur vier. Es mussten aber fünf sein, da war ich ganz sicher. Verwirrt sah ich mich um und da stand dieser Mann plötzlich vor mir. Der mit dem Bargeld. Dem ich die tausend Euro schuldete. Und er sprach mich an. Es war ihm sichtlich unangenehm, er wirkte irgendwie zerknirscht. ›Ich habe etwas für sie‹, murmelte er. ›Ich kann nichts dafür. Ich kanns einfach nicht lassen.‹ Und dann griff er in seine Jackentasche und streckte mir mein fünftes Beutetier entgegen, eine schwarze, quadratische Brieftasche. Der Kerl hatte mich beklaut.«

»Machst du Witze? Hattest du deine Jacke nicht zugemacht?«, fragte ich. Paul zuckte mit den Schultern.

»Da war es viel zu warm. Ich hab den Reißverschluss halb runtergezogen.«

»Klarer Fall von leichtsinnig«, stellte Renee fest. »Was hast du dann gemacht?«

»Ich hab ihn gefragt, ob er darüber reden will und ihn zu einer Pizza eingeladen.«

»Und die tausend Euro?«

»Hab ich als Honorar verrechnet. Immerhin hab ich ihn ein halbes Jahr lang betreut. Außerdem war er damit einverstanden.
Ich hatte ihn beklaut und damit sein Vertrauen gewonnen.«

»Sowas verrücktes hab ich noch nie gehört«, sagte Hubert und nahm sein Besteck wieder auf.

»Wir waren auf derselben Ebene«, meinte Paul, und löffelte seine Suppe aus. »Da therapiert es sich leichter.«

»Hattest du denn Erfolg?«, fragte Renee.

»Nee. Kleptomanie kann man nicht wirklich heilen.«

»Außer man führt Tarife ein«, sagte ich. Hubert schüttelte den Kopf, grinste und sah auf die Uhr.

»Wie sieht's aus, wollt ihr heute noch ankommen?«

Wir zahlten eilig und setzten unsere Fahrt fort. Für eine Weile kehrte Ruhe ein. Ich beobachtete Renee aus dem Augenwinkel. Sie hatte wieder mal die Augen geschlossen und döste vor sich hin. Die Hand mit ihrem Armband war neben den Sitz gerutscht. Die hölzernen Perlen leuchteten warm im Sonnenlicht. Ihr kahler Kopf lehnte an der Scheibe. Sie hatte Pauls Mütze als Polster dazwischen geklemmt. Paul drehte sich zu mir um.

»Ist dir schon aufgefallen, dass sie wie Romy Schneider aussieht?«, raunte er mir leise zu. Ich nickte. »Ist ein richtiges Murmeltier, so viel wie die schläft.« Ich nickte wieder und machte mir meine Gedanken.

Paul wandte sich an unseren Fahrer.

»Müsste dein Chef dich nicht schon längst angerufen haben? Der dürfte doch in der Zwischenzeit ganz schön hyperventilieren.«

Hubert griff in die Hemdtasche und hielt sein Smartphone hoch.

»Bin vorübergehend nicht erreichbar. Habs komplett abgeschaltet. Von mir aus kann er mich bei der Polizei als vermisst melden. Und seine Kloschüsseln gleich mit.« Sofort wurden Paul und ich hellhörig. Der Polizei wollten wir auf diesem Planeten am liebsten gar nicht mehr begegnen.

»Glaubst du, der macht das?«, fragte Paul.

»Das kann er gern probieren, aber bis die Franzosen darauf reagieren, sind wir längst in Paris.«

»Wie lange brauchen wir noch?«, wollte ich wissen.

»In 'ner halben Stunde haben wir die Außenbezirke erreicht. Ab da ist es schwer einzuschätzen. Wo soll ich euch denn absetzen?« Darüber hatten wir uns noch keine Gedanken gemacht.

»Wie wär's mit dem Bahnhof der Löwen?«, meldete sich Renee plötzlich zu Wort.

»Der Gare de Lyon«, rief ich. »Ich glaube, der liegt irgendwo südlich. Von da gehen die Züge nach Lyon ab.« Ich warf Renee einen Blick zu und sie zwinkerte zurück.

»Das kann ich machen«, sagte Hubert und reckte einen Daumen hoch. »Kümmere du dich mal um das Navi«, sagte er zu Paul. »Nicht da, das ist das Radio. Aber warte, da kommen gerade Nachrichten. Mach mal lauter.« Die Stimme einer Nachrichtensprecherin ließ uns erstarren.

»… wie aus italienischen Regierungskreisen verlautete, wird derzeit ein terroristischer Akt nicht ausgeschlossen. Am gestrigen Nachmittag hatten Unbekannte die weltberühmte Statue des David von Michelangelo zum Einsturz gebracht.

Der Schaden ist unermesslich. Die Polizei sucht in diesem Zusammenhang nach einem etwa siebzigjährigen Mann und einer fünfundzwanzig- bis dreißigjährigen Frau, die eine Glatze haben soll. Auf einem Video, das der zufällig anwesende private Sender REAL NEWS von dem Geschehen aufnahm, sind beide Personen zu erkennen. Unklar ist allerdings, ob sie tatsächlich etwas mit dem Unglück zu tun haben. Unser Experte Dr. Hanno Sielmann vom geologischen Institut Freiburg hält ein sogenanntes Mikrobeben für eine mögliche weitere Ursache. Von den örtlichen Behörden fehlt dazu bisher jede Stellungnahme.«

Hubert schaltete das Radio aus. Ich sah, wie seine Kiefermuskeln arbeiteten, als hätte er vier Kaugummi im Mund. Paul räusperte sich.

»War wohl doch nicht der Dom«, sagte er.

»War wohl doch nicht die Mafia«, brummte Hubert. Paul fummelte angelegentlich am Navi herum.

»Dieser Bahnhof liegt ziemlich zentral, da musst du weit nach Paris hineinfahren«, sagte er zu Hubert, um irgendwas zu sagen. Hubert drehte sich zu mir um.

»Für siebzig hätte ich dich nicht gehalten«, sagte er, ohne die Miene zu verziehen.

»Das liegt an den Aufnahmen. Das Licht war nicht so günstig«, erwiderte ich, ebenfalls ohne die Miene zu verziehen. Hubert klopfte mit einer Faust auf das Lenkrad.

»Ich fass es nicht. Ich fass es einfach nicht«, murmelte er und warf einen kurzen Blick zu Paul hinüber. »Als du behauptet hast, ihr wärt in der Klemme, habe ich alles Mögliche vermutet, sowas aber ganz bestimmt nicht.«

Paul schwieg und gab unserem Chauffeur die Gelegenheit, sich an den Gedanken zu gewöhnen, dass er international gesuchte Terroristen durch Frankreich kutschierte.

»Wenn du damit fertig bist, dich an den Gedanken zu gewöhnen, dass du international gesuchte Terroristen durch Frankreich kutschierst, gib mir ein Zeichen«, sagte Paul, »damit ich mit der Therapie anfangen kann.«

»Ok, ok, dann bin ich jetzt mal auf eure Version gespannt«, erwiderte Hubert.

»Das übernimmt Ludwig. Der ist schließlich der Hauptverdächtige«, bestimmte Paul. Was ich nur zu gerne tat. In wenigen Sätzen erklärte ich Hubert, was sich tatsächlich abgespielt hatte und auch meine Theorie, die sich mit der dieses Experten aus den Nachrichten deckte.

»Und was ist mit diesem Video?«

»Das wurde schon mehr als vierhunderttausend Mal aufgerufen«, sagte Renee. Sie reichte Hubert ihr Smartphone über die Schulter. Wir standen gerade im Stau vor einer Baustelle und Hubert sah sich den kurzen Film an. Danach hatte er erstmal keine Worte.

»Solange nicht offiziell bestätigt ist, dass ein Erdbeben den David zerstört hat, bleiben wir in Deckung«, sagte ich. »Das verstehst du doch sicher.«

»Von mir erfährt keiner was. Die Story heb ich mir auf für lange Winterabende. Und wie seid ihr auf Paris gekommen?«

»Ich hab ein Date mit Maigret«, sagte Paul.

»Und ich mit den Impressionisten«, sagte ich.

»Verstehe«, sagte Hubert, »das geht natürlich nur in Paris. Und was ist mit dir, Renee?« Sie antwortete nicht sofort und ich bemerkte wie sie plötzlich blass wurde.

»Ich muss dort erledigen something important. Das hab ich mich selbst versprochen«, sagte sie leise und wich meinem Blick aus. »Sagt man so?«

. »Mir statt mich ist besser, aber wir haben dich auch so verstanden«, sagte Paul.

»Und was machst du in Paris?«, wollte ich von Hubert wissen. Er zuckte mit den Schultern und druckste etwas herum.

»Möglicherweise hab ich auch ein Date«, sagte er schließlich.

»Du kennst hier jemanden?« Er nickte und trat auf die Bremse.

»Meinen Bruder. Wird Zeit, dass ich ihn endlich mal besuche.«

»Ihr habt euch lange nicht gesehen?«, fragte Paul. Wieder nickte Hubert und schien im Kopf etwas nachzurechnen.

»Das müssen wohl achtundzwanzig Jahre sein.«

»Oh my god, das ist mein Alter«, sagte Renee munter. Ihr schien es schon wieder besser zu gehen.

Hubert seufzte.

»Tja Leute, das ist eine lange Geschichte, aber die will ich jetzt nicht erzählen.«

Paul kramte in seiner Hosentasche.

»Ich geb dir meine Karte«, sagte er. »Nur, falls du mal einen Handwerker brauchen solltest.«

Hubert schmunzelte und nahm das arg zerknickte Stück dankend entgegen.

Die Autobahn war jetzt achtspurig. Das Navi war ein Profi und Hubert lenkte uns hochkonzentriert mitten ins Zentrum der französischen Metropole.

Ich hatte all die Bilder von Paris vor Augen, die mir im Leben begegnet waren, die Fotos, die Filme, die Postkarten. Doch die Fahrt durch die Vororte ernüchterte mich. Das alles sah für mich überhaupt nicht nach diesem Paris aus.

Als könnte Paul meine Gedanken lesen, was ich bei seinen ungewöhnlichen Talenten nicht ausschließen mochte, drehte er sich bei der fünften roten Ampel nach mir um und sagte:

»Sieht gar nicht nach Paris aus, was? Aber keine Sorge, Louis, der Eiffelturm wird sich nicht von der Stelle gerührt haben. Und meines Wissens gab es auch noch keinen Anschlag auf Notre Dame oder den Arc de Triomphe. Das Postkartenparis ist unverwüstlich.«

»Yeah«, sagte Renee, »Lou heißt ab sofort Louis und nicht mehr Luigi.«

»Ihr könnt schon mal euer Gepäck bereithalten«, sagte Hubert. »Mit meinem Ozeandampfer kann ich nicht ewig vor dem Gare de Lyon halten. Das muss fix gehen. Und außerdem hab ich's nicht so mit großen Abschiedsszenen.« Paul legte ihm eine Hand auf die Schulter.

»Du hast Recht. Ich glaube, das geht uns allen so. Es war uns eine Ehre, von dir chauffiert zu werden.«

»Du warst ein Glücksfall für uns«, sagte ich. »In den letzten Tagen bin ich mit dem Bus, dem Zug, einem italienischen Mini-Taxi, einem Tragflächenboot, einer Limousine, einem Traktor, einem Gemüselaster, einem Polizeiwagen, einem Bully, einem Segelboot, noch einem Zug, noch einem italienischen Taxi und einer prähistorischen Lastenente gereist. Aber nirgendwo war es so angenehm und komfortabel, wie auf deinem Dampfer.«

Renee schnallte sich verbotenerweise los, beugte sich nach vorn und drückte Hubert einen Kuss auf die Wange.«

»Schon gut, Leute, schon gut«, brummte Hubert. »Jetzt macht ihr mir doch noch eine Abschiedsszene.«

»In sechshundert Metern haben Sie ihr Ziel erreicht«, verkündete das Navi.

Wir schnallten uns los und schulterten unsere Rucksäcke.

»Vielleicht laufen wir uns ja nochmal über den Weg«, meinte Paul und griff nach seiner Reisetasche.

»Sowas passiert nie, wenn man es ausspricht«, erwiderte

Hubert. »Das ist zumindest meine Erfahrung.«

»Dann überlassen wir es dem Universum«, sagte Paul.

»Das ist auch nicht mehr das, was es mal war«, sagte ich.

»Was wirst du jetzt mit deinem Chef machen?«, wollte Paul wissen.

Hubert ließ seinen LKW sachte ausrollen, schaltete den Warnblinker ein und hielt am Straßenrand vor dem Gare de Lyon.

»Ich lass ihn noch ein bisschen zappeln. Dann fahr ich vielleicht doch nach Amsterdam. Und dann sehen wir weiter«, sagte Hubert gelassen.

Wir klopften ihm zum Abschied der Reihe nach auf den Rücken und sprangen von seinem Ozeandampfer in die wilden Wasser der Pariser Innenstadt.

Hubert ließ seine gewaltige Sirene ertönen und fuhr davon.

25. Kapitel

»Da sind wir«, murmelte ich. Wir kamen uns vor, als wären wir vom Mond gefallen.

»Wie geht's weiter?«, fragte Paul und versuchte, den Autolärm zu übertönen. »Haben die Herrschaften einen Vorschlag?«

»Egal wohin, wir nehmen auf jeden Fall die Metro«, rief Renee.

»Ich dachte, wir suchen uns vielleicht ein Hotel irgendwo auf dem Montmartre«, sagte ich und beide stimmten mir zu.

Ich warf einen Blick auf den Turm mit den riesigen Zifferblättern, der sich rechts vom Haupteingang des Bahnhofs in die warme Pariser Luft erhob. Es war 18:30 Uhr.

Paul kannte sich von früher noch ein wenig mit dem Metroplan aus und so dauerte es nicht lange, bis er eine Verbindung herausgefunden hatte.

Die lichtdurchfluteten Bahnhofshallen, es gab gleich drei davon, waren frisch gereinigt worden. Der helle Marmorboden glänzte mit den Schaufenstern der unzähligen Läden und Boutiquen um die Wette. Geleitet von Wegweisern steuerten wir die Bahnsteige der Metro an.

»Also, merkt euch, nur für alle Fälle: Wir nehmen die M14 und fahren drei Haltestellen bis zur Station Madeleine. Dort steigen wir in die M12 um. An der sechsten Haltestelle, die heißt Abbesses, steigen wir aus. Dort warten wir aufeinander, falls einer verlorengehen sollte. Alles klar?«

»Warum sollte einer verlorengehen?«, fragte ich. Paul hob vielsagend seine Augenbrauen, Schultern und Hände.

Dann lief er uns voraus. Renee war mit ihrem Smartphone beschäftigt. Sie hatte den Auftrag, Hotels auf dem Montmartre ausfindig zu machen. Auf überfüllten

Rolltreppen ging es in die Tiefe. Pausenlos drängelten sich Anzugträger mit Aktentaschen, Kostümträgerinnen mit Köfferchen, Teenager mit Rucksäcken, Damen mit Designertüten und Senioren mit Einkaufstaschen an mir vorbei.

Paul überholte die brav auf der rechten Seite stehenden Touristen und hatte bald einen großen Vorsprung. Wollte er uns etwa abhängen? Ich ließ mich von seiner Eile nicht anstecken. Mit unseren sperrigen Rucksäcken hatten wir sowieso keine Chance, schneller voranzukommen.

»Hotel Monsieur Aristide«, sagte Renee in meinem Rücken, als wir die Hälfte der längsten Rolltreppe hinter uns hatten. Weit unten sah ich Paul auf den Bahnsteig springen. »Wie klingt das?«

»Hört sich sympathisch an, irgendwie privat und individuell, nicht so ein Standardkasten von einer Hotelkette«, erwiderte ich.

»Let's see. Great, wir müssen nur dreihundert Meter laufen.« Ich nickte und drehte mich nach ihr um.

»Wie geht's dir? Du hattest doch wieder einen kleinen Anfall, vorhin in Huberts LKW.« Sie tippte mir energisch auf die Schulter.

»Louis, du willst einfach nicht lockerlassen. Wie findest du übrigens Louis?«

»Lou hat mir besser gefallen.«

»Ok, Lou, es geht mir gut. Don't worry. Come on, lass uns Paul einfangen.«

»Hört sich an, als ob wir nach einem Hund suchen.«

Wahrscheinlich ist er wieder mal auf der Pirsch, dachte ich bei mir.

Er wartete allerdings ganz entspannt vor einer Schautafel, die das gesamte Pariser Metrosystem zeigte.

»Ist nur auf den ersten Blick verwirrend, wegen der vielen Namen. Wir haben noch zwei Minuten, bis die nächste Metro kommt. Ich hab einen kleinen Test für euch. In welche Richtung müssen wir die M14 nehmen?« Wir stellten uns neben ihn und studierten den Plan. Nach ein paar Sekunden rief Renee.

»Das ist die violette Linie.«

»Du hast was von drei Haltestellen gesagt, bis zur …«

»Madeleine«, fiel mir Renee ins Wort und tippte auf einen Punkt.

»Und wir sind hier«, sagte ich und tippte auf einen anderen Punkt. »Also Richtung St. Lazare«, sagte ich, als ich die Endhaltestelle entdeckt hatte.

»Und bei die M12 wir gehen Richtung Porte de la Chapelle«, schloss Renee. Paul, der uns wohl unterschätzt hatte, sah enttäuscht aus.

»Ok, ok, ich hab verstanden. Wollte euch ja nur mal auf die Probe stellen.«

»Während du dir überflüssige Gedanken um unsere Großstadttauglichkeit machst, haben wir bereits ein Hotel gefunden«, verkündete ich.

Das Hotel Monsieur Aristide lag in einer sehr kurzen Straße, die sinnigerweise Rue Aristide Bruant hieß.

Während wir die Rue des Abbesses entlangliefen, versuchte ich, ein Gefühl dafür zu bekommen, dass ich in Paris war. Im achtzehnten Arrondissement. Auf dem Montmartre.

Renee lief direkt vor mir. Mir kam in den Sinn, wie sie vor ein paar Tagen im Zug nach Neapel vor mir entlanggestolpert war. Was hatte sich alles seither ereignet.

Ich tastete nach meinem Reisebuch und merkte, wie mir der Magen knurrte.

»Ok boys«, sagte Renee, als wir in die Rue Aristide Bruant einbogen, »ich hab gemacht einen Plan.«

»Lass mich raten«, sagte ich, doch Paul kam mir zuvor.

»Erstens Zimmer, zweitens Duschen, drittens essen.« Renee blieb stehen und streckte ihre flache Hand aus und wir schlugen ein.

»Aber ins Kino will ich nicht«, sagte sie. »Kino gibt's überall.«

»Wir werden sehen, was uns begegnet«, sagte ich und dann betraten wir das Hotel und erledigten erstens und zweitens.

»Und jetzt?«, fragte ich, als wir uns im Foyer wieder trafen.

»Immer der Nase nach«, meinte Paul.

»Die Place du Tertre müsste ganz in der Nähe sein«, sagte ich.

»Soll ich?«, fragte Renee und zückte ihr Smartphone.

»Nee, lieber nicht. Wir folgen Pauls Nase.« Wir bummelten gemächlich durch die Straßen und Gassen Montmartres und sogen die Atmosphäre mit Augen, Nasen und Ohren ein.

Nach einer Viertelstunde erreichten wir den Platz des Hügels wie die Place du Tertre übersetzt heißt.

Die Kathedrale von Sacre Coeur war gerade mal zwei bis drei Katzensprünge entfernt. Ihre weißen Kuppeln strahlten wie Sahnehäubchen sanft in der warmen Abendsonne. Wir sahen sie über den Dächern der gemütlichen, zweistöckigen Häuser leuchten, die den rechteckigen Platz umsäumten.

Eine Luft wie Seide lag auf unserer Haut. Unsere Nasen schnupperten angeregt nach den verführerischen Düften der Crêperies, der Cafés und Restaurants.

Jeder verfügbare Raum auf den vier Sträßchen und Gehsteigen war belegt mit Tischen und Stühlen. Die Gäste saßen vor großen Tellern mit den unterschiedlichsten

Leckereien. Überall halbvolle Biergläser, Weingläser, die gerade gefüllt wurden, volle Kaffeetassen, leere Cognacschwenker, Eiskübel, aus denen Flaschenhälse ragten, fast leere Brotkörbe, rote Servietten, Tortenreste, Weißbrotkrümel, ein umgeworfenes Cocktailglas, schwarze Oliven auf weißen Untertassen, auf heißen Platten dampfende Crêpes, kleine Becher mit Mousse au Chocolat, Knoblauchduft, Zwiebelduft, Waffeln, mit Puderzucker überstäubt, Kellner mit weißen, bodenlangen Schürzen, fettige Finger, glänzende Gesichter, strahlende Augen, Gelächter auf Japanisch, auf Deutsch und Amerikanisch, Italienisch, kaum Französisch, schreiende Kinder, rufende Eltern, rennende Kinder, tausend Worte pro Sekunde, kleine Hunde — mit anderen Worten: ein Dorfplatz voller Leben mitten in Paris.

In seinem Zentrum wimmelte es von Malern, Zeichnern, Porträtkünstlern und Scherenschnittern.

Auf unzähligen Staffeleien warteten Aquarelle, Acrylbilder und Ölgemälde, Kohlezeichnungen, Rötelskizzen und Collagen auf Käufer.

Wir schlenderten ums Viereck und waren so mit Sehen beschäftigt, dass wir beinahe unseren Hunger vergaßen.

Ich beobachtete fasziniert, wie eine junge Frau, sicher eine Kunststudentin, einen alten Mann innerhalb von wenigen Minuten mit schwarzer Kreide treffsicher porträtierte.

Zwischendrin waren Karikaturisten ständig auf der Jagd nach Opfern. Fand sich ein solches, scharte sich dessen Begleitung hinter dem Rücken des Künstlers zusammen und würzte die Aktion mit passenden und unpassenden Kommentaren.

»Fällt dir auch auf, dass nur Männer das über sich ergehen lassen?«, fragte Paul mich.

»Vielleicht die Frauen sind zu klug für sowas«, sagte Renee.

»Oh, bitte keine Diskussion über Männer und Frauen. Ich hab Hunger«, stellte ich fest. Renee blieb vor einem Restaurant stehen und studierte die Tafel mit den »Special Offers«.

»Look, die haben hier vegane Burger. Die wollte ich schon lange probieren.« Paul und ich schauten uns zweifelnd an.

»Ok, boys, ihr traut euch nicht. Wollt ihr so lange ein Karikatur machen lassen?«

Paul und ich schauten uns noch zweifelnder an. Das war keine echte Alternative.

Wir aßen jeder einen veganen Burger im Stehen und die waren so gut, dass wir gleich noch drei bestellten.

Während wir sie genüsslich vertilgten, drehten wir unsere zweite Runde um die Place du Tertre.

Der Himmel hatte sich nun um zwei Nuancen verdunkelt. Lichterketten flammten auf.

Die Laubbäume im Zentrum des Platzes, es mochten ein Dutzend sein, verströmten einen ganz eigenen Duft. Der Abend wurde zu einem Fest für die Sinne.

Ich blieb vor einer Staffelei stehen, während die beiden anderen weitergingen. Ein halbfertiges Aquarell fesselte meinen Blick. Es zeigte kein Motiv aus Paris, sondern die Londoner Tower-Bridge. Der Stuhl daneben war verwaist.

Ich nutzte die Gelegenheit, um mir die Maltechnik genauer anzusehen. Es war ein recht kleines Format, penibel und präzise mit Bleistift vorgezeichnet und mit ungewöhnlichen Farben aquarelliert.

»Hi, you're interested?«, sagte eine Stimme in meinem Rücken. Ich drehte mich um und vor mir stand ein junger Japaner. Ich versuchte es gar nicht erst mit Englisch.

»Nein, vielen Dank«, sagte ich reflexartig.

»Ah, Sie sind Deutscher. Sie sich wundern ein bisschen?«, fragte er und grinste frech.

Ich musste ihm einfach antworten.

»Mich wundert so leicht nichts mehr in meinem Alter«, sagte ich. »Aber meines Wissens steht die Tower-Bridge in London und sie ist nicht grün.«

Er verbeugte sich tief.

»Oh, Sie wissen das natürlich. Aber», sagte er und nickte fröhlich, »ich bin ein Japaner in good old Europe. Da kommt man leicht durcheinander mit den Sehenswürdigkeiten.« Ich schaute ihn skeptisch an.

»Und mit den Farben auch? Waren Sie zu lang im Schwarzwald?« Der junge Mann machte große Augen, dann lachte er herzlich.

»Das ist gute Ausrede. Ich muss merken.« Ich warf noch einen Blick auf das Bild. Es ließ mich einfach nicht los.

»Was soll es denn kosten?«

»Aber, es ist noch nicht fertig.«

»Das gefällt mir ja gerade so gut daran.«

»Hey Louis, bist du unter die Kunstsammler gegangen?«, fragte Paul, der wieder zu mir stieß.

»Lou gefällt mir besser.«

»Schon gut, Lou, eine halbe grüne Tower-Bridge in Paris gemalt von einem japanischen Meisteraquarellisten. Du hast irgendwie ein Faible für das Schräge.«

»Deswegen kommen wir ja so gut miteinander aus.«

»Sie möchten auch kaufen ein halbes Bild?«, mischte sich der Japaner ein. Paul schüttelte den Kopf.

»In meiner Ente ist kein Platz für avantgardistische Kunst«, sagte er, was den jungen Mann verwirrte. Paul nickte ihm zu. »Vergessen Sie meine Worte. Sagen Sie meinem Freund einfach eine niedrige Zahl zwischen eins und neunzig.« Der

Künstler schaute mich an, schloss kurz die Augen und sagte dann:

»Hundertzwanzig Euro.« Ganz so verwirrt schien er dann doch nicht zu sein. Ich tastete wortlos nach meiner Brieftasche. Paul wollte sich einmischen, doch ich wehrte ihn ab.

»Lass nur, das ist schon in Ordnung. Vielleicht bringe ich eine neue Kunstrichtung in Gang, wenn ich das jetzt kaufe.«

»Du meinst so etwas wie ›die Unvollendeten vom Montmartre‹?« Der junge Japaner packte sein Werk fix in Zeitungspapier ein und hörte uns eifrig zu. Ich gab ihm das Geld und nahm das Bild in Empfang.

»Sie haben Recht. Ich probiere mit halben Bildern. Halb so viel Arbeit, gleicher Gewinn. Kommen Sie wieder mal vorbei.«

Paul schüttelte den Kopf, als wir weitergingen.

»Hast du noch nie was Halbes gekauft?«, fragte ich ihn.

»Ich kaufe keine halben Sachen und ich mache keine halben Sachen. Hast du übrigens Renee gesehen?«

»Seit ich von der grünen Brücke abgelenkt wurde, nicht mehr. Sie wird schon irgendwo in der Nähe sein.« Wir umrundeten den Platz, der mit jeder Minute voller zu werden schien, jedoch ohne Erfolg. Bis ich eine alte Männerstimme rufen hörte:

»Romy! Mademoiselle! Please! Romy!« Ich spähte zwischen einem Wald von Staffeleien hindurch.

Der Mann war mir vorhin schon aufgefallen, weil er der bei weitem älteste Maler auf der Place du Tertre zu sein schien. »Monsieur Pablo« stand mit Kreide auf einer alten Schultafel neben einem hohen Stuhl.

Er hatte seine Staffelei ziemlich genau in der Mitte des Platzes aufgestellt.

Umringt von Kisten, Leinwänden und Malutensilien war er weitgehend isoliert.

Bis zu ihm hin trauten sich nur wenige Besucher. Er war braungebrannt und hatte einen dünnen, weißen Schnurrbart. Sein dichtes, weißgraues Haar war zu einem winzigen Pferdeschwanz gebunden. Eine dünne, schwarze Zigarre hing in seinem rechten Mundwinkel. Er trug einen dunkelblauen Arbeitsoverall, der mit unzähligen Farbflecken gesprenkelt war. Monsieur Pablo hatte sich aus seinem klapprigen Holzstuhl erhoben. Er redete in einer sehr angenehmen Stimme auf eine junge Frau ein, die mit dem Rücken zu uns neben seiner Staffelei stand.

»Vous êtes Romy. Une réincarnation. C'est vrais. Je veux vous dessiner. Toute suite. Pas de problème.« Renee drehte sich zu uns um.

»Gut, dass ihr kommt. Ich wollte mir nur seine Bilder anschauen. Er redet ständig von Romy. Er muss mich abwechseln.«

»Es heißt verwechseln, Renee«, sagte ich.

»Kennst du etwa Romy Schneider nicht?«, fragte Paul. »Na ja, wahrscheinlich bist du zu jung und zu amerikanisch.«

»Du siehst ihr sehr ähnlich«, sagte ich. »Paul und ich sind uns da einig. Sie war eine große Schauspielerin und in Frankreich sehr populär.« Monsieur Pablo hatte wohl ein paar Worte verstanden und nickte eifrig.

»Oui, Monsieur. C'est vrais. C'est Romy. Je veux dessiner la jolie Mademoiselle.« Renee und ich schauten Paul fragend an. Zur Verdeutlichung seiner Worte hielt Monsieur Pablo einen Rötelstift in die Höhe und zeigte auf ein leeres Blatt.

»Er will dich zeichnen, ist doch klar«, sagte Paul.

»Oh my goodness. Und diese Romy hatte auch keine Haare?«

»Darum geht es nicht, Renee. Sie trug oft Mützen oder Turbane, unter denen ihr Haar versteckt war. Es geht nur um das Gesicht, ok?«, sagte Paul. Monsieur Pablo legte die Hände fast flehentlich zusammen.

»Du bist nicht umsonst bei ihm gelandet«, sagte ich.

»Außerdem hast du hier kaum Zuschauer«, sagte Paul.

»Wir verdrücken uns auch, wenn dir das lieber ist«, sagte ich. Renee blickte von einem zum andern, zuletzt sah sie Monsieur Pablo an und legte den Kopf schief. Er machte es ihr nach. Beide mussten lachen. Damit war die Sache entschieden. Monsieur Pablo rückte einen zweiten Holzstuhl zurecht.

»Prenez place, s'l vous plaît, Mademoiselle«, sagte er mit einer einladenden Geste. Renee setzte sich und wusste nicht, wohin mit ihren Händen.

Der alte Maler nahm seine dünne schwarze Zigarre aus dem Mund, drückte sie vorsichtig in einem kleinen Blechkästchen aus und legte sie beiseite. Ich sah ihn fragend an und deutete auf meine Uhr. »Trente minutes, Monsieur.«

»Ok, Renee, wir lassen dich mal für 'ne halbe Stunde allein«, sagte Paul und legte mir die Hand auf die Schulter.

Wir blieben noch ein paar Minuten, für den Fall, dass Paul noch etwas übersetzen sollte. Was nicht der Fall war. Monsieur Pablo dirigierte Renee mit Gesten und Blicken in die richtige Position. Sie schlug die Beine übereinander, legte die Hände in den Schoß, drehte den Kopf in die eine, dann in die andere Richtung und wirkte zunehmend entspannt.

Paul und ich vertrieben uns die Zeit damit, einen kurzen Abstecher zur Kathedrale von Sacre Coeur zu machen. Ich erzählte ihm von Renees merkwürdigen Anfällen und dass sie jedes Gespräch darüber blockierte. Er hörte sich meine Bedenken schweigend an.

»Hör zu«, sagte er schließlich, »Renee macht auf mich den Eindruck, dass sie sehr genau weiß, was sie tut. Du bist nicht ihr Arzt. Und selbst der hätte ihr nichts vorzuschreiben.«

»Ich will ihr doch nichts vorschreiben.«

»Ok, dann warte einfach ab, bis sie selbst darüber reden will.«

Wir hatten einen wunderbaren Panoramablick über Paris und schwiegen eine Weile einträchtig.

Dann kehrten wir durch das abendliche Gewimmel zurück. Kitschige Akkordeonmusik verklebte ein wenig die Ohren. Die Gespräche, das Gelächter waren lauter geworden. Wir fanden unseren Weg zwischen den Künstlern, die nun ausnahmslos jemanden hatten, der ihnen für eine Viertel- oder halbe Stunde sein Gesicht lieh.

Vorsichtig näherten wir uns dem kleinen Reich von Monsieur Pablo, der hochkonzentriert bei der Arbeit war. Renee saß mit dem Rücken zu uns und bemerkte uns erst, als Paul

»Bonsoir, Mademoiselle Romy«, rief.

»Ok, boys«, sie klang ein wenig erleichtert, »ich glaub, wir sind bald fertig.«

Ich beobachtete Monsieur Pablo, der gerade dabei war, eine Menge rascher und schwungvoller Striche auf das Blatt zu zaubern. Wahrscheinlich war er gerade dabei, den Hintergrund zu skizzieren.

Neugierig schlichen wir uns in seinen Rücken, um sein Werk zu begutachten. Paul gab mir einen Rippenstoß. Wir versuchten beide, uns nichts anmerken zu lassen.

Renee dagegen versuchte, aus unseren Mienen etwas zu erraten und rutschte ungeduldig auf ihrem Stuhl hin und her.

»Cinq minutes, Mademoiselle, s'il vous plaît«, sagte Monsieur Pablo.

Paul hob eine Hand mit fünf ausgestreckten Fingern hoch. Renee nickte.

»Hast du sowas erwartet?«, raunte ich Paul so leise wie möglich zu. Er schüttelte so leise wie möglich den Kopf. Renee bemerkte nichts davon.

Wenig später trat Monsieur Pablo ein paar Schritte zurück, reckte das Kinn und ließ seinen Rötelstift demonstrativ in eine Holzschatulle fallen, in der seine übrigen Stifte und Kreiden wild durcheinander lagen.

»Voilà«, sagte er und winkte Renee zu sich her.

Sie sprang auf und stand im Nu neben ihm. Sie betrachtete die Zeichnung lange, ohne ein Wort zu sagen.

Es war ein ganz ausgezeichnetes Porträt. Monsieur Pablo hatte die Fähigkeit, sowohl die äußere als auch die innere Schönheit eines Menschen im gleichen Maß perfekt aufs Papier zu bannen. Die Rötelzeichnung war ein Meisterwerk und Monsieur Pablo einer der besten seines Fachs.

Was uns alle drei irritierte, waren die mit rascher Hand elegant hingeworfenen Striche. Sie galten nicht dem Hintergrund, wie ich zunächst vermutet hatte, sondern Haarsträhnen. Der alte Mann mit dem dichten weißen Haarschopf hatte Renee eine Kurzhaarfrisur angedichtet, wie sie Romy Schneider in ihrer ersten Zeit in Frankreich trug.

Ich ließ Renee nicht aus den Augen. Sie war fasziniert von der zarten, rötlich braunen Zeichnung, die ihr Gesicht wie in einem Spiegel erscheinen ließ. Und ganz allmählich erschien ein zartes Lächeln auf ihrem Gesicht. Ich habe nie ein traurigeres Lächeln gesehen.

Monsieur Pablo schien zu begreifen, was er angerichtet hatte. In seiner Euphorie, eine Wiedergeburt Romy Schneiders vor sich zu haben, war er ein paar Striche zu weit gegangen.

Er warf uns einen kurzen Blick zu.

»Pardon, Mademoiselle, j'ai fait un fauxpas.« Er hob entschuldigend beide Hände. »Un fauxpas terrible.« Fauxpas verstand ich und so versuchte ich eine Erklärung.

»Er entschuldigt sich, Renee, er hat einen schrecklichen Fehler gemacht, sagt er.«

Sie schaute mich an mit einem Lächeln, als hätte sie mich nicht verstanden. Monsieur Pablo schüttelte seinen Kopf. Er schien untröstlich

»Wieso Fehler?«, sagte Renee. »Das ist mein Kopf. Wie früher. Es stimmt alles haargenau. Es ist kein Fehler. Es ist wunderschön.« Sie lächelte den alten Künstler an und nickte ihm zu. »It is wonderful, Monsieur Pablo, merci.«

Er starrte sie an und dann neigte er den Kopf. Paul räusperte sich energisch.

»Combien? How much?« Monsieur Pablo zuckte ratlos mit den Schultern.

»Das ist meine Sache Paul«, sagt Renee. Sie gab Monsieur Pablo, was sie für richtig hielt, doch er wollte es nicht annehmen. Daraufhin sah sie ihm lange in die Augen, bis er sich ergab.

Und schließlich schenkte sie ihm das Porträt. Einen Moment lang sah es so aus, als wollte er sie umarmen. Doch dann verneigte er sich tief. Und wir verließen ihn.

»Warum hast du ihm das Bild geschenkt?«, fragte ich.

»Wie konnte er wissen, welche Frisur ich früher hatte?«, fragte Renee.

»Fragen über Fragen«, sagte Paul. Er deutete erst auf mich dann auf Renee. »Du hast ein Bild gekauft und du hast ein Bild gekauft und verschenkt, doch die wichtigste Frage lautet: Was ist mit mir?«

»Du hast ein Bild gekauft? Let me see«, sagte Renee. Ich packte es umständlich aus und zeigte es ihr. »Warum er hat nicht gelb genommen für die Tower-Bridge?«, fragte sie.

»Keine weiteren Fragen bitte, bevor meine beantwortet ist«, sagte Paul.

»Für dich kommt nur eine Karikatur in Frage«, sagte ich entschieden und Renee nickte.

»Das könnt ihr vergessen. Nie im Leben. Nicht mit mir.« Es war nichts zu machen. Paul war nicht zu überzeugen. Stattdessen ließ er einen Scherenschnitt von sich machen.

»Als Steckbrief kann man das aber nicht verwenden«, sagte ich.«

»Ihr seid diejenigen, die gesucht werden«, erwiderte er.

26. Kapitel

Wir setzten uns in ein Café, um den Abend ausklingen zu lassen.

»Wo steht das Video aktuell?«, wollte Paul wissen. Renee legte ihr Smartphone auf den Tisch und hatte eine Überraschung für uns.

»Knapp siebenhunderttausend. Aber das ist nicht mehr wichtig«, murmelte sie und wischte eifrig über das Display.

»Wieso?«

»Wait a minute.« Während sie einen offensichtlich fesselnden Text las, kam die Kellnerin mit unserem Kaffee samt Waffeln nach Art des Hauses. »Ok, boys, wir sind raus«, verkündete Renee zwei Minuten später.

»Kannst du mal Klartext reden?«, fragte Paul.

»Listen, das schreibt La Repubblica. Ist eine von den großen Zeitungen in Italien. »Headline, also Kopflinie, äh ...«

»Überschrift«, meinst du wohl.

»Yeah, Überschrift, äh, Paul, mach du das.« Sie schob ihm das Smartphone rüber. Paul runzelte die Stirn.

»Die Wahrheit über Davids Katastrophe«, begann er. »Wie die zuständige Polizeibehörde vor einer halben Stunde mitteilte, handelt es sich bei der Zerstörung der David-Statue in der Galleria dell' Accademia nicht um einen terroristischen Akt, wie zunächst vermutet. Seismologische Messungen haben ergeben, dass zum Zeitpunkt des Unglücks ein sogenanntes Mikrobeben in der Region festzustellen war. Experten zufolge hat es ausgereicht, den tonnenschweren Koloss zu Fall zu bringen. Die näheren Umstände werden Gegenstand einer gründlichen Untersuchung sein, für die eigens eine Kommission eingesetzt wurde. Mögliche Versäumnisse der zuständigen örtlichen Behörden werden derzeit nicht ausgeschlossen. Fakt ist, dass Florenz nicht Schauplatz eines Terroranschlags wurde. Die Polizeibehörde gibt diesbezüglich Entwarnung. Ein im Internet kursierendes Video, das Gegenteiliges suggeriert, ist das Produkt eines sensationsheischenden Privatsenders. Mögliche rechtliche Schritte der betroffenen Personen sind zu erwarten. Der Bürgermeister von Florenz hat den gestrigen Tag der Katastrophe als nationalen Trauertag bezeichnet. Die Kunstwelt ist erschüttert. Weitere Informationen folgen in Kürze.«

Paul verstummte, sah uns beide an und schlug mir schließlich auf die Schulter.

»Was Besseres konnte nicht passieren. Mensch, du kannst die auf Schadenersatz verklagen.« Ich atmete ein paar Mal tief durch. Dann schüttelte ich den Kopf.

»Davon will ich jetzt erst mal nichts wissen, Paul. Ich will meine Ruhe haben.« Renee sah es mir an. Die Sache hatte mich mehr belastet, als ich zugeben wollte. Ich schob den Teller mit den Waffeln zur Seite. Plötzlich war mir der ganze Trubel ringsumher zu viel. Ich musste allein sein. »Die könnt ihr euch teilen.« Ich stand auf. »Seid mir nicht böse, aber ich muss jetzt 'ne Runde gehen, um meinen Kopf klarzukriegen.«

»Kein Problem«, sagte Paul. »Vergiss deine halbe Brücke nicht.« Renee zwinkerte mir zu und dann ließ ich die beiden allein.

Der Himmel war tiefblau, die Nacht kniete auf allen Vieren über dem Hügel. Ich lief ziellos über die alten Kopfsteinpflaster von Montmartre von einer Gasse zur nächsten, ohne auf den Weg zu achten. Es war immer noch angenehm warm und ich hörte den Lärm vom Place du Tertre immer leiser werden.

Mit jedem Schritt ging es mir besser. Das Gefühl, auf der Flucht zu sein, verflüchtigte sich. Auf Umwegen fand ich zurück zu Sacre Coeur und ließ meinen Blick über das nächtliche Paris schweifen. Die Mondsichel, die uns vorgestern Abend in Florenz auf dem Weg zum Hotel Lombardi begleitet hatte, stand sehr tief und war mit einer Spitze an der Spitze des Eiffelturms hängengeblieben. Ein Malheur, mit dem ich ausnahmsweise nichts zu tun hatte.

Ich ließ den Abend Revue passieren. Im Schein einer Straßenlaterne packte ich mein Bild aus. Ich dachte an Monsieur Pablo und sein Gesicht, als Renee ihm ihr Porträt schenkte. Es war ein gelungener Abend und zum ersten Mal, seit Capitano Rocca auf der Terrasse der Villa Fanulla erschienen war, konnte ich mich entspannen. Ich sog tief die Nachtluft ein. Und dann kehrte ich zu den beiden zurück.

Sie saßen noch in dem Café und sie hatten meine Waffeln nicht angerührt.

»Ich hätte sie schon längst gefuttert«, meinte Paul, »aber Renee hat mich davon abgehalten. Sie meinte, du würdest es dir sicher anders überlegen.«

»Womit sie wieder mal richtig lag«, sagte ich, setzte mich und zog den Teller zu mir heran.

»Demnach hast du den Schock der guten Nachricht verdaut«, sagte Paul. Ich hatte den Mund voll mit süßem Teig und Puderzucker an der Nase und nickte. »Schön, die Vergangenheit kann uns mal, um es poetisch auszudrücken.«

»Was ist daran poetisch?«, wollte ich wissen. Paul legte seine Serviette sorgfältig zusammen und sich eine Antwort zurecht.

»Der unvollendete Satz, die fehlenden Worte, die luftig leicht schwebende Syntax, das Ungefähre ...«

»Schon gut, schon gut, überanstreng dich nicht«, unterbrach ich ihn.

»Worüber redet ihr eigentlich?«, fragte Renee.

»Darüber, wie man etwas ausdrückt, ohne es ausdrücklich auszusprechen«, referierte Paul. Renee nickte und sagte nur ein Wort.

»Hemingway.«

»Wird das jetzt ein literarischer Arbeitskreis?«, fragte ich kauend.

»Erst musst du ihn lesen«, sagte Renee ernsthaft. »Am besten die Short-Stories. Noch besser die ganz kurzen. Drei oder vier Seiten.«

»Genau«, pflichtete Paul ihr bei. »Und als Kontrastprogramm: ›Auf der Suche nach der verlorenen Zeit‹ von diesem Franzosen, der am Schluss zu schwach war, um einen Stift zu halten. Hat fünftausendzweihundert Seiten.« Ich nahm die zweite Waffel in Angriff und ließ mir den Vorschlag durch den Kopf gehen.

»Die verlorene Zeit suche ich später. Morgen habe ich eine Verabredung mit den Impressionisten.«

»Jep, und ich gehe und suche das Café de Flore«, sagte Renee.

»Und ich hefte mich auf die Spur von Kommissar Maigret«, sagte Paul. »Wenn wir von alldem genug haben, machen wir ein Picknick auf der Wiese beim Eiffelturm.«

»Ein Picknick? Ich hab ewig kein Picknick gemacht«, sagte ich.

»Paul hat viele Ideen«, sagte Renee, »und die meisten sind ok, aber die ist great. Wann treffen wir uns?«

»Keine feste Uhrzeit«, sagte Paul. »Lassen wir den Zufall entscheiden.«

»Von mir aus«, sagte ich. »Und jeder bringt was mit.«

»Genau, und was das ist, lassen wir auch den Zufall entscheiden.«

»Ok, boys, und wo genau wollen wir picknicken?« Paul und ich schauten sie an. »Allright, ich habs kapiert, das macht auch der Zufall.«

»Also abgemacht«, sagte ich, »wir veranstalten morgen irgendwann mit irgendwas ein Picknick irgendwo in der Nähe des Eiffelturms.«

»Ich hab selten von so einem ausgeklügelten Plan gehört«, meinte Paul. »Und der Vorteil ist, wir können uns nicht verspäten, wir können uns nicht verfehlen und wir können nichts vergessen.«

»Yeah.« Renee streckte ihre flache Hand aus und wir schlugen ein. Dann aß ich meine zweite Waffel, wir zahlten und überließen die Place du Tertre denen, die noch nicht genug hatten.

Es war spät geworden und plötzlich überfiel mich die Müdigkeit. Renee und Paul ging es ähnlich und so trotteten wir in Richtung unseres Hotels. Die Aussicht, in einem ordentlichen Bett zu schlafen, statt in einer Womo-Ente mit unberechenbaren Kleingeräten, ließ mich im Stillen seufzen.

Wir umkurvten die Place Emile Goudeau und bogen in die Rue Ravignan ein. Nach etwa der Hälfte der Straße, als wir alle drei praktisch schon mit diesem Tag abgeschlossen hatten, hörten wir aus offenen Fenstern über uns ein paar laute Männerstimmen. Ein heftiger Streit war im Gange, die Stimmen überschlugen sich und zu allem Überfluss kreischte ein schrilles Frauenorgan dazwischen. Wir zogen das Genick ein und wollten weiter, als ein großer Gegenstand direkt vor unseren Füßen auf das Trottoir krachte.

»Oh verdammt! Kannst du nicht aufpassen, Eric!«, brüllte jemand. Wir kannten zwar keinen Eric, aber wir hatten denselben Gedanken, denn der große Gegenstand war ein

Plastikkanister voller gelber Farbe. Der Kanister war geplatzt und gelbe Spritzer und Flecken hatten Hauswand, Gehsteig, Kopfsteinpflaster, Gully, Renees Hosen, meine Schuhe und Pauls Hemd überfallen. Es war ein schönes Gelb, das muss ich zugeben. Im Nachhinein kommt es mir wie ein Omen vor.

Wir blickten nach oben und sahen drei Köpfe, die aus dem zweiten Stock zu uns herunterstarrten. Einer davon musste Eric sein. Die Frau in der Mitte zog ihren Kopf schnell wieder zurück. Einer der Männer rief:

»Pardon, pardon, sorry, ist was passiert? Wait! Warten Sie! Attendez!« Wir sahen uns müde an und seufzten im Chor. In unserem Zustand waren uns die Flecken egal und wir hatten einfach keine Lust auf Komplikationen.

Und so schlurften wir, ein wenig schneller vielleicht, weiter die Rue Ravignan entlang, ohne uns umzudrehen.

Der junge Mann würde ohnehin genug damit zu tun haben, Straße, Hauswand und Trottoir sauberzukriegen.

Kurz darauf waren wir in unserem Hotel und besahen uns im Licht des Foyers den gelben Schaden. Wir hielten ihn für nicht der Rede wert. Nur der Portier hob, wenn auch diskret, die Augenbrauen, als er uns die Schlüssel gab.

Am nächsten Morgen war ich der Erste beim Frühstück. Als Renee erschien, war ich schon dabei, aufzubrechen. Paul war Langschläfer.

»Alles gut bei dir?«, fragte ich sie. Es war zu meiner Standardfrage geworden. Sie verdrehte die Augen.

»Lou!«

»Ich weiß, ich weiß. Ich soll relaxen. Bis irgendwann, irgendwo.« Sie nickte und machte sich über das Frühstücksbüffet her.

Ich verbrachte einen angenehmen Vormittag mit alten Freunden, die ich nur aus Kunstbüchern kannte. Das Musée d'Orsay war an diesem frühen Morgen nicht so stark besucht, wie ich befürchtet hatte. So konnte ich in Ruhe Zwiesprache halten mit *Manet, Cezanne, Renoir, Degas, van Gogh* und *Monet.* Ich ließ mir viel Zeit, konzentrierte mich auf wenige, ausgesuchte Gemälde.

Um die Mittagszeit verließ ich das Museum. Einer Eingebung folgend ging ich zum nächsten Kiosk und kaufte eine Zeitung. Als mir der mürrische Verkäufer das Wechselgeld herausgab, sagte ich drei Worte zu ihm: »Café de Flore?« Er nickte wortlos und unwirsch in eine Richtung.

Ich wusste, es konnte nicht weit sein. Renee hatte erwähnt, dass es in der Nähe des Museums sei. Nach ein paar hundert Metern wagte ich einen zweiten Versuch und sprach eine junge Mutter an. Sie hielt ihr quengelndes Kind an der Hand, das offensichtlich in eine andere Richtung als sie wollte. Als sie »Café de Flore« hörte, verdrehte sie kurz die Augen, als wäre ich heute schon der zehnte, der danach fragte. Sie sagte nur »oui« und deutete mit dem Arm in eine Richtung, die ich ohnehin eingeschlagen hätte.

Deswegen fragte ich fünfzig Meter weiter eine ältere Dame. Auf mein ratloses »Café de Flore?« hin nickte sie freundlich und ging einfach weiter, bis ihr nach drei oder vier Schritten aufging, dass ich wohl nach dem Weg dorthin gefragt hatte.

Sie kam zurück und redete mit schiefgelegtem Kopf Französisch auf mich ein, wovon ich naturgemäß kein Wort verstand. Sie merkte bald, dass sie so nicht weiterkam. Mit ihrem winzigen Zeigefinger winkte sie mich näher zu sich heran, während sie sich nach allen Seiten umblickte, als wollte sie nicht mit einem Fremden gesehen werden. Ich gehorchte und beugte mich zu ihr hinab.

»Schpiek Inglisch?«, raunte sie. In meiner Verzweiflung nickte ich. »Ssiss weeh«, sagte sie und deutete in die mir bereits vertraute Richtung. Dann hob sie zwei Finger, deutete nach links und sagte »Ssiss weeh, compris?« Was soviel heißen sollte wie — this way. Ich lächelte sie an, versprach ihr auf Deutsch, niemandem zu verraten, dass sie als Französin in Paris englische Worte in den Mund genommen hatte und sagte drei bis vier Mal »Merci«, wobei ich mich verbeugte. Worauf sie gnädig lächelte. Damit waren die diplomatischen Verhandlungen beendet und jeder ging seiner Wege.

Ich nahm die zweite links, lief ein paar Meter weiter, drehte mich ein paar Mal um mich selbst, um vollständig die Orientierung zu verlieren und erblickte in der Ferne ein Gebäude, dessen erster Stock mit vielen Pflanzen dekoriert war. Mein Instinkt sagte endlich auch mal etwas, nämlich: »Das muss es sein.«

Das altehrwürdige Café lag an der Ecke Boulevard Saint Germain und der Rue Saint-Benoît. Vor den Glasscheiben sah ich viele Tische, alle besetzt. Hinter den Glasscheiben dasselbe Bild. Ich hatte gehofft, Renee zu entdecken, aber ich war wohl zu spät dran.

Ich spähte den Boulevard in beide Richtungen entlang und kam mir etwas verloren vor. Dann fiel mir ein, dass ich noch nichts für das Picknick eingekauft hatte. Kurzentschlossen passierte ich das Café und bog in die Rue Saint Benoît ein.

Da saß sie. Kaum zwei Meter neben den letzten Tischen des Cafés saß Renee im Schneidersitz auf dem Pflaster. Kerzengerade und mit geschlossenen Augen. Sie bemerkte mich nicht. Sie bemerkte niemanden. Sie saß da wie ein weiblicher Buddha. Einige Cafégäste warfen ab und zu einen Blick auf sie. Es mag Einbildung sein, aber ich hatte das Gefühl, dass die Gespräche an diesen Tischen neben Renee besonders leise geführt wurden, so als ob niemand sie stören wollte.

Ich beschloss, meine Einkäufe zu machen und später noch einmal vorbeizukommen.

Ganz in der Nähe wurde ich fündig und kaufte Rotwein, Weißbrot, Knoblaucholiven, Trauben, Tomatensalat und für jeden einen Apfel und eine Banane. Und eingelegte Antipasti. Und zwei große Flaschen Wasser. Ich verstaute alles sorgfältig in zwei großen Papiertüten und legte die Zeitung, die ich am Kiosk gekauft hatte, dazu.

Als ich zum Café de Flore zurückkehrte, war Renee von ihrem Platz verschwunden. Auch gut, dachte ich und machte mich auf die Suche nach der nächsten Metrostation. Ich ging gerade die Treppe hinunter, als eine vertraute Stimme rief:

»Du hast sicher die Brownies vergessen, Lou.« Ich drehte mich um.

»Ich hab sie nicht vergessen, weil mir klar war, dass du sie nicht vergessen wirst.« Renee grinste und hob eine Tüte in die Höhe. Café de Flore stand darauf. Wir gingen nebeneinander die Treppe hinunter.

»Ich hab dich gesehen, vorhin, neben dem Café. Du warst irgendwie sehr weit weg«, sagte ich.

»Oh das«, sagte sie. »I don't know. Ich hab mich sehr auf etwas konzentriert.«

Ich wartete auf nähere Erklärungen, aber die kamen nicht. Also fragte ich nicht danach.

Bis zum Eiffelturm wäre es zu Fuß zu weit gewesen. Wir nahmen erst die M4 und dann die M6, und als wir wieder ans Tageslicht kamen, stand Gustave Eiffels Meisterwerk westlich von uns in der prallen Mittagssonne.

Außer der Tüte mit den Brownies trug Renee einen Stoffbeutel, der bis oben hin gefüllt war. Wir nahmen den

Weg die Seine entlang und standen nach ein paar hundert Metern direkt unter dem Turm.

Die Menschen standen Schlange vor sämtlichen Aufzügen und wir schlängelten uns an ihnen vorbei. Vor uns lag das riesige *Champs de Mars*, das Marsfeld, eine Wiese so groß, wie fünfzig Fußballfelder. Es war ein herrlicher Sommertag. Einige wenige Schleierwolken verzierten den klaren Himmel. Heftige Windböen kämmten energisch das Gras. Zu zweit, zu dritt, zu fünft, zu zehnt — überall hatten sich kleine Gruppen verteilt und lagerten auf Decken, die wie kleine Inseln im grünen Meer schwammen. Vereinzelt zogen Papierdrachen ihre hektischen Kreise, angefeuert von kreischenden Kindern. Wir ließen unsere Blicke schweifen.

»Paul ist sicher noch nicht da«, sagte ich. »Ohne sein Navi findet er uns doch nie.« Ich stellte mir Hildes Kommandostimme vor, die über das Marsfeld schallt und all die friedlichen Faulenzer mit einem »Lauf endlich los!« aufschreckt. »Wie wärs mit einem Schattenplatz?«, fragte ich. »Da drüben unter den Bäumen?« Renee schüttelte den Kopf. Sie reckte ihre Nase in die Luft und schnupperte.

»Lass uns machen ein Experiment, Lou. Stell dir vor, du bist Paul, wo würdest du dein Zelt hinschlagen?«

»Aufschlagen.«

»Anyway. Wo würde er sein Zeug hinwerfen?« Ich blickte ratlos in die Gegend.

»Lass mich überlegen. Wo baut so ein schräger Vogel wie er sein Nest?« Mein suchender Blick blieb an den fünf oder sechs Drachen hängen, die am anderen Ende der Riesenwiese durch die Lüfte wirbelten. Auch Renee hatte sie entdeckt.

»Schräger Vogel, sagst du?« Wir blickten uns an.

»Das könnte passen«, sagte ich und stiefelte los, Richtung Süden.

348

Je näher wir kamen, desto deutlicher war eine Männerstimme aus dem begeisterten Kindergeschrei herauszuhören. Renee drückte mir ihren Stoffbeutel und die Tüte aus dem Café de Flore in die Hand und lief los. Beladen wie ich war, kam ich mir vor wie ein Clochard.

»Ok, boy«, rief Renee, »it's my turn. Jetzt bin ich dran.« Paul, wer sonst, drehte den Kopf zur Seite, grinste und überließ ihr bereitwillig die Spule mit der Drachenschnur. Dann kam er mir entgegen.

»Was schleppst du denn da alles? Habt ihr noch jemanden eingeladen?«

»Das nicht, aber wir haben damit gerechnet, dass du außer Spielzeug nichts mitbringst. Womit wir richtig lagen, wie es aussieht.«

»Der Schein trügt, wie so oft. Ich hab an die wichtigsten Dinge gedacht.«

»Na, dann lass mal sehen«, sagte ich. Wir gingen zu einem schattigen Plätzchen, während Renee mit luftigen Kapriolen beschäftigt war.

»Jetzt zeig du erst mal, was ihr mitgebracht habt«, sagte Paul. Ich setzte mein Gepäck aufs Gras. »Doch bevor du anfängst, mein Lieber — habt ihr an eine Decke gedacht?«

»Ähm, nein.« Er zog aus seiner Tasche eine riesige Picknickdecke mit dunkelbraunen und pinkfarbenen Karos und breitete sie auf dem wehrlosen Gras aus.

»Ich bin sicher, dass ich noch nie etwas hässlicheres gesehen habe«, sagte ich und fing an, auszupacken, regelmäßig von Pauls Fragen unterbrochen.

»Habt ihr an einen Korkenzieher gedacht?«, was ich zähneknirschend verneinte. »An Weingläser? Servietten? Messer? Gabeln? Löffel? Zahnstocher? Eine Abfalltüte?« Nach seiner dritten Frage stellte ich das Zähneknirschen ein und gab zu, dass er an all das gedacht hatte. »Ein Picknick mit Paul gelingt immer«, behauptete er.

Wir ließen Renee noch ein wenig mit dem Wind spielen und verteilten unterdessen die Leckereien systematisch auf der Decke. Renee hatte außer den Brownies noch drei große Stücke Quiche Lorraine besorgt. Außerdem Nudelsalat, Gemüsepastete, Silberzwiebeln, Pfefferoni und eine große Tüte Pistazien. Zusammen mit meinen Delikatessen ergab das jede Menge zu essen.

Zum Schluss zauberte Paul noch eine Wassermelone und eine Kiwi hervor.

»Die hab ich nur wegen der Optik gekauft. Das macht sich gut, wenn die aufeinander liegen. Also nicht anfassen, das ist die Tischdeko.«

Renee kam zu uns, den Drachen in einer Hand, die Spule in der anderen. Paul entkorkte den Wein und schenkte ein.

»Stoßen wir an auf den Eiffelturm«, sagte ich.

»Möge er nie umfallen«, sagte Paul. Nach einem Schluck verzog Renee das Gesicht.

»Wisst ihr eigentlich, dass er sich manchmal zu einer Seite neigt?«, fragte sie. Ich verschluckte eine Knoblaucholive und starrte Renee an.

»Dann wollen wir hoffen, dass er das nur aus Höflichkeit tut«, sagte Paul und schenkte sich Rotwein nach.

»That's true, ich meine es ernst.«

»Und wie erklärt sich dieses Phänomen?«, fragte Paul.

»Look, der ist aus Eisen, right? An einem Tag wie heute er steht viele Stunden in der heißen Sonne. Und was macht Eisen, wenn es wird heiß?«

»Es dehnt sich aus«, sagte ich.

»Ja, aber nur die Seite, wo die Sonne draufknallt, also Süden«, sagte Paul und brach ein großes Stück Weißbrot ab.

»Die andere Seite bleibt cool. Das heißt, dass er sich gerade, von uns aus gesehen, zurücklehnt. Wir sind also auf der sicheren Seite. Wenn er heute noch Schlagseite kriegt, dann in Richtung Seine und Jardin du Trocadéro. Unserem Picknick steht also nichts im Weg.«

In der nächsten Stunde waren wir damit beschäftigt, zu essen, zu trinken und, meist mit vollem Mund, zu reden.
Paul lauschte Renees Schilderung unserer Flucht von Capri, und als er fragte, wieso wir überhaupt im Gefängnis gelandet waren, war ich an der Reihe.

»Wie es scheint, habt ihr ein einmaliges Talent, die richtigen Leute zum richtigen Zeitpunkt kennenzulernen«, resümierte er. Renee hob ihr Glas, an dem sie erst einmal kurz genippt hatte.

»Das ist ein guter Toast«, sagte sie, »auf die richtigen Leute.« Wir leerten unsere Gläser und Renee schnappte sich sofort eine Wasserflasche.

»Rotwein ist definitiv not my beer«, sagte sie und ließ sich auf den Rücken fallen.

Gleich darauf lagen wir zu dritt nebeneinander auf der scheußlichsten Picknickdecke, die je unter dem Eiffelturm ausgebreitet worden war und ruhten uns aus.

27. Kapitel

»Habt ihr family?«, fragte Renee nach einer Weile.

»Ich bin der Letzte meiner Art«, sagte ich. Paul stützte sich auf einen Ellbogen.

»Das bin ich auch«, sagte er. »Bei Familienfeiern muss ich immer nur für eine Person decken.«

»Funny thing«, sagte Renee. »My family — that's me. Meine Familie — das bin nur ich.«

»Hast du nicht einen Onkel?«, fragte ich.

»Er ist nicht mein richtiger Onkel. Er war der beste Freund von mein Vater und hat sich um mich gekümmert, seit ich war allein.«

»Wir sind schon ein besonderes Trio«, stellte Paul fest.

»Deswegen war mein Testament ganz einfach zu machen«, sagte Renee.

»Testament?«, fragte ich verblüfft und stützte mich ebenfalls auf. »Also, ich bin der Älteste auf dieser Decke und ich hab noch keins gemacht.«

»Ich schon«, sagte Renee und blieb auf der Decke liegen.

»Du bist gerade mal achtundzwanzig«, sagte ich.

»Alt genug«, antwortete sie.

Ich wechselte einen Blick mit Paul.

»Ein richtiges Testament?«, fragte er. »Du hast also aufgeschrieben, wer all deine Millionen bekommen soll?« Sie nickte und grinste.

»Und wer den Ferrari bekommt, und wer das Boot. Und das Wichtigste: was mit meiner Asche passieren soll.«

»Deiner Asche?«, fragte ich entgeistert.

»Yep. Sie soll von ganz da oben zerstreut werden«, sagte sie fröhlich und deutete auf die Spitze des Eiffelturms.

»Verstreut, Renee, wenn schon, dann verstreut«, sagte ich

und blickte ungläubig zur Turmspitze hoch.

»Aber ihr müsst warten auf ein guten Wind.«

»Wir?«

»Yep, wer sonst?«

»Aber für ein Testament brauchst du unsere Nachnamen«, wandte Paul ein.

»No problem. Den von Lou kenn ich schon lange.«

»Und woher hast du meinen?«

»Von deiner Visitenkarte. Du hast sie Hubert gegeben und ich saß hinter ihm, als er sie gelesen hat.«

»Aber du weißt unsere Geburtsdaten nicht«, sagte ich.

»Das ist egal. Dafür ich hab ein Siegel von das amerikanische Konsulat. Der Mann war sehr nett. Vielleicht hat ihn auch beeindruckt mein Kopf.«

»Aber wann hast du das hingekriegt?«, fragte ich, immer noch perplex. »Du warst doch beim Café de Flore.«

»Das war vorher. Das Konsulat hat früh aufgemacht.«

»Du hast also heute morgen dein Testament gemacht.«

»Eigentlich heute Nacht.«

»Ok, und du hast dir ein Siegel vom amerikanischen Konsulat geben lassen«, sagte Paul. »Das will ich sehen.«

»Ok, boys, one moment.«

Sie nestelte an ihrem Brustbeutel und zauberte ein zusammengefaltetes Blatt hervor.

Es war nur zur Hälfte beschrieben und es machte einen sehr offiziellen Eindruck mit dem riesigen amerikanischen Stempel der *Ambassy of the United States, Paris.*

»Mir gehört nicht viel«, sagte sie. »Nur das, was in mein Rucksack ist.« Sie kratzte sich am Kopf. »Du sollst das Armband mit den Holzperlen bekommen, Lou. Ich hab dir seine Geschichte erzählt.« Sie strahlte mich an. Mir fehlten die Worte. »Was meinst du dazu?« Ich räusperte mich.

»Ich weiß wirklich nicht, was ich sagen soll. Natürlich nehm ich das Armband sehr gerne. Aber so weit ist es noch lange nicht.«

Paul hatte sich das Testament genauestens angesehen. Er gab es ihr zurück. Sie faltete es zusammen. Er schüttelte den Kopf.

»Du hast genau beschrieben, dass wir deine Asche von der Spitze des Eiffelturms in alle Welt fliegen lassen sollen, und das hat ein Konsulat bestätigt? Ich kanns nicht glauben.«

»Ok, boys, kann ich mich darüber verlassen. It is very important to me.« Paul sah mich an.

»Wir sind die richtigen Leute«, sagte ich mit einem Kloß im Hals.

»Du hast zwar kein Talent für Präpositionen«, sagte Paul, »aber die Grammatik kann uns mal.« Sie streckte uns ihre flache Hand hin und wir legten unsere darauf.

»There is one thing, äh, da ist ein Ding, das ist schade für mich«, sagte Renee und steckte ihr Testament weg.

»Nämlich?«

»Ich hab keine Ahnung, ob das funktioniert richtig mit die Asche und so. Und ich hab kein richtiges Bild davon in mein Kopf, nur so ungefähr.«

»Na, dann machen wir doch einfach eine Generalprobe«, sagte Paul.

»Wie stellst du dir das vor?«, fragte ich.

»Wir stürmen den Eiffelturm bei stürmischem Wind und tun das, was Renee sich vorgenommen hat.«

»Und wo nimmst du mitten in Paris so einfach Asche her?«

»Von da wo Feuer war.« Renee und ich starrten Paul an. »Lasst mich nur machen.«

Er sagte das so zuversichtlich, dass wir ihm alles zutrauten. In diesem Moment hörten wir den Lärm.

Er kam vom südöstlichen Ende des Marsfeldes aus Richtung der Militärschule.

Wir drehten die Köpfe. Hinter uns erschienen die Vorboten einer großangelegten Demonstration. In den Nachrichten sollte später von »annähernd achtzehntausend renitenten Personen« die Rede sein, was bedeutete, dass es in Wahrheit mindestens dreißigtausend waren. Die Reihen nahmen fast zwei Drittel der riesigen Wiese ein. Rhythmisches Trommeln untermalte die Sprechchöre, die weithin über das Feld schallten. Die erste Reihe der Demonstranten trug ein breites Band vor sich her: ENFIN COMMENCER AVEC UNE NOUVELLE ÉNERGIE.

»Was steht da drauf?«, wollte ich von Renee wissen. Nach einer Minute hatte sie die Übersetzung. FANGT ENDLICH AN MIT NEUER ENERGIE.

Ein Wald von Bannern und Schildern wogte über den Köpfen der gewaltigen Menschenmenge.

Die Sprechchöre entfalteten eine ungeheure Dynamik. Dazwischen dröhnten die mitreißenden Trommelklänge einer hundertköpfigen Sambatruppe.

Eine einzelne Stimme rief durch ein Megafon Parolen und Zehntausende antworteten, ein Wechselgesang von dem eine urgewaltige Macht ausging.

Das Ganze war großartig organisiert und aufeinander abgestimmt. Niemand auf dem *Champs de Mars*, dem Marsfeld, konnte sich dem Spektakel entziehen.

Der Strom der Demonstranten ergoss sich wie eine unaufhaltsame Flut über das Feld, umspülte die unzähligen Picknickinseln, jedoch ohne eine einzige Serviette zu knicken oder einen Becher zu zertrampeln. Und plötzlich erhob sich inmitten der unüberschaubaren Menge eine einzelne kristallklare Stimme.

Die Trommeln verstummten und nach und nach fielen Abertausende von Kehlen kraftvoll in das Lied mit ein, dessen Titel wir später an diesem Tag noch erfahren sollten: DANSER ENCORE.

Renee sprang begeistert auf.

»Oh my goodness, da muss ich mitmachen, boys.« Die Menge war nur noch etwa zwanzig Meter von uns entfernt. Auch Paul und mich hielt es nicht mehr auf unserem Platz. Wir räumten hastig die Reste unseres Picknicks zusammen. Die Decke ließen wir liegen.

Renee hatte sich schon bei den vordersten Demonstranten eingereiht. Irgendjemand streckte ihr ein Blatt mit dem Text des Liedes hin.

Sie winkte uns damit zu und strahlte voller Energie. Wie eine gigantische, warme Welle schwappte der Gesang der Demonstranten in Richtung des Eiffelturms.

Wir ließen uns mitreißen und wo es für den Text nicht reichte, genügte auch ein mit voller Kraft geschmettertes »la lala lala la«. Es war die erste Demonstration meines Lebens und ich wusste wofür und ich war dafür.

Die unwahrscheinlich positive Kraft einer so großen Anzahl von Menschen mit dem gleichen Atemzug und dem gleichen Herzschlag zu spüren, war ein magischer Moment. Doch er sollte bald ein abruptes Ende finden.

Renee, Paul und mir gelang es, nah beieinander zu bleiben und wir liefen dicht hinter der ersten Reihe mit. Paul entdeckte sie zuerst.

»Verdammt!«, rief er. »Jetzt geht die Party los.« Und dann sah ich, was er meinte: Eine Schwadron berittener Polizisten trabte uns wild entschlossen entgegen. Dahinter mehrere Hundertschaften in geschlossener Formation. Ich sah nur noch Helme und Schilde, eine anonyme, aggressive Wand.

Wir stoppten, doch unser Gesang erklang nur umso lauter. Einer der Berittenen war mit einem Megafon bewaffnet und näherte sich uns bis auf wenige Meter.

In der Mitte unserer vordersten Reihe drehte sich ein junger Mann mit blonden Haaren und schwarzer Hornbrille zur Menge um und gab mit Handzeichen zu verstehen, dass wir alle die Ruhe bewahren sollten.

Wie ein Lauffeuer ging seine Anweisung durch die Menge. Dennoch dauerte es einige Minuten, bis auch die hintersten Reihen verstummten.

Die Ansprache des Anführers der anderen Seite war militärisch knapp. Auch wenn ich kein einzelnes Wort verstand, kam die Botschaft dennoch klar rüber.

»Der will uns hier weghaben«, sagte Paul laut. Der junge Mann drehte sich neugierig zu uns um.

Dann wandte er sich an sein Gegenüber. Er hatte jetzt auch ein Megafon in der Hand.

Mit ruhiger Stimme las er von einem Blatt ab, das er zuvor demonstrativ in die Luft gehalten hatte.

Er trug den Text auf Französisch vor, anschließend auf Englisch, weniger um den gegnerischen General zu beeindrucken, als um den Demonstranten, die aus vielen Ländern gekommen waren, zu versichern, dass ihre Aktion ordnungsgemäß angemeldet und vollkommen legal war.

»Er macht das sehr clever«, sagte Renee, die für mich simultan übersetzte.

Jedoch schien das Alphatier auf dem Pferd direkt vor uns ganz und gar nicht dieser Meinung zu sein. Er bellte ein paar Befehle durch sein Megafon und kurz darauf erschienen im Hintergrund gleich mehrere Wasserwerfer.

»Das wars«, rief Paul. »Der will das eskalieren lassen.« Wieder schaute der junge Mann zu uns herüber.

Er schien verunsichert.

Mein Bedarf an Konfrontationen mit Uniformen war für dieses Leben ausreichend gedeckt.

»Wir sollten uns vom Acker machen«, sagte ich zu Paul. »Wer weiß, wozu die fähig sind.«

»Wait a minute, Lou«, sagte Renee.

Der junge Mann schien einen Entschluss gefasst zu haben. Er hob sein Megafon und drehte sich erneut zur Menge um. Was er, zunächst auf Französisch, dann auf Englisch, sagte, ließ einige aufstöhnen. Buhrufe waren da und dort zu hören, Banner wurden wütend in die Luft gereckt.

Er fuhr mit der Hand durch seinen dichten blonden Haarschopf und ließ noch ein paar Worte folgen, worauf Beifall aufbrandete.

»Was hat er gesagt?«, fragte ich Renee.

»Dass er keine Lust hat auf Trouble mit Pferden und Wasserkanonen. Die Demo hat friedlich begonnen und sie soll friedlich enden. Das Recht ist auf unserer Seite und die Polizei ist auf der anderen Seite. Und wir sollen dem General den Spaß verderben. Der wartet ja nur auf eine richtige Auseinandersetzung. Da kann er seine Kavallerie und Artillerie endlich mal einsetzen. Auf diese Suppe werden wir salzen.«

»Der ist wirklich ein cleverer Typ«, sagte Paul.

»Ach ja, und dann er hat gesagt, dass die Demo ist fertig, aber wir können machen eine Party im Grünen. Ist genug Platz da. Und ist nicht verboten«, sagte Renee.

»Ok«, sagte Paul, »zeigen wir diesem sturen Bullen die kalte Schulter. So viel kalte Schultern hat der noch nie gesehen. Damit kann er seine Wasserwerfer auf Eis legen.«

Und genau dies geschah. Dreißigtausend Menschen voller Energie pfiffen die Polizei aus, drehten sich um und ließen sie auf ihren Pferden und Wasserwerfern und Richtlinien sitzen.

»Sollen wir zu unserer Decke zurück?«, fragte Paul. Wir standen noch unschlüssig beieinander, als der junge Mann mit den blonden Haaren und der schwarzen Brille auf uns zukam.

»Hey, ich hab euch gehört. Ihr wart ganz vorn mit dabei.« Er strahlte uns der Reihe nach an.

»Du hast die Situation cool gerettet«, sagte Paul.

»Respekt«, sagte ich, »wie kommt es, dass die Leute auf dich hören?«

»Och, kann ich gar nicht so genau sagen.«

»Das ist die Brille«, sagte Renee. »Die macht viel Autorität.«

»Interessante Theorie«, sagte er und streckte ihr seine Hand hin. »Ich bin Eric. Und ihr seid?«

»Ich bin Renee, das ist Paul und das ist Lou.«

»Lou?«

»Früher auch schon mal Luigi«, sagte ich, »oder auch Louis. Meine Eltern haben eher an Ludwig gedacht. Aber in letzter Zeit höre ich auf Lou.«

Er nickte ein paar Mal.

»Was habt ihr jetzt vor?« Er sah Renee an.

»Wir waren gerade mit unserem Picknick fertig, als ihr wie eine Lawine ankamt«, sagte Paul.

»Unsere Decke muss noch irgendwo da vorn liegen«, sagte ich. Eric sah auf meine Schuhe und stutzte. Er nahm seine Brille ab und begann, an einem Bügel zu kauen.

Um uns herum zerstreuten sich die renitenten Personen auf höchst friedliche Art und Weise.

Die Wand der Polizei kam sich verloren vor und bröckelte Helm für Helm, Schild um Schild. Der Rückzug fiel weit weniger imposant aus, als der Auftritt. Kaum einer hatte noch Augen für sie.

»Schade um deine Schuhe«, sagte Eric zu mir, »obwohl das ein schönes Gelb ist.« Ich nickte. Er setzte seine Brille wieder auf und musterte die Spritzer auf Renees Jeans. »Ihr wart nicht zufällig gestern Abend irgendwo auf dem Montmartre?« Ich wurde hellhörig.

»Wo, zum Beispiel?«, fragte ich.

»In der Rue Ravignan, zum Beispiel.« Ich kratzte an meiner Nasenspitze und warf Eric einen schrägen Blick zu.

»Und du hast nicht zufällig aus dem zweiten Stock pardon gerufen?« Eric schnalzte mit der Zunge verzog die Nase und rieb verlegen mit dem Zeigefinger an seiner Schläfe.

»You guy!«, rief Renee. »Du hast die Farbe geschmeißt?«

»Geschmissen, Renee, geschmissen«, sagte Paul. »Aber eigentlich hat Eric den Kanister wohl nur fallengelassen.« Eric hob beide Hände.

»Ertappt. Es tut mir leid. Ich komm natürlich für den Schaden auf. Aber ihr wart ja auch so schnell verschwunden.«

»Wir haben in den letzten Tagen die eine oder andere Aufregung erlebt«, erklärte ich. »Da hat uns das bisschen Farbe einfach kalt gelassen.«

»Aber jetzt hast du uns ja gefunden«, sagte Renee. Eric nickte.

»Das kann kein Zufall sein. Übrigens ist das Gelb wasserlöslich, die Flecken müssten ganz leicht rausgehen.«

»Ach weißt du«, sagte ich, »es ist ja ein schönes Gelb. Renees Jeans sieht jetzt eigentlich besser aus.«

»Was ist mit deinem Hemd, Paul?«, fragte Renee.

»Das hab ich weggeschmeißt.«

»Typischer Fall von Fehler«, sagte ich.

»Ihr seid ziemlich gut drauf«, bemerkte Eric. »Wollt ihr nicht mit zu mir kommen?«

»Wohin?«

»Na, in die Rue Ravignan.«

»Gibt's da noch mehr Farbe?«

Eric blickte uns der Reihe nach an.

»Ich glaub, ich kann euch vertrauen. Es muss unter uns bleiben.«

Er beugte sich nach vorn. Wir taten es ihm nach. »Da gibt es tatsächlich mehr Farbe. Sechstausend Liter, schätze ich.«

»Wollt ihr den Eiffelturm lackieren, oder was«, fragte Paul.

»Sowas ähnliches«, erwiderte Eric. »Ich erklärs euch, wenn wir da sind.«

Und so war es keine Frage, dass wir Eric zu seiner Wohnung begleiteten. Unterwegs schlossen sich uns noch ein paar junge Leute an.

An unsere pinkbraune Picknickdecke dachten wir überhaupt nicht mehr.

Möglicherweise ist sie in einem Kunstmuseum gelandet. Oder die Polizei hat sie als Beweisstück konfisziert.

Erics Altbauwohnung war sehr groß. Sechs Zimmer, in denen unzählige Kanister auf dem Parkett standen, eine Wohnküche, in der wir bald um einen runden Tisch saßen, zwei Bäder und ein Flur so lang wie Manolos Segelboot.

»Der Mietvertrag läuft zwar auf mich«, erklärte er, »aber wir sind eine große WG. Im Augenblick, glaube ich, sind wir zehn Leute.«

»Bist du schon lange in Paris?«, wollte Renee wissen.

»Ich studiere hier seit vier Jahren.«

»Und was?«

»Biologie und Politologie.«

»Das ist eine bemerkenswerte Kombination«, sagte Paul. »Was wird man denn damit?« Eric lachte.

»Zuerst nachdenklich, denn skeptisch, dann renitent.«

»Der klassische Werdegang eines Aktivisten«, bestätigte Paul.

»Ach, da gibt es viele Werdegänge«, sagte Eric. »Ich kenn' ja deinen nicht, aber du kannst es auch noch werden.« Er nickte Renee zu. »Oder du.« Dann deutete er auf mich. »Und du ganz bestimmt.«

»Ach ja? Was macht dich da so sicher?«

»Dein seriöses Auftreten. Genauso jemanden suche ich nämlich.«

Wir schauten uns verdutzt an.

»Hat das etwa mit der Farbe zu tun?«, fragte ich.

»Auch. Aber ich hab euch noch gar nichts angeboten.« Er wandte sich an ein junges Mädchen, höchstens sechzehn oder siebzehn. »Was haben wir heute noch übrig, Adrienne?«

»Muffins«, war die lakonische Antwort.

»Klar, die haben wir immer übrig.«

»Weil ihr so viele backt, oder weil sie nicht schmecken?«, fragte Paul.

»Weil wir so viel Besuch bekommen und weil Adrienne die besten Muffins von Paris zaubern kann.«

Worauf Adrienne eine wegwerfende Handbewegung machte und sich verkrümelte.

Kurze Zeit später kam sie mit einem großen Porzellanteller, den irgendeiner der Bewohner von seiner Urgroßtante geerbt haben musste, zurück.

»Für jeden drei«, sagte Eric. »Sorry, ich muss die Dinger einteilen. Ich weiß nicht, wer heute noch alles kommt. Bitte bedient euch.«

Obwohl unser Picknick sehr reichhaltig gewesen war, stürzten wir uns auf die honiggelb leuchtenden und nach Marzipan und Orangen duftenden Teekuchen.

»Erwartest du denn noch viel Besuch?«, fragte ich kauend.

»Adrienne ist wirklich eine Zauberin«, rief Paul dazwischen und leckte sich die Finger ab. Renee hatte die Augen geschlossen und genoss schweigend.

»Ein paar Leute sollten schon noch kommen. Für unsere Aktion können wir jede helfende Hand gebrauchen.«

»Also, jetzt hast du genug um den Teller mit den Muffins oder die gelbe Farbe oder den heißen Brei herumgeredet«, sagte ich. »Ihr macht 'ne Aktion wegen der Klimakonferenz, nehme ich an. Und die wird nicht ganz legal sein, nehme ich an.« Eric warf mir einen neugierigen Blick zu.

»Und warum nimmst du das an?«

»Weil du jemanden mit seriösem Auftreten suchst.« Eric nickte schmunzelnd.

»Ok, ich gebe zu, das kann man so deuten. Aber ich werde niemanden dazu überreden, etwas Illegales zu tun. Der Begriff ist ohnehin bis zur Unkenntlichkeit strapaziert. Das seht ihr schon daran, dass eine Aktion durchaus legitim sein kann, auch wenn sie gegen das eine oder andere aktuelle Gesetz verstößt.«

»Das Problem ist nur«, wandte Paul ein, »wer entscheidet, was legitim ist?«

»Dann lass mich mit einer Gegenfrage antworten«, sagte Eric, legte seinen angebissenen Muffin zur Seite und faltete die Hände. »Findest du es legitim, Aufmerksamkeit zu erregen, ohne irgendeiner Person körperlichen oder seelischen Schaden zuzufügen?«

»Das ist für mich gar keine Frage«, sagte ich.

»Logisch«, sagte Paul, »aber wer Scheuklappen runterreißt, darf sich nicht wundern, wenn die Pferde durchgehen.«

»Bei manchen Zeitgenossen wird das Brett vorm Kopf von Scheuklappen festgehalten«, erwiderte Eric. »Da musst du dir was einfallen lassen.«

»Na, dann lass mal hören, was ihr vorhabt«, sagte ich. Eric biss in seinen Muffin.

Und dann erklärte er uns, was Paris am nächsten Tag erleben und welche Rolle ich dabei spielen sollte.

28. Kapitel

»Das alles ist topsecret«, sagte er am Schluss. »Ihr redet mit niemandem darüber, auch nicht mit jemandem aus eurer Familie.« Renee musste lachen.

»No family, no danger«, sagte sie.

»Wie meinst du das?«

»Sie will damit sagen, dass die einzige Familie, die wir haben, an deinem runden Tisch sitzt und Muffins futtert«, erklärte ich.

»Oh, ihr seid miteinander verwandt?«

»Sagen wir, wir sind vom gleichen Stamm«, verkündete Paul. Eric blickte leicht verwirrt von einem zum andern, beließ es aber dabei.

»Kannst du mir mal verraten, warum ihr die ganzen Kanister hier hoch in den zweiten Stock geschleppt habt?«, wollte Paul wissen.

»Tja, das war nicht anders möglich. Wir haben keinen Lagerraum gefunden. Wir wollten außerdem unbedingt jeden Verdacht vermeiden. In diesem Haus gibt es nur Studenten-WGs. Denen ist egal, ob wir hundert oder tausend Liter rote oder gelbe Farbe durchs Treppenhaus schleppen. Es war schon schwierig genug, die Menge aufzutreiben. Ich kenne mittlerweile jedes Farbengeschäft im Umkreis von zwanzig Kilometern. Da fällt mir das Wichtigste ein.«

Er verschwand kurz, kam mit einem Koffer zurück und stellte ihn vor mich hin. »Also — wie besprochen: Du bist ein Tourist, der gerade aus New York zurückgekommen ist und einen Zwischenstopp in Paris einlegt, bevor es nach Deutschland geht. Deswegen checkst du nur für eine Nacht ein. Du nimmst das Hotel … (der Name bleibt aus verständlichen Gründen unerwähnt), das hat die ideale Lage.«

Ich nahm den Koffer in die Hand. Die auf einen Amerikaflug hinweisenden Gepäckschilder waren deutlich sichtbar.

»Was ist da drin?«, fragte ich.

»Die Drohne«, sagte Eric. »Ich werde morgen früh im Hotel aufkreuzen, mich als deinen Neffen ausgeben und dich besuchen. Du hast dir gemerkt, welches Zimmer du nehmen sollst?«

»Nummer fünfhundertsiebzehn.«

»Und warum willst du ausgerechnet dieses Zimmer?«

»Offiziell aus nostalgischen Gründen, weil es mich an meine erste Nacht in Paris erinnert. Inoffiziell, weil es im fünften Stock liegt und einen Balkon auf der richtigen Seite hat.«

»Perfekt.«

Renee hob den Finger.

»An eines habt ihr nicht gedacht«, sagte sie. Eric lächelte sie an.

»Glaub mir, wir haben an alles gedacht. Wir bereiten die Aktion seit zwei Monaten vor.«

»Ok, Eric, aber vor zwei Monaten habt ihr noch nicht gekannt Lous Schuhe.«

»Seine Schuhe?«

Eric sah mich verständnislos an.

»Steh mal auf«, sagte Paul, der anscheinend schon wusste, worauf Renee hinauswollte. Alle starrten auf meine Schuhe.

»Du willst machen kein Verdacht«, sagte Renee. »Ihr plant ein Event, mit einem Berg voller gelber Farbe …«

»Mit einem Ozean gelber Farbe passt besser«, unterbrach ich sie.

»Ok, ihr wollt also …«

»Oder Yellow Submarines«, unterbrach Paul sie und grinste albern. »Eine ganze Flotte von Yellow Submarines.«

»Paul! Beiß in deinen Muffin und lass die Yellow Submarines den Beatles«, sagte ich. Renee warf Eric einen Blick zu.

»Die sind immer so. Es braucht Geduld mit viel Wolle.«

»Mit Wolle?«

Eric standen drei bis vier Fragezeichen ins Gesicht geschrieben.

»Sie meint einen langen und dicken Geduldsfaden«, erklärte Paul.

»Und was wolltest du jetzt eigentlich sagen?«, fragte Eric.

»Lou kann mit seinen Schuhen einfach nicht ins Hotel. Das ist ein First-Class-Hotel, und eins ich hab von mein Grandpa gelernt: First-Class-Leute immer schauen auf deine Schuhe. Wenn die voller gelber Flecken sind, dann …«

»Du hast Recht«, sagte Eric. »Das ist zwar nur eine von diesen berühmten Kleinigkeiten, aber die sind oft entscheidend. Lou checkt immerhin unter seinem richtigen Namen ein. Wir sollten jedes Risiko minimieren.

»Ich hab aber nur diese Schuhe«, sagte ich.

»Du kannst meine haben«, sagte Paul. »Brauchst keine neuen zu kaufen. Kann außerdem eine sehr wertvolle Erfahrung sein, einmal in den Schuhen deines Kumpels zu laufcn.«

»Na, ich danke«, sagte ich skeptisch.

»Wir haben Desinfektionsspray da«, sagte Eric.

»Na komm, alter Krieger«, sagte Paul, »ich schätze, wir haben dieselbe Schuhgröße.«

»Come on, Lou«, sagte Renee. »Spring auf deinen Schatten.« Ich hatte es allmählich aufgegeben, Renees Redewendungen zu berichtigen.

Es war so, als würde ein Vogel Strauß einer Schwalbe beibringen wollen, wie man richtig zu Fuß geht.

Ich gab mich also geschlagen. Pauls Schuhe passten wie angegossen.

»Deine gefallen mir besser«, sagte er. »Kann sein, dass ich sie behalte.« Mir war schon alles egal. Eric schaute auf die Uhr.

»Es wäre gut, wenn du jetzt startest. Du zahlst in bar im Voraus. Hier ist das Geld. Noch Fragen?«

Ich fuhr mit der Metro zur Place de l'Etoile, fand das Hotel auf Anhieb und bekam das gewünschte Zimmer. Wie Eric es beschrieben hatte, war der Blick auf den Arc de Triomphe einmalig. Das Zimmer hatte bodentiefe Fenster, die sich öffnen ließen und einen französischen Balkon. Ich stellte den Koffer ab, probierte kurz das Bett, warf einen Blick in die Minibar und ins Bad und kehrte zur Rue Ravignan zurück.

Erics Wohnung hatte enormen Zulauf bekommen. Ich fand ihn in der Küche in ein Gespräch mit Renee vertieft. Er sah auf.

»Alles klar?«

Ich streckte ihm seine Scheine entgegen.

»Was ist das?«

»Sieh es als Spende an«, sagte ich. »Ich hab das Zimmer bekommen und werde doch meinen Neffen nicht dafür bezahlen lassen.« Er grinste breit.

»So ist Lou«, rief Renee und strahlte mich an.

»Wo ist Paul?«, fragte ich.

»Der arbeitet«, sagte Eric und bedankte sich. »Das Geld nehmen wir für die nächste Aktion.«

»Und was arbeitet Paul?«

»Oh, der hält eine Vorlesung in Kleptomanie in Zimmer drei, glaube ich.«

»Das kann ich mir sehr gut vorstellen, darin hat er ja promoviert«, sagte ich.

Den Rest des Abends verbrachten wir in Erics Wohnung, die sich immer mehr füllte.

Letzte Details wurden besprochen. Der Zeitplan stand fest, ebenso die Aufgabenverteilung. Eine Handvoll Aktivisten hatte die schwierigste Aufgabe zu lösen. Mit ihnen unterhielt sich Eric besonders intensiv.

Schließlich kam die Rede darauf, wie Konfrontationen mit der Polizei zu begegnen war.

»Übrigens, fragt Lou, wenn ihr wissen wollt, wie man aus einem Gefängnis flieht«, rief Paul in die Runde, die nicht eher Ruhe gab, bis Renee und ich von unserem Flirt mit Capitano Rocca berichteten.

Und kaum waren wir damit fertig, hielt Adrienne ihr Smartphone in die Höhe und kicherte.

»Du 'ast gejagt Mädchen in 'osenladen auf Capri?«, fragte sie mich.

»Wie kommst du auf sowas?«, fragte ich zurück.

»Na, da gibt es ein Video auf YouTube.«

»Oh Mann, nicht noch eins«, stöhnte Paul und nahm mir die Worte aus dem Mund.

»Isch glaub, isch übersetz lieber nisch, was die Mädchen 'at gesagt über disch«, meinte Adrienne und grinste mich frech an.

Das Video machte die Runde, doch ich hatte beschlossen, es zu ignorieren.

Ich kannte die wahre Geschichte. Sollte YouTube doch meinetwegen einen Spielfilm daraus machen.

An diesem Punkt ging die Besprechung allmählich in eine ausgelassene Party über.

Um Mitternacht warf Eric alle raus.

»Morgen früh um sechs«, sagte er zu mir.

»Ich werde hellwach sein«, erwiderte ich.

In der Nacht kam Sturm auf. Beim Aufwachen hörte ich, wie er durchs Balkongeländer pfiff. Ich musste an Renees Testament denken, verscheuchte den Gedanken aber gleich wieder. Um sechs Uhr klopfte es an der Tür.

»Guten Morgen, Lou«, sagte Eric, »ich hoffe, du hast sie in Ruhe gelassen.«

»Wen?«

»Die Drohne.« Ich ließ ihn eintreten.

»Na ja, ich dachte, ich überprüfe mal die Funktionsweise, so für alle Fälle. Ich fürchte, mit der Fernbedienung stimmt was nicht.« Er starrte mich erschrocken an. »War nur 'n Scherz, Eric. Ich hab den Koffer nicht mal aufgemacht.« Er knuffte mich auf den Oberarm.

»Oh Mann, Lou, mach sowas nicht mit mir.« Erst da wurde mir klar, unter welcher Anspannung er stand. Er legte den Koffer aufs Bett und ließ ihn aufschnappen. »Renee wird auch gleich hier sein.«

»Schön. Ihr seid zusammen hergekommen?« Er war dabei, die Drohne vorsichtig aus dem Koffer zu hieven.

»Jep«, sagte er. Ich sah so ein Gerät zum ersten Mal und war überrascht, wie groß es war. Eric ging zum Fenster, öffnete es und schnupperte in die Morgenluft.

»Kannst du das Ding bei so einem Sturm überhaupt fliegen lassen?«, fragte ich. Er drehte sich zu mir um.

»Was glaubst du?« Ich rümpfte die Nase.

»Ich glaube schon.«

»Na prima, dann sind wir schon zwei.«

In diesem Moment klopfte es erneut. Eric blieb am Fenster stehen. Ich ging zur Tür und machte sie auf. Renee hielt mir eine Tüte mit Croissants unter die Nase.

»Good morning, Lou, wie wärs mit Frühstück?«

»Jesus, daran hab ich überhaupt noch nicht gedacht.«

Eric deutete auf das Telefon.

»Roomservice«, sagte er nur.

»Werden die sich nicht wundern, wenn ich Frühstück für drei Leute bestelle?«

»Die wundern sich nur, wenn du nicht bezahlst. Und das werde ich übernehmen, also schlag zu«, sagte er. Renee schnappte sich ein Croissant und nickte mir zu.

»Die verstehen auch Deutsch.« Ich griff zum Telefon. Renee stellte sich neben Eric ans offene Fenster. Er hatte ein Fernglas aus dem Koffer geholt und beobachtete den Verkehr rund um den Arc de Triomphe. Ich bestellte rasch das Frühstück und gesellte mich dann zu den beiden.

Die Place de l'Etoile, die jetzt Place Charles de Gaulle hieß, belebte sich allmählich. Der Kreisverkehr um den Triumphbogen war schätzungsweise achtspurig. Von diesem Zentrum strebten zwölf Prachtstraßen und Avenuen in alle Himmelsrichtungen.

Aus mehreren dieser Straßen sah ich Radfahrer in den Kreisverkehr einbiegen. An ihren Gepäckträgern waren auf beiden Seiten große Kanister mit der Öffnung nach unten befestigt. Aus ihnen floss die gelbe Farbe aufs Pflaster. Immer mehr Radler drehten ihre Runden.

Fasziniert beobachtete ich, wie das Gelb sich in konzentrischen Spuren auf dem Kreisverkehr ausbreitete.

»Look at this, oh my God«, sagte Renee neben mir.

Ein Piepton schreckte mich auf. Eric hatte seine Drohne samt Fernbedienung geholt. Die Kamera war bereits montiert.

»Wo ist eigentlich Paul?«, fragte ich. Eric nickte nach unten.

»Der wollte unbedingt ins Auge des Sturms.«

»Wohin?«

»Auf den Triumphbogen«, sagte Renee.

»Kann ich mal dein Fernglas haben?«, fragte ich Eric.

»Liegt im Koffer.«

»Wie willst du das Ding starten bei dem starken Wind?«, fragte Renee. Eric stand neben ihr auf dem winzigen Balkon. Er schaltete die Fernbedienung ein, die vor seinem Bauch hing.

»So«, sagte er. Mit der linken Hand hielt er die Drohne in Schulterhöhe.

Ich stand mit dem Fernglas hinter ihm und versuchte, über seine Schulter hinweg Paul auf dem Triumphbogen zu entdecken. Plötzlich surrten die acht Propeller der Drohne los. Das Geräusch erinnerte mich an das Gesicht meines Zahnarztes, wenn er, unbeeindruckt von meinen weit aufgerissenen Augen, daranging, mit seinen Hochleistungsbohrern Platz zu schaffen für eine neue Füllung.

Eric hielt das Fluggerät höher, justierte die Ausrichtung und ließ dann los. Die Drohne schwebte ruhig etwa zwei Meter über unseren Köpfen. In diesem Moment klopfte es an die Tür.

»Verdammt«, entfuhr es Eric.

»Das ist der Roomservice«, sagte Renee.

»Der darf uns nicht entdecken«, sagte Eric. »Zieh einfach den Vorhang zu und pass auf, dass er nicht zu uns herübersieht.«

Ich bekam gerade noch mit, wie Eric die Rotoren drosselte und die Drohne auf seiner Hand landen ließ. Zum Glück war der Vorhang blickdicht.

Ich ließ den Etagenkellner mit dem Servierwagen herein. Er war von der diskreten Sorte, die gewohnt ist, die Augen bei sich zu behalten. Nach einer Minute war er, um ein großzügiges Trinkgeld reicher, wieder verschwunden.

Eric und Renee kamen herein.

»Das war knapp«, meinte er. Renee schenkte uns Kaffee ein.

Ich lief zum Balkon. Es müssen um die zwei Dutzend Radfahrer gewesen sein, die ihre Kanister, im Kreis fahrend, rasch entleerten. Immer wieder verschwanden sie in einer der zwölf Straßen, die wie Sonnenstrahlen von dem Platz wegführten. Kurz darauf kamen sie, mit Nachschub für die gelbe Flut beladen, wieder zurück.

»Das ist clever organisiert«, sagte ich zu Eric. Er nippte zufrieden an seinem Kaffee.

»Wenn die Jungs fertig sind, verschwinden sie einfach in alle Richtungen. Die kennen sich bestens aus. Nach ein paar hundert Metern stellen sie die Räder in irgendeinem Hauseingang ab und werden zu harmlosen Fußgängern.«

»Habt ihr gemacht sowas wie Generalprobe vorher?«, fragte Renee. Sie stand vor dem Servierwagen. Eric lachte.

»Keine Chance. Wir machen die Generalprobe, Premiere und letzte Vorstellung in einem Aufwasch.«

Er ging zum Fenster und ließ sich von mir das Fernglas geben.

Renee hatte sich in aller Eile ein Baguette mit Marmelade bestrichen und kam zu uns.

Wir genossen die beste Sicht auf die Szenerie. Der Anblick war unvergesslich.

Der riesige Kreis aus Asphalt, in dessen Mitte der Triumphbogen stand, war mit leuchtend gelber Farbe überzogen. Vereinzelt gab es noch ein paar graue Stellen. Doch die würden bald verschwinden. Der Verkehr hatte stark zugenommen. Zigtausend Autoreifen nahmen die Farbe auf und verteilten sie in alle zwölf Straßen. Im Zentrum von Paris ging die Sonne auf und schickte ihre Strahlen um den Globus.

»Was ihr hier seht, ist in Kürze im Netz und dann sieht es die Welt«, sagte Eric. Renee war sprachlos und konnte die Augen nicht von dem Geschehen lassen.

»Wie seid ihr darauf gekommen?«, fragte ich Eric. Er stellte seine Tasse ab.

»Hier, sieh dir das an.« Er streckte mir sein Smartphone entgegen. Ich sah das Foto eines kleinen Mädchens, das ein Blatt in die Kamera hielt. Es war ein Stadtplan von Paris mit dem Arc de Triomphe als Mittelpunkt. Die Kleine hatte die Straßen, die sternförmig auseinanderstrebten, mit Buntstiften gelb und orange ausgemalt. »Das ist meine Tochter«, sagte Eric stolz.

»Let me see«, sagte Renee und ihre Augen leuchteten auf, als sie das Mädchen sah. »Wie heißt sie?«

»Sofia.«

»How beautiful. Wo ist sie jetzt?«

»Bei ihrer Mutter«, sagte Eric leichthin. Sie gab ihm das Smartphone zurück. Er steckte es weg und griff nach seiner Drohne. Ich schnappte mir das Fernglas. Wir ließen Eric den Vortritt auf den Balkon. Sobald die Drohne in der Luft war, stellten wir uns neben ihn.

Immer mehr Schaulustige drängten sich am Rand des Kreisverkehrs und in der Mitte, unter dem Triumphbogen. Dorthin gelangte man durch einen langen Fußgängertunnel.

Polizeisirenen näherten sich bereits aus mehreren Richtungen. Eric war darauf fokussiert, die Drohne in eine optimale Position zu manövrieren. Er schoss unablässig Fotos. Es gelang ihm geschickt, die heftigen Windböen auszugleichen. Er war ein Meister, was das Drohnenfliegen anging.

Ich spähte durch das Fernglas.

»Da tut sich was«, sagte ich.

»Yeah, die Jungs mit dem Transparent sind soweit«, rief Renee.

»Die Polizei wird jeden Moment da sein«, sagte Eric und ließ die Drohne auf eine beachtliche Höhe steigen.

Ich merkte ihm seine Nervosität an, auch wenn seine Bewegungen ruhig und konzentriert wirkten.

Währenddessen fesselte uns das Geschehen auf dem Triumphbogen.

Mit Seilen abgesichert, schwang sich einer der Aktivisten in knapp fünfzig Metern Höhe über die Brüstung. Seine Mitstreiter ließen ihn langsam in die Tiefe.

»Da ist Paul«, rief ich. »Der sichert den Mann.« Renee nahm mir das Fernglas ab.

»Really, der arbeitet richtig hart. Isn't that funny, Lou? Deine Schuhe sind auf dem Triumphbogen und du bist hier?« Ich grunzte.

»Das passt irgendwie zu der ganzen Geschichte.« Eric musste grinsen und ließ die Drohne auf ihre maximale Höhe steigen.

»Tja«, sagte ich, »und Pauls Schuhe sind in einem Fünfsternehotel Zeugen einer illegalen Aktion.«

»Oh, shit!«, rief Renee plötzlich.

29. Kapitel

»Was ist los?«, wollte ich wissen. Sie starrte durch das Fernglas auf ein Nachbargebäude.

»Wir werden beobachtet.«

»Was?«, rief Eric erschrocken aus.

»Da drüben steht einer auf dem Balkon und deutet zu uns herüber.

»Ok, Rückzug!«, befahl Eric unverzüglich, während er die Drohne zurückholte. »Wir müssen sofort aus dem Hotel raus. Leg den Koffer bereit, Ludwig. Den wirst du nehmen.«

Er streckte die Hand aus, um die Drohne aus der Luft zu pflücken. »Du nimmst ganz normal den Fahrstuhl und bezahlst das Frühstück. Und dieses Mal nimmst du mein Geld.« Er legte die Drohne aufs Bett und montierte in Windeseile die Kamera ab.

Dann drückte er mir einen Fünfziger in die Hand. »Renee und ich nehmen das Treppenhaus.« Die Polizeisirenen waren jetzt sehr nahe. »Mach die Balkontür zu. Wir treffen uns in meiner Wohnung. Alles klar, Lou?« Renee winkte ab.

»Eigentlich wir laufen fast jeden Tag vor der Polizei weg.«

»Ja, darin sind wir ganz gut«, sagte ich und versuchte, ruhig zu wirken. Eric legte eine Hand auf meinen Unterarm.

»Hör zu, du weißt von nichts. Du bist ein ganz normaler Tourist, der zurück nach Deutschland will. Hey, du bist ein Rentner«, sagte er. »Unauffälliger geht's nicht.«

»Also gut«, sagte ich, »dann glaub ich das auch noch.«

»Los jetzt. Der da drüben hat sicher schon der Polizei einen heißen Tipp gegeben. Die sind auf Drohnenflüge überhaupt nicht gut zu sprechen.« Wir verließen fluchtartig das Zimmer.

»Schade für das Frühstück«, rief Renee mir noch zu, bevor sie mit Eric durch die Tür zum Treppenhaus verschwand.

Der Koffer wog schwer in meiner Hand. Ungeduldig wartete ich auf den Lift und als er endlich kam, stiegen drei ältere Damen, mit dickem Goldschmuck behängt, aus. Ich murmelte ein schüchternes »Bonjour«, das mit dreifachem Naserümpfen beantwortet wurde.

Im Foyer angekommen, sah ich draußen schon das Blaulicht flackern und hörte das Reifenquietschen der Polizeiwagen. Von Renee und Eric keine Spur. Ich bezahlte das Frühstück.

»Wünschen Sie ein Taxi zum Flughafen, Monsieur Vonwegen«, fragte der strengblickende Portier. Im Nachhinein betrachtet, hätte ich ja sagen sollen und dem Taxifahrer einfach die Rue Ravignan angeben können. Aber ich verstand nur: Flughafen. Was sollte ich dort? Die Fahrt würde sicher sehr teuer werden. Kopflose Gedanken. Was soll ich sagen? In solchen Situationen fehlt mir einfach das Coole.

Für zwei Sekunden setzte mein Herz aus. Ich stammelte etwas wie: »Nein danke, ich werde abgeholt.« Er zog nur eine Augenbraue in die Höhe, schob mir eine Quittung über den Tresen und wünschte »Bon voyage«, während vor dem Eingang noch mehr Reifen quietschten und Autotüren zugeschlagen wurden.

Ich ließ die Quittung liegen, nahm den Koffer, schaltete um auf Tunnelblick und lief auf die große Drehtür am Eingang zu. Als ich nur noch wenige Meter davon entfernt war, sah ich durch die Scheiben bestimmt ein Dutzend Polizeiuniformen.

Ich starrte auf den Boden, auf meine Uhr, auf den Koffer, nur nicht in die Richtung der Uniformen. Als die Drehtür mich ausspuckte und die Polizisten verschlang, wurde mir bewusst, dass ich noch immer die Luft anhielt.

Ohne lange zu überlegen, steuerte ich die nächste Metrostation an, lief die Rolltreppen hinunter, bog auf einen Bahnsteig ab und sprang in die nächste offenstehende Tür.

Ich fuhr sechs Stationen weit, stieg aus, nahm eine Rolltreppe nach oben, bog links ab, dann rechts und erwischte die nächste U-Bahn. Nach drei Stationen stieg ich aus und machte mir erst dann die Mühe, festzustellen, wo ich überhaupt war.

Ganz langsam fiel die Anspannung von mir ab, wie eine frische Tapete, die von der Wand rutscht, weil man zu wenig Kleister genommen hat.

Ich stellte mich vor einen Übersichtsplan, zwang mich zur Ruhe und fand heraus, wie ich am schnellsten in die Rue Ravignan kam.

Ich musste unablässig an Renee und Eric denken. Sicher hatten sie rechtzeitig das Hotel verlassen können. Bestimmt waren sie der Polizei in die Arme gelaufen. Möglicherweise warteten sie schon in Erics Wohnung. Vielleicht saßen sie in diesem Moment in einem Polizeiwagen.

Meine Gedanken liefen ebenso Slalom wie ich auf dem Metrobahnsteig und in den Waggons. Ich konnte nicht sillsitzen.

Beim Aussteigen rempelte ich aus Versehen einen älteren Herrn mit Stirnband und Pferdeschwanz an. Er kam mir irgendwie bekannt vor, aber ich verschwendete keinen weiteren Gedanken an ihn. Ich keuchte die Rolltreppe nach oben und war nach wenigen Minuten in der Rue Ravignan.

Die Haustür war offen und als ich im zweiten Stock klopfte, öffnete Adrienne mit teigverschmierten Händen. Ich atmete tief durch und fragte:

»Sind Renee und Eric schon da?« Sie schüttelte gleichgültig den Kopf und verschwand in der Küche. Ich war wie vor den

Kopf geschlagen. Ich ließ den Koffer im Flur stehen und lief durch den Flur, von einem Raum zum nächsten. Es war immerhin möglich, dass Adrienne in ihrer Küche vom Kommen und Gehen in dieser riesigen Wohnung nicht alles mitbekam. Wie sich aber herausstellte, war aktuell außer uns niemand hier. Erst nach und nach trudelten die Aktivisten ein. Alle waren in aufgedrehter, euphorischer Stimmung und begrüßten mich mit großem Hallo. Sie redeten Französisch, Englisch, Deutsch durcheinander. Jeder berichtete aus seiner Sicht von der perfekt gelungenen Aktion. Keiner hatte Renee oder Eric gesehen und keiner schien sich ernsthafte Sorgen zu machen. Adrienne begriff als einzige meine Befürchtungen.

»Eric ist clevör«, sagte sie in ihrem stark französisch gefärbten Akzent. »Er 'at gemacht viele Aksion wie diese schon früher. 'at immer gut geklappt. Er kömmt sischer schon bald.« Sie hielt mir einen Holzlöffel hin, an dem ein Teigklumpen klebte. »Alors, probier mal. C'est fantastique.«

Ich steckte den Löffel geistesabwesend in den Mund und bekam im selben Moment einen Schlag auf die Schulter. Prompt verschluckte ich mich.

»Hast wohl den Mund wieder mal zu voll genommen«, sagte Paul. Ich rang mühsam nach Luft. »War echt atemberaubend, die Aktion, wie? War gar nicht so einfach, Alain festzuhalten.«

»Wen?«, keuchte ich.

»Den Typen, der am Seil hing und das Transparent in die Kameras hielt. Du musst dir unbedingt die Bilder ansehen. Apropos — wie sind Erics Aufnahmen geworden?«

Ich gab Adrienne mit Tränen in den Augen den Löffel zurück und hatte wieder genug Luft für einen vollständigen Satz.

»Weiß ich nicht. Wir wurden beobachtet, mussten Hals über Kopf aus dem Hotel raus. Seitdem hab ich die beiden nicht mehr gesehen. Bin haarscharf an der Polizei vorbeigekommen.«

»Polizei?«, fragte Adrienne.

»Ja doch, die sind in das Hotel rein, weil dieser Nachbar sie alarmiert hat.« Sie runzelte die Stirn.

»Isch werde ihn anrufen.« Paul und ich wechselten einen Blick.

»Ist doch unfassbar, dass wir Renees Nummer nicht haben, obwohl wir schon eine halbe Ewigkeit mit ihr durch die Gegend reiten«, sagte er. Adrienne hing lauschend an ihrem Smartphone.

»Eric? Wo bist du? Ah, très bien«, rief sie und schnalzte mit der Zunge. »Macht die Tür auf. Sie kommen gerade.«

Es hatte sich bei den anderen herumgesprochen, dass Eric und Renee ernsthaft vermisst wurden, und nun drängelten sich alle im Flur, um sie zu begrüßen. Eric hatte den Arm um Renees Schulter gelegt und beide strahlten uns an.

»Ist Lou da?«, war das erste, was Renee fragte. Ich drängte mich nach vorn durch.

Ihr Kopf hatte diese Blässe, die ich schon ein paar Mal an ihr bemerkt hatte. »Bevor du fragst«, sagte sie, »es ist alles auf dem grünen Bereich. Ich werde mich nur ein bisschen hinlegen.«

Eric führte sie in eins der Zimmer, zog die Vorhänge zu und schloss die Tür. Ich sah ihn fragend an.

»Ich brauche erst mal was zu essen«, sagte er und lief an uns vorbei. Wir versammelten uns in der Küche. Er griff nach der Schüssel mit Adriennes Teig, schnappte sich einen Löffel und schaufelte eine große Portion auf einen Teller, bevor er mit seinem Bericht begann.

»Wir kamen gerade aus dem Treppenhaus, als Polizisten ins Foyer stürzten.«

»Denen bin ich gerade so durch die Drehtür entwischt«, sagte ich. Er nickte mir zu und fragte mit vollem Mund:

»Und der Koffer?«

»Steht im Flur.« Er reckte den Daumen nach oben und fuhr fort.

»Die haben sich überall verteilt und den Portier belagert und sich wichtig gemacht. Ich bin zusammen mit Renee ganz freundlich an ihnen vorbeispaziert.« Er grinste spöttisch. »Die waren offensichtlich auf verdächtige Typen mit Fernbedienung um den Hals und gefährlichem Fluggerät unter dem Arm fixiert.« Er nickte mir zu. »Aber die Drohne war ja in guten Händen. Also konnte uns nix passieren.«

»Aber warum kommt ihr so spät hier an?«, wollte Paul wissen. Ich ahnte die Antwort.

»Renee ging es nicht gut. Wir waren gerade unten in der Metro als es ihr schwindlig wurde. Sie hat sich hingesetzt und meinte, es würde nur ein paar Minuten dauern.« Er zuckte mit den Schultern. »Es hat dann eben ein bisschen länger gedauert.«

Er nahm noch einen Löffel von dem Teig und schaute schmatzend und mit funkelnden Augen in die Runde. »Aber die Aktion selbst konnte nicht besser laufen. Kommt mit, wir sehen uns die Aufnahmen an.«

Alle folgten ihm in das größte der Zimmer, wo er sein Computerequipment stehen hatte. Paul und ich blieben in der Küche zurück. Wir schauten uns an. Dann nickte Paul zum Fenster, das weit offenstand.

»Ziemlich stürmisch heute, was meinst du?«

»Ja, erstaunlich, wie Eric das mit der Drohne hingekriegt hat.«

»Das meinte ich nicht.«

»Du meinst …«

»Genau, das meine ich.«

»Aber wir haben keine Asche.«

»Deswegen verschwindet der Paul jetzt mal für ein Stündchen.«

»Renee sah wirklich sehr blass aus.« Er winkte ab.

»Wie ich die kenne, ist sie nachher putzmunter, vor allem, wenn sie erfährt, was wir vorhaben.« Ich hielt ihm die ausgestreckte Hand hin und er schlug ein. Dann verschwand er und ich ging zu den anderen.

In Erics Zimmer hing ein riesiger Bildschirm an der Wand. Eric war noch mit der Drohnenkamera beschäftigt. Der Raum war voller Aktivisten, die sich lautstark unterhielten. Ich stellte mich neben ihn.

»Ist sie bewusstlos gewesen?«, fragte ich, ohne dass die anderen etwas mitbekamen. Er sah mich stirnrunzelnd an.

»Warum fragst du? Hat sie das schon mal gehabt?«

»Was hat sie denn gehabt?« Er arbeitete weiter an der Technik, während er mit mir sprach.

»Na ja — richtig bewusstlos war sie nicht. Sie hat sich eben hinsetzen müssen, hat die Hände auf die Augen gepresst und gewartet, bis die Schmerzen vorbeigehen. Sie hat gesagt, dass es nicht lange dauern wird. Aber …«

»Was aber?« Er legte die Kamera weg und nahm eine Fernbedienung in die Hand.

»Na — ihr Kopf. Sie hatte sich diese komische schwarze Mütze runtergerissen und da sah ich, wie er ganz hell schimmerte, fast weiß. Das sah richtig crazy aus.« Ich nickte. »Sie hat dann nach meiner Hand getastet.« Er zog kurz die Nase hoch. »Also, die hat sich ganz normal angefühlt. Nicht irgendwie eiskalt oder fiebrig oder so. Ich hab sie gehalten und irgendwann hat sie mich angelächelt.« Er grinste verlegen. »Sie ist ein ganz besonderes Mädchen, Lou.« Ich nickte wieder und legte meine Hand auf seine Schulter.

»Danke, dass du auf sie aufgepasst hast«, murmelte ich.

»Komisch, dass du das sagst«, erwiderte er, »aber ich hatte so ein bisschen das Gefühl, dass sie auf mich aufgepasst hat. Ich kanns dir nicht erklären.« Ich verstand ihn trotzdem und ich muss seitdem oft an seine Worte denken.

Er stand auf und drehte sich zum Bildschirm an der Wand um. »Alors«, rief er laut, »attention: Le soleil de Paris! Die Sonne von Paris!« Und dann sahen wir die Bilder, die er mit seiner Drohne gemacht hatte.

Sie gingen in den nächsten Stunden und Tagen um die Welt und sind zu einer Ikone des Protestes gegen die Klimapolitik geworden.

Die jungen Leute um mich herum waren begeistert, jubelten, klatschten und schlugen Eric auf die Schulter, und ich stand etwas verloren mitten unter ihnen, mit den Gedanken bei Renee. Wenig später tauchte sie in der Tür auf, als sei nichts gewesen. Ihr war nichts anzumerken.

»Hey, Eric«, sagte sie, »great job!« Irgendjemand rief laut Alains Namen. Ein schmaler Junge trat schüchtern in die Mitte und wurde laut gefeiert. Das Bild von ihm, wie er an ein paar Seilen unter dem Arc de Triomphe hing und eine eindeutige Botschaft in die Kameras hielt, sollte ebenfalls berühmt werden.

Ich wusste, dass diese Aktion, bei all der Kreativität und Begeisterung, die darin steckten, illegal war. Eric hätte nie im Leben eine Genehmigung für seinen Drohnenflug bekommen, und den Arc de Triomphe für Klettertouren zu missbrauchen war sicher nicht nachahmenswert. Der Zweck heiligt die Mittel. Ich halte das für einen schönen Satz.

Wir redeten an diesem Tag noch lange darüber. Es gab ein großes gemeinsames Mittagessen, heiße Argumente an einem kalten Buffet und mehr als ein Glas Rotwein fiel um. Renee wirkte vollkommen ausgeruht, wie Paul es vorhergesagt hatte. Er war mehr als nur ein Stündchen unterwegs, und als er kam, trug er einen blauen Stoffbeutel über der Schulter.

»Deine Schuhe sind wirklich sehr bequem«, sagte er zu mir.

»Dann lassen wir es bei dem Tausch«, sagte ich. »Vielleicht beeinflussen sie ja auch deine Einstellung gegenüber fremden Brieftaschen«, sagte ich unernst. Doch er machte plötzlich ein ernstes Gesicht.

»Da sagst du was, Lou. Ist dir klar, dass ich seit meiner letzten Sammlung in den Uffizien clean bin. Ich hab gar nicht mehr daran gedacht, obwohl sich die Massendemo auf dem *Champs de Mars* bestens für eine Gruppentherapie geeignet hätte. Was ich da alles hätte pflücken können … Und weißt du was? Wenn ich jetzt so daran denke, tut es mir um die verpassten Gelegenheiten überhaupt nicht leid. Wie es aussieht, habt ihr beide, Renee und du, mich um meine Kleptomanie gebracht. Ist das nicht schrecklich?«

»Was ist schrecklich?«, fragte Renee, die seine letzten Worte mitbekommen hatte.

»Paul beschwert sich über den guten Einfluss, den wir auf ihn haben«, sagte ich.

»Oh, aber dafür er schmeißt seinen schlechten Einfluss auf uns«, sagte sie. »Wir sind also quite quitt.«

»Da ist was dran«, meinte Paul.

»Und was ist da drin?«, fragte Renee und deutete auf Pauls Stoffbeutel.

»Sollen wir es ihr sagen?«, fragte Paul mich.

»Wenn du das hast, was du haben solltest, dann rück raus mit der Überraschung«, erwiderte ich. Paul griff in den Beutel.

»Wie wärs mit einem Trip auf den Eiffelturm?«, fragte er und zog eine große Milchflasche hervor.

Renee und ich starrten darauf. »Fragt mich nicht, woher ich die Asche habe, ich werde es euch nicht verraten.« Und das hat er tatsächlich bis heute nicht getan.

Renee fiel ihm um den Hals. »Vorsicht! Die Flasche!«, rief er und konnte sie gerade noch auffangen, bevor sie auf den Boden geknallt wäre.

»Ich glaube, die kommen hier ganz gut ohne uns zurecht«, sagte ich. »Wollen wir uns verabschieden?«

Eric und seine Mitstreiter wollten uns nicht gehen lassen und es dauerte eine halbe Stunde, bis wir glücklich im Treppenhaus standen. Adrienne lief uns nach und brachte eine Plastikschüssel mit ihren Muffins.

»Die Schüssel müsst ihr zurückbringen«, sagte sie. »Also müsst ihr wieder vorbeikommen, d'accord?« Wir bedankten uns und versprachen es ihr.

»Andiamo, wie die Franzosen sagen«, rief Paul und stürmte die Treppe hinunter.

30. Kapitel

Als wir in der Metro saßen, fiel mir etwas ein.

»Wird der Eiffelturm nicht von Polizisten bewacht? Ich meine die einzelnen Etagen und ganz besonders die oberste mit der Aussichtsplattform.«

»Davon kannst du ausgehen«, sagte Paul.

»Aber wir brauchen doch nicht lange für die Asche zu streuen«, sagte Renee.

»Dreißig Sekunden, schätze ich, wenn überhaupt«, sagte ich.

»Viel Platz werden wir nicht haben da oben«, sagte Paul.

»Und da gibt es ein Absperrgitter. Ob wir mit der Flasche da durchkommen?«, gab ich zu bedenken.

»Auf Fotos sieht das ziemlich grobmaschig aus. Da könntest du auch 'ne Magnumflasche Champagner durchstrecken«, behauptete Paul.

»Wir werden viel warten müssen. Habt ihr gesehen die Schlangen vor den Aufzügen?«, sagte Renee.

»Es ist 15:00 Uhr, wir kommen auf jeden Fall hoch, solange es noch hell ist«, sagte ich.

»Hoffentlich weht der Wind nicht weg«, sagte Renee. »Ich meine, hoffentlich er bleibt stehen. Äh, auch falsch.«

»Na«, sagte ich, »wie könnte man das noch sagen?« Sie grinste.

»I hope, the storm is not überwegs.«

»Womit alles klar ausgesprochen wäre«, meinte Paul. Er hielt den Stoffbeutel zwischen den Knien und schaukelte damit hin und her.

»Und was da drin ist, hast du auch nicht geklaut?«, fragte ich. Er schüttelte den Kopf. »Und die Milch?«

»Die Flasche war schon leer. Der Rest ist Schweigen.«

Unsere Zielstation Trocadéro wurde durchgesagt.

Wir stiegen aus. Als wir oben waren, sahen wir von Weitem schon die Menschenmenge, die sich unter dem Eiffelturm drängte.

»Wir könnten auch die Treppe nehmen«, sagte Paul. »Zumindest bis zur ersten Etage.« Renee zog ihr Smartphone zu Rate, während ich skeptisch zur Spitze hochblinzelte.

»Bis zur ersten Etage sind es dreihundertvierundsechzig Stufen. Die Tickets kann ich online kaufen.«

»Was meinst du, Paul?«, fragte ich.

»Hört sich machbar an.«

»Dann mach das«, sagte ich zu Renee. Eine halbe Stunde später standen wir mit weichen Knien vor der ersten Stufe.

»Bist du eigentlich schwindelfrei?«, fragte ich Paul.

»Keine Ahnung. Du?«

»Keine Ahnung.«

»Ok, boys, ihr könnt euch an mir festhalten.«

»Wie sieht das denn aus?«, sagte Paul. »Nix da.«

»Wenn wir für zehn Stufen zwanzig Sekunden brauchen, sind wir bei dreihundertvierundsechzig Stufen nach knapp zwölf Minuten auf der ersten Etage«, sagte ich. »Mit Pausen eine Viertelstunde.«

»Also ein Kinderspiel«, meinte Paul.

Wir brauchten zweiunddreißig Minuten. Hauptsächlich, weil Paul nicht schwindelfrei war. Er versuchte das zu bekämpfen, indem er laut mit sich selbst plauderte.

»Paul«, sagte Paul, »Paul, was soll das? Das ist 'ne ganz einfache Treppe. Da kann nix passieren. Du bist an der frischen Luft. Du hast jemanden vor dir. Du hast jemanden hinter dir. Guck einfach nur auf die Stufen. Alles wird gut. Erst das linke Bein, dann das rechte, dann …«

Seit der zehnten Stufe war er so unterwegs.

»Paul«, stöhnte ich, »geht das jetzt so, bis wir oben sind? Kannst du nicht leiser reden?« Renee lief vorneweg und blieb auf dem nächsten Absatz stehen, um auf uns zu warten. »Gib mir wenigstens den Stoffbeutel«, sagte ich. »Was ist, wenn du den aus lauter Panik fallen lässt?« Paul hielt den Blick auf die Schuhe mit den gelben Flecken gerichtet.

»Ich bin nicht in Panik«, sagte er und blieb knapp unterhalb von Renee ebenfalls stehen.

»Nö, überhaupt nicht«, sagte ich und streckte die Hand nach der Stofftasche aus, die er über der Schulter trug.

»Nix da, die behalt ich. Ist gut zum Festhalten«, sagte er und wollte wissen: »Wie weit sind wir?«

»Ich dachte, du zählst mit.«

»Ich bin viel zu beschäftigt mit Autosuggestion.«

»Ich hatte mir unter Autosuggestion eigentlich immer etwas leiseres vorgestellt.«

»Wir sind auf der zweiundsiebzigsten Stufe«, sagte Renee.

»Oh mein Gott!«, stöhnte Paul.

»Ok, Paul, ich schlag dir was zu«, sagte Renee, bemerkte meinen Blick und versuchte es mit: »Vor, ich schlag dir was vor. Du musst nicht dich quälen wegen mein doofer Idee. Gib uns die Flasche mit Asche. Du kannst unten auf uns warten.«

»Das geht nicht«, brummte Paul zwischen zusammengebissenen Zähnen.

»Warum nicht?«

»Runtergehen ist viel komplizierter. Bis ich mich da umsuggeriert habe, geht die Sonne unter.«

»Also?«, fragte ich.

»Was also?«

»Was machen wir jetzt?« Er schloss die Augen und schnaufte ein paar Mal tief durch.

»Ich suggeriere so laut, wie eben nötig. Ihr müsst euch das mitanhören. Und wir gehen weiter bis zur ersten Etage.«

»Stell dir einfach vor, es wäre der Mount Everest, knapp unter dem Gipfel«, sagte ich. Er winkte nervös mit der Hand.

»Bring mich nicht durcheinander. Ich bin gerade in einem akuten Ausnahmezustand. Da zählt jedes Wort.«

»Dann können wir jetzt weitergehen?«

»Ja doch, ja«, seufzte er. »Ist ja nur 'ne Treppe. Eine ganz normale Treppe, Paul. Mit Geländer. Und sogar mit Gitter. Nur halt ein paar Stufen mehr als sonst. Aber es kommt immer nur auf die nächste Stufe an, Paul. Hörst du? Hörst du mir überhaupt zu?« Renee und ich wechselten einen Blick.

»Wenn du dir schon nicht zuhörst«, seufzte ich, »wir können gar nicht anders.«

Und so stapften wir unter Pauls permanenten Beteuerungen, es handle sich nur um eine ganz normale Treppe, die Treppe zur ersten Etage des Eiffelturms hoch, wo die rettenden Aufzüge auf uns warteten.

Nachdem er die letzten Stufen vor mir erklommen hatte, drehte er sich, etwas wacklig in den Knien, zu mir um.

»War doch ganz einfach«, keuchte er. Ich gab ihm einen Klaps auf die Schulter.

»Triumph des Geistes über die Materie, Paul, auch wenn es nur ein paar Eisenstufen waren.«

»Deswegen muss mein Geist jetzt ausruhen. Gebt mir zehn Minuten und lasst mich hier sitzen.«

»Wir müssen sowieso warten, bis wir einen Platz im Aufzug bekommen.«

Renee und ich drehten eine Runde. Als das *Champs de Mars* in unser Blickfeld geriet, blieben wir kurz stehen.

»Stell dir vor, Lou, die Leute haben die Demo von hier oben beobachtet. That must have been great.«

»Ja, das war eine große Sache«, sagte ich. »Die ganze Woche war eine große Sache.«

»Was hältst du von mein Idee? Ich hab euch gar nicht gefragt.«

»Sie passt zu dir«, sagte ich. »Sie passt zu dir, wie der Eiffelturm zu Paris. Und sie ist bestimmt auch nach Pauls Geschmack, sonst hätte er die Asche nicht besorgt.« Sie sah mich zweifelnd an.

»Aber ich weiß nicht, wie das funktionieren soll. In mein Fantasy waren nie so viel Leute auf dem Eiffelturm. Wie sollen wir da finden den richtigen Platz?«

»Na ja — zuerst müssen wir uns mal nach dem Wind richten. Da kommt ja nur die südliche Richtung in Frage.«

»Und dann? Was willst du machen? Die Leute wegschieben? ›Sorry, ich muss kurz meine Asche hier runterschmeißen, gehen Sie bitte aus dem Weg‹?«

»Hey Renee, so kenne ich dich gar nicht. Lass uns erst mal oben ankommen. Uns wird schon was einfallen.«

Wir kehrten zu Paul zurück, der sich schon in die Schlange vor dem Aufzug zur Turmspitze eingereiht hatte. Er winkte uns zu sich, was die Leute, die hinter ihm standen nicht so einfach hinnehmen wollten. Es war ein Paar, Anfang Dreißig. Er im Businessanzug und mit Krawatte, sie im Businesskostüm auf Stöckelschuhen.

»Tu was!«, sagte sie zu ihm. »Du wolltest doch unbedingt da hoch, also tu was, sonst werden wir nie fertig mit diesem Türmchen, wenn sich Krethi und Plethi einfach so vordrängen. Ich weiß sowieso nicht, was das Getue soll. Die Franzosen bilden sich ganz schön was ein. Stell dir dieses Blechgerüst doch bitte mal neben dem Empire State Building vor. Einfach lächerlich. Wir hätten gleich nach New York fliegen sollen. Stattdessen müssen wir uns in diesem altmodischen Paris mit Touristenhorden herumschlagen. Tu endlich was!«

Paul, Renee und ich tauschten einen Blick. Paul hatte sich von seinem traumatischen Treppenerlebnis gut erholt, das sah ich an seinen Augen, in denen es blitzte und funkelte.

»Aber er tut doch was, er tut doch die ganze Zeit schon was, der Arme«, sagte er über die Schulter zu der Kostümträgerin. Ihre Augenbrauen gingen schneller in die Höhe als der Lift.

»Bitte?«

»Na, er hört ihnen doch zu. Wir übrigens auch, notgedrungen zwar, aber glauben Sie mir, ich meine es ehrlich, wenn ich Ihnen im Namen aller anwesenden Touristenhorden versichere, dass wir Sie in diesem Moment auch lieber in New York sähen als in unserem Nacken.« Er wandte sich mir zu. »Hab ich Recht, Herr Professor?«

»Ich hätte es nicht besser formulieren können«, pflichtete ich ihm bei.

»Und was meinen Sie, Baronin?«, brachte er Renee ins Spiel. Das fand ich etwas zu dick aufgetragen, aber Renee reagierte goldrichtig.

Sie drehte sich um, musterte das sprachlose Paar von oben bis unten, lächelte die beiden ladylike an und sagte — gar nichts. Unterdessen kam der Lift. Wir stiegen ein und traten zur Seite, um unseren stummen Gesprächspartnern Platz zu machen. Doch diese hatten es sich anders überlegt. Sie waren verschwunden.

»Hoffentlich sind die beiden nicht gesprungen, Herr Doktor«, sagte ich zu Paul.

»Das fände ich übertrieben«, erwiderte er, »wo sich unsere Konversation doch so vielversprechend anließ.«

Renee kicherte, bis wir beinahe oben waren.

Wir verließen den Aufzug und hatten noch eine kurze Stahltreppe zu bewältigen, um die Spitze zu erreichen.

»Brauchst du Suggestion?«, fragte ich Paul.

»Ach was, gib mir die Hand, ich mach einfach die Augen zu.« Renee stürmte vor uns hinauf. Wir erreichten den Rundgang, der nur etwa anderthalb Meter breit war und von Menschen überlaufen. Ein Drahtgitter wölbte sich vom Geländer bis über unsere Köpfe.

»Wow!« Renee schnappte nach Luft und hielt ihre schwarze Mütze fest. Die Böen waren genauso atemberaubend, wie der Ausblick.

»Wir laufen einmal ganz herum«, rief ich gegen den Wind. Der schmale Gang umrundete das historische Büro von Gustave Eiffel, sowie eine Champagnerbar, welche die Kostümträgerin möglicherweise mit den sonstigen Unannehmlichkeiten versöhnt hätte.

Über uns türmten sich Metallgerüste und Sendeantennen. Auf der südöstlichen Seite blieben wir stehen. In diese Richtung wehte der Wind.

»Wir werden die Asche über dem Marsfeld verstreuen«, sagte Paul. »Aber bei dem Sturm fliegt sie wahrscheinlich bis nach, ähm, was liegt denn in der Richtung?«

»Florenz«, sagte ich. Er nickte.

»Zum Beispiel. Habt ihr eigentlich auch nur einen einzigen Uniformierten bemerkt?«

»Nöö«, sagte Renee, »that's no problem, aber die Leute.«

»Wir brauchen einen freien Platz«, sagte ich. »Hier ist zu viel los.«

Paul sah sich um. Dann reichte er mir den Stoffbeutel.

»Passt auf, ich sorge für Ablenkung. Ich weiß auch schon, wie. Ich muss nur das passende Opfer finden.«

»Opfer?«, fragte ich verständnislos.

»Du wirst gleich sehen, was ich meine.« In diesem Augenblick verliefen sich die Besucher in beide Richtungen. Nur noch zwei ältere Ehepaare waren in unserer Nähe, und zwei junge Frauen in Renees Alter, die sich gegenseitig die Namen der Sehenswürdigkeiten an den Kopf warfen.

Paul tänzelte in die Richtung der vier Senioren und stellte sich unauffällig hinter sie. Er warf uns einen Blick zu und hob die rechte Hand, um uns ein Zeichen zu geben.

»Was hat er bloß vor?«, fragte Renee. Blitzartig wurde mir klar, was gleich geschehen würde.

»Bleib hier vor mir stehen, Renee, es wird ganz schnell gehen.«

So plump, wie ich es noch nie bei ihm beobachtet hatte, griff Paul in die Umhängetasche der einen Seniorin. Da sie nicht reagierte, begann er, darin herumzusuchen, bis ihr Ehemann auf ihn aufmerksam wurde. Sofort erhob er ein großes Geschrei in einer Sprache, die ich noch nie gehört hatte.

Im Nu hatten die vier Paul umringt. Das lautstarke Gezeter lenkte die Blicke der beiden jungen Frauen auf sich. Das war die ersehnte Gelegenheit.

Ich zog die Flasche aus dem Stoffbeutel und schraubte den Deckel ab. Sofort flog etwas Asche heraus. Renee kam näher zu mir heran und sorgte für ausreichenden Windschatten. Ich streckte meinen Arm mit der Flasche so weit wie möglich durch das Gitter.

»Jetzt«, sagte Renee. Ich drehte die Flasche um. Grauweiße Asche entströmte ihr wie ein Flaschengeist. Der stürmische Wind nahm sie in Empfang, als hätte er schon den ganzen Tag darauf gewartet. Die Aschenwolke flog in die Höhe und davon wie ein Vogelschwarm und wurde zu einem wunderbar zarten Schleier, der den Himmel berührte.

Wir beide hatten Augen nur für ihn und nahmen nichts sonst wahr, bis er in der Ferne hoch über dem Marsfeld zum Nichts wurde. Eine Schwalbe flog vorbei.

»That's all. Das ist alles«, murmelte Renee und strahlte mich an. Ihr Gesicht glühte vor Freude.

»Zufrieden?«, fragte ich.

Sie nickte und streckte mir ihre Hand entgegen. Ich hielt sie fest. Paul kam zu uns und legte seine Hände wortlos auf unsere Schultern. Wie er sich aus der Bredouille geredet hatte, blieb sein Geheimnis.

Epilog

An dieser Stelle endete die Erzählung meines ältesten Freundes, die er in der Nacht zum ersten August begonnen hatte. Es war schon Vormittag und wir saßen, erschöpft von vielen Worten, gesprochenen und gehörten, einander gegenüber.

»Was wirst du jetzt tun?«, fragte ich ihn.

»Keine Ahnung«, sagte er, »ich mache keine Pläne mehr. Aber ich denke, ich werde viel — überwegs sein.«

Sein Lächeln berührte mich eigenartig.

Wir verabschiedeten uns mit einem langen Händedruck voneinander und da erst bemerkte ich an seinem Handgelenk ein Armband aus Holzperlen.

Anmerkung und Dank

Die geschilderten Personen und Geschehnisse sind frei erfunden und wenn es hier und da eine Ähnlichkeit mit lebenden Personen oder tatsächlichen Ereignissen geben sollte, dann kann dies Zufall sein — oder auch nicht.
Wer kann das schon wissen?

Mein größter Dank gilt meiner Frau Bettina, mit der ich schon viele tausend Tage »überwegs« bin und deren Geduld im Universum ihresgleichen sucht.

Carla hat, wie stets enthusiastisch und professionell, ein wunderbares Cover gezaubert. Mein Dank wird dir ewig hinterherschleichen.

Aufsehenerregender Augsburg-Krimi

Ein Ermordeter im Merkurbrunnen, ein Erhängter im Wittelsbacher Park — sind schwarze Mitbürger die Opfer von Rassisten? Es braut sich was zusammen. Ein makabres Video geht viral. Anschläge erschüttern das Vertrauen in die Polizei. Die Medien spielen verrückt. Der Kommissar und seine Assistentin bewegen sich auf dünnem Eis. Bei der Tätersuche begegnen sie giftigen Nachbarn, geldgierigen Juristen und gerissenen Journalisten — eine explosive Mischung. Die Lage spitzt sich zu, als der ehrgeizige Polizeichef sich einmischt.

vom preisgekrönten Friedberger Autor Achim Kaul

502 Seiten
Als E-Book und als Taschenbuch erhältlich

Zweifel und Zick - jetzt in Augsburg

Tausende Demonstranten strömen aufgewühlt durch Augsburgs Fußgängerzone. Aus dem Hinterhalt schießt jemand scheinbar wahllos in die Menschenmenge. Ein Mann stirbt im Kugelhagel. Erlebt Augsburg einen Terroranschlag? Tobt ein Amokschütze seine Wut aus? Handelt es sich um einen gezielten Mord? Kommissar Zweifel hat es in seinem neuen Revier mit brandgefährlichen Gegnern zu tun, auch aus den eigenen Reihen.

Zudem erlebt Klaus-Peter Wolf, berühmter Autor der Ostfriesenkrimis, bei seinem Gastauftritt in diesem neuen Augsburg-Krimi sein „blaues" Wunder.

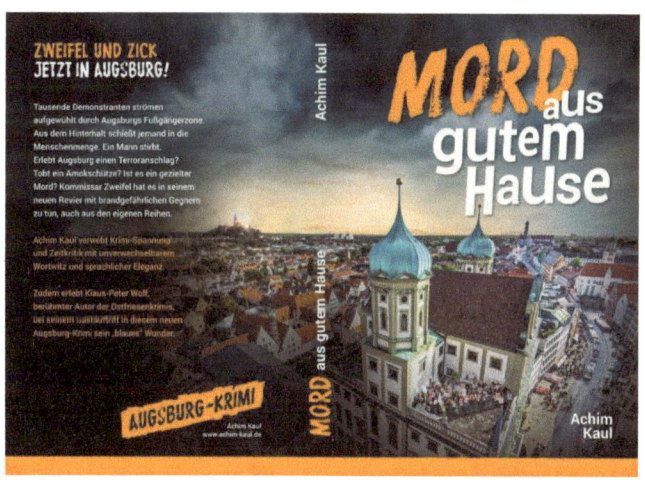

396 Seiten
Als E-Book und als Taschenbuch erhältlich

Die Therme in Bad Wörishofen. In den Saunalandschaften wird gepflegt geschwitzt. Gänsehaut-Schreie gellen durch die aufgeheizte Luft. Gasgranaten zünden. Die Fluchtwege sind plötzlich versperrt. Die Nackten packt die nackte Panik. Chaos! Zur selben Zeit bekommt Kommissar Zweifel einen anonymen Anruf: »In der Therme ein Toter — das ist doch was für Sie«. Der Fall verspricht besonders knifflig zu werden. Wer lügt? Wer heuchelt? Wer manipuliert wen? Und vor allem: Wer ist der Tote?

Funkensprühende Dialoge, Scharfsinn und Wortwitz zeichnen Zweifel und Zick, das kongeniale Ermittlerduo aus.

Dieser Allgäu-Krimi ist ihr zweiter Fall nach
»Mord aus heiterem Himmel«

540 Seiten
Als E-Book und als Taschenbuch erhältlich

Der erste Fall für Zweifel und Zick

Ein unglaublicher Tatort. Ein wahnwitziger Todesfall. Ein
wortwitziges Ermittlerduo. Ein Allgäu-Krimi der besonderen
Art. Zweifel und Zick knobeln an ihrem ersten Fall.
Der Himmel ist heiter über Bad Wörishofen. Doch der
Sommer wird mörderisch. Ein Kunstprofessor beendet sein
wichtigstes Manuskript. Kurz darauf stürzt er mitten über
dem Kurpark aus großer Höhe in den Tod. Ein rätselhafter
Selbstmord? Eine luftige Art des Mordens? Kommissar
Zweifel und seine junge Kollegin Zick stehen vor einem
Labyrinth aus Fragen.
Bei Ihren Ermittlungen beweisen sie Spirit, Cleverness,
Schlagfertigkeit und Humor.

336 Seiten
Als E-Book und als Taschenbuch erhältlich

Lagerfeuergeschichten für das Kopfkino

Was sucht ein Typ am Pol der Unerreichbarkeit? Gibt es Giraffen in New York? Was geschah in Lesleys Haus? Wen hat Rabenstein auf dem Gewissen? Was dürfen die Bewohner von Gold Point niemals tun? Verschläft Leander ein Jahrhundertbeben? Warum blieb Leas Flaschenpost ungelesen? Wer hörte den tödlichen Ruf der Tiefe? Wohin verschwand Elisa?

Neun Storys, die einen noch lange verfolgen werden. Sie sind leicht zu lesen, aber die darin beschriebenen Bilder, Figuren und Ereignisse gehen nicht mehr aus dem Kopf.

156 Seiten
Als E-Book und als Taschenbuch erhältlich

Verfolgt, verdächtigt, verwegen

Capri, Florenz, Paris — davon kann Ludwig Vonwegen mangels Knete nur träumen. Doch dann wird er zufällig Housesitter. Was als Glücksfall beginnt, entwickelt sich zur schrägen Odyssee durch halb Europa. Mit Renee, einer jungen Amerikanerin auf Europatour und Paul, einem studierten Taschendieb, entsteht ein verwegenes Trio »überwegs«.

396 Seiten
Als E-Book und als Taschenbuch erhältlich

Abenteuergeschichten von Micha Luka
alias Achim Kaul

Schon mal von der Canneloni gehört? Piratenschiff! Gehört Käpt'n Sansibo. Mit an Bord: Toby und die beiden stärksten Matrosen südlich des Nordpols. Habt ihr eine Ahnung, was denen alles passiert? Ein Vulkan beschießt sie mit glühenden Felsen. Ein uralter Spuk weht um die Segel. Eine Horde merkwürdiger Insulaner sorgt für Herzklopfen. Der heimtückische Quim will ihnen an den Kragen. Und dann die Geschichte, wie der Käpt'n an die Canneloni kam. Doch das ist erst der Anfang, denn die Abenteuer hören nicht auf.

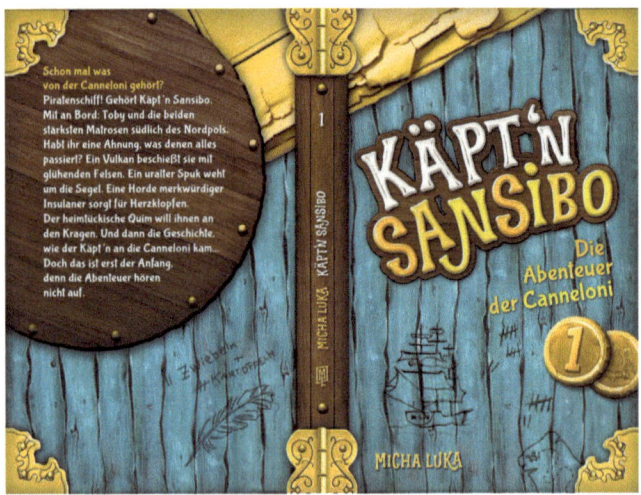

167 Seiten
Als E-Book und als Taschenbuch erhältlich

Neue Abenteuergeschichten mit der Canneloni

Käpt'n Sansibo und die beiden stärksten Matrosen südlich des Nordpols gehen einem fiesen Maharadscha in die Falle. Er lässt sie nur frei, wenn sie ihm Carlottas Juwelen bringen. Nach einem Monstersturm rollt eine rätselhafte Flaschenpost über das Deck, die sie auf die »Verbotene Insel« lockt. Werden sie dort den legendären Schatz der verrückten Carlotta finden? Bebende Berge, waghalsige Brücken, höllische Höhlen und etwas Ungeheures, das im Dschungel lauert — Käpt'n Sansibo und seine Mannschaft kämpfen mit einer bösen Überraschung nach der anderen.

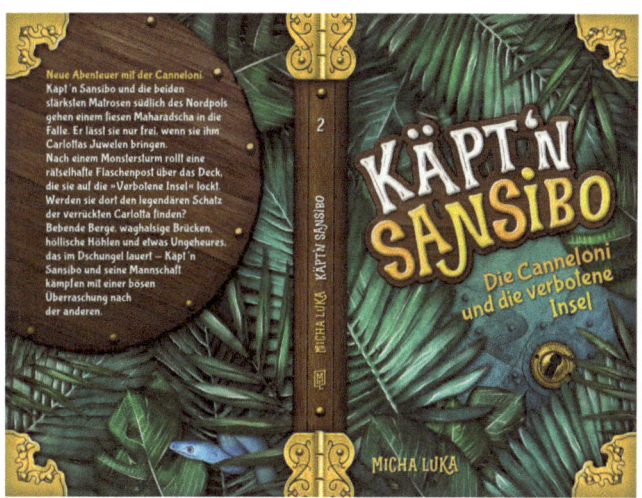

192 Seiten
Als E-Book und als Taschenbuch erhältlich

Die Canneloni-Abenteuer gehen weiter

Käpt'n Sansibo fischt einen Schiffbrüchigen aus dem Meer und was passiert? Wie aus dem Nichts tauchen Weitere auf, bis eine komplette Mannschaft das Deck der Canneloni besetzt. Einschließlich ihres frechen Kapitäns, der sogleich das Kommando übernimmt. Er setzt Toby, Kullerjan und Käpt'n Sansibo auf hoher See aus. Nur Bullerjan darf als Koch bleiben. Lest selbst, welche raffinierten Tricks Toby sich ausdenkt, um die Canneloni zurückzuerobern. Schließlich wartet noch der geheimnisvolle Leuchtturm von Barnabo auf sie. Sein Rätsel ist bis heute ungelöst.

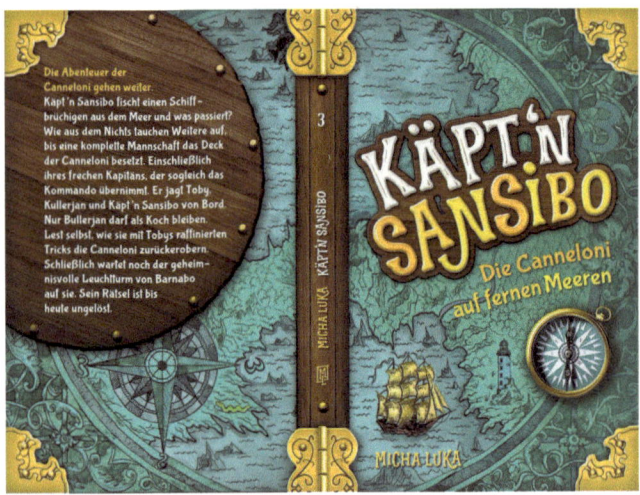

180 Seiten
⚓ Als E-Book und als Taschenbuch erhältlich